新潮文庫

白い巨塔

第四巻

山崎豊子著

新潮社版

6986

白い巨塔

第四巻

二十二章

早朝の大峰山脈は、截りたつように重なり合った山間から乳色の朝靄が湧き出、杉の巨木に掩われた山頂から朝の陽が洩れて、迫り来るような森閑とした静けさが全山を深く押し包んでいる。

午前六時、奈良県西吉野村の役場を出発し、奈良の僻地といわれている和歌山県との県境にある十津川村に向う胃の集団検診車が検診班六名を乗せて、もう一時間余り、山肌を截り開いた渓谷沿いの険しい山道を登り続けている。時たま杉木立に挟まれた狭い道で、材木を満載したトラックと往き交うほかは、殆どすれ違う車もない。

里見脩二は、検診車の窓の外へ眼を遣りながら、一昨年の十二月、国立浪速大学の助教授の椅子を去る決意をした時のことを考えていた。『私儀、今般、感ずるところあり、本学を退職し、併せて山陰大学医学部への赴任を辞退致します』としたため、鵜飼医学部長宛に提出した退職届は、そのまま受理されず、半年近くも、保留されていたのだった。

それは第一外科教授の財前五郎が告訴された医事紛争裁判と繫がり、里見が山陰大学へ追われる羽目になったのは、患者の遺族側の証人にたったためであることが、大学内外の誰の眼にも歴然としていたからであった。それだけに医学部長の鵜飼は、世論を怖れ、助教授以上の退職届は教授会にはからねばならぬことを理由にして、退職届を受理せず、第一内科助教授という肩書のまま、一週に一度、外来患者を診に出て来るだけという退職とも、在職ともつかぬ曖昧な立場に置いたのだった。

その間里見は、何度も鵜飼医学部長に、退職届の受理を願い出たのであるが、その度に言を左右にし、山陰大学よりも、格の高い地方大学の教授の話を持ち出し、ことを穏便におさめようとしたのだった。しかし、里見が最初、鵜飼から持ち出された山陰大学への赴任を断わったのは、研究設備の整っていない地方大学であるからではなかった。患者の死の経緯について正しい証言をした者の真実が通らず、患者に対して可能な限りの治療を行なわなかった財前が、大学の名誉と権威を守るという美名のもとに、大学のあらゆる力を結集して法律的責任を逃れ、大学に留まったことに対する不条理、それが現代の白い巨塔であり、その不条理と非情さはどの大学へ行こうと、共通するものだということが、里見には我慢ならなかったのだ。

急に車のエンジンの音が高くなったかと思うと、道は峻険な坂道になり、車はアクセルをふかしながら、喘ぐように登りはじめた。前方を見ると、そそりたつように峰々が連なり、それが昔、平家の落人や南朝の落人たちが重い足を引きずって越えた天辻峠であった。

「里見先生、あそこに猿谷ダムが見えますよ」

若い医師の一人が、左側を指さした。その方へ眼を向けると、遥か眼下の山間に、ダムの貯水池が見え、周囲の山の緑を映して紺碧に澄みきった水面を湛えている。山間の村落から村落へと胃の集団検診に走り廻っている人たちにとっては、始めて出かけて行く土地で思いがけぬ美しい風景に出合わし、暫し、車を停める時が、ほっと心寛ぐ時であった。

里見は奥深い山間の一点に、鏡のように動かない静かな水面を輝かせている猿谷ダム湖を見詰め、退職届を出してから半年目にやっと、曾ての恩師であった病理学教室の大河内教授の計らいで、近畿癌センターの第一診断部に籍をおき、消化器の診断を受け持つと同時に、早期胃癌診断の研究を続けられることになったことを思い返した。あの時、大河内教授の取りなしがなかったなら、自分はあれ以上、退職とも在職ともつかぬ生殺しのような立場に耐え得たであろうか——。もう二度と研究機関に携われないことを覚悟して、兄の清一と同じように、自分もまた開業医になっていたかもしれない。そうしていたら、今日のように癌の多発地帯と云われている奈良県の僻地を廻る検診車に同乗して、自分が今取り組んでいる早期胃癌診断の研究資料になる胃集検をしている末端の人たちの仕事を実地に知る機会は得られなかった。

やっと天辻峠を越え、猿谷ダムの貯水池のある大塔村阪本まで下りて来ると、貯水池沿いの道路は舗装されていたが、すぐまたでこぼこの埃だらけの山道になり、暫く行くと、やっと十津川の本流に出た。曾ては暴れ川と云われた十津川もダムに遮られて、水量の少ない平凡な流れに変り、川沿いの道に山桜がちらほらと綻んでいるのが見られ、十津川村の役場まで間もなくであった。

車が役場の前に停まると、村長以下、役場の全員が出迎え、もう二十人程の受診者が前庭に集まって、検診の始まるのを待っていた。四十歳以上の男女を対象にしているから、野良着姿の陽灼けした働き盛りの男女や、谷瀬の吊り橋を渡って隣の村からやって来た年寄りなどが、古びた椅子のそこここにかたまり、不安そうに順番を待っている。

「弥作とこの親爺はえろう痩せて、ありゃ癌じゃで」

「そう云やぁ、こないだ葬式の出た太郎吉ところの婆さんも、胃癌じゃったらしい」

声を潜めて、気になる人の噂話をしている。

検診班の一行は、車から降りると、役場の事務員の手伝いを得て、先着順に受診者の体重を計り、氏名、住所、年齢を受診票に書き入れ、問診する医師に受診票を廻す。

「ご飯のあと、げっぷが出たり、吐き気がしたりしませんか？」

「この頃、急に痩せて来たというようなことはないですか」

役場の講堂に置いた机で問診が始まるが、予算と人手不足に縛られている検診班では、医師だけではなく、看護婦も問診の手伝いをする。もちろん、検診車に同乗して来た里見も、若い医師の横に並んで、問診を受け持った。この一年の間に、やや頰の肉が落ちていたが、油気のない髪を無造作にかきあげた額の下に見開いている眼は、以前よりさらに澄んでいる。始めて胃の集団検診を受け、透視台の前にたたされる受診者の不安な気持を考え、里見はその緊張感を解きほぐすために、まず受診者の日常の細かな生活状況から聞き出した。

「何時も食事は、どんな風に食べるの？　たとえば、お腹一杯食べるとか、ひかえ目に食べるとか――」

「そりゃあ、腹一杯食わんと、働けんでな」

「じゃあ、毎日の食事は、どんなものをよく食べますか」

「朝は、ほら、茶粥じゃわ、昼は野良で弁当、晩は普通のご飯、おかずはこんな山の中じゃもんから、野菜とせいぜい川魚やが、先生、大和の茶粥いうのは、ほんまに癌にいかんとか」

里見は頭を振った。奈良というとすぐ茶粥と胃癌を結びつけるが、それがなぜ胃癌の原因になるかは、まだ学問的には明らかにされていない。

こうした問診、或いは異常を訴える受診者を触診している間に、二人のエックス線技師は、太い電源コードを巻取りから延ばして、電源にさし込み、アースを取りつける。その手早さは消防夫が火事現場にかけつけ、ホースをポンプにつなぐような素早さで、それが終ると、エックス線撮影機のシャッターの調整をする。運転手も、事務補助員も手伝って、狭い検診車の中で、エックス線撮影が出来るように透視台を整え、検診班が一体となって働いている。

準備が出来上ると、問診を終った受診者が三人ずつ検診車の中へ入り、脱衣籠に着物を脱ぎ、バリウムの入ったコップが手渡される。

「こんなもん、飲んで大丈夫かいな」

セメントのようにどろりとした白い溶液を見詰め、暫く躊躇うが、促されて苦い顔で飲み、透視室へ入る。透視台の前に立ち、最初に立位の透視が行なわれ、

「はい、次は台が倒れますが、そのままの姿勢で——」

暗室から医師が声をかけ、透視台が倒れて腹臥位になり、さらに台の上で仰向けになり仰臥位、次に台が立って立位正面、続いて斜位と、各角度に透視台が回転し、その間、連続五枚の写真を、医師の指示によって、エックス線技師が素早く撮る。一人約四分程度ではあるが、一日五、六十人の検診が限度で、それは大へんな肉体労働であり、神経の消耗である。

検診が終ったのは午後二時であったが、エックス線技師は、その日に撮ったフィルムを現像し、濡れたフィルムを宿の部屋に吊した紐にかけ、それから一風呂浴びて、夕食をとる。その時が一日の中で、検診班の一番楽しい時である。木賃宿にも似た山の粗末な宿であったが、十津川沿いの岩場に突き出た小座敷に寛ぎ、渓谷からとれた川魚で、地酒を飲みながら、若い医師は釣の話をし、エックス線技師や看護婦、運転手たちはカメラや車の話をして、今日一日の疲れを解きほぐし、そのまま就寝してしまいたくなるが、二人の若い医師はそうは出来ない。不安そうな顔をして検診を受けた人たちの顔を思いうかべると、手遅れにならぬうちに手術をさせるために今日、検診したフィルムを一刻も早く、スクリーニングしなければならない。

検診班のチーフをしている若い医師は、睡魔を払い退けるように、

「じゃあ、今日のフィルムの廻し読みをしておこう」

都心に近いところなら、現像されたフィルムは、病院に廻して、何人かの医師が読影するのであるが、僻地における検診の場合は、二次検診しなければならぬ時のことを考え、検診班がその場で読影する。一旦、寛いだ浴衣をもう一度ズボンとスポーツ・シャツに着替え、部屋に吊してある生乾きのフィルムの前に机を持ち出して坐る。里見もその中に入り、百ミリ・ロールフィルムを一コマ、一コマ、ビュアーにかけて読影する作業に加わる。フィルムにいろんな形の像が映し出される。

「異常なし！」

「異常なし！」

次々に送り出されて来るフィルムを、里見は注意深く観察していた。何枚目かのフィルムが映し出された時、里見は視線を凝らした。

「それ、ポリープ（筍状突起）じゃないか？　前庭部の大彎側に透亮像があるじゃないか」

「しかし、先生、これは単なる皺襞像のように思われますが――」

「いや、その陰影がやや大きくて、辺縁に乱れが多くあるから、多分にポリープが疑われるね、だから、その受検者は、明日、もう一度、二次検診を受診させておく方がいいね」

そう云いながら、里見は、ほっと大きな吐息をついた。胃の集団検診では五百人に一人ぐらいの割でしか、胃癌患者が発見されず、ポリープも同数ぐらいの率しか発見されない根気のいる地道な仕事であった。しかし、胃の筋層にまで達していない癌の芽のような早期の段階で発見し、手術すれば百パーセント近く助かるのであるが、病院に来る胃癌患者の半分以上は、既に手遅れになった患者が多く、そこに胃集検の大きな意義があるのだった。五百人に一人の発見率を求めて、各地をめぐる胃集検の仕事は、強い使命感と忍耐力がなければやれない仕事であった。里見が続けている早期胃癌の診断の研究も、こうした地道な検診結果のデータの集積が基礎になるのであった。

夜になると、俄かに山の気温が下り、慌ててセーターを重ね着し、明日もまた五時起きして、検診にかからねばならないというのに、フィルムの読影を続けている若い医師たちの真摯な姿に、里見は心を搏たれた。

フィルムの読影をすませ、自分の部屋へ引き取ると、里見は、今朝、西吉野村を出る時にポケットに突っ込んだままになっていた一通の速達を取り出した。ここ二週間余り、集検車に乗り、胃集検の実地にたち会うことになっていたから、里見宛の至急連絡がある場合は、奈良の五条市にある臨時出張センターにして貰うことになっていた。だから、五条の出張センターから気をきかせて西吉野村の役場へ回送して来てくれたのだった。差出人は死亡した佐々木庸平の妻の佐々木よし江からで、『速達親展』としたためられていた。

奈良のご出張先にまで速達をお出し致しますご無礼をお許し下さりませ。亡夫の控訴審は、関口弁護士先生のご努力によりまして、控訴状が出され、第一回の口頭弁論のあとこれまで何度も控訴人と被控訴人の弁護士同士の書面のやりとりがあり、いよいよ証人調べかと心待ちに致しておりましたところ、本日、関口弁護士先生のお話では、医学的な面でまだこれというきめ手がつかめず、この上は里見先生のお帰りを待って、ご相談するより致し方がないと、さすがの関口先生も参りきっておられますので、奈良のお仕事がすまれましたら、どうか一日も早いご帰阪をお待ち致しております。私たち親子は、どんなことがあっても、この裁判には最後までつき合ってあげると、おっしゃって下さった里見先生のお言葉だけを生甲斐に致しております。

読みにくい字であったが、控訴審の証人調べを待ちわびる遺族の気持が、切々と里見の心に伝わり、二年前、自分が最初に診、財前五郎に廻して手術後、二十二日目に死亡した佐々木庸平の死の経過が改めて思い返された。

正午をとっくに過ぎた国立浪速大学附属病院の長い廊下には、午前中の患者がまだ辛抱強く、自分の診察の順番を待っている。財前教授が主宰する第一外科の診察室の前は、中でも一段と患者の列が目立ち、看護婦が患者の名前を呼び上げる度に、緊張した空気が流れた。週に一度の財前教授の診察日であった。

世間を騒がせた佐々木庸平の医事紛争裁判が終ってから、一年四カ月を経ていたが、毎週、水曜日午前中の教授診察日になると、まるで一週間分の患者が一かたまりになって群がって来るように、第一外科の診察室の前の廊下には、財前教授の名声を頼って来る患者で、長蛇（ちょうだ）の列をなしている。患者にとっては、佐々木庸平の事件など、他人の上にたまたま起った例外の事件に過ぎず、今苦しんでいる自分の病気を癒（なお）すためには、腕のたつ財前教授をおいてほかにないと信じきっているようであった。

白い衝立で仕切った五つの診察室の一番奥まった別室が、教授診察室であった。財前教授は、肩幅の広い逞しい体軀を、仕立おろしの白衣で包み、大きな回転椅子にゆったりと坐り、患者を睥睨するような自信に満ちた表情で、しかも要領よく診察して行った。胆石の手術をした患者の腹部の手術創を触診し、術後経過の良好であることを確かめると、

「次――」

眼の前でまだ身づくろいしている女の患者を急かせるように云った。患者に手をかしていた看護婦は、いち早く財前の不機嫌を感じ取り、帯を締めかけている患者を横へ寄せ、すぐ次の患者の名前を呼び、

「どうもお待たせ致しました、早速、ご用意願います」

と云い、五十五、六歳の小柄な男の患者に脱衣をすすめ、手早く、外来予診係から廻って来たカルテと、前の病院から来た病状報告書とエックス線写真を財前教授の前へ置いた。府会議長の紹介状をもった食品会社の社長であった。

「江馬と申します、どうもご高名な財前先生をお煩わせして申しわけございません」

鄭重に頭を下げると、

「いや、森田府会議長とは昵懇の間柄だものでしてねぇ」

診察椅子に患者を坐らせながら、机の上のカルテへ眼を通した途端、財前の眼が光った。

「誰だ！　こんな問診の取り方をしたのは——、主訴というものは、病状の主なものを一項目に要領よくまとめるものなんだ、それを嘔吐感、全身倦怠、食欲不振……などと、三つも四つもだらだらと並べ、これじゃあ、下手な鉄砲も数打ちゃあ当る式だ！」

ずらりと並んでいる医局員の方を見て叱りつけ、患者の方へはにこやかな口調で、

「胃の工合は、一年も前から悪かったわけですね」

「ええ、最初、近所のかかりつけの医者へ行きましたら胃炎だと云われ、暫く通っていたのですが、よくならんので、胃腸専門のK病院で診て貰うと、胃潰瘍だと云われ、その後、ずっと内科的な治療を受けていましたが、一向にすっきりしませず、この頃は、朝、歯ブラシを使う時に、妙なむかつきを感じますので、もしや胃癌ではと思い、そうなると、何というても財前先生がその方の権威者でいらっしゃるので——」

患者は卑屈なほどの腰の低さで云ったが、財前はそんな態度には馴れきっていた。K病院から添付されて来た病状報告書の方は軽く眼を通し、三枚のエックス線写真を、

すぐ写真観察器（シャウカステン）にかけた。

K病院での第一回目は胃前庭部小彎（しょうわん）側に小円形の胃潰瘍の陰影像（ニッシェ）が認められたが、辺縁の輪郭は滑らかである。それが二回目、三回目の写真になると、次第に辺縁の不整像が増殖し、像は円形から角ばって来、輪郭にも凹凸がみられ、慢性化した胼胝性（べんちせい）潰瘍であることが明らかであったが、問題は胃粘膜襞（へき）の先端に断裂像が疑われ、癌（がん）に悪性化する可能性があることであった。

「先生、いかがです、大丈夫ですか」

患者は、不安そうに訊（き）いた。財前は、それには応（こた）えず、

「朝食はぬいて来ていますね」

「はあ、もし検査があるといかんと思うてぬいて来ました」

患者が応えると、財前は医局員に、

「すぐエックス線写真を撮り直して来るように、胃潰瘍の診断は、写真の良否が大きくものを云（い）うのに、K病院のこんなまずい写真では話にならない、教授命令の急現（きゅうげん）だといえば、今からでも出来る」

そう命じ、患者の方には、

「至急現像させますから、すぐ放射線科へ行って撮り直して下さい」

と云うと、すっくと椅子から起ち上った。これで今日の財前自身が診る患者の診療は終りで、今、エックス線写真を撮りに行った患者の写真が出来上るまで、二、三十分待つだけであった。

財前は煙草をくわえ、窓際に寄った。四月初旬の明るい太陽が、新築の南向きの診察室一杯に射し込んでいる。医事裁判の直後は、さすがの財前もあと味の悪い重苦しさが尾を曳いていたが、あの裁判後も群がるように押しかけて来る患者、あれだけ騒がれた医事裁判を医者側の勝訴に持って行ったことに対する学内、学外の自分に対する評価を思うと、なまじのあと味の悪さやうしろめたさなど、小さなことのように思えた。大きく煙草の煙を吐き、病棟の方へ眼を向けた時、財前は視線を止めた。医局員の柳原が木陰に体を寄せ、独り考え込むようにたたずんでいる。控訴されている佐々木庸平の証人調べのことを懸念しているのかと思うと、財前の胸にも一瞬、暗い影がしのび入るようなものを感じたが、佐々木庸平の遺族がどう控訴しようと、これまでの裁判の経緯からみて、患者側が勝てる要素はありようはずがなかった。

昼過ぎの第一外科の医局は、外来診察を終えた医局員たちで騒めいていた。

二十坪程の医局内は、真新しいスチールのテーブルが置かれ、今まで廊下にはみ出していた古びた木製のロッカーも、スチール製に変り、旧館時代の医局とはがらりと変った明るい清潔さであったが、テーブルの上に、食べちらかしのライス・カレーの皿や丼鉢（どんぶりばち）、湯呑（ゆのみ）などが散乱しているさまは、以前と変らず、医局員たちの食事は、相変らず質素で、時間的に不規則のようであった。

「おい、みんな知ってるか？　近畿医大の無給医局員が、アルバイト先の病院で急死した事件――」

入局して六年目でまだ無給の中河は、医局へ入って来るなり、昂奮（こうふん）した声で云った。それまで煙草をふかしながら、今日の外来での出来事や、新入看護婦の品定めなど、屈託のない話に興じていた医局員たちは、一斉に中河の方を振り返った。

「原因は、アルバイト過度による過労だというのだろう」

中河の向い側で、うどんをすすっている同期の医局員が、憮然（ぶぜん）として云った。

「そうだよ、われわれ無給医局員に続いている半永久的な過労が原因だよ、しかし、今度の近畿医大の事件は、あまりにも悲惨過ぎる、大学病院で手術後の思わしくない患者を受け持って、三日も徹夜同然だった体で、その翌日、堺（さかい）のT病院の当直アルバイトに行ってるんだ、それというのも、三十を過ぎても無給の辛（つら）さだ、アルバイトに行かんことには、下宿代も払えん、それに、アルバイト先のT病院というのが、二百床のベッドを持つ病院でありながら、当直医は殆ど各大学のインターンの寄せ集めで、医師の資格を持っているのがその近畿医大の無給医局員だけという状態だったらしい、そうなると、当直の診療責任は、自とその医局員一人にかかって来、明け方、急患が運び込まれ、その処置が一段落したあと、急性心不全を起して死んでしまったんだ、しかも翌朝、看護婦が、当直室へ起しに行くまで彼の死は誰にも知られず、薄汚れた当直用のベッドの中で、ぼろ屑のように疲れ果てた姿で死んでいたというのだ……」

医局内は、しんと静まりかえった。誰の眼にも昼間の勤務と夜のアルバイトに疲れ果て、ぼろ屑が擦りきれるように死んで行った一人の無給医局員の惨めさが鮮明にうかび、それが人間の命の尊厳を最も重視しなければならない医者であったということが、いいようのない憤りと矛盾になって、医局員たちの心を鋭く剔った。

「その上、当のT病院のやり方がひどい、二百床ものベッドを持つ病院でありながら、当直にはその病院の医師が一人も当らず、各大学のアルバイトのインターンと、無給医が当っていたという事実が明るみに出ることを怖れた院長は、近畿医大の学長に連絡すると、近畿医大の方も、大学の無給医局員がアルバイトをやっていることは公然のことながら、今度のような事件と結びつけて新聞沙汰になることを怖れ、いろいろと術を打ったらしいが、結局、彼の死因は解剖の結果、極度の過労による急性心不全ということだったのだ、無給医局員で近畿医大の職員録にのっていない彼には、何の身分保障もなく、T病院にとっては一晩いくらのアルバイト当直医に過ぎず、見舞金として金五千円が贈られただけという、一人の無給医の死の意味が、たった五千円、五千円だというのか……」

こみ上げて来る怒りを抑えきれぬように云った。

医局で勉強させて貰えるからという理由だけで、午前中は絶え間なく続く患者の波と闘い、外科の場合は手術の介助を勤め、夜は病室患者の見廻り、十日に一度は宿直、それだけの激しい勤務を果しても無給であるから、食べるためには他の病院へアルバイトに行かねばならない。昼間の勤務が、どんなにきつくても、一晩三千円の当直医を少なくとも、週二回、一カ月二万四千円をはじき出さなければ下宿代を払って、食べて行く生活は維持出来ない。

「今の世の中に、無報酬という働きがあるだろうか、三十面をさげて三百円でも、四百円でも高いアルバイト先を血まなこになって探している自分の姿に気付くと、医者という職業を選んだことに疑問さえ感じて来る――」

無給医局員の一人がどうしようもない不満をぶちまけるように云い、

「僕たち無給医が、何時までもこんな無理を続けていたら、一人や二人の犠牲者じゃすまない、もっと大きな犠牲がやって来る、現にこの間、関東医大の無給医局員会の調査によれば、無給医で結核にかかる者が多くなって来てるということだ、こんな馬鹿なことがあっていいのか、結核にかかっている無給医が、ごほんごほん、咳をしながら患者を診療する、しかも健康保険がないから、ぎりぎりまで無理をし、どうしようもない土壇場になってから、学用患者という名目で、やっと入院し、治療を受けさせて貰う、こんな現状は、一刻も早く何とかしなければならない」

話は、近畿医大の一人の無給医局員の死から、自分たちがおかれている無給医の体制ということに不満が広がって行き、話に加わる若い無給医局員たちが次第に増えて行った。六十人余りの医局員のうち有給助手は十八人だけであったが、彼らも、これまでの自分たちの惨めな経験があったから、咎めだてもせず、無給医局員たちと離れた一角で、素知らぬ顔をして別の話題を話していた。しかし柳原だけは、どちらのグループにも属さず、独り窓際に近い椅子にぽつんと坐っている。

そこからは、曾て佐々木庸平の入院していた病棟が見え、その病棟が見える限り、柳原の胸は晴れ間のない曇り日のような薄暗さに閉ざされている。あれ以来、柳原は極度に無口になり、仕事の必要以外には殆ど同僚とも話さず、さっきも、午前の外来診察が終り、コーヒーを飲みに行こうと誘う同僚から離れて、病院の庭へ出、独り木陰に倚っていたのだった。それに近頃、体の疲労度が強い。佐々木庸平の死に関する医事裁判以来の精神的なものだけではなく、確かに夕方になると、熱っぽい疲労感を感じる。今日のように外来が忙しいと、特にそれが強い。柳原は体を憩めるように椅子の背にずらせ、軽く咳き込んだ。

「柳原さん、大丈夫ですか、この頃、顔色が悪いですよ」

若い無給医のグループから、柳原の健康を懸念するような視線が集まった。柳原は、はっとしたように体を起し、ずり落ちそうになる眼鏡を押し上げ、

「大丈夫ですよ、ちょっと季節はずれの風邪をひき、それが長びいているだけで――」

咳き込みながら、皆の懸念を振り払うように云うと、さっき近畿医大の無給医局員の死を伝えた中河は、

「そうですか、まあ柳原さんは有給助手になっておられるから、われわれみたいな無給医とは、心配の度合が違いますよねぇ」

皮肉と自嘲を籠めた云い方をした時、医局の扉が乱暴に開いた。

「君たち、もう間もなく、抄読会がはじまるというのに、この机の上はなんてことだ、

僕が医局長だった時は、こんなだらしのないことはなかったぞ」

二年前まで医局長で、教授選の時、財前のために献身的に奔走した論功で講師に格上げされた佃が、横柄な口のきき方をした。一緒に入って来た医局長の安西も、教授選の時の論功行賞で筆頭助手から昇格されたのだった。それだけに上への気配りは行き届きすぎるほど届くのに反し、若い医局員たちへのいたわりは乏しい。

「今日の三時からの抄読会は、集談室が第二内科でふさがっているから、医局で行なうと、今朝から皆にちゃんと伝え、整頓しておくように喧しく云っておいたのに、くだらんことばかりだべってるから、このざまだ、さっさと片付けて、教授の坐られるところは、念入りに塵を払っとけ！」

怒鳴りつけるように云うと、今まで無給医問題を論じていた若い医局員の一人が、

「僕たち、くだらんことをだべっていたんではありません」

「じゃあ、何をしてたというんだ」

「それは、僕たちの――」

顔を硬ばらせ、気色ばむように云いかけると、無給医古参の中河が、

「さあ、急いで、抄読会の用意をしようじゃないか」

遮るように云い、一斉に部屋の取り片付けにかかったが、黙々と机の上の湯吞や丼

鉢を片付ける若い無給医局員たちの間には、今までに見られない硬(かた)い空気が流れた。

　廊下に靴(くつ)の鳴る音がし、財前教授が入って来た。医局員たちが起立して迎えると、白衣の裾(すそ)をひらりと翻(ひるがえ)して、正面の椅子に坐り、医局内を見廻した。部屋の中がよく整頓され、学会出張中の金井助教授と関連病院へ出向中の医局員以外の全員が威儀を正して集まっている様子を見、財前は自分の威令が充分に行なわれているのを満足げに確かめ、机の上に置いた外国の文献を開いた。

「今日は、各自に分担した学会誌の抄読、ならびに討論の前に、私が最近、読んだ海外文献の中から、興味ある論文を諸君に紹介しよう、題名は『血液型(ブルートグルッペ)と胃癌(マーゲン・クレブス)』で、発表者は、二年前、ハイデルベルクで開かれた国際外科学会に私を特別招聘(しょうへい)して下さったハイデルベルク大学のビュヒナー教授だ」

　そう云いながら、財前はコの字型に並んだ机の左側の中程に坐っている柳原の顔が妙に疲れ、青ざめているのが目についた。佐々木庸平のあの事件以来、財前は、柳原が絶えず、自分を避けようとし、財前の方から時々、優しい言葉をかけても、表面は従順に受け入れながら、心の奥底のどこかで固く閉ざしている部分があるようで、それが財前の気持にひっかかっていた。ことによっては、柳原を何とかしなくてはいけない。財前は鋭い視線をちらっと、柳原に浴びせかけ、机の上に開いた海外文献の紹介をはじめ、それとともに記録係が、記録を取りはじめた。

「A型血液の人の胃癌罹病率（りびょうりつ）が、他の血液型の人より高いことは、すでに十二年前にアード博士が報告している、その時、この現象に対して肯定、否定、相半ばする多数の報告があり、まだ定説をみるに至っていない、血液型（ブルートグルッペ）と胃癌（マーゲン・クレプス）との関係を否定する人達の報告を考察してみると、統計的方法に不備があり、目的にかなった統計方法を用いれば、胃癌（マーゲン・クレプス）の患者（クランケ）にA型血液者が確かに多いことが解（わか）る。

ベルリン住民の血液型構成は、過去数十年の間に幾つかの報告を比較しても一定である、これを対象としてわれわれのクリニックの胃癌患者の血液型分布と比較してみたところ、A型の割合は、対象集団より多いが、統計的には有意の差をみることが出来ない、しかし、癌の発生部位別に血液型分布を比較すると噴門部癌（カルジア・クレプス）の患者（クランケ）の血液型分布は、対象との間に差を認めないが、体部（コルプス）、前庭部癌（アンツルム・クレプス）の患者の血液型にはA型が多く、O型は少ない――」

そこまで紹介して来た時、不意に電話のベルが鳴った。財前の眉（まゆ）がぴくっと不快げに動き、記録係である江川のひょろ高い上半身が電話器の方へ傾きかけると、それより早く医局長の安西が受話器を取った。

「今、抄読会の最中だ！」

高飛車に電話をきりかけ、急に声色が変った。

「えっ、医学部長室から、はあ、いえいえ、ちょっと抄読会をはじめておりますが、はあ、かしこまりました、すぐ教授にお伝え致します」

恐縮しきって、受話器をおき、

「先生、鵜飼医学部長が、急ぎのご用がおありだそうで、医学部長室でお待ちになっておられるとのことです」

「そうか、急ぎの用なら致し方がない、今日は金井助教授が出張中だから、佃君、この先は講師の君が読んで続けておくように」

そう云い、必要部分を赤鉛筆で印をつけてから、財前は、自分の威厳を失わぬ程度の急ぎ方で、第一外科の医局を出、医学部長室へ向った。


医学部長室の前まで来ると、財前は静かにノックして中へ入った。

天井まで届く本棚を背に、皮張りの新しい回転椅子(いす)に坐った鵜飼医学部長は、大きな机の上に積み上げられている書類に、忙しそうに眼を通していたが、財前の姿を見ると、桜色の艶々(つやつや)しい顔を光らせ、

「抄読会をやっていたところだったらしいね、まあ、かけ給え」

応接用の安楽椅子を指さし、自分も老眼鏡をはずしながら、最近、ますます肥満して来た体を安楽椅子へ運び、

「今日、森田府会議長の紹介状をもった患者が、君んとこへ行かなかったかね」

「ああ、大阪食品会社の社長とかで、江馬宗三郎という人のことですね」

財前自身が、午前中の外来で診た患者のことであった。

「そう、実は森田府会議長から、三日程前に電話があって、財前教授には、自分の紹介状を持って行かせるが、医学部長からも一言頼むと云って来たんだよ、ところが今日は朝から、学部長会議、附属病院の診療委員会にも顔を出し、それが終ったと思ったら衆議院の文教委員が訪ねて来、ほっと一息ついて森田氏からの依頼を思い出した時は、とっくに外来診察の時間がすんでしまっていたような次第だが、君のことだから、あの紹介患者、如才なくやってくれただろうね」

「たまたま、府会議長とは、私も昵懇なものですから――」

「で、どうなんかね、その江馬という患者の症状は？」

「今までかかっていたK病院からの病状報告書ならびにエックス線写真による所見では、慢性化した胼胝性潰瘍ということだったんですが、念のために、急現でエックス

線写真を撮り、さっきよく診ましたら、かなり悪性化しており、早速、手術します」

「そうか、手術となると、よけいのこと君にしか頼める人がないから、よろしく頼むよ」

と云い、煙草に火を点けながら、

「ところで、財前君、話はかわるが、君に話しておきたいことがあってねぇ」

妙にゆっくりと区切るように云った。

「私にお話とおっしゃいますと、どういうことで？」

医局の抄読会の最中に、たかだか一人の紹介患者のことで、呼びつけられたことを財前は、内心、不快に感じていた。

「実は、この間、奈良、和歌山、大阪医大などの浪速大学の系列校の医学部長が、一堂に会する機会があって、そこでたまたま、今年の十一月末に行なわれる日本学術会議の会員選挙の話が出たんだ」

財前は、鵜飼が自分に向って、何を話そうとしているのか見当がつかなかった。

日本学術会議は、日本の科学に関する重要事項を審議し、その向上をはかるための政府の諮問機関で、人文科学部門から自然科学部門まで七部門に分れ、三年ごとに各部門の全国区、地方区の会員選挙が行なわれ、選出された学者は、いわば学者の国会議員のようなものであった。したがって、立候補者も、各大学の錚々たる教授や医学部長級であった。

鵜飼は、話の見当がつきかねている財前の方をじろりと見、

「全国区の方は、もう去年からわれわれの系列校である奈良大学の医学部長を推すことに定め、その方の選挙運動は万端、整っていて、問題はないのだが、地方区の方に問題があるんだよ、定員一名の近畿地区を、ここ二期も続けて、京都の洛北大学系に牛耳られ、研究予算や学会開催費をはじめ、各研究機関や病院などのジッツ（ポスト）の獲得にまでいろいろと苦い思いを舐めさせられたから、今年の十一月の改選では、是非とも浪速大学系で取りたいという話になったんだよ、そうなると、二期も続けて当選した洛北大学系を相手に廻すのだから、よほど強力な候補ということになり、系列校の各医学部長から、本学から誰か強力な候補者を出してほしいと要請されたんだよ」

と云い、大きく煙草の煙を吐き、

「どうかねぇ、財前君、君、一つ立候補してみる気は？」

「私が？　いくら地方区とはいえ、私のようなまだ若輩の教授が、学術会議会員の選挙など――」

あまりに、話が唐突過ぎた。

「それに、まだ例の控訴審がありますし……」

躊躇うように云うと、

「ああ、あの事件かね、あの事件ならもう第一審の判決で、はっきりと黒白がついているじゃないか、医学に素人の者は控訴、控訴と喚きたてるが、われわれ医者の方からみれば、あの件は医事裁判の通念からみて、あれ以上どうしようもないよ、それに民事の控訴がされているから、学術会議選に立候補してはいけないなどという規制はない、それとも君の方に、何かあの問題で、心にひっかかるようなことでもあると云うのかね」

鵜飼の桜色の顔が、疑り深そうに財前を見た。

「とんでもありません、私自身も、あの第一審の判決で自分の診断が正しかったことが立証され、あれほど騒がれた医事裁判においても、医者側が勝訴であったことは、何かといえば誤診、誤診と騒ぎたがる無知な患者に、医事裁判というものの実際を、マスコミが啓蒙してくれたようなものだと思っておりますよ」

財前は、平然と応えた。

「そうか、じゃあ、君の威信回復のためにも、次期の学術会議選地方区に立候補してみてはどうかね、これからは年々に大阪で国際学会が開かれることも多くなるだろうし、なり甲斐があるじゃないかねぇ」

鵜飼は、じっと財前の眼を捉えて云った。それは複雑で微妙で、鋭い光を溜めた視線であった。学術会議の会員選挙は、立候補する学者の研究業績、人柄によって選ぶことをモットーにしていたが、事実は、政府の諮問機関であることを利用し、研究費の補助金の予算及び配分をめぐって、いろんな利権や役得を産み、特に第七部の医歯薬系と第五部の工学系にその傾向が濃く、熾烈な選挙戦になる。それを、並居る浪速大学教授の中で、教授になってまだ二年しか経っていない自分を、大学内の教授選などとは比ぶべくもない大きなスケールの学術会議選にたてようとするのは、どんな理由だろうか。

「いろいろご迷惑ばかりおかけしている私にとっては、あまりにも光栄すぎ、身にあまるお話ですので、少し考えさせて戴いて、お返事申し上げたいと思います」

そう応えながら、財前は、結果は勝訴であったとはいえ、佐々木庸平の裁判の時、あのように激怒し、一時は自分を見限りかけた鵜飼が、なぜ急に自分を学術会議選の地方区に立候補させようとするのか、そこにはよほどの理由があるはずで、それを仔細に検討した上で、回答しようと考えた。

＊

佐々木庸平を失ってから二年近く経った株式会社佐々木商店の表見(おもてみ)は、以前通り㊧の暖簾(のれん)を入口に掲げ、商いを続けていたが、店内には活気が見られなかった。以前は布帛(ふはく)、晒(さらし)、肌着、浴衣(ゆかた)、既製服などの商品が陳列台に堆(うずたか)く積み上げられ、陳列台からはみ出した商品は土間にまで積み上げられていたが、今は陳列台の上を埋めるのがやっとのような商品の少なさであった。四十人程いた店員の数も、十数人に減り、庸平が生きていた時には七時に店を開けると、夜行列車で着いた地方からの買付け客が待ち構えるようにして店内へ入って来たのに、この頃では佐々木商店の品薄(しなうす)を知って素通りする客が多い。

佐々木よし江は、以前、夫の庸平が坐(すわ)っていた勘定場の前にある椅子に坐り、九時を過ぎても客のたて込まない店内を見廻し、溜息(ためいき)をついた。繊維卸商店の商いの最盛時は、地方や市内の小売商が、我先にと買付けに来る八時から九時であったから、九時を過ぎても閑散としているのは、商いの不振を示している。よし江は、勘定場に坐って帳面付けをしている番頭上りの専務である杉田の方を見た。夫の死を嘆き悲しみ、店を閉めようとしたよし江に、商いを続けるように勧めたのは、杉田であった。

資本金九百万円の株式会社佐々木商店に違いなかったが、実態は持株全部を一族で占めている個人商店で、死亡した社長の佐々木庸平一人が、銀行から取引関係一切の仕事を切り盛りしていたから、庸平が急死してしまうと、銀行にどれだけの借入金があり、それに対する担保物件と預金高がどうなっているのか、取引先についてもどれだけの売掛金があるのかも、正確なところが摑めず、特に手形で取引していた先には、踏み倒されても仕方がない状態で、一時はどうしようもなく、店を閉めようかと迷ったのだった。その時、杉田が、「何時までも社長の死を悔んではってもしょうがおまへん、それよりぼんぼんが再来年、大学を卒業しはるまで、奥さんが社長になってやっておくれやす、及ばずながら、わてらも一生懸命にやらせて戴きます」と申し出たのだった。

夫の庸平が存命中は、専ら内の切り盛りだけで店へ出たことがなかったよし江であったが、そう云われれば、長男の庸一が大学を卒業するまであと二年、何とか店を持ち堪え、夫の控訴審は、夫の腕一本で築き上げたこの佐々木商店の暖簾の下で勝ち取りたいという思いから、女手で商いを続けることを決心したのだった。

しかし、女社長とは名ばかりで、番頭上りの六十を過ぎた専務が、仕入から売方まで一切を取りしきったが、銀行筋や取引先に顔のきくはずもなく、まず銀行筋の資金繰りが苦しくなり、次いでメーカーや元売（大手機屋）が商品の売り控えをしはじめて来たのだった。その上、地方の顧客先の売掛金の支払いが延ばされ、どう頑張り、どう算盤を弾いてみても、庸平の存命中の時のような月商い一千五百万、荒利一割、純益五分などというような利潤が弾き出せなかった。

「杉田はん！」

よし江は、勘定場に坐って帳面付けをしている杉田を呼んだ。杉田は皺んだ細い眼を上げた。

「へえ、なんぞ、ご用で？」

席をたって、よし江の方へ寄って来た。

「杉田はん、なんぼ頑張ってみても、荒利八分、純利二分というところがせい一杯で、どないにもやり繰りがつきまへんな」

肩を落すようによし江が云うと、杉田は、

「亡くなりはった社長は、強気のつぼ勘でことを運んではりましたさかい、あとが困りますな、それにもう一つ困ったことが起きて、店員がまた賃上げを云うてますねん」

庸平の喪が明け、よし江が社長になった途端、女社長と侮ったのか、従業員たちは長い間我慢していた給料の安さを一挙に取り戻すように給料の値上げを迫り、従業員たちの要求通りの額を、出したいにも出せない店の状態を知ると、目先のきく者は、さっさと店をやめていったから、あとに残った十二、三人の者だけはと信じていた矢先の賃上げの要求であった。よし江は顔を硬ばらせた。やはり大阪の船場の商いの世界では、女は銀行や取引先からだけではなく、従業員にまで甘く見られるのかと思うと、口惜しかった。この品薄で、閑散としている商いのどこから賃上げの理由を見つけ出したのか、こちらが聞きたいぐらいであった。

よし江はふと、亡くなった夫が雁鉄砲という耳馴れぬ言葉を口にした時のことを思い返した。それはちょうど夫が、浪速大学病院へ入院する直前のことであった。昔の苦労を忘れぬように味噌汁と佃煮だけという粗末な朝食を口に運びながら、「わしに、もし妙なことがあってみぃ、それこそ雁鉄砲や、行儀よう列んで飛んでる雁の列に鉄砲があたったら、ばらばらと四散してしまいよる、あれみたいに中小企業のワンマン社長が倒れたら、ばたばたと店が倒れてしまいよるのが多いさかい、雁鉄砲にだけはなりとうないな」と云ったことがあったのだった。

その夫の言葉通り、ワンマン経営者であった夫が、財前教授という横柄な医者の手術を受け、手術後、容態が悪化したにもかかわらず、外国へ出発する直前の多忙さを口実に、一度も診察せず、若い受持医に任せきりにしたことが原因して手術後二十二日目に、商いや家のことに関して何一つ遺言も出来ずに、雁鉄砲に撃たれたように死んでしまったのだった。

「只今、お母ちゃん――」

子供の声がした。高校一年になった次男であった。

「今日はクラブ活動もせんと、早う帰って来たんだすな」

「そら、今日はお父さんの月命日やから早う帰っといでやと、お母ちゃんに云われてたもん――」

父の月命日と云うと、授業が終るなり、まっすぐ帰って来る子供の心がいじらしかった。

「そうそう、お住職さんが見えはるまでに奥をちゃんとしときまひょ、そのうち、兄ちゃんも、帰って来はりますやろ」

よし江は、店を杉田に任せ、奥へ入った。

前栽に面した奥座敷の仏壇には、燈明が点り、線香の煙が漂い、経机が置かれている。高校を卒業し、大学進学を諦めて家事を手伝っている娘の芳子が、母に代って仏壇を浄め、月命日らしい供物をしている。

「芳ちゃん、あんたにも苦労かけるな」

そう云いながら、仏壇の前に坐ると、よし江は、さっき杉田から聞いた店員の賃上げ要求が気にかかり、夫の位牌に縋りつきたいような辛さを覚え、いっそ、今のうちならこの店を整理し、親子三人暮せるだけのものと、夫の訴訟費ぐらいは残せると思った。長男の庸一と、夫の弟で谷町六丁目でメリヤス屋を開いている信平が、座敷へ入って来た。夫の死後も、月命日には必ず詣りに来、よし江たち親子を慰めてはくれるが、自分の商売だけで手一杯の信平には、兄の店の商いをみる余裕はなかった。仏壇に線香をあげ、

「嫂さん、どないだす、商いの方は？」

「それがもう、どないにもならんような恰好で、いっそ、店を畳んでしまいたいと思うぐらいだす、亡くなったうちの人の信用で通っていた信用手形も通らんようになったし、その上、店の者が——」

銀行や取引先のことから、店の者から賃上げ要求が出されている話までですると、信平はふと思いついたように、

「入院する時に、算盤と金庫帳を持って行きはったほどの兄さんでっさかい、二重帳簿を作って、どこかの銀行へ架空名義で預金してはるようなことはおまへんのか」

「私もそう思うて、病院のベッドの枕の下から出て来た金庫帳を開いてみたら、杉田が知ってる程度のことしか書いて無うて、あの人は、万一のことがあるようやったらちゃんと書いて置こうと思うていたのが、あの通りの急な死に方で、金庫帳の書き記しも、遺言も出来んと、死んでしまいはったんですやろ、このままでは商いは細る一方で、いっそ、今のうちに……」

口ごもりかけると、それまで仏壇の前で、じっと話を聞いていた長男の庸一が、

「今のうちにどうしようと云いはるのだす、今のうちに店を畳んで、残った金で郊外へ移り、そこで小さな雑貨屋か、煙草屋でも開いて、細う長うに暮そうと云いはるつもりだすか、それでは損得をぬきに、お父さんの控訴審のために駈けずり廻ってくれてはる関口弁護士さんに合わせる顔がありますか、それより、間口六間の店の半分をよそへ貸し、僕らも毎日、お茶漬食べてでも、今の商いを続けて、控訴審に勝つことが、お父さんにあんな死に方をされた僕らの一番に願うてることだす」

妹と弟の方を見守りながら、思い詰めるように云った。

関口弁護士は重い足どりで京都の街を歩きながら、さっき訪ねて行った国立京都第一病院長の冷たい扱いを思い返していた。

呼吸器外科の権威である院長に、院長と同郷の代議士の紹介名刺を持って訪ねると、早速、院長室へ通されたが、用件が浪速大学の財前教授が訴えられている控訴審に関することで、関口がその控訴人側の弁護士であることを知ると、俄かに掌を返したような冷やかさで、「不愉快ですね、その件についてのお話ならしたくありません、私の職務は患者の病気を診察して、治療することですから、診療に関すること以外のご依頼は迷惑です」と云うなり、けんもほろろに追い帰されたのだった。

国立京都第一病院の院長だけではなく、財前教授を訴えている医事裁判の控訴人側弁護士と云っただけで面会を拒まれ、或る病院では、事務局長が出て来て、「あの件については如何なるお問合わせについても、一切お返事を致さない申し合わせになっております」と云い、女の事務員が出しかけた紅茶も、眼で制してひっ込めたこともあったのだった。関口は、覚悟はしていたものの、医学界の眼に見えない厚い壁と同業者意識の横の連繋が、これほどまで強固なものとは思っていなかった。

一昨年の十二月十七日、第一審の判決が、原告側敗訴という無惨な形で終った時は、あまりに意外な判決に暫く呆然と法廷にたちすくんだが、佐々木庸平の遺族はもちろん、関口自身も、弁護士の生涯を賭ける覚悟をもって控訴に踏み切ったのだった。控訴状は大阪地方裁判所から判決の正本が送達されてから十四日以内に提出しなければならなかったから、遺族と相談の上、直ちに大阪高等裁判所の訟廷部へ控訴の手続を取ったのだった。当時、新聞は第一審で敗訴した患者側が、医学界の圧力に屈せず、控訴したことを大きく書きたて、関口自身も連日、控訴審に備える医学的問題点の調査に走り廻ると同時に、この控訴審のために、新たに専任の助手を一人おいて資料集めに当らせ、今度こそ勝ってみせるという意気込みでやりはじめたのだった。

しかし、第一回の口頭弁論以後、三、四回と控訴人側と被控訴人側の書面審理が重ねられ、裁判所の指摘によって双方の書面の不備が補修され、争点が次第に絞られて来るにしたがって、第一審を覆し得る医学的資料という点で、関口は、被控訴人側弁護士の河野にじりじりと追い詰められて来るのを感じた。もちろん関口側が控訴人であるから、形の上ではどんな主張もなし得たが、裁判所からその主張を客観的に裏付ける医学的論拠を求められると、忽ち立往生し、その都度、長い調査期間を申請して、控訴人側が有利になる資料を求めて、少しでもつてのある大学や病院を駈けずり廻っているのだった。

関口は瘦せぎすの顔に汗を滲ませながら、今度は、国立洛北大学の医学部へ向った。東都大学の法学部教授で、進歩的な民法学者であり、医事紛争裁判に関心を持っている滝野教授から、肺癌の専門家である村山教授宛の紹介状を貰っているのだった。

大学の構内へ入ると、白衣を着た若い医局員や学生たちが往き来していた。関口はまっすぐ事務局へ行き、第二外科の村山教授に面会を求めた。

「予めご連絡か、もしくはご紹介状をお持ちですか」

事務員は切口上で聞いた。

「ええ、東都大学法学部の滝野教授の紹介状を戴いております」

「あ、そうですか、それなら少々、お待ち下さい」

電話で連絡を取り、二階の教授室へ案内した。扉を開けて入ったところに小さな控え室があり、そこから秘書らしい女性が出迎え、次の七、八坪の天井の高い古めかしい部屋が教授室であった。壁面一杯にしつらえられた書棚に、医学書や学会誌がぎっしり埋まり、大きな机と回転椅子も時代がかったもので、すべて伝統を誇る国立大学らしい重厚な雰囲気に包まれていたが、村山教授は、ワイシャツ姿で関口を迎えた。

「ご多忙のところを、突然、お邪魔して申しわけありません、滝野教授からご紹介にあずかりました関口です」

と挨拶し、紹介の名刺を出すと、

「滝野教授は、高等学校時代の先輩ですが、相変らず法学雑誌などで、大いに進歩的な論陣を張っておられる様子ですね」

そう云いながら、関口に応接用の椅子をすすめ、

「ところで、私にご用件とおっしゃいますのは――」

「実は、国立浪速大学の財前教授が訴えられている医事紛争裁判の件について、先生のご専門の分野からいろいろと、ご意見を伺わせて戴きたいと思って参りました、私はその控訴人側の弁護士です」

と云うと、宜しくご引見戴きたいと、したためられている滝野教授の名刺を見、

「それで、私にどういうことを聞きたいとおっしゃるのですか」

今まで会った人たちのように、裁判のことを口にすると、掌を返したような態度は取らず、静かな口調で聞き返した。関口はほっとする思いで、

「先生は肺癌の専門家で、特に胸部エックス線診断の権威であられると承り、是非、ご教示を仰ぎたいのです」

「ほう、私の研究を――、失礼ですが、私のエックス線診断の研究を聞いて、どうな

さるおつもりですか」

「実は第一審の裁判で、術前に断層撮影をしておれば、肺に転移していたのが当然知り得たはずであるのに、それがなされなかったために、胸部の転移巣に気付かず、胃噴門部の主病巣の手術を行なって死に至らしめたという原告側の主張に対し、たとえ術前に断層撮影を行なっていても、小指頭大のような陰影では鑑別は困難であったとして、原告側の主張が排けられ、これが第一審の判決に大きく響いたわけです、それだけに第二審では、もしあの時点で断層撮影をしていたら、鑑別し得たという医学的論拠を得て第一審を覆したいと思いまして、その方面の資料を先生から戴けましたらと思って、参上致したのです」

「なぜ私のところへいらしたんです、肺癌の研究者なら他にも沢山おられるじゃありませんか」

「滝野教授にご相談しましたら、村山先生なら肺癌の権威者であると同時に、医学界の妙な同業者意識や封建性を持たれない進歩的な方だから、お話下さるだろうということで——、それに最近、学会で末梢性肺癌のエックス線像に関する報告をなさったということですから、もしそれを伺わせて戴ければ、どれほど控訴人側として助かるかしれません」

関口は縋りつくような思いで云った。村山教授は、暫く黙り込み、

「私の研究は、私の学問のためで、学問以外のことに用だてられることは迷惑です」

「しかし先生のご協力で一人の患者の死の契機が明らかになり、遺族が救われるかもしれないのです、それに、誤診を明らかにすることは医学の進歩にも役立つのではないでしょうか」

関口は詰め寄るように云った。

「しかし、あまり誤診を過酷に追及すると、為さざるに如かずという消極性、誤診を怖れることが医学の進歩を阻む場合もありますよ、いずれにしても、私の学問の静謐を乱さないで戴きたい」

突き放すように云った。関口は、凝然と村山教授の顔を見詰め、

「先生は、進歩的な医学者だと承り参ったのですが、その先生にして、そうおっしゃるのですか」

重ねて云うと、

「私は国立洛北大学の教授です、本学の名誉教授である唐木教授が、第一審で云われた以上の意見があるはずがありません」

そこには一旦、教授の座に坐った者の自己防衛本能が見られ、進歩的といっても、

医学界内における進歩性で、社会的な進歩性ではなかった。

「そうですか、先生のような方にして、そうした態度しかお取り戴けないということが、身にしみて解りました」

そう云い、関口は席をたって、教授室を出た。廊下の窓越しに、夕陽がまともに照りつけ、顔から首筋にかけて汗が滲み出た。

一体、この控訴審は、勝目があるのだろうか、ここ一年程の間、第一審で勝敗の大きなきめ手になった問題点を切り崩すために、弁護士としての利害を越え、寝食を忘れて東奔西走し、妻はもちろん、弁護士仲間からも、商売が傾きかかっている佐々木庸平の遺族と心中するつもりかと、注意されたのだった。そして事実、周囲の危惧通り、佐々木側からは控訴審に必要な資料の調査費が滞りがちであった。

関口は首筋の汗を拭うために、たち止まって時計台の方を見ると、時計台を挟んで古めかしく巨大な建物が夕陽の中で、荘重に輝いていた。この高く厚い万里の長城を張りめぐらしたような医学界を相手にして、ほんとうに控訴審は勝ち得るのであろうか――、関口は挫折しそうになりながら、自分を頼り、縋っている佐々木よし江と三人の子供らの姿を眼にうかべた。

二十三章

里見脩二は、ずらりと並んだ検査室の内視鏡室で、朝から胃カメラによる検査に当っていた。

二週間にわたる奈良の僻地の集団検診を終えて、近畿癌センターに帰って来て以来、留守の間に山積していた仕事と診療が重なり、疲れているせいか、十人目の最後の患者の検査が終ると、眼の奥が疼くように痛んだ。眼をやすめるために暗幕を引いた検査室を出、隣室の窓から千里丘陵へ眼を向けた。

千里ニュータウンの高台に建っている近畿癌センターから、四月中旬の爽やかな陽を浴び、滴るような緑に掩われた広大な丘陵が一望のもとに見渡せた。里見は眩ゆげに眼を細め、ゆっくりと視線を東の方へ転じると、そこだけは周囲の景観とは一変し、緑の丘陵が切り崩され、赤土が剝出しになり、十数台のブルドーザーやクレーン車が縦横に動き、整地しているのが見える。大阪で開かれる万国博覧会の会場建設地で、敷地造成が始まっているのだった。里見は人間のエネルギーが大自然に向って、炸裂(さくれつ)しているような凄(すさま)じい敷地造成の現場を、惹(ひ)かれるように見入った。それは、この近畿癌センターに内蔵されている癌に挑(いど)む凄じいエネルギーと共通したものを感じさせるせいかもしれない。

近畿癌センターが癌専門の医療、研究機関として発足したのは、四年前であった。一万五千坪の広い敷地には、五百床のベッドを持つ病院と、研究所が整然と並び、内部の設備もすべて最新の医療器械が取り付けられていた。そしてそれらの設備にも増して、近畿癌センターの特色は、各部門の研究スタッフに、学閥(がくばつ)を排して全国から基礎、臨床各部門の優(すぐ)れた若手の研究者が集められていることであった。それだけに研究者たちは、国立大学の中にあるような封建的な人事関係に煩(わずら)わされることがなく、自分の持っているエネルギーのすべてを癌の診療と研究に向けることが出来た。

里見の属する消化器の第一診断部は、胃癌が専門で、部長は元洛北(もとらくほく)大学の助教授、次長は里見で、里見の下に六人のスタッフがいたが、部長、次長と、若いスタッフたちの間には、封建的な上下の関係はなく、強いチーム・ワークによって仕事を推し進め、他の部との横の連繫(れんけい)も密接であった。浪速(なにわ)大学時代、各科の一国一城主義のセクショナリズムに批判的であった里見は、近畿癌センターへ来て、はじめて自分の場を得たような思いがした。

浪速大学時代の同僚の中には、国立大学の助教授であった里見なら、当然、部長クラスになるべきだと同情する声もあったが、里見自身は、そんなことより、名実ともに治療と研究が一体となったところで、煩わしい人間関係に妨げられず早期胃癌の診断に取り組めることは、大きな喜びであった。

背後で、看護婦の声がした。

「先生、一人、遅れて来た患者がいるんです、検査受付の時間を過ぎていますので断わろうと思ったんですが、奈良の十津川村から来たというものですから――」

若い看護婦は、当惑するように云った。午後一時を過ぎていたが、奈良の十津川村なら、里見自身が集団検診車に乗って出かけ、若い医師たちと一緒に検診したところであった。

「診るよ、早速、用意をしてくれ給え」

検査室を眼で指すと、看護婦はすぐ廊下に待たせている患者の名前を呼んだが、なかなか入って来ない。検査を嫌がっているのだった。付添いの家族のなだめる声がし、入口の扉が開いた。六十半ば過ぎの日灼けした老婆で、怯えるような様子で入って来、

「あっ、先生――、うちの村へ来てくれたあの時の先生やな」

大きな声で云った。里見にも見覚えがあった。里見自身が集検のフィルムでポリープの疑いがあるとしてチェックした患者であった。

「ああ、あの時の山田うめさんですか」

検査票に記された氏名を見、患者の気持を和らげるために本人の名前を呼んだ。

「先生、わしは胃の工合など、ちっとも悪う思わんのに、この嫁が無理に引っ張って来たんや」

おろおろしている嫁を睨み据え、頑強に検査を拒んだ。里見は微笑をうかべ、

「おばあさん、この間のあなたのエックス線写真を診ると、ちょっと気がかりなところがあるから、もう少し詳しい検査をしておこうというだけのことですよ」

「けんど、胃カメラたらちゅう検査をするんは、癌かもしれんということじゃろうが」

山田うめは、怖れているものから眼を逸すように云った。

「いや、そうに限りませんよ、それよりおばあさん、この検査をして結果がよかったら、明日から元気に野良へも出られるじゃありませんか、いらない心配もせずに――」

じゅんじゅんと説くように云うと、山田うめは、やっと検査室のベッドに上った。

里見は手の空いている助手を呼び、直ちに緊張抑制剤と分泌抑制剤の注射を打たせ、暫く安静にしておいてから、咽頭部を局所麻酔するゼリー状の麻酔剤を咽喉の奥に含ませ、五分後にさらに外から噴霧法による麻酔を加えた。胃カメラを挿入する際の患者の苦痛を除くための処置であった。

その間、里見は、山田うめのエックス線写真を写真観察器にかけ、幽門部（胃の出口）前庭部の大彎側に透亮像が認められ、辺縁に乱れがあるのを確かめ、胃カメラの先端に付いているランプの発光状態を慎重に点検した。これまでの胃カメラは、盲目的な撮影しか出来なかったが、最近は先端が自由に動かせるアングル付のファイバー・カメラで、胃の中を直視下に観察しながら、カラー写真を撮ることが出来るのだった。

胃カメラの点検が終ると、里見は、山田うめに左側臥位の体位をとらせ、顎を軽く突き出させ、頸部に手を触れた。まだ緊張が残っているらしく、やや硬い。

「さあ、楽な姿勢で力をぬいてごらん」

肩の力をぬかせ、胃カメラの先端の管を口に近付けた。山田うめは思わず、眼を閉じ、口を閉じかけたが、里見は口を開かせ、直径十二ミリのカメラの管を患者の口腔へゆっくり挿入した。麻酔がきいているから、患者は二、三回眼を瞬かせただけで、後咽頭壁沿いに食道入口部に向っておし進められたが、詰るような抵抗感が伝わった。ごくりと、嚥下運動をさせると、カメラの先端はうまくそれに乗って、するりと食道へ滑り込んだ。噴門部まで行くと、里見は、カメラの先端に組み込んだランプをつけ、手もとのゴム球を押して胃の中へ空気を送り込んだ。忽ち胃が膨らんで視界が展け、接眼レンズを通して、濡れ光った薄桃色の胃内が、ひくっひくっと波が押し寄せるようにかすかに蠕動し、瘦せ萎びた山田うめとは別個の生きもののように生き生きと動いている。

里見は、胃内にまっすぐカメラの先端を進め、胃角部を探した。胃角が、胃内観察の時の方位測定の目印になるところであった。やがてランプの光を反射して、白く光る胃角部がうかび上り、その左側の空洞の奥に円い小さな穴がぽっかりと口を空けていた。幽門輪であった。里見は全体の観察を怠らぬように各部位のシャッターを切りながら、エックス線写真で透亮像の認められた前庭部大彎側にカメラを進めて行くと、やはり、予想通り、直径一センチ程の赤い半球状の隆起が一つあり、表面に一部出血している部分も見られた。

里見はさらにその隆起病変を詳細に観察するために、蠕動収縮輪が病変部を通過するのを待った。ゆっくりと蠕動が起り、その波に乗って無茎のポリープ様の隆起が、くっきりと盛り上った。すかさずシャッターを切った。大彎側の次に、小彎側の観察に移ったが、消失寸前の瘢痕化した潰瘍があるのみで、胃角、胃体とも何の異常も認められなかった。里見は、ゆっくりカメラを抜去した。

「おばあさん、終りましたよ」

固く眼を閉じていた山田うめは、薄目を開け、ほんとうに終ったことを確かめると、上半身を起した。

「先生、どやった、癌やなかったんか」

「それは、今、胃カメラで撮った写真を現像してからでないと解らないけど、あまり心配ないですよ」

悪性のように思われたが、言葉を濁すように云うと、

「先生、隠さんと云うてくれ、癌じゃったら、癌じゃと……」

眼脂の溜った眼を光らせ、取り縋るような面持で云った。里見は老婆の肩を叩き、

「おばあさん、この検査の結果が解ったらすぐ通知しますから、お嫁さんと必ず来て下さいよ、いいですね」

優しく云うと、山田うめは、里見の顔をじっと見詰め、

「ほんなら、その時も、先生はちゃんとおってくれるんか」

「もちろんですよ、今日の結果は、その時、私からおばあさんに詳しくお話しますよ」

と云うと、老婆ははじめて安心したようにベッドを降り、嫁に付き添われて検査室を出て行った。里見は、そのうしろ姿を見詰め、この患者の信頼に応えて、一日も早く正確な検査結果を出さねばならないと思いながら、自分を信頼し、財前の執刀を受けて、術後の急変で死亡してしまった佐々木庸平のことが脳裡にうかんだ。心ならずも、このところ佐々木家の遺族や関口弁護士と会う日が、延び延びになっていることが心苦しく思われた。

北の料亭『扇屋』の奥座敷で、財前五郎を挟んで、財前又一と区医師会長の岩田重吉が盃を重ねていた。人払いの席であったから、扇屋の女将で、又一の妾である時江自身が、銚子を運び、お酌をしていた。

大島の対を着流した又一は、酒気に紅らんだ顔をつるりと日本手拭で拭い、

「わしはこの通りの根っからの町医者で、日本学術会議などというのは縁のない話で、

詳しいことは解らんけど、ともかく学術会議会員と云うたらえらい肩書や、立候補しとうても出来ん人がおることを思うたら、結構な話や、とやかく云わんと、出たらええやないか」

躊躇(ちゅうちょ)している財前五郎を押し出すように云った。

「そりゃあ、お舅(とう)さん、僕だって出たいのは山々ですよ、しかし、鵜飼(うがい)医学部長が、教授になってまだ二年で、例の控訴審のこともある僕に、なぜこんな有難過ぎる話を持ち出して来たのか、そこのところがどうも腑(ふ)に落ちなくて――」

考え込むように云うと、岩田重吉は、名前に似合わず痩せた小柄な体で、

「わしもさっきから、そこのところにひっかかってるのや、近頃、はやりの開講何十周年記念レセプション、或(ある)いは記念業績論文刊行、鵜飼記念文庫など、鵜飼一人の財力では賄(まかな)いきれんもの入りな祝いごとが考えられるけど、これではちょっと、ことが小さ過ぎるな、何か心当りはないのですかいな」

「私の考えられることといえば、鵜飼医学部長がこの話を切り出されるに当って、これからは、大阪でも国際的な大きな学会が多くなるだろうから、なり甲斐(がい)があるじゃないかとおっしゃったのですが、その時の金集め、人集めのためにだけ学術会議選の候補者に私を推されるでしょうかね、念のために一昨年、東京で開かれた国際癌学会

で要った経費を調べてみましたら、七千万円のうち、四千万円が政府予算から、あとの三千万を地元の東都大学の医学部長が財務委員長になって、一般財界、薬品、医療器具会社などから寄付を調達したそうです、しかし、それなら、その方面に顔のきくのは、私よりむしろ鵜飼医学部長の方が数段上で、そんなことぐらいで、私を推されるほど甘くない方でしてね」

「さすがは財前教授や、ええとこを見てはる、鵜飼はそんな甘い奴やない、あいつのことやから自分に直接、利益のあることで、大仕掛なことを考えてるに違いない」

岩田は貧相な顔にかけている金縁眼鏡をきらりと光らせて、盃を空け、

「そうなると、来年の学長選のための布石やろと思うけど、どうやろか」

「いや、学長選なら相手が文学部長の沢田教授でいささか手強いですが、鵜飼医学部長の方が政治力がありますからね」

「そうやな、年来の計画やった新館建築もあいつが実現させ、何というても医学部で保っている浪速大学では、医学部長の鵜飼の方にずっと分があるはずや」

岩田と財前がそう云い、ほとほと考えあぐねるように黙り込むと、又一はぬるりと光った坊主頭を苛だたしげに振った。

「一体、何やと云うのや、さっきから二時間も、判じものみたいに、二人でああでも

ない、こうでもないとひねくり廻し、何がそないに難しいのや」

「難しいことですよ、お舅さん、鵜飼医学部長の胸のうちが探り出せないことには、うっかり乗れない話ですよ、金ですむことなら簡単ですが、金ですまないことだったらどうするのです？」

「けど、あんたに話を持って来る限り、鵜飼さんかて、財前五郎というものの力量を知ってはるはずや、つまり街の産婦人科医院に過ぎんけど、舅のわしの財力と、五郎のその押しの強い政治力や、この二つでやれる範囲のものを考えてるはずやから、そない気を揉まんかて、ええやないか」

又一らしい云い方をすると、岩田も、

「この調子ではなんぼ考えても、結局は判断がつかんから、私がうまい術を使うて、鵜飼の腹のうちを探ることにしたらどうですねん」

「しかし、鵜飼先生には、少し考えさせて戴いて、お返事申し上げますと云ってありますから、あまり返事は延ばせないのですよ」

さすがの財前も困り果てるように云った。

「ほんなら、お受け致しますと返事しておいて、鵜飼さんの腹のうちが読めて、まこと帳尻の合わん話やったら、土壇場になっておりたらええやないか」

ともなげに又一は、云った。

「お舅さん、それは、いくら何でも……」

「何がいかんのや、立候補者自身が、一身上の都合で立候補を辞退する例は、世間にもようあることや、それに財前家の勲章がもう一つ増えるか、増えんかという瀬戸際に、それぐらいの腹づもりでいかんと、あの狸親父にはたち向えんわ、あっはっはっ」

又一は、鵜飼を呑んでかかるように大声で笑い、

「どうや、これから宗右衛門町へ席を替えて、景気付けの散財しようやないか」

岩田はすぐ賛成したが、財前は、他に会合があるからと、先に席をたった。

梅田新道の交叉点まで出ると、財前はタクシーを拾い、帝塚山のケイ子のマンションに向った。

財前が教授になった直後に移った大阪の長堀川沿いのマンションから、今年の初め、さらに帝塚山に出来た新築のマンションに移ったのだった。ケイ子は、心斎橋に近い長堀川のマンションの方が、バー・アラジンに近くて便利でいいと云ったが、財前の方が、市内は何かと眼につきやすいからと、大阪の南郊外に近い閑静な帝塚山を選ん

だのだった。

帝塚山四丁目の停留所を右へ折れ、五階建てのマンションの前に車を停めると、財前はすうっとエレベーターに乗り、五階で降りた。人眼を憚るようにケイ子の部屋の扉を低くノックしたが、応答がない。今度は、少し強い目にノックすると、内側から把手が廻り、ショート・ヘアを軽くかきあげたケイ子の顔が覗いた。

「あら、今日は来はれへん日やなかったの」

「来て悪かったかい」

これまでのように財前の訪れを待ち受け、胸を弾ませないケイ子の様子に、やや不機嫌になりながら、窓際のソファに体を埋めた。十二畳程のリヴィング・ルームに置かれている北欧風のチーク材のテーブルも、飾り棚も、木部を生かした安楽椅子も、すべて二カ月前に、財前が買い整えたばかりのものであった。国立大学教授としての財前の給与は十万四千円であったが、他に特診料二、三万円、手術の時は別に五万円から十万円の謝礼が届けられ、そうした収入が月額で五、六十万は下らなかったから、ケイ子にも月々、十万円ぐらいのことはしてやれた。

「ウイスキーにする？　それともブランディ？」

ローズ色の薄いジャージーのガウンの下から、しなやかに延びたケイ子の美しい肢体が露わな線を描いている。

「食事のあとだから、ブランディの方がいいな」

ケイ子は、洋酒棚からヘネシーのブランディを取り出し、グラスに注ぎ、形のいい足を組んだ。

「どうだい、ここの住みごこちは？」

「いいにきまってるやないの、それより、何かあったのんと違う？　急に現われたりして——」

切れ長の大きな瞳が、ぴたりと財前の顔を見た。

「別にたいしたことじゃないが、鵜飼医学部長から有難過ぎる話があって、そのことでちょっと舅たちと話してたんだよ」

岩田医師会長も混えて談合したことを話すと、

「へぇぇ、そんなこと大の男が三人も集まって、ああでもない、こうでもないと考えんならんことかしら？」

「しかし、何といっても学術会議会員の選挙だよ、地方区といえども、当選すれば、学術会議会員としての栄誉が加わる」

「その栄誉は欲しいし、鵜飼さんへのお返しは恐いしというところでしょう、教授になってからのあんたは、面白くなくなったわ」

ケイ子の言葉の中に、軽侮するような響きが感じ取られた。財前は、ブランディ・グラスをテーブルの上に置いた。

「何が面白くないいんだ、僕ほどの名医に向って、冗談にも失敬なことを云うなよ」

むっと不快げに云うと、

「名医というのは、腕と人格の二つ兼ね備わった人のことを云うのではないのん？」

ケイ子の顔に、複雑な笑いがうかんだ。財前は、ぎょろりとした精悍な眼で、ケイ子の顔を見、毛深い手を伸ばして、ぐいと体を引き寄せた。口ほどにもなく、ケイ子は何時ものように財前の逞しい体を受け入れ、しなるように体をよじらせた。財前はさらにケイ子の体を強く締めつけながら、さっき、ちらっと見せたケイ子の複雑な笑いを忘れなかった。この女子医大中退の聡明で美貌でいい体をしている女は、既に名誉と財力を得ている自分に、この上、何を求めようとしているのだろうか、女の性の中に溺れながら、財前はケイ子の云った言葉の意味を考えていた。

*

柳原は、アパートの二階の湿っぽい蒲団に寝転がり、雨漏りが染みている天井をぼんやりと見上げていた。大学病院から帰って来たばかりであったが、このところ夕方になると、妙に気だるく、熱っぽくなる体をやすめるために、週一回、個人病院へ宿直医のアルバイトに行っているのも今週は休み、帰って来るなり、ごろりと横になったのだった。六畳一間の部屋は蒲団を敷くと、あとは机、椅子、本棚で一杯になり、本棚に入りきらない本やインスタント・ラーメンの箱が、赫茶けた畳の上にじかに積み上げられ、壁には、くたびれた背広やレイン・コートがハンガーにぶら下り、北向きの陰気な部屋を、さらに陰気くさくしている。

暫くまどろんだかと思うと、廊下に喧しい足音や、たてつけの悪い扉をがたぴしさせる音で、眼を覚ました。時計を見ると、六時を少し廻ったところであった。古い上に安普請の木造二階建てのアパートは、ここ一時間程が最も騒々しい。職場から帰って来る住人たちの足音や、夕食の仕度をする主婦たちの慌しい声が聞え、扉の隙間から、魚を焼く煙や煮物の匂いが這い込んで来る。柳原はじっとりと汗ばんだ首筋を手拭で拭い、再び寝つこうとすると、隣室から赤ん坊の泣声が聞えた。

「またか！」

柳原は腹だたしげに舌打ちした。最近、引っ越して来た若夫婦の部屋で、二十そこそこの妻は、何時も赤ん坊を泣かせ、泣きやむまで放ったらかしにしている。たいていの物音には馴れていたが、赤ん坊の泣声だけは、顳顬にまで響き、神経が苛だった。柳原は眠るのを諦め、部屋の隅にある炊事場にたって行き、水道の蛇口をひねって、コップに水を入れ、病院の薬局で調合して貰った解熱剤を飲んだ。二、三日前から解熱剤を服用しているが、もう少し続けてみて熱が下らないようなら、エックス線検査をしなければならない。それにしても、最近の病院の勤務状態はきつ過ぎる。学会シーズンだから仕方がないとはいえ、教授以下、助教授、講師、古参医局員たちが学会出席のために病院を空けることが多く、その皺寄せは、柳原たち中堅の医局員に集中して来るのだった。その上、週二回の手術の介助と病棟患者の受持もかぶさって来、宿直医のアルバイトが身にしみて過酷だった。

有給助手になって二年目、大学から貰う給料二万六千円と、アルバイト代一万二千円、合計三万八千円が柳原の収入で、額だけ見ると、余裕があるようだが、アパートの部屋代六千円、食費一万二千円、年二回の学会参加積立金と医局費が八千円、自分の研究費が最低、一カ月に一万円はかかり、それらを差し引くと、小遣や交通費さえ、満足にはたき出せない。

ああ、早く学位を取りたい――、柳原はインスタント・ラーメンの鍋を、錆びついたガス・コンロにかけ、呟くように云った。学位さえ取れば、独立して外来診察が持たせて貰え、プレートに名前が出、収入も増える。それに第一、九州の田舎で郵便局長をしている父が、どんなに喜ぶことだろう。自分を頭に五人の子供を抱えて、沢山の蓄えがあるはずがなく、僅かに持っていた田畑も、自分が大学を卒業し、有給助手になるまでの仕送りで人手に渡ってしまったことを考えると、一日も早く父の望む学位を取って、一人前の医者になりたかった。

しかし——、柳原は鍋の中のラーメンを丼に移しながら考えた。学位論文のテーマである『呼吸循環機能からみた高齢手術患者の管理について』は、金井助教授の指導を受けてかなりの数の副論文は出来上っていたが、佐々木庸平の控訴審が控えていることを考えると、暗い不安が押し寄せ、落ち着いて研究に取り組めない。あの医事裁判以後、柳原は日夜、いいようのない良心の呵責を覚え、医局でも孤立した存在になり、学位論文の研究も或る一定の時点で、止まっているのだった。

「柳原さん、いてはりますか」

管理人の大きな声がした。どうせ遅れている部屋代の催促だろうから、返事をせずにいると、

「お客さんでっせ、関口さんとかいう人ですわ」

「えっ、せ、せきぐち、——いない、まだ帰ってないと云って下さい」

早口でそう応えると、

「柳原さん、お久しぶりです」

外から扉を押し、痩せぎすの関口弁護士の体が部屋に入って来た。

「こんな時間に突然、お伺いして申しわけありませんが、今頃ならお帰りになっておられると思って参ったんです」

柳原は、動揺を抑えきれず、

「このアパート、どうして解ったのです？　医局では、原則として医局員の住所は部外者に教えないことになっているはずです——」

「そこは弁護士をしていますので、いろいろと調べましてやっと、こちらのアパートへ替られたのを知りましてねぇ」

「ご用件というのは、何でしょう」

関口を上り込ませぬように、切口上に云った。

「その後、佐々木庸平さんの遺族の様子は、ご存知ですか」

関口は、低い上框に腰をかけて、きり出した。

「知りませんよ、僕がとりたてて、佐々木さんの遺族のことを知る必要はないと思います」

「お気の毒に佐々木さんの奥さんは、一審の裁判以後、心労が重なってすっかり老い込み、商いの方は、中小企業というのは、ワンマン社長が死ぬと、ああも無惨なものかと思われるほど衰え、四十人程いた従業員が、十二、三人に減り、銀行筋の融資はもちろん、メーカーや元売からの商品もストップされ、倒産寸前にたち至っていますよ」

佐々木商店の悲惨さを具に話した。その間、柳原は頑に視線を逸けていたが、時々、頬の筋肉を痙攣させた。

「それで、今日、お伺いしましたのは、佐々木さんの奥さんが、是非、柳原先生にお目にかかりたいと云っていますので、私がそのお願いに上った次第ですが、お会い戴けますすね」

ぐいと踏み込むように云うと、

「僕に会って、どうしようというのです」

柳原は、はじめて関口の顔を真正面に見た。

「柳原さん、どうか会ってあげて下さい、そして、今度こそ、控訴審では真実を語ると、云って上げて下さい」

関口は深く頭を下げた。

「今度こそって、僕は今までも真実を語っています、妙な云いがかりは迷惑です」

払い退けるように云った。

「たしかにご迷惑なことでしょう、その点では、浪速大学の助教授のポストをなげうって、原告側の証人にたち、真実を述べたために、辞職せざるを得ない羽目に追い込まれ、大学を去って、近畿癌センターへ行かれ、奈良の僻地を集団検診車に乗って廻ったりしておられる里見先生に、どんなに心苦しく思っていますか――、それにもかかわらず、里見先生ご自身は、医者は患者のためにあるのだから、一人の患者の死の原因を明らかにすることに協力して、それで大学を追われるのなら仕方がないと、おっしゃって下さっているのです――」

しんとした静けさが、狭い部屋の中を埋めた。

「もちろん、柳原先生の立場は、第一外科の医局員であるだけに、里見先生以上にお難しいことはよく解り、真実を証言されれば、大学を追われるかもしれません、それを考えると、いくら原告側の弁護士といっても、今日まで伺えませんでした、しかし、ここ一年間、あらゆる方法で、これという先生方に会い、自分でも素人なりに随分、勉強もしましたが、未だに一審の判決を覆し得るだけの医学的論拠は出ず、この上は柳原先生の勇気ある真実の証言にお頼りするよりほか方法がないのです、もちろん、こうして無理なお願いを申し上げる限り、万一の時の、先生の身の振り方については、里見先生や近畿労災病院長になっておられる東先生にもお力添え戴いて、最大限のことをさせて戴く所存です、どうか、真実をおっしゃって下さい」

関口は、懇願するように云った。柳原は心の中の動揺と闘うように身動きもせず、

「さっきから真実、真実って、どういう真実を云えとおっしゃるのです」

「術前に財前教授が肺への転移に気付かず、柳原先生が疑問を持って断層撮影を要請したにもかかわらず、撮らなかったと、そう一言、ありのままに云って下さればいいのです」

「せっかくですが、そのような記憶はありません」

柳原は無表情に応えた。

「それでは、こうまでお願いしても、なおあなたは、腕はたつが、自分の名声と財力を求め、欺瞞に満ちた財前教授を庇い、一人の患者の死を見殺しにするのですか」

欺瞞に満ちた財前教授という言葉が、柳原の胸に鋭く突き刺さった。しかし、学位論文のことが脳裡にうかび、郷里の父親の顔が思い出された。

「何と云われても、僕の答えは一審と変るはずがありません、もう帰って下さい」

「そうですか、じゃあ、今日はこれで失礼しますが、今日お願いしたことは暫く、お考えおき下さい」

関口は諦めきれず、望みを繋(つな)ぐように云い、起(た)ち上った。

財前は、鵜飼医学部長の都合を聞いてから、自分の部屋の鏡の前にたった。昨夜、妻以外の女を抱き、深酔いしたあとが顔に出ていないかどうかを確かめ、身装(みなり)を整えた上で、教授室を出た。白衣を脱いで、背広姿にしたのは、午後の回診やその他の雑務を終えて、きちっと改まったところを示すためであった。

医学部長室の扉(ドア)をノックすると、すぐ応答があり、部屋へ入ると、鵜飼は血色のいい肥満した体を皮張りの回転椅子にのけ反らせるようにして坐(すわ)っていた。財前の返事を見通しているような傲然(ごうぜん)とした態度であった。財前は、鵜飼の前に起ち、

「学術会議選の地方区立候補の件は、謹(つつし)んでお受けさせて戴きます」

舅(しゅうと)や岩田たちと談合したことなど、噯(おくび)にも出さず、それどころか身に余る光栄のような鄭重(ていちょう)さで云うと、鵜飼は桜色の顔をにんまりと綻(ほころ)ばせた。

「ふむ、立候補の決意をしたわけだねぇ、そうときまれば、早速、選挙参謀をきめないといかんが、君自身は誰がいいと思うかね」

「さあ、まだそこまでは、それに私の立候補はまだ、教授会の承認を受けておりませんし——」

その性急さに、財前の方が戸惑うように応えた。

「学術会議の選挙管理会の規定では、必ずしも教授会の承認を経なくてもいいことになっているが、浪速大学医学部教授会の満場一致の推薦という形を取りつけるために、次の定例教授会に諮ることにする、それまでに葉山教授にうまく工作して貰っておくから大丈夫だよ」

鵜飼は、こともなげに云い、応接用の安楽椅子に席を移し、

「ところで、今度の学術会議選の選挙参謀は、葉山教授にやって貰おうじゃないか、彼なら学内の教授夫人たちの診察やお産の面倒もみてやっているから顔がきくし、この前の教授選の時も、こっち側のまとめ役として奔走して、腕前のほどは信頼出来る、それに君のお舅さんの財前産婦人科医院の難しい患者を引き受けて、出張手術もやっているようだし、何かと都合がいいんじゃないかね」

「しかし、葉山教授には、教授選の時、いろんなお世話になった上、また重ねてとい

うのは、それに私より先輩教授ですから——」

躊躇うように云いかけると、

「葉山君に対する遠慮なら要らないよ、教授選も、今度のことも、彼は何も君のために動くんじゃないからね、医学部長である僕のために動いてくれるんだよ、それだけのことは、葉山君にしてあるし、また今後もすることになっている」

財前は、女のように色の白い顔に、一分の隙もない瀟洒な身装をしている葉山の姿を思いうかべ、葉山の心の中にある女性的な権勢欲を知った。

「それに葉山君を選挙参謀にするといっても、それは表向きの形で、実際は僕自身が画策するよ、学術会議選は、学内の教授選と違って、大学対大学の交渉が大事だから、まあ僕に任せ給え」

「はあ、先生からそんな風に云って戴きますと、何と御礼申し上げていいか解りません」

財前は、ことさら殊勝げに頭を下げた。鵜飼は何の疑いも持たずに、儲けものをするように学術会議会員に立候補する財前を、こいつはよほどのお調子者か、それともよほどの腹黒い奴かと観察しながら、

「立候補ときまると、対立候補がどこの大学の誰かということが、第一に問題になる

が、近畿地区一名の定員に対し、今のところ国立洛北大学の第一内科の神納教授と、私立近畿医大の神経科の重藤教授が立候補の動きを見せている」

洛北大学の神納教授と聞いた途端、財前ははっとした。すぐれた業績を持ち、内科学会の進歩派と目されている少壮教授であった。

「財前教授も知ってのように神納教授は循環器、ことに心筋梗塞の大家で、学会進歩派という謳い文句で相当な票集めをするだろうし、一方、近畿医大の重藤教授は、近畿一円の私立医大の票を一手に集めるだろうから、どちらも強敵だが、財前君はこの二人を相手に廻して、勝てる成算があるかね」

自分の方から財前を立候補者に引っ張り出しておきながら、鵜飼は不意に、突き放すような冷たさで云った。財前は顔色を動かしたが、

「今日は立候補をお受けするお返事を申し上げるだけのつもりで、突然、そうおっしゃられましても――」

困惑するような表情を見せると、

「そりゃあそうだ、それに勧められて学術会議選に出る君に、成算があるかなどと云う方が無理だな、まあ、すべて僕に任せることだ、引き受けたからには悪いようにはせんよ」

自分から引き寄せておいて、ぐいと突っ放し、相手が困ったところで助け舟を出して、恩をきせる鵜飼の狡猾さを見て取ったが、財前は、

「鵜飼先生のお声がかりで立候補させて戴きましたからには、すべて先生にお任せ致します」

と応えると、鵜飼は肥満した体を揺すぶり、

「うん、及ばずながらねぇ、その代り君の方は、妙な不祥事が起らんように気を付けてくれ給え」

「はあ、例の控訴審につきましては、勝訴に持ち込んでくれた河野弁護士に加えて、さらにもう一人、大物弁護士を増やし、万全を期しております」

「いや、控訴審のことじゃないんだ、あの件は、あれ以上どう進展するものでもないから心配していないよ、僕の云うのは、選挙の時は、身辺をきれいにしておかないと、怪文書という奴で倒されることがあるから、それを注意するようにと云っているんだよ」

「その点は、おっしゃられるまでもなく、重々、心致しております」

財前は、水を浴びせかけられたような冷たさを覚えながら、慇懃に頭を下げた。

医学部長室を出て、教授室へ向いながら、財前は、鵜飼の身辺をきれいにしておくことだと云った言葉を、思い返していた。昨夜、ケイ子と情事を持ったばかりの財前であったから、水を浴びせかけられたような冷たさを覚えたのだった。たしかに昨夜のケイ子は、何時もと異なり、「栄誉は欲しいし、鵜飼さんへのお返しは恐いしというところでしょう、教授になってからのあんたは、面白くなくなったわ」と軽侮するような云い方をしたが、あとの情事の濃密さを考えると、財前とどうこうしようというほどのことではなく、ケイ子の聡明さが、教授におさまりかえっている財前に、やや退屈しているのに過ぎないようであった。

他に身辺をきれいにすることといえば、特診患者のことであったが、これは病院内の公然の秘密のようなものであった。そうなると、他に何があるだろうか——、そこまで考え、財前は、柳原のことを思いうかべた。そうだ、佐々木庸平の控訴審のことで思い悩んでいるらしい柳原が、学術会議選の最中に妙な考えでも起すことになれば、それこそ鵜飼のいう不祥事になりかねない。そう思うと、財前は俄かに足を急がせた。教授室へ帰ると、五時を過ぎかけていたが、殆どの医局員はまだ残っているはずであった。教授室へ帰ると、すぐインターフォンで、医局を呼び出し、柳原を寄越すように命じた。

遠慮気味に低く、ノックする音が聞えた。

「柳原君か、入り給え」

おどおどしている柳原を招き入れるように云ったが、昨日、関口弁護士の訪問を受けたばかりの柳原は青白んだ顔で、

「柳原でございます、何かご用が……」

「格別の用事はないが、君、この頃、何か心配ごとでもあるのかい」

「いいえ、別に――」

「じゃあ、外来や回診の時、君が妙に元気がないのは、どういうわけなんだい」

「それは、少し体が疲れておりますだけで――」

「そりゃあ、いけないねぇ、君は個人病院へ宿直アルバイトに行っているらしいが、宿直アルバイトが一番体に悪いから、僕の患者が社長をしている会社の診療所の方を世話してやろう、それなら体が楽だろう」

「はあ、しかし、今の病院はずっと古くからですから、向うに迷惑をかけることになります」

拒むように云った。

「なに、他の若い医局員に行かせりゃあいい、何だったら、医局長の安西君から云わせてもいいよ」

「いいえ、一時的な疲れですから大丈夫です」

「そうかい、君は何時でもこつこつとよくやっているから、それぐらいの面倒はみてもいいんだよ」

重ねて云ったが、

「いいえ、ほんとうに大丈夫です」

柳原は栄螺(さざえ)が蓋(ふた)を閉ざすように、財前に向って頑(かたくな)に心を閉ざしている。財前はじろりと柳原を見、不快な思いがつきあげて来たが、控訴審のことを考えると、この際、徹底的に懐柔しておくことであった。

「君は、学位論文はまだだったねぇ」

「はあ」

「副論文の方はもう五つ、六つ出来上っているんだろう、だったら、早く主論文をまとめることだ」

「――――」

柳原は、ずり落ちそうになる眼鏡を押し上げ、凝然と財前を見詰めた。主論文をまとめろということは、暗に論文を出しさえすれば、審査を通してやるという意味に他ならなかった。

＊

暗幕をひいた検査室で、里見は、奈良県十津川村の山田うめに細胞診を行なっていた。

山田うめは、胃カメラに次ぐ再度の検査で、怯えるように全身を硬ばらせ、固く眼を閉じて横たわっている。里見は、山田うめの不安と緊張を柔らげるために、時々、優しい言葉をかけながら、直径十二ミリの直視下細胞診用のファイバー・スコープを口腔から胃内に挿入して行った。

十日前の胃カメラ検査では、幽門前庭部の大彎側に、直径一センチほどの一部、出血して血が滲んでいる無茎のポリープ状の隆起病変が認められた。その時、撮影したカラー・フィルムによっても、病変全体が、周囲の薄桃色の胃壁よりやや赤味を帯びていることが確認され、悪性が疑われたが、確定的な鑑別診断を下すためには、その病変から細胞を採取して、癌か否かを顕微鏡で調べる細胞診を行なわねばならない。里見は、十日前の検査で見落した病変はないか、新たな胃壁の変化はないか、丹念に観察して行った。先端のカメラが捉えた胃内の模様は、ファイバー・スコープに組み込まれたコードによって、山田うめが横たわっているベッドのすぐ傍らに装置されたカラー・テレビに拡大されて受像される。

里見はテレビ受像機に映る胃内の像を見詰めながら、スコープの先端を幽門前庭部の方へ下げて行った。接眼レンズを通して見える薄桃色の実際の色とは少し異なり、テレビに映る胃壁の色は吸い込まれるような鮮赤色で、胃体部から十二指腸に向ってひくっひくっと、波が打ち寄せるように蠕動運動が起っている。

カメラは前庭部大彎側の隆起病変を、真っ正面に捉えた。この間と同じく表面は円滑で、頭部にかすかに血が滲み、出血している。直ちにその部分をカメラにおさめ、

「よし！　洗滌しよう」

里見が云うと、傍らで助手を勤めている若い医師が、ファイバー・スコープに連結されている一〇〇ｃｃの太い注射器に洗滌液を入れ、ぐいと注射筒を押した。スコープ先端にあけられた四ミリほどの小孔から、洗滌液がポリープ状の病変部を目がけて強い勢いで噴出され、隆起病変は忽ち充血したように真っ赤になり、やがてあちらこちらから出血しはじめた。洗滌液が噴出する圧力は、水平の状態で噴出させると、十メートルの弧を描いて飛ぶ圧力に等しかった。直視下の洗滌法による細胞診は、こうして病変に洗滌液を噴出させることによって細胞を剥離させるのであった。

隆起病変とその周辺の前庭部一帯をくまなく洗滌すると、出血のために赤味を帯びた洗滌液は、大きく窪んだ胃体部や穹窿部に溜り、山田うめは苦しげに額に汗を滲ませ、体をよじらせた。

里見は、充分に洗滌出来たことを確認し、写真を撮ると、ファイバー・スコープを抜去し、

「おばあさん、もうすぐ終りますよ、あと少しの辛抱です」

励ますように云い、細いゴム製のレビン・チューブを挿入し、胃内の洗滌液を吸引した。この洗滌液を遠心分離器にかけて、底に沈んだ沈渣をスライド・グラスに採り、塗抹標本にして癌細胞であるか、どうかを調べるのであった。

助手が遠沈管に入れかえた洗滌液を細胞検査室へ運んで行ってしまうと、

「おばあさん、終りましたよ！」

里見は、固く眼をつぶっている山田うめの耳もとに口を寄せて云い、付き添っている嫁を中へ招き入れた。うめはこわごわ、薄眼を開き、眼の前にファイバー・スコープの黒いコードがないのを確かめると、恐怖から逃れたように安堵の息をつき、瘦せしなびた体を看護婦と嫁の手で抱きかかえられるようにして起き上り、

「先生、今度こそ、はっきりしたことが解りましたやろな」

上目遣いに云った。

「ええ、今取った胃の中の細胞を調べれば、ほぼ決定的なことが解ります」

「ほんなら、今すぐには、解らんちゅうんですか」

目脂の溜った細い眼を、疑い深げに光らせ、

「先生は、何時も検査、検査と云いなさるけど、もしかして、わしを、モグラ、いんや、モ、モルモット代りにしてなさるんやないのんか、大阪のえらい病院では、そないなことすると、村の者が云うちょったぞ」

里見に摑みかからんばかりに云った。付添いの嫁は慌てて制しながら、

「先生、あのう……また調べてみんと悪いか、悪うないか解らんほど病気が軽いんでしたら、もうちょっとはっきりしてから、もう一ぺん来るということでいけませんやろか」

云いにくそうにもじもじと云った。

「いや、おばあさんの病気は見つける時期を逃すと、手遅れになってしまうかもしれないのですよ」

付添いの嫁にも癌の疑いがあるとは云えないだけに、説得は難しかったが、ともかく納得させなければならない。そしてここが癌専門医の、患者と患者の家族に対する

むつかしいところであった。

「私だって、一日も早くおばあさんのために間違いのない確実な診断をつけてあげたいのですよ、しかし、はっきり解らないのに、大体なところで検査を打ちきっていい加減な診断を下し、それがもし間違っていたらどうするのです、おばあさんの命にかかわることなんですよ」

と云うと、山田うめは急に顔を歪め、ぽろぽろと涙を落した。

「けんど、わしはもうこれ以上、病院には来れんのじゃ、別にどこちゅうて大して悪うもないのに、大阪の病院まで出てって、何回も検査するような贅沢は、わしんとこでは出来んのじゃ、そんな金あったら新しい鋤一本、鍬一本でも買い足したい、わしはどうせ老い先短いし、どうなってもかまやせん」

「おっ姑はん、何ちゅうことを云うんや、おっ姑はんに長生きして貰いたいばっかしに、こうやって二回も病院へ来たんやないか」

嫁が言葉を詰らせると、里見も、

「おばあさん、人間の命に年寄りも、若いもありませんよ、同じように大切で、そのために慎重な検査を繰り返しているのですよ」

「けんど、やっぱし、病気やとわかったら、たんと金がかかるよって、わしゃ、いっそ、わからん方がええ……」

里見は、胸を衝かれた。大峰山脈の渓谷沿いの十津川村では、戦前、病人を駕籠に乗せて医者に見せるために、山をおりる時は既に助からない病人だったという山深い貧しい村があることを思い出し、山田うめが、癌を疑われている精密検査を贅沢だという山村の農家の貧しさが、ひしひしと感じられた。

「おばあさん、それじゃあ、今日の検査も、それからもし、まだ他に何か検査しなくてはならない時も、特別に病院で計らって貰うようにしてあげますから、その方の心配はしないで、病院から通知が行ったら、必ず出かけて来るのですよ」

傍にたっている日灼けした顔の嫁の方も見て云ったが、二人とも、黙ったまま、顔を俯けた。

「いいですね、約束して下さいよ、お嫁さん、あなたにもお願いしておきますよ」

厳しい口調で念を押すと、二人ははじめて頷き、すごすごと検査室を出て行った。

細胞診の患者は、山田うめで終りであったが、里見は、助手も看護婦もいなくなった検査室の中に、暫く突ったっていた。

癌の集団検診が喧しく云われ、今年度予算として二億四千万が計上され、対癌協会の補助費、癌センターの研究費をはじめ、癌対策の一番根底である検診車がさらに五十台近く増やされることになったが、いくら検診車を増やしても、検診するエックス線技師と、そのフィルムを読影する有能な医者が不足していては、どうにもならない。一方、受診料の問題も、癌対策の大きな障害になっている。農村で検診を受けないのは、七百五十五円の受診料が高いという理由が殆どで、奈良県の或る村では、村の保健衛生費が年間二百万のうち百二十万円を胃集検のための補助費として出しているが、それも何時まで続くか解らない。

しかし、その先にもまだ問題が残されている。去年一年間で全国で検診を受けた人数は百万人であったが、そのうち二十万人が要精密検査者で、その五〇パーセントの人は、国民保険でエックス線写真の精密検査料二千八百円、胃カメラ検査料千三百五十円、細胞診検査料四百二十八円といった費用が支払えなかったり、多忙や自覚症状がないことから、せっかくチェックされた精密検査を放棄してしまい、病院に運び込まれて来た時には、既に手の施しようのない進行癌になっているのだった。

こうした癌対策、医療行政の貧しさに、里見はいいようのない怒りを感じた。若い医師たちが対癌運動の情熱を燃やして、集検車に乗り、一日平均五十人という遅々とした検診を忍耐強く続け、せっかくふるい分けても、ざる漏れのように癌患者は漏れて行き、こうしている間にも、癌患者は五分に一人の割で死んで行っているのだ。

里見は、為しようのない無力感に襲われた。しかし、今帰って行った山田うめは、せめて自分の自腹をきってでも、確実な鑑別診断が出るまで検査を続けさせようと思った。そう思うと、里見はやや心の重みが薄らぎ、山田うめの細胞診の結果を気にしながら、検査室を出た。

法円坂の住宅公団アパートも、建築後十年近くになると、鉄筋コンクリートの壁に罅が入り、壁の色も薄汚れ、ところどころ塗り替えのあとが斑らな地図を描き、最初のような清潔感がなくなって来る。里見は、何時も見馴れている建物を見上げ、今日のように午前中は神経を極度に消耗する細胞診の検査を行ない、午後からは入院患者の回診があった日は、周囲に緑のない殺風景な建物が味気なく眼に映る。

狭い階段を四階まで上り、右側の扉を押した。

「お帰りなさい」

妻の三知代が、セーター姿で迎えた。

「関口さんたちは、まだかい」

関口弁護士と佐々木よし江が、訪ねて来ることになっているのだった。

「ええ、お見えになっていませんわ」

三知代は硬い口調で応え、夫の手からカバンを受け取り、うしろへ廻って上衣を脱がせ、

「関口さんたちのために、何時もより早くお帰りになりましたの」

「うん、そうだよ、忙しい関口さんに待たせては気の毒だと思ってね」

そう云い、里見は家用のズボンとセーターに着替え、書斎になっている六畳の部屋へ入り、机の前に坐った。三知代は里見の脱いだ服を洋服簞笥へ入れ、

「あなた、佐々木さんのことでもうこれ以上、深入りしないで下さい、今度もし、近畿癌センターを追われることにでもなったら、どうなさるおつもりなんです？」

憂うように云った。

「大丈夫だよ、近畿癌センターは、全国の大学から、若手の研究者が集まっている在野精神の旺盛なところだから、国立大学の教授が被告になっている医事裁判に関係したからといって、人を追ったりなどしない、むしろ佐々木庸平さんの死の契機を明らかにすることによって得られる医学的な諸問題の方を注目しているよ」

「でも、それは、何時ものすべてを、善意に解釈なさるあなただけの考え方じゃありませんこと？　あなたのような方は、研究の場を離れては一日としてやっていけない

ことを充分にお考えになって、ほんとにこれ以上、深入りなさらないで――、関口さんたちには今日限り、もうお会いしないようにして下さい」

懇願するように云った時、勢いよく扉が開いた。

「お父さん、お帰りなさい、今日は早いんだな」

小学校五年生の好彦であった。近くの原っぱで野球をしていたらしく、野球帽を冠り、グローブをつけている。

「どうだい、うまく投げられるようになったかい」

「うん、名投手ってとこなんだよ、お父さんにも見せてあげるよ」

珍しく早く帰って来た父を誘い出すように云った。

「今度にしようね、今日は夕食までにちょっとお客さんがあるから、もう少し遊んでおいで」

好彦は、少しもの足りな気な顔をしたが、また元気よく出かけて行った。

「子供のことも考えて、心配している君の気持はよく解るよ、けれど、佐々木庸平さんは、僕が初診した患者なんだ――」

そう云い、里見は、ぷつんと言葉を切った。扉のベルが鳴った。関口弁護士と佐々木よし江であった。控訴してから数回、里見のところへ足を運んでいる関口は、

「奥さん、いつぞやはどうも、今日は佐々木よし江さんも一緒にお邪魔させて戴きます」

と挨拶すると、一審の判決後、礼を述べに訪れたきりになっているよし江は、

「その後、すっかりご無沙汰致しておりますが、この度もまた里見先生のお力添えを戴いておりまして、何とお礼を申し上げてええか解りまへん、奥さんはきっと、ご迷惑に思うてはることやと思いますけど、私らにとっては、先生にお縋りするより他に、しようがないのでおます、堪忍しておくれやす」

手土産を入ったところの板の間に置き、許しを乞うように云ったが、三知代は黙って頭を下げただけで、お茶の用意にとりかかった。気まずい気配が漂ったが、里見は、関口とよし江を書斎に招じ入れた。書棚一杯に本が埋まり、はみ出した本が畳の上にまで積み上げられている六畳の書斎は、三人の人間が坐ると、足の踏み場もないほどの狭さだった。三知代はお茶を運ぶと、そのまま言葉を交わさず、引き退った。

里見は、そんな妻の様子を気にかけず、

「このところ奈良へ行っていたり、帰って来ると、仕事が山積していてご無沙汰していましたが、関口さんの方のその後の運びは、どんな工合なんです」

「それが、うまくいかなくて、どうしようもないのですよ」

関口は重い口調で云い、何処へ行っても、冷たく扱われたり、面会を断わられたりしたことを詳しく話した。

「ほう、他の方ならともかく、あの洛北大学の学界進歩派といわれている村山教授までが、そうだったのですか――」

信じられぬように、里見は云った。

「ええ、本学の名誉教授である唐木教授が第一審で云われた以上の意見があるはずがありませんと、素っ気なく突っ撥ねられました」

里見は黙り込んだ。そこには、里見が浪速大学を去った時と同じ封建的な人間関係と特殊な組織が厳然と存在し、大きくたち塞がっている。里見の眼に暗い波だちが見えた。

「でも、柳原医師のアパートを訪ねたのは成功でしたよ」

「え？　柳原君を――」

里見は、驚くように聞き返した。

「ええ、それで解ったのですが、柳原君は一審の判決があった直後に、アパートを変っていますね、別に変りばえのしないアパートなのに、変えているところをみると、何か心にひっかかるものが、あるんじゃないでしょうかねぇ」

「それで、彼はどうだったんです」

「佐々木庸平さんを失った佐々木商店の商いは、細る一方で、間口六間の店を半分、人に貸さねばならぬほど逼迫して来ていることを話し、真実を証言してほしいと頼んだのですが、頑として受けつけず、ともかく佐々木よし江さんに会えば、少しは気も変るだろうと思い、奥さんに会うだけでも会ってほしいと云ったのですが、それも頑として応じないのです」

佐々木よし江は唇を嚙みしめ、顔を伏せた。関口は、言葉を継いだ。

「しかし、柳原医師の心にいささかの動揺を与えたことは確実だと思います、われわれの頼みは、柳原医師が性来の悪人でなさそうだというところですよ、もともと地方出身の善意のかたまりのような人間で、まっすぐ行けば、どちらかといえば里見先生のようなタイプになったであろう人が、全くの偶然から、今度の件に巻き込まれ、猫に見入られた鼠のような立場にいるだけのことですから、これからの裁判の進行と、こちらの持って行きようによっては、土壇場で、柳原医師の真実の証言が得られるかもしれないと思います、ですから、里見先生からも一度、柳原医師を説得してみて下さい、先生からなら、彼の気持もひょっとしたら変るかもしれません」

里見は、第一審の法廷で、被告側証人として出廷した柳原と対質尋問をした時、強固に真実を曲げ、財前教授のために敢(あ)えて偽証さえした柳原の姿を思いうかべた。それは無給医を何年も勤め、やっと有給助手に這(は)い上り、これから学位を取り、ジッツを得るために、その生殺与奪の権を握っている教授に盲従しなければならぬ現在の医局制度が産み出した人間像であった。

「柳原君の置かれている立場の問題もありますから、その件はよく考えた上で、彼と話し合うか、どうかを決めることにしましょう、それで、この前お話した医事紛争裁判の判例の方は、どうだったんです、何か参考になる判例が見付かりましたか」

「ところが、勝訴になった判例といえば、お腹(なか)の中に鋏(はさみ)を置き忘れたとか、輸血の血液型を間違えたとかいう幼稚なのが殆(ほと)んどで、佐々木さんの場合のように高度な医学的内容を持ったケースの判例は見付からなかったんですが、先輩の弁護士からちょっと面白い話を聞きましたよ、戦前の話ですが、国鉄の機関車の運転手が、踏切を渡ろうとする人影を見付け、規定の距離の手前から警笛を鳴らして走ったところ、人影はたち止まらず、そのまま踏切を横断したので轢(ひ)いてしまったというのです、ところが、轢かれた人というのは聾で、遺族が訴訟し、当時の大審院は、人間だから聾の人もいよう、だから聾の通行者の場合も想定した非常訓練が日頃からなされていなければならないという判決を下し、国鉄側の敗訴になったそうで、まさに小指の先一本でひっかけたような厳しい判決なんですね」

「小指の先一本の、可能性――」

　里見はそう呟き、何を思ったのか、関口弁護士と佐々木よし江が、そこにいるのも忘れたように机に両肘をついて考え込んだ。やがて眼を上げると、

「ついこの間まで、アメリカへ行っておられ、たしか一カ月程前に帰国されたはずの、東京K大学の胸部外科の正木助教授に、この件を話してみてはどうです、正木助教授は、まだ四十そこその少壮助教授で、臨床面から見た癌転移についてユニークな研究をしておられ、特に胃癌の肺転移について新しいデータを発表されているそうだから、正木助教授に会うことが出来たら、第一審の争点となった肺への転移について活路が見出せるかもしれない」

「なるほど、早速、紹介状を持って行って参ります」

　関口の眼は生気を帯びた。

「残念ながら、僕は内科医で、専門も違って面識がないから、近畿労災病院長になっておられる東先生に紹介状をお願いしてみよう、東先生なら、同じ胸部外科だし、よくご存知だろうから、明日にでも僕も一緒にお願いに行きますよ」

　里見は、さっきまでの重苦しい沈み勝ちな部屋の空気を押し破るように云った。

＊

浪速大学医学部の定例教授会は、新館会議室で開かれていた。広いガラス窓から五月の陽が射し込み、淡黄色の新しい壁に囲まれた室内は、快適な明るさに包まれている。

コの字型のテーブルの正面に坐った鵜飼医学部長は、左右のテーブルに講座順に列んでいる臨床と基礎の三十人の教授を見廻し、予めプリントして配布している懸案事項の中央病歴室の新設、助教授、講師の海外留学者の承認、次期学位審査会の日時決定などについて、補足説明をしながら、手際よく議事を進行させていた。

「最後の議題は、今年の夏期学生巡回診療班の編成についてですが、お手元のプリントにありますように、四年生十名を一班として、三班編成し、例年通り香川県小豆島、滋賀県堅田、和歌山県日高方面で研修をかねた診療活動を行ないます、なお各班の引率責任者は、内科、外科、耳鼻咽喉科、皮膚科、眼科の各科の先生方でお話合いの上、決定戴き、ご報告願いたいと思います」

第一外科の財前、第二外科の今津をはじめ臨床の教授たちは頷いた。鵜飼は左側の

テーブルに列んでいる基礎の教授たちの方を見、

「基礎の方から、この学生診療活動について何かご意見がありますようなら、ご遠慮なくお聞かせ願いたいと思いますが――、病理の大河内教授は如何ですか」

鵜飼は艶々しく光る顔を、自分のすぐ左側に坐っている大河内教授に向けた。前医学部長であり、学士院恩賜賞受賞者の大河内教授は、鵜飼にとって唯一の重苦しい存在で、何かと気を遣う相手であった。大河内教授は、鶴のような痩身をまっすぐ椅子の背に伸ばし、

「病理の専門分野からは特に云うことはないが、期間をもっと大幅に延長してはどうかね、というのは、日本の医学教育は、いまだに一八七〇年代のドイツから採用した講義中心主義の教育課程をそのまま踏襲しているために、肝腎のベッド・サイド教育がたち遅れ、一方、学生たちも満足に診療も出来ずして、学位を取ることに鵜の目、鷹の目になっておる、こういう弊害を打破するためにも、夏休みを利用した診療教育はもっと日数をかけて、みっちりとやるべきだ」

鋭い鷲鼻を上向け、厳しい口調で云った。

「ご意見はごもっともですが、何分、予算の制限があって、思うようにいかんわけでしてねぇ、今年はまあ、例年通りの期間で行かざるを得ないのですよ」

鵜飼は予算を口実にして、大河内の提案を体よく退けた。

「何かと云うと、予算、予算と云うが、その予算を是正して、今の医学教育の欠陥を修正して行くことが、医学部長の任務じゃないのかね、今年が無理なら、来年は充分に期間を取って、真剣に取り組んで貰いたい」

大河内は苦々しげに云った。気まずい空気が流れたが、鵜飼はそんなことより、五時の閉会時間までに、あまり時間がないことが気懸りであった。

「それでは、今日の定例教授会の懸案事項は、以上をもって終了致しましたが、ちょっと皆さん方にお諮りしたいことがあります」

鵜飼はさり気なく、きり出した。財前の顔に緊張の色が漂った。

「と申しますのは、今年の十一月にある日本学術会議会員の選挙のことです、全国区の方は、既にご承知のように浪速大学系からは、奈良大学の竹谷医学部長が立候補することになっているのですが、連続二期も国立洛北大学系で占められている地方区も、今度は是非、浪速大学系からという声が系列校、系列病院から強く上っており、先日、たまたま、奈良、和歌山、大阪医大の各系列校の医学部長が集まった席で、非公式にですが、本学から強力な候補を出してほしい旨を要請された次第です」

教授たちの視線が、一斉に鵜飼に集まった。中には突然、持ち出された鵜飼の議題

に訝しげな視線を向ける教授もいたが、産婦人科の葉山教授は、

「そりゃあ、同感です、この六年間、二期も洛北大学系に地方区を占められているために学会開催費や研究予算、研究機関や病院のジッツの面でまで苦い目を舐めさせられましたから、次期の地方区立候補者は、是非、本学から出したいものですね」

胸ポケットに絹のハンカチーフを覗かせて、まっ先に賛意を打ち出すと、第二内科、放射線科、眼科、耳鼻科の各教授たちも口々に賛意を示した。いずれも二年前の第一外科の教授選の時、葉山の統率下で財前を支持した鵜飼派の教授たちで、葉山の下工作がありありと窺えた。大河内教授は、じろりと葉山たちの方を見、

「私は反対だね、設立当初の学術会議はともかく、最近は研究費の分け取りなどだけではなく、ひどいのは、日本学術会議をジャパン・サイエンス・アカデミーと訳して名刺に刷り、アカデミー会員には絶大な敬意を表する外国で、その肩書をフルに活用し、向うの学術誌へ自分の論文を売り込んだり、外国の学会員になるチャンスを得るために、学術会議会員になりたがる手合が立候補し、学術会議自体も、国会並の愚劣極まる会になり下っている、そんな会員に、研究、教育、診療だけでも、精一杯の国立大学の教授がどうしてならねばならんのかね」

大河内らしく、筋の通ったことを云うと、

「大河内教授のおっしゃる通りです、いくら系列校の要請があっても、本来、研究業績と学者の人格による選挙でなければならないのに、選挙の度に黒い噂が流れるそんな学術会議選に出る暇があれば、革新的な動きがある医学部学生の教育問題に、真剣に取り組むべきですよ」

教授選で、第一外科の前任教授である東の片腕になって奔走し、鵜飼、財前たちのあくどい策謀によって敗れた第二外科の今津が、鵜飼たちに反対するように云った。基礎の生理学と公衆衛生の教授たちも頷くと、整形外科の野坂が色の浅黒い角張った顔を突き出し、

「今津教授のご意見はもっともですよ、ですが、学術会議の問題もなおざりに出来ませんねぇ、そりゃあ、今の学術会議は、以前のような科学行政の目付役的な権威も、権限もなくなって来ていますよ、しかし、実際問題として会員になれば、政府の支出する交付金、補助金の配分の時に、非常に有利な立場にたてるということは、研究費獲得に汲々としている学者にとっては、何といっても大きな魅力ですよ」

「ほう、野坂君、君もそう思うかねぇ」

鵜飼は満面に笑いをうかべて云い、葉山と財前は、微妙な面持で視線を交わした。学者が政治的に動くことを頭から否定する大河内や今津の反対は始めから予想してい

たが、教授選の時、最後は鵜飼派につくことを約束したものの、その約束をどの程度まで具体的に履行したかは摑めず、その後も教授会の重要事項となると、とかく意見の食い違う野坂派がどんな反応を示すか、一番それが気懸りであったが、リーダー格の野坂の発言で、最初の難関は思いのほか、容易にくぐれた。

「しかし、問題は、本学の誰を候補にたてるかということですね」

野坂は、鵜飼や葉山の笑顔を一瞥しながら云った。野坂派の一人である皮膚科の乾は、

「もちろん、そこですよ、医学部長は、その人選に関して、何か心づもりでもおありなんですか」

鵜飼の腹を探るように云った。鵜飼はわざと考え込むような表情をし、

「それなんですが、実は各系列校の医学部長は、第一外科の財前教授を是非にと、いうことなんですよ」

瞬時、騒めきが起り、財前はわざと恐縮するようなポーズをとった。野坂の顔色がみるみる変った。

「財前君とは、こりゃあ、全く驚いたですね、実は僕も整形外科学会の推薦で出ろと云われている矢先だけに、失礼ながら、教授会の中でよりにもよって、一番若い財前

教授を系列校の医学部長が指名された理由というのを、伺いたいものですね」

反感を剝き出した野坂の言葉の裏に、自ら立候補する気持でいたらしい気配が感じ取られたが、鵜飼はその質問を待ちかまえていたように、

「さっき学術会議批判が二、三出ましたが、ああいう弊害が出るのも、功なり、名とげた教授たちが、名誉職のようなつもりで出馬することが原因で、エネルギッシュにばりばり仕事をしている若い教授を出せば、そういう長年の弊害も取り除けるわけですよ、学術会議が研究費の分け取りや研究機関の予算割当を画策する場でなく、学術会議本来の姿を取り戻すためには、何よりもまず、会員の若返りが必要で、そうなると、年齢的にも、そして業績的にも、消化器外科で業績をあげている財前君あたりが、適任じゃないかという意見が強く、私も、そういうことならと同意したわけですが、いかがでしょう」

鵜飼は、始めて自分の意見を表明した。

「ほう、現在、控訴審を控えている財前君が、学術会議本来の姿を取り戻すために、適当な立候補者だというのかね」

大河内がびしりと、きめつけるように云った。その厳しさにそれまで、学術会議のことなど関心がなく、退屈そうにそっぽを向いていた基礎の教授たちも、全くだとい

う風に眼を上げた。

「どうなのかね、鵜飼君、そして財前君、君自身の意見はどうなんだね」

鵜飼は、とっさに返答に迷うように不自然な咳払い(せきばらい)をしたが、財前は、大河内の方へ体を向け、

「私でございますか、私は、現在、係争中の医事裁判については、第一審で明らかにされましたように何ら誤診、誤療行為はなく、いささかのうしろめたさも持っておりません、ただその際、本学ならびに各教授方に多大のご迷惑をおかけ致しました点だけは申しわけなく存じております、それだけに本学ならびに系列校のご推挙を得て、私のような若輩が立候補してお役にたつようでございましたら、僭越(せんえつ)ながら、お役にたちたいと思っております」

慇懃(いんぎん)に、そして傲然(ごうぜん)と云いきった。居並ぶ教授たちは、そのふてぶてしいまでの自信に満ちた財前の姿を、あっ気に取られるようにまじまじと見詰めた。産婦人科の葉山は、すかさず、

「どうでしょう、学術会議選は、何といっても、系列大学、系列病院、開業医の同窓会の面々に顔がきき、支持が得られなくては票を集められませんが、その点、財前教授なら幸い、系列大学の医学部長のご推挙もあることですから、財前教授を推すこと

にしては？」

と取りまとめると、鵜飼があとを受け、

「それに、もともと学術会議の選挙管理会の規定では、立候補者は教授会の承認がなくてもいいことになっているのを、教授会の推挙という円満な形を取りつけるために、皆さんにお諮りしている次第ですから、その辺のところをご諒承戴きたい」

「それなら最初から、諮らなくてもいい」

大河内教授は吐き捨てるように云い、席をたった。それに続くように基礎の教授たちがぱらぱらと席をたった。鵜飼の口もとにかすかな笑いが滲んだ。それでもよかったのだった。これで教授会に諮った形になるからであった。財前の方を見ると、財前も精悍な眼の端に、薄い笑いを覗かせている。

芦屋川沿いの山手にある東邸に、里見と関口が着いたのは、夜の八時を過ぎていた。イギリス風の煉瓦と白い壁に柱型を見せた邸のベルを押すと、女中が小走りに走り出て来、応接室へ案内した。

二十畳ほどの応接室の中央に大きなマントルピースがあり、壁面には高名な画家の外国の風景画が掲げられている。廊下に足音がし、ガウン姿の東が現われた。

「先生、ご無沙汰致しております、ご多忙のところをお伺いして恐縮です」

里見は椅子からたち上って礼をした。関口も、

「夜分に上って、申しわけありません」

「いやいや、病院でなく、自宅でお目にかかるとなれば、日曜か、ウィーク・デーのこんな時間しかありませんよ、それより、里見君とは、全く久しぶりだね」

懐かしげに云い、安楽椅子をすすめた。東の顔には、自分の後任をめぐる教授選で、財前を支持する鵜飼派に敗れて退官して行った当時のいたいたしさは失くなり、近畿労災病院長になって再び第一線で活躍している生き生きとした張りが感じられたが、白いものが急に目だつようになった頭髪から、学者肌の東が、何かと気苦労の多い新設の大病院で、神経を磨り減らしていることが窺えた。女中がお茶を運んで来ると、

「お二人揃ってのご用というのは、例の医事裁判のことですか」

東は葉巻をくわえながら、持ち前の慎重な表情で云った。関口はすぐ膝を乗り出し、

「ええ、実はここ三、四カ月の間、術前に断層撮影さえしておれば、胸部の小指頭大の陰影は鑑別出来たという論拠を得るために、東奔西走しましたが、残念ながらいまだにその論拠は得られません」

関口はまず、ここ三、四カ月間の調査の経緯とその結果を話した。東は頷き、

「そうですか、やはり——、純粋な学問的立場から云うと、小指頭大の陰影を癌と見分けることは難しいし、陰影の大きさや形状に関することなら断層撮影より、むしろエックス線写真の正面像の方がよく解るという場合が、割合ありますからねぇ」

胸部外科専門の立場から東が云うと、里見は、

「それはどこまでも、一般的な学問的事実で、そうした学問的事実を踏まえた上で、なお疑問が残るというのが、今度の佐々木庸平さんのケースだと思うのです、私はずっとその考えを持って、今度の件を観察して来、たまたま、この間までアメリカに行っていて、つい一カ月程前に帰って来られた東京K大学の正木助教授が、胃癌の肺転移について新しいデータを持っておられるということを耳にしましたので、それが今度のケースに有利なデータになるのではないかと思うのです」

「なるほど、さすがは里見君だ、専門外なのによくそこまで解ったね、たしかに東京K大学の正木助教授は、若手の肺癌の専門家の中ではトップクラスにいる人で、彼の臨床面から見た癌の転移理論は優れたものだし、今度の胃癌の肺転移についてのデータも、まだ学会発表はしていないが、なかなかユニークなものらしい」

そう頷くと、関口はむうっとした表情で、

「そこまでご存知でしたら、私が前にお伺いした時、どうして教えて下さらなかったのです」

「いや、その時は、病院管理の問題で多忙を極めている最中でうっかりしていて、専門外の里見君に先(せん)を越された形だね」

苦笑するように云ったが、東はうっかりしたのではなく、わざと伏せていたのではないかという疑念が、関口の胸を掠(かす)めた。東はこれまで、関口が協力を求めると、決して拒まず、協力はしてくれたが、どこかに浪速大学の系列病院である近畿労災病院の院長である微妙な立場が、時々、東をして消極的にさせているような様子が感じ取られた。

扉(ドア)をノックする音がした。

「あなた、今津さんからお電話でございますわ」

夫人の政子が、着物の裾(すそ)をひらりと翻(ひるがえ)して入って来た。

「里見です、お邪魔致しております」

一、二度会ったことのある東夫人に、里見は言葉短かに挨拶(あいさつ)した。関口も夜分に邪魔をしている挨拶をすると、政子は電話のある廊下へたって行く夫の姿を見送りながら、

「里見さんとは、ほんとにお久しぶりでございますこと、三知代さんはお元気でいらして——」

「はあ、おかげさまで——」

「そりゃあ、結構でございますこと、佐枝子もおかげさまでこのところ元気にしておりまして、今日は女学院の同窓会の準備とやらに出かけて、まだ帰って参りませんの」

そう愛想よく云い、つと声を細め、

「今夜はお揃いで、どんなご用でございますの？　もし例の医事裁判のことでございましたら、東を巻き込まないようにして下さいまし、ご承知のように東が近畿労災病院長になるにはいろいろといきさつがありまして、すんなりとなれたわけではございませんから、その辺のところをとくとお含み戴きたいものですわ、東は、里見さんのようにお若くもなければ、格別の正義派というのでもございませんから——」

言葉に冷やかな棘があり、一人の患者の死を明らかにするために国立浪速大学の助教授の椅子を捨てた里見の行為を、愚かしい正義感と見ているようであった。里見は黙って、夜の庭へ視線を向けたが、関口は、

「東先生はご慎重過ぎるほど、慎重な方ですから、ご心配に及ばないと思います」

応酬するように云った時、東が部屋へ帰って来た。

「君は、席をはずしてくれ給え」

何時にない厳しい口調で妻に云い、政子が部屋を出て行くと、

「今日の定例教授会で、財前君が次期学術会議選に立候補することに定まったそうだ」

「学術会議会員に立候補？　まさか……」

里見は信じられぬ顔をした。

「いや、今津教授からの電話だから、間違いないよ、大河内教授をはじめ今津君などは反対したそうだが、例によって鵜飼派の葉山君あたりが事前工作をして、強引に財前君の立候補が決まったということだ」

里見は、なお信じられぬ表情をしたが、関口は、

「控訴審を控えながら、学術会議会員に立候補するなどというのは、控訴審によほどの自信、いや百パーセントの自信があるからでしょう、河野弁護士の他に、もう一人、医師会の顧問弁護士を加え、弁護団のようなものを組織していることは知っていますが、一体、何が財前をして、そんなに自信を持たせているのだろう、これは、私も相当な覚悟を持って、今まで以上の力を尽して、たち対わねばなりません」

関口が語気を強めると、東は暫く黙念として腕を組み、

「人間の野望というものは、怖れを知らないものですね、しかし、考えてみると、十八年も教授の座にいて、財前君のような助教授しか育てられなかった私自身も恥じ入りますよ」

そう云い、冷えたお茶を飲み、

「じゃあ、早速、正木助教授宛の紹介状を書きましょう、名刺ではなく、便箋に鄭重な依頼状を書きますから、関口さんもさらに勉強して、第一審を覆すに足るような調査をして来て下さい」

東は、怒りを抑えた声で云った。

二十四章

東佐枝子は、ローンのハンカチーフで陽を遮りながら、里見三知代を探していた。

聖和女学院の学院祭を兼ねた同窓会総会は、朝から華やかな装いの女性たちで賑わっていた。

同窓会の世話役など嫌いな佐枝子であったが、廻り持ちとあっては仕方なく、ここ一カ月の間というものは、バザーの手芸品集めに廻り、今朝も朝早くから出て来て、何かと雑用を果さなければならなかったが、佐枝子の横の五、六人の同窓生たちの間では、夫と子供の話で持ちきっている。

「あら、あなたのご主人さまは、そんなにお若くて、もう支店長さんでいらっしゃるの、お羨しいわ、うちなどはまだまだ下積みよ」

一人が甲高い声で云うと、

「その代り、おたくさまではお子さまたちが、有名校にお入りになって申し分ないじゃございませんか」

支店長夫人は、有名校という言葉を強調し、話は夫のことから子供の学校のことに移り、お喋りは止みそうもなかった。佐枝子は、そんな話題をやや疎ましげに感じながら、人混みの方を見ると、紺のスーツを着た三知代が近付いて来た。

「まあ、三知代さん、お待ちしていたわ」

藤色の小紋ぼかしの着物に臙脂の綴帯を締めた佐枝子が瞳を瞠るようにして云うと、三知代は、佐枝子の優美な和服姿に見惚れ、

「お久しぶりね、バザーのお世話、大へんだったでしょう」

テーブル・クロス、造花、クッション、スリッパなどの手芸品を眺め、三知代らしい慎しさで造花の花束を一つ求めた。佐枝子は馴れぬ手つきで包装紙に包み、

「ちょっと失礼して、あなたとお話しましょうね」

まだお喋りに夢中になっている世話役の一人にあとを頼み、校庭を横切り、学園の裏山になっている丘へ上って行った。雑木林がきれたかと思うと、行き止まりの崖になり、そこから六甲山脈のゆるやかな山並が見渡せた。学生時代に時々、二人で上って来たことのある場所であった。三知代は眼に染まりつきそうな新緑と澄みきった空を見上げ、

「ほんとに久しぶりだわ、こんなに静かなところで、澄んだ空気を吸い込むなんて、市内の公団アパートにいると、時々、無性に緑と空気が欲しくなる時があるわ、でもそんなところで十年近く、こつこつと勉強し、不平一つこぼさない里見を見ていると、何も云えないの」

「そうね、里見さんはそんな方だわ、大学を去られて、近畿癌センターにいらしてからは、ますます研究一筋にお励みのご様子で、一昨夜、父を訪ねて来られた時も、そのご勉強ぶりに、父も感服致しておりましたわ」

「まあ！　里見が一昨夜、お宅へ――」

三知代は、里見から何も聞いていなかった。

「随分、お久しぶりなのに、私は留守をしていて、お目にかかれず残念でしたわ、関口弁護士さんとご一緒にお見えになり、佐々木さんの裁判に関して胸部外科の父が驚くほどのご意見を出され、里見さんの要請で父は、佐々木さんたちが有利になる資料を得られそうな東京K大学の助教授の方をご紹介申し上げたそうですわ」

「まあ、そこまで里見は深入りしておりますの……」

三知代は、顔を曇らせた。

「どうかなすったの？」

佐枝子の白い顔が、訝しげに三知代を見た。

「里見に、佐々木さんの件については、もう深入りしないでほしいと止めた矢先なのに……」

「どうしてお止めになるの、大学を去らなければならぬ羽目になった後も、裁判に対する態度をお変えにならないということは、非常な信念と勇気のいることですわ」

佐枝子が、ひたと射るような視線を三知代に向けた。

「それは第三者だからおっしゃれることですわ、研究にだけ心を傾け、他のことを顧みない里見に黙って随いて来たのは、里見にいい研究をして教授になる道を歩んで貰いたいためでしたわ、それをあの人は、たまたま自分が初診したというだけのかかわり合いで、助教授の椅子を自らなげうってしまい、その後、半年間というものは、辞表を出しながら、退職とも、在職ともつかぬ生殺しのような状態に置かれ、どこへ行くことも出来ず、やっと大河内先生のお力添えで近畿癌センターへ行けたのですけれど、その半年間の苦しみというものは大へんなものでしたわ、コンクリートの壁に囲まれた狭いアパートの六畳の書斎の中で、里見はまるで座敷牢に入れられたような姿で終日、机に向い、そうした里見の心を騒がさないように私と好彦は、息を潜めるようにして暮して来たのですわ、ですから里見の行為は、一面からみればりっぱですが、また一面からみれば家族を顧みず、自分一人のことしか考えない我儘な人だともいえますわ」

三知代の顔が、苦痛に歪んだ。それは夫に一つの望みをかけ、そのために清貧に甘んじて生きて来た妻の苦痛であった。

「でも、それは教授という椅子にこだわり過ぎていらっしゃるからじゃあないかしら？　里見さんのような方は、別に大学で教授におなりにならなくても、どこででもりっぱな研究をなさる方ですわ」

佐枝子の眼に、滲み出るような温かい光が溜った。三知代は静かに頭を振った。

「それは理屈ですわ、そりゃあ、大学の教授にならなくても、研究はできますわ、ですけれど、大学を離れた場で独力で研究するよりも、大学で教授の地位に着き、必要な研究費と研究設備を得て、多くのスタッフの協力によって研究する方が、独りの力では出来ない大きな研究が出来ることは、佐枝子さん、あなただってお父さまの例でよくご存知のはずじゃありませんか、私は決してつまらない虚栄心や名誉欲から、里見に教授になってほしいと願ったのではありませんわ、それだけに里見がやっと得た近畿癌センターという診療と研究の場を、再び失わせたくない、そのために佐々木さんの裁判には深入りして貰いたくないのです」

「そのお気持は解りますわ、私だって、里見さんにそう申し上げたことがありますわ」

そう云い、佐枝子はふと口を噤み、国際外科学会でドイツへ行く財前を伊丹へ見送った帰り、里見と二人でちょうど、この丘の向うの加茂の桃林を歩きながら話した時の、里見の患者の生命に対する敬虔な姿を思い出した。

「学者としてりっぱな研究業績を残すことも大切ですけれど、佐々木庸平さんという一人の患者の死を無駄にせず、救えるのは里見さんだけですわ」

佐枝子は深い眼ざしで云った。白い肌が藤色の着物に溶け込むように匂いたち、その中で深い瞳が生き生きと息づいている。その美しさに三知代は思わず、眼を瞠りながら話題をかえた。

「佐枝子さん、今日のあなたほんとうにお美しいわ、あなたのような方がどうして結婚なさらないの」

「里見さんのような方が、いらっしゃらないからよ」

さらりと笑いながら応えたが、眼だけは笑っていなかった。三知代は一瞬、はっとしたように佐枝子を見詰め、

「佐枝子さん、もうそろそろ戻りましょうか」

促すように云い、もと来た道を引っ返した。雑木林の小径を二人は、黙り込んで歩いた。里見さんのような人がいないからと云った佐枝子の言葉が、妙に二人をわだかまらせていた。校庭へ引っ返して来ると、広い校庭は華やかな装いの人たちで埋まり、バザーの店の前はさっき以上に、賑やかな人だかりがしていた。

「ああら、里見さん！　それに東さんじゃございませんの！」

不意に、男のような太い声がした。振り向くと、鵜飼医学部長夫人であった。小肥りした背の低い体に、舞台衣裳のような大柄の着物を着、魚の鰓のように張った顎を突き出している。鵜飼夫人は、聖和女学院の古い先輩であった。三知代と佐枝子は、

「ご無沙汰致しております」

言葉少なに挨拶すると、

「ご無沙汰などお互いさまでございますわよ、それより里見さんは、その後いかがですの？」

里見が近畿癌センターへ行った時のいきさつを知っていながら、平然と聞いた。三知代の胸に、里見が鵜飼医学部長に辞表を突きつけて帰って来た日のことが、今さらのように思い返され、唇を嚙む思いがしたが、鵜飼夫人は、

「そうそう、今度、第一外科の財前教授が学術会議会員の地方区に立候補なさるので、

投票資格を持っていらっしゃる東先生と里見さんにも、是非、財前教授に一票を投じて下さるようにお伝えしておいて下さいましな」

押しつけるように云い、

「それから里見さんは、せっかく近畿癌センターへいらしたのですから、せいぜい研究専一になさるように、今度、何かあればほんとうに困ったことになると、鵜飼が案じておりましてよ」

江戸大奥の局(つぼね)のような陰湿な響きを持った云い方をした。

*

高麗橋(こうらいばし)のNビルにある河野法律事務所の応接室は、皮張りの安楽椅子(ソファ)と紫檀(したん)のテーブルがどっしりと置かれ、法律事務所というより、ホテルのような豪奢(ごうしゃ)さであった。財前五郎と又一は窓寄りの椅子に坐(すわ)り、河野弁護士と新たに依頼した医師会の顧問弁護士である国平(くにひら)が向い合って坐っている。河野弁護士は、秘書に運ばせた飲物を財前たちに勧め、

「国平君は、まだ若手ですが、医師会で医事紛争が起ると、彼の手でよほど不利な事

件でも示談に持ち込んで解決するので、誤診で訴えられた医者仲間では大いに感謝されているんですよ、ご承知と思いますが、妊娠四カ月の妊婦が流産し、その手当の後、ペニシリンを注射したところ、ショック死した診療事故があり、訴訟に持ち込まれて大きな話題になりましたね、あの事件も国平君が担当し、勝訴をもたらしたのですよ」

河野は恰幅(かっぷく)のいい大柄な体を安楽椅子に沈めながら、自分の推薦した国平弁護士の力量のほどを紹介した。その訴訟事件は、財前も当時、新聞や専門誌で読んで関心を寄せた事件で、この事件を契機にペニシリン・ショック死が、世間の耳目を集めるようになったのだった。財前又一は、分厚な唇に唾(つば)を溜(た)め、

「いやあ、国平先生のことは、かねがね聞いとりましたけど、こうやってじきじきお会いして、ますます意を強うしましたわ」

と云いながら、自分の斜め向いに坐っている齢(とし)は四十二、三歳の若さであるが、髭(ひげ)の剃(そ)りあとが青々とした顔に縁なし眼鏡をかけ、見るからに才気走った国平を値踏みするように眺め、

「先生、こっちは示談なんかやおまへん、控訴などしよった佐々木側を零敗(ゼロはい)でやっつけてしまうぐらいの勝ちっぷりに頼みます」

体を乗り出すようにして云うと、国平はきらりと眼鏡を光らせ、

「今度の医事紛争は、一審の時から非常な関心を持って見て来ました、紛争の内容が極めて高度な医学内容、つまり癌の転移理論、手術の適否、術前術後の処理などが重要な問題点になっているケースで、この判決は、これからの医事紛争裁判に大きな影響を与えるだろうと思われ、医学界はもちろん、法曹界でも大いに注目しているだけに、二審を河野先生とご一緒にお引き受けする限りは、一審に勝るとも劣らぬ勝訴を期したいと思っております」

歯ぎれのいい口調で自信あり気に云った。財前五郎は、辣腕家らしい国平の様子を見詰め、

「じゃあ、今までの経過をご覧になった国平さんの見通しは、どんなものです」

国平の能力を測るように聞いた。国平は眼鏡の下で、鋭い視線を瞬かせ、

「そうですね、佐々木側の控訴状を見ますと、控訴理由は三点で、その一、術前に当然なすべき断層撮影を怠ったために肺への転移巣に気付かなかった、二、肺への転移巣があるのを全く感知せず、胃噴門部の主病巣の手術に当ったため、その外科的侵襲によって肺の転移巣が急激に増悪し、佐々木庸平を死に至らしめた、三、患者の死因が病理解剖の結果、癌性肋膜炎であったにもかかわらず、術後肺炎と誤診し、誤療

したため僅か術後二十二日で死亡させた、となっていますが、これは殆ど第一審の訴状と同じで目新しいところがありません、ということは、控訴理由の裏付けとなる論拠が、第一審の域を出ていないせいだからですよ、その後の書面応酬も、術前の検査、特に断層撮影をやっていないことを執拗に追及し、断層撮影さえやっていれば、術前に肺への転移巣に気付いたはずだという主張を繰り返して行なっている点が目立ち、どうやら控訴人の方では、ここを突破口と考え、一挙に、一審の判決を覆そうという戦法のようですね」

国平弁護士は、机の上に積み上げた一審、二審の訴訟関係の綴りを広げながら応えると、河野弁護士も、

「向うが術前の断層撮影に固執する限り、この訴訟はおそらく第一審と全く同じような運びで進展し、こちら側としては相手の手のうちが解って、先手、先手と防禦策が講じられ、有利に闘えるというわけですよ」

相手の棋譜を読むような余裕を持った云い方をした。又一は、満足そうな笑いをうかべたが、財前五郎は、

「しかし、控訴され、受けてたつ側としては、あらゆる場合を想定してかからなければならないですが、二審で衝かれるような点があるとしたら、他にどんな点があり得

るでしょうかねぇ、国平さんは新しく参加されて一審の既成概念にとらわれておいでではないし、また医師会で幾つかの医事紛争を手がけて来られた経験もおありだから伺うのですが、あなたが控訴人の佐々木側弁護士の立場にたたれたとしたら、どういう術で、被控訴人側を追及されますか」

用心深い口調で聞いた。それは鵜飼医学部長や他の教授たちの前で見せる控訴審など歯牙にもかけていないような自信満々の態度とは打って変り、慎重そのものであった。国平は暫く考え込むように腕を組み、

「一つ、財前教授にお伺いしておきたいことがあります」

「ほう、どんなことですかねぇ」

「実は一審の裁判記録、並びに河野先生から伺った話で、気懸りな点が一つあるのですよ、それは術前に、財前教授はほんとうに肺への転移に気付いていたか、どうかという点です、もちろん気付いておられたでしょうが、いろんな気付き方の度合というものがありますから、弁護士としてこの点をはっきり知っておかないと、何時、どんなところから攻撃をかけられるかもしれないので、率直な事実を伺っておきたいのですよ」

もの柔らかな口調であったが、問題の核心を摑もうとする鋭さがあった。財前の精

悍な眼がかすかに動いた。事実は術前に肺への転移に気付かず、胸部断層撮影をしなかったのを、気付いていたが、断層撮影の必要なしと判断して行なわなかったと、証言している財前は、

「新たに自分が依頼した弁護士から、そんな質問を受けようとは、全く心外ですよ」

突っ撥ねるように、にべもなく云った。

「いや、国平君がそういう質問をするのは、ことの如何にかかわらず、より真相を知っておくほど有利に闘えるのが弁護士の立場ですから、そういう意味でお伺いしているだけですよ」

河野弁護士は、財前の気持を柔らげるように云い、

「それから例の柳原医師の近況はどうです？　何といっても、こちら側にとって一番重要な証人は柳原で、一番の裁判の時、しどろもどろながらも、よくやってくれましたからねぇ」

と云うと、国平弁護士も、

「私が関口弁護士の立場なら、何をおいても柳原医師に対して、佐々木側に有利な証言を引き出しにかかりますから、今後も柳原医師の挙動には充分に注意を配って下さい」

財前は頷いた。

「その点なら大丈夫ですよ、幸いなことには柳原はまだ学位を取っていないから、この間も教授室へ呼んで、それとなく学位請求論文を提出すれば通してやるような口振りをしておいたところなんですよ」

財前は、自分に対して頑に心を閉ざしていた柳原が、学位論文のことを云った途端、眼を輝かせ、心を開いた様子を思いうかべた。

「なるほど、それは何よりもの懐柔策ですね、そうすると、財前教授は、術前に肺への転移に気付いておられ、柳原医師は当方の証人として絶対の信頼をおけるとあれば、私も大いに安心で、さしあたって他に伺うことはありません」

国平弁護士はそう云い、メモ帳を閉じた。それを待ち受けていたように又一は口を挟んだ。

「実は先生、他でもありまへんが、五郎は教授会の推挙によって学術会議会員の地方区に立候補することになりましたんで、これからその選挙対策の方で忙しゅうなり、訴訟の方は万端、先生方にお任せすることにしまっさ、これは当座の調査費だす」

金三十万円也の小切手を机の上に置いた。第一審の勝訴の時、本来なら三百万円の報酬を支払うはずのところ、控訴に持ち込まれたために百万円だけを支払い、今度の控訴審で勝訴すれば、残り二百万のうち、河野に百五十万、国平には五十万とプラスアルファで百万円程を支払う約束であった。金さえ積めば勝てると思い込んでいる又一にとっては、それぐらいの金で財前側が勝つことが出来れば安いもんやと、算盤(そろばん)を弾(はじ)いていた。

「じゃあ、お預かりしておきましょう」

河野は徐(おもむ)ろに小切手を受け取り、

「まあ、第一審も一対一の判定勝ちでなく、二対零(ゼロ)ぐらいで勝訴している上に、医事紛争を手がけている国平君が加わりましたから、心強いものですよ」

と云うと、又一はぽんと膝(ひざ)を打ったが、財前五郎は、控訴審と学術会議選挙をシーソー・ゲームのように動かし、どちらも見事に闘い取って見せようという思いが、大きく膨れ上って来た。

*

里見脩二(しゅうじ)は、午前の外来診察を終えると、二階の第一診断部の研究室に戻って来た。若い研究員と相部屋であったが、東向きに大きな窓がきられ、六坪ほどの広さがあったから、三人の机の他に本棚、ファイル・ボックスなどがぎっしり並んでいても、狭苦しい感じはしない。

「先生、先程、細胞検査室から、先週の細胞診の塗抹標本と検査票が廻って来ましたので、一応、眼を通して、先生の机の上に置いておきました」

書棚の前で文献を探している熊谷が、机の上を指さして云った。熊谷は、胃カメラや細胞診検査の時、何時も里見の助手を勤める相手であった。

「有難う、何か疑問の点はなかった？」

里見は、一番奥まった窓際の自分の机へ向いながら尋ねた。

「いえ、特にありませんでした」

里見はすぐ、机の上の検査票の綴りを取り、眼を通して行った。ファイバー・スコープで胃内を洗滌し、剝離した細胞を染色して、顕微鏡で検査し、良性と悪性の度合をクラスⅠからⅤまでの五段階に分け、ⅠⅡは陰性で癌細胞の疑いなし、Ⅲは擬陽性で癌細胞の疑いありで、ⅣⅤは陽性で明らかに癌細胞であった。

里見は一枚一枚、注意深く検査票を繰り、最後の検査票に眼を止めた。山田うめ（六十七歳）、奈良県十津川村の老婆の検査票で、検査結果はクラスⅡと記入されていた。里見は、陽に灼けた皺だらけの顔を歪ませ、「これ以上の検査は受けられん、大して悪うもないのに検査するような贅沢は出来んのや」と云った山田うめの言葉が思い返され、クラスⅡの陰性で、癌の疑いがなかったことに一瞬、ほっとしたが、胃カメラ、細胞診を行なった時の内視鏡所見を考えると、納得の行かぬ思いがした。内視鏡的所見では、胃の前庭部大彎側の病巣は直径一センチ位の微小病変で、大きさからいえば悪性の疑いは少なかったが、無茎ポリープ状を呈し、一部に出血が見られることが、胸にひっかかっていたのだった。里見は山田うめの剝離細胞を塗抹したスライド・グラスを取り、サイド・テーブルの上にある双眼顕微鏡の前に寄った。

電源を入れ、スライド・グラスを載物台に載せて十倍に拡大し、レンズを覗いた。透明に明るく澄んだ円形の視野の中に、ギームザ染色で青紫色に染まった十一、二個の上皮細胞と、濃紫色に染まった白血球、淡いオレンジ色に染まった赤血球の無数の小さな粒が、濃淡の美しい輪郭を描いて交錯し、ミクロの世界が鮮やかに浮び上った。里見は眼を凝らして、さらに一つ一つの細胞を観察した。癌細胞か、否かを判定する主な鑑別点は、細胞の核と、核の中にある核小体の大きさと型で、悪性ほど型が大きく不整であった。

その点、山田うめの胃内から採取した細胞の核は、円形或いは楕円形で比較的に、型が整っており、核小体も特に大きいとも思われない。やはりクラスⅡだったのかと顕微鏡から眼を離しかけ、里見は左端の三個結合した細胞に視線を止めた。真ん中の細胞の核がどちらかといえば大きく、核小体はオパールを塡め込んだような透明な白味を帯びている。里見はすぐ、十倍の対物レンズを百倍の油浸レンズにきり替え、その細胞をクローズ・アップした。さっきまでの不可思議な美しさを持った細胞は、百倍に拡大されると、蛙の卵のような不気味さに変貌し、十倍の時は気にならなかった核の不整や染色の不均等が目につき、正常細胞にしてはいささか異型であるように思えた。

　里見は顕微鏡から顔を上げ、考えあぐねるように、暫く窓外に広がる千里丘陵のゆるやかな起伏を眺めていたが、顕微鏡の電源をぱちっと切ると、山田うめの塗抹標本を持って、同じ階にある臨床病理検査室へ向った。病理室長の都留に、検鏡して貰うためであった。

　臨床病理検査室の扉を押すと、フォルマリンの匂いがつんと鼻をつき、二人の医師と三人の技師が切除された胃の病理標本を作っていた。その中で、長身の浅黒い体を白衣に包み、研ぎすまされたように鋭い眼をしているのが、病理室長の都留であった。

　里見の姿を見ると、やあと白い歯を見せた。

「ちょっと、診て貰いたいことがあるんだけど、またあとから――」

仕事中であることを遠慮するように云うと、

「いいんだよ、もう終るんだから」

都留はそう云い、傍らの若い医師に二言、三言、何事か命じ、流し台で丹念に手を洗い、

「僕に診ろというのは、何だい？　里見君のことだから、また難題を持ち込んで来たんだろうが、あまりいじめないでくれよ」

無遠慮な口のきき方で、難題を楽しむように云った。日頃から臨床病理は、最終的な確診を下す最高裁だと高言して憚らない都留は、それだけ精力的で優れた研究に取り組み、近畿癌センターの中でも、一際目だつ存在で、里見とは対照的な性格であったが、学問に対するひたむきな純粋さで通じ合うものがあった。里見は手にしたスライド・グラスを都留の机の上に置いた。

「この塗抹標本、細胞検査室からはクラスⅡと云って来たんだけど、これまでのエックス線写真や直視下の胃カメラの検査からして、どうも悪性の疑いが捨てきれないので、君の確実な眼で、鑑別して貰いたい」

と云うと、都留はまた白い歯を見せ、

「君に食い下られたら最後だからね、最初から素直に拝見させて戴くとしようか」

冗談口を叩くように云い、里見からスライド・グラスを受け取ると、検鏡室に入って行き、ずらりと並んだ顕微鏡の机の前に坐った。その途端、今まで冗談口を飛ばしていた都留の眼が厳しく研ぎすまされ、冷厳な病理学者のたたずまいで、レンズに向い、綿密な検鏡をはじめた。

都留は検鏡を終えて、眼を上げると、

「左寄りの三つ結合した細胞の中に、癌細胞とは断言出来ないまでも、かなり異型性の細胞が一つある」

「やっぱり――、実はこの患者は、奈良の十津川村の胃集検をした時、僕がチェックし、それ以後の付合いで、つい患者側の立場に入り込んでしまい、慎重を期すあまり、読み過ぎではないかと思ったんだが」

「いや、さすがは里見君だ、正確な読みだよ、それで次の検査はどうする？」

「もう一度、細胞診をやるか、それとも生検をやるかだが、僕としては生検による検査をやりたい」

「賛成だね、ポリープは、その構造からいって、異型細胞が出て来ることもあり得るわけで、細胞診で良性悪性を鑑別することが難しい場合もあるが、その点、生検は組織を採って来るのだから、鑑別は確実になる、僕としてもその生検によって採取した組織標本は診たいねぇ」

都留は病理学者らしい意見を出した。里見は頷き、

「この患者のような隆起病変に対して、生検は高い診断成績があるから、都留さんに満足の行く組織を採取してみせますよ、忙しいところを有難う」

礼を云い、席をたちかけると、

「昼めしまだだったら、一緒に食堂へ行こうじゃないか」

都留は、里見を誘った。

一時半を過ぎた食堂は人影が疎らで、里見と都留は、窓際のテーブルに向い合い、ライス・カレーとコーヒーを注文した。

「やあ、都留君に、里見君じゃないか」

背後から太い声がし、振り返ると、外科医長の槙と放射線科の立石であった。都留と里見とこの二人が、近畿癌センターの早期胃癌研究グループの中核をなすメンバーで、研究会では激烈に討論し合う間柄であった。

「君たちも今からかい、ここへ坐れよ」

都留が云うと、外科医長の槙は、

「いや、大急ぎですませたところだ、これから胃癌の手術なんだが、一例報告ものだ

から、結果は次の症例検討会で報告するよ」

と云い、立石と慌しく出て行った。里見はそうした二人の姿を食い入るように見詰め、静かな微笑を送った。それは国立浪速大学では見られない医長クラスの若々しい姿であった。

「里見君も、ここへ来て、もう一年近くになるね、どう、ここの居ごこちは？」

都留は、里見の心の中を察するように云った。里見は運ばれて来たライス・カレーを口に運びながら、

「最初は大学にいる時の煩わしい雑事を逃れて、研究に専念出来ることに大きな安らぎを感じたけれど、最近はそれ以上に、各科の研究者たちと忌憚なく意見を交換し、活潑に仕事が出来ることが嬉しい、ここへ来てほんとによかったと思っていますよ」

澄んだ眼で応えた。

「そう云われると嬉しいよ、しかし、里見君が大学を去った時のいきさつを人から聞いているだけに、時々、君の心中を考えることがあるんだ、君のことについては何かという奴がいるが、ああいう状態の中で節を曲げずに大学を去った君は、やはりりっぱだよ、国立大学の教授になりたいばかりに、常識では考えられない忍従と屈辱の生活か、さもなくば、あざとい陰謀を弄して教授の椅子に在り付こうとしている連中の

多い中で、君は助教授というすぐ目前に教授の椅子がぶら下っているのを、捨てたんだからね、安っぽいヒューマニズムや感傷では出来ないことだ」

都留は、何時になくしんみりした口調で云った。

「いや、今から思えば、患者が死んでからそれほど自分の信念を通すなら、なぜ患者が死なない前に、それだけの信念を押し通さなかったかと心に悔いている——」

そう云い、里見は、財前が佐々木庸平の控訴審の結果を待たずに学術会議選に出ることを思い返し、抑えようのない憤りを感じた。

財前は、庭園燈に照らされた自宅の庭を眺めながら、久しぶりで家族と食卓を囲んでいた。

小学校六年生と四年生の二人の子供たちは、父親と一緒の食事が嬉しくて堪らないらしく、ハンバーグ・ステーキを頰ばりながら、今日一日の出来事を喋っている。長男の一夫が、近くある遠足の話をし出すと、次男の富士夫は、学校で評判になっている漫画の怪獣王の話をし出し、漫画と遠足の他愛のない話が入り混って、食卓の団欒

がさらに賑やかに膨らんで行く。次男の富士夫はフォークを振り廻し、

「僕は強いんだぜ、今日も学校で怪獣ごっこをした時、怪獣王になって高い鉄棒に乗り、どんと飛び降りてやったんだ」

「まあ、もし足でも折ったらどうするの、そんなこと、もう、絶対しては駄目——」

母親の杏子は、思わず、食事の手を止め、心配そうに窘めた。

「大丈夫だい、もし落っこちても、パパがいるから、すぐなおして貰えるさ」

財前に似て色が浅黒く、ぎょろりとした眼を腕白そうに光らせて云った。長男の一夫より次男の方が顔つきも、性格も財前に似、学校の成績もよかったが、長男は妻の杏子に似て、色白でふっくらとした顔だちをし、性格も女の子のように優しかった。

「パパ、富士夫はほんとに危ないことばかりするんだ、先生たちも、富士夫の腕白に閉口しているらしいよ」

「かまうもんか、大阪のお爺ちゃんは、いくら腕白坊主でも、勉強が一番だったらかまへんと、この間云ってたもん」

「まあ、お爺ちゃん、そんなこと云ったの、でもあんたたちは附属小学校の生徒だから、お行儀よくしないとお母さんが恰好が悪いわ」

杏子は眉を顰めたが、財前は、

「お爺ちゃんの云う通りでいいよ、その代り、人を傷させてはいけないよ、いいかい」

「うん、そんなこと解ってるよ、パパ」

富士夫はませた口調で頷いた。

「じゃあ、今度はお兄ちゃんの遠足の話だ、今度はどこへ行くんだい」

「摩耶山へ登るんだ、その途中で僕は、摩耶山のいろんな植物をスケッチして来るよ、五月だからヤマツツジの花がもう咲いているだろうね」

「僕も、摩耶山へ行ってみたいな、パパ、連れてってよ」

「パパは、このところ病院以外に、いろんなお仕事があって忙しくて当分、駄目なんだよ、ママに連れてってお貰い」

と云うと、杏子は、

「いいわよ、摩耶山なら近いから、日曜日にちょっとドライブして、山のホテルでジンギスカンでも食べさせてあげるわ」

「ほんと！　じゃあ次の日曜日に行こう、ね、約束したよ」

富士夫も、一夫も手を叩いて喜んだ。すべて財前の少年時代には味わうことの出来なかった団欒であった。小学校時代に、小学校の教員をしていた父に死なれ、母の手一つで育てられ、母の内職と奨学金で大学まで進学し、最後は息子の将来の倖せを願って、財前家へ養子に手放した母であったが、その母も、一審の裁判の財前勝訴を聞いた翌月、安心したように持病の高血圧で死んでしまい、毎月、妻の杏子に隠して中央郵便局から母へ送金していた財前の秘かな楽しみは失くなってしまったのだった。

「パパ、食事がすんだら、お爺ちゃんに買って貰ったプラ・モデルを組みたてようよ」

子供たちは、父親に甘えるように云ったが、今夜は、佃と安西が来ることになっているのだった。

「パパは、今日、三つも大きな手術があったから疲れているし、もう少ししたら、病院の先生が来ることになっているから、また今度のことにしよう、今夜は学校の用意をしたら、早く寝るんだよ」

父親らしい優しさを籠めて云うと、子供たちはちょっとがっかりした様子だったが、食後の果物を食べてしまうと、二階の子供部屋へ上って行った。子供たちがいなくなると、妻の杏子は、湯上りにしませた濃艶なオー・デ・コロンの香りを漂わせ、

「あなた、せっかく今夜のようにゆっくり寛げる日に、どうして佃さんたちを呼んだりしはるの、何か急なご用でもおありなの？」

「学術会議選のことで、二人に走り廻って貰ってる大事なことがあるんだよ、それにしてもいやに遅いな」

まだ学術会議選の立候補の告示はなされていないが、財前の対立候補である洛北大学の神納教授側の状況偵察を、腹心である佃講師と安西医局長にここ一週間がかりで云いつけ、今夜、その報告に来ることになっているのだった。

「それならきっと、あなたのために必死になって走り廻って、遅くなっていらっしゃるのだわ、それより、どう、この香り、ゲランの夜間飛行よ」

杏子は子供がいなくなると、甘えるような仕種で、財前の胸に体をもたせかけた。

「駄目だよ、佃君たちがやって来るじゃないか、酒の用意はちゃんと出来ているのかい、ウイスキーは、ジョニーウォーカーで、おおいにもてなしてやってくれよ」

杏子の体を軽く抱き、あやすように云うと、

「いいわ、一昨年、教授になったばかりのあなたが、また学術会議会員に当選して下さったら、ほんとに素晴らしいわ、お父さんも、わしの見込んだ成長株は、天井知らずの高値になりよるわと、大機嫌よ」

と云い、女中に仕度を云いつけるために台所へたって行った。そのうしろ姿を眺めながら、財前は、財前五郎のために金で買える名誉はすべて買い集め、財前家の勲章

を増やしたがる舅と、それを手放しで無邪気に喜ぶ妻がいなければ、一苦学生であった黒川五郎が、今日の国立大学教授の財前五郎になり、さらに学術会議選に立候補し得たであろうかと思った。

門のベルが鳴り、佃と安西が来たらしい様子であった。

「遅い時間にご苦労さまでございますこと、先程からお待ちしておりましてよ」

玄関で杏子の華やいだ声がし、財前はすぐ応接間へ行った。

「先生、大へん遅くなりましたが、充分な敵情視察をやったおかげで、耳よりな情報が得られました」

財前が入って行くなり、佃は昂った声で云った。

「そうかい、そりゃあ、ご苦労だった、まあ、飲みながら聞こう」

財前は、逸りそうになる気持を抑えて、佃と安西をオードヴルを並べたテーブルに招き、ウイスキーを注いでやってから、

「その耳よりな情報というのは、どういうことなんだ？」

佃は、まずウイスキー・グラスに一口、口をつけ、

「やはり、先生が想像されましたように鵜飼医学部長が、先生に立候補を勧められたことには、裏の理由がありました、と云いますのは、対立候補の洛北大学の神納教授

と鵜飼医学部長とは、内科学会理事長の後任問題で対立している間柄なんだそうです」

佃が一気に云うと、財前は首をかしげた。

「鵜飼医学部長はもう六十を越えた内科学界の大先輩格だし、向うはいくら業績のある教授といってもまだ五十歳そこそこで、学界では新進気鋭というところじゃないか」

「その新進気鋭というところが、鵜飼医学部長と対立する所以(ゆえん)です、内科学会の理事長としてここ七、八年、独裁を振るった東都大学の田沼名誉教授が亡(な)くなられたあとの後任問題をめぐって、学会内にはこの際、学会の若返りを図るために学閥(がくばつ)に捉(とら)われず、清新の気風を送り得る人を新理事長に選ぼうという空気が濃くなり、中でも少壮気鋭の神納教授を思いきって選ぼうという進歩派の力が強いそうです、そこで内科学会の理事長を狙(ねら)っている鵜飼医学部長は、学術会議選に出る神納教授を財前先生に蹴(け)落(お)とさせることによって神納教授の体面を損い、次期理事長にたとうとする意欲を失わせると同時に、神納教授をかつごうとしている進歩派の出鼻を叩いてしまっておこうとするもくろみだと思われます」

「なるほど、鵜飼医学部長が、僕を立候補させた魂胆は、鵜飼自身の敵を、他(ほか)ならぬ僕に倒させるためだったのか——」

財前はぎらりと眼を光らせ、その先を考えた。そこまで考える鵜飼であるなら、単に内科学会の理事長になるだけが狙いではなさそうであった。内科学会の理事長になっておけば、二年先に大阪で開かれる日本医学総会の会頭になり得る可能性が強くなり、会頭を勤めておけば学士院会員になるコースが近くなり、学士院会員になっておけば、七十歳以上にでもなれば、まず自動的に文化勲章を受章、もしくは、文化功労者に選ばれるところまで計算しているに違いなかった。その一番手近な敵を自分に倒させる算段だったのか、狸親父奴！　財前は思わず、口に出そうになる言葉を呑み、ぐいとグラスを空けた。

「先生、それにしても、どうして内科学会理事長などという椅子が、そんなに魅力なんでしょうかねぇ、われわれにはどうも雲の上の人のことでさっぱり見当がつきません」

安西は、怪訝そうに云った。

「そりゃあ、君たちには解らんことだよ、内科学会の理事長というのは、或る意味では全国の内科医の人事権を握るようなもので、特に国立大学の内科の次期教授を定める時など、いろいろと口をきき、その人事に影響するところが多大にあるんだよ、それに学会長は一年ごとに廻り持ちのようなものだが、理事長はその人が自ら辞任でもしない限り、半ば終身的なものだから、鵜飼さんのようにこれという際だった学問的業績がなく、政治力で学界を泳ごうという人には非常な魅力だろうよ」

財前は吐いて捨てるように云い、

「しかし、このことは一切、他言厳禁だ、僕はこれだけのことが解っても、鵜飼さんには素知らぬ顔で通し、今まで通りご芳志有難く戴き、立候補致しますの体で行くから、君たちもそのつもりでいて貰いたい」

「しかし、先生、こうした裏のいきさつがあれば、洛北大学の方だってしかるべき覚悟をもって選挙に臨むでしょうし、一方、私立近畿医大の重藤教授も、近畿一円の私立医大の票を一手に集め、その上、金集めの上手な私大のことですから、いわゆる札束攻撃も相当なものと思われ、万一のことがあった場合、先生は鵜飼医学部長のために、選挙にかつぎ出され、傷つかぬとも限りません、幸いまだ立候補の正式表明をしていない段階ですから、今期の出馬は見送られ、次期にされてはいかがですか」

佃は、二年前の激しい教授選を闘って、やっと教授になった財前の体面を気遣うように云うと、安西も、

「私も同感です、聞くところによりますと、教授会でも医学部一致で推挙という雰囲

気はなく、相当な反感があったということではございませんか、それに財前教授のために、各科から一名ずつ選挙対策委員を出すなど馬鹿馬鹿しいから断わる、といった声が既に基礎の教授から上っており、もっと悪いのは、鵜飼医学部長の手前、はいはいと返事をしておき、実際は何もしないでおいて落選させてやろうという教授たちもいるようですから、どうか、今回は思い止まって下さい」

思い詰めた表情で云った。

「君たちの僕のことを思ってくれる気持は嬉しいが、人間一生のうちには自分の意志で止めることも、退くことも出来ない時があるものだ、しかし、大丈夫だよ、私は出馬する限りはあらゆる術を尽して自分の当選を図るよ、選挙参謀は表向きは、産婦人科の葉山教授ということになっているが、実際の選挙事務を掌握する事務参謀は、あくまで君たち二人だ、早急に医局員の中から君たちの補佐が出来るのを十人程、選び出して選挙専従者にし、選挙対策本部を作って万端の準備を整えてくれ給え、これは当座の資金だ」

財前は固い決意を示すように云い、ぽんと百万円の預金帳を佃に預けた。佃は愕くように通帳を見詰め、

「先生のご決意がそこまでお固ければ、私たちはこれ以上、何も申しません、早速、

医局内に選挙対策本部を設け、強力な選挙運動を展開致します」

「うん、そうしてくれ給え、僕が出る限りは何としても当選してみせるよ、万一、落選するようなことになりかけても相手を土壇場で突き落す方法がなきにしもあらずだ、それには相手の事前運動やその他の選挙違反の事実を注意して把握しておくことも必要だ、学者のきれいな選挙など云われているが、学術会議選は、要は知能犯の勝負だよ」

財前の頰に、傲然とした笑みがうかんだ。

看護婦に手術帽と手術衣をつけさせると、財前は、不機嫌な顔で、手洗い消毒器の前へ寄った。これから行なう手術が、胼胝性潰瘍などという月並な手術であることに不機嫌になっているのだった。

消毒薬で手を洗い終えると、財前は無言で手術マスクをかけ、毛深い大きな両手を前へ突き出した。看護婦は手早く薄いゴム手袋を取り、皺一つ見せぬ密着度で財前の手にはめた。

「患者のカルテを！」

マスクの下から、鋭い声で云った。さっきから教授の機嫌に気を遣っている受持医は、緊張した表情で、財前の眼の高さに、カルテを捧げ持つように示した。

氏名　江馬宗三郎　五十六歳　食品会社社長
主訴　悪心　食欲不振
現病歴　約一年前より噯、悪心あり、胃潰瘍の内科的治療を受けるも、胃部不快感変らず
検査　検便（潜血反応）陰性　検尿異常なし
　胃液検査　高酸
　胃エックス線検査　胼胝性潰瘍
　肝機能検査　異常なし
　心電図　異常なし

財前はカルテに眼を走らせると、写真観察器にかけられた正面像、第一斜位、腹臥位の三枚の胃エックス線写真を見た。一カ月前に府会議長の紹介状を持って来院した

患者の写真で、その時、至急現像して読影した通り、胃前庭部小彎側に辺縁不整の慢性化した潰瘍像が認められ、粘膜襞の先端に悪性を思わせる断裂像が奔っている。財前は潰瘍の部位をちらっと見確かめると、エックス線写真から眼を離し、手術マスクの下で軽い舌打ちをした。府会議長が紹介して来た患者とはいえ、胼胝性潰瘍ぐらいのことで、教授である自分がわざわざ執刀しなければならぬことが腹だたしかった。鵜飼医学部長からよろしく頼むという口添えがなければ、いくら府会議長の紹介であっても、出張中とか、何とか口実を設けて金井助教授にでもやらせる程度のものであった。

「じゃあ、始めるとするか」

不機嫌な表情のまま、財前は、隣接する手術室へ大股に足を運んだ。

中央手術室の自動開閉装置の扉が開き、手術衣をつけた財前が室内に入ると、二人の手術助手と麻酔医が定位置について教授を迎えた。財前は顎で軽く頷き、手術台の傍に寄りかけ、足を止めた。

「誰だ！　今日の見学を許可したのは！」

手術室を見下ろせる中二階の見学室を見上げた。ガラス張りの見学室の中には、十人程の若い医師が、ノートを広げ、真剣な眼ざしで見ている。

「はあ、あれは今年卒業したばかりのインターンたちで、教授の手術はあらゆる機会に見学致したいと申しておりましたので——」

第一助手が応えた。

「駄目だ！　こんな誰にでも出来る手術をもって、私の手術を見学したと考えられては迷惑だ！　本来なら胼胝性潰瘍など私のする手術じゃあない、即刻、出してしまえ」

吐き捨てるように云った。第一助手は慌てて、見学室へサインを送り、インターンたちは蒼惶と退出した。

見学者がたち去ってしまうと、財前は手術台の患者を見下ろした。全身麻酔をかけられた患者は蒼白んだ顔を仰向け、手術する腹部は弛緩している。

「麻酔の状態は、どうだ」

「はい、深麻酔期に入り、脈搏七〇、血圧一二〇で良好です」

麻酔医が報告すると、

「では、今からビルロート第一法による胼胝性潰瘍の手術を行なう、今日の術式そのものは簡単だから、如何に短時間に手術を完了し得るかを試みる、皆そのつもりで動くことだ、用意はいいな」

一同をぐるりと見廻しながら云い、器械出しの看護婦に、

「私専用の円刃刀と尖刃刀は、出来上って来ているかね」

「はい、特別に急がせまして、揃っております」

器械台の上に、新しいメスとクーパーが載せられている。最近の財前は、自分用の別注のメスとクーパーを作らせるほど、自分の腕に強い自信を持ち、自分の存在を誇示していた。

「よし、それでは始める――」

ゴム手袋をはめた指を屈伸させた。静まりかえった室内に、張り詰めた気配が流れ、財前は壁時計を見上げた。午後一時三十八分――。

「メス！」

財前の第一声が響き、看護婦がメスを渡した。無影燈の明りの中で新しいメスがきらりと鋭く光ったかと思うと、患者の腹部剣状突起の直下にメスを入れ、臍まで切り下ろした。鮮紅色の血が切開した正中線の両側に盛り上るような線を描いたが、メス捌きの鮮やかさで出血は少ない。次に筋膜を切って腹膜をつまみ上げ、薄紙を切るようにすうっと切り開くと、二人の助手が腹膜鉗子で切開部を固定し、開腹鉤をかけた。

みるみる手術野が押し広げられ、血に滲んで薄桃色に光る胃の体部と幽門部（胃の

出口）が現われ、肝臓、十二指腸、大腸、小腸などの臓器も、血に滲みながら紅褐色のぬるりとした色を曝け出した。

財前はエックス線写真で潰瘍像を認めた前庭部小彎側にぐいと手をさし入れ、視線を凝らしながら触診した。外観は正常な胃壁と殆ど変りなかったが、財前の熟達した指の触感が、ゴム手袋を通して厚ぼったく、やや弾力性を持った痼を捉えた。癌の場合は、硬い痼であるから、エックス線写真で読影した通り、胼胝性潰瘍であった。病巣を確認すると、財前は、素早い手つきで他の部位を調べ、次に肝臓や膵臓を調べたが、異常所見はなく、胆嚢にも胆石は認められない。

「他臓器に変化なし、直ちに胃切除を行なう、胃液は高酸だったな？」

「はい、高酸度です」

第一助手が応えた。

「それなら、切除範囲は三分の二だ、クーパー！」

と云い、クーパーを握ると、胃と繋がっている網目状の大網膜を軽い手捌きで剝離し、横行結腸を腹腔外に出し、胃を遊離して行った。息をつく間もない財前の早業に遅れまいとする二人の助手は、大手術の時のように大粒の汗を噴き出している。

やがて食道と十二指腸の間に、平ったい胃が現われた。

「ぐずぐずするな！　時間が経つぞ！」

財前の叱声が飛んだかと思うと、幽門輪に鉗子をかけるのが一呼吸遅れ、もたついた第二助手の向う脛を手術台の下から、いきなり蹴りつけた。両手を手術に使い、口で叱責する余裕のない手術中の叱責の仕方であった。第二助手はいやというほど蹴り上げられた痛みに思わず、顔を歪めたが、財前は一瞥もせず、先を急ぎ、固定された幽門輪の下一センチほどのところへクーパーを当て、剃刀を当てるようにすうっと切断し、壁時計を見上げた。一時五十五分三十秒――、手術開始から僅か十七分三十秒しか経っていない。予想以上の早さであった。この調子なら、千葉大学の小山教授が記録を持っている手術所要時間三十三分の壁を打ち破れるかもしれない――、そう思うと、財前の眼が、手術帽の下で鋭い光を増した。

「続いて、噴門側の切断だ！　メス！」

財前の手にメスが握られ、噴門（胃の入口）側縁にしっかり鉗子をかけて固定し、噴門側から三分の一のところを目測し、メスを当てたかと思うと、すぱっと音をたてるような見事さで胃体を切断した。残り三分の二の胃体が血まみれになって財前の左手の中に摑み取られた。

財前の手術衣の下の分厚い胸に汗が滴り、額にも滲んだ。財前は左手に摑んだ血だらけの切除胃を助手のさし出した受皿にぽんと置くと、すぐ残胃の断端（だんたん）と十二指腸断端の吻合（ふんごう）（縫合）にかかった。ともすれば十二指腸の断端が鉗子からはずれそうになるのを、残胃の断端を上へ吊（つ）り上げるようにしながら、カットガット（縫合糸）で吻合して行った。

吻合が終ると、手術のやまは越え、あとは圧排していた内臓をもと通りの位置に返し、切開した腹部を閉じるだけのことであった。財前の針を持つ手が機械のように正確に迅速に動いた。

「手術完了！」

財前は、時計を見た。時計の針は、二時六分二十秒を指している。

「先生、すごいではありませんか、手術所要時間は、たった二十八分二十秒です」

第一助手が昂奮（こうふん）しきった声で云い、第二助手も、麻酔医、看護婦たちも、顔を真っ赤に上気させ、財前を見守った。瞼（まぶた）まで汗ばんだ財前の眼に、脂（あぶら）ぎった強い光が溜（たま）った。普通の外科医なら二時間、熟練した専門医でも一時間かかる手術を、僅か二十八分二十秒で完了し、千葉大学の小山教授の持っている三十三分の記録を四分四十秒も短縮したのだった。

財前は手術が始まる前の不機嫌さや、手術中に第二助手の向う脛を蹴りつけたことなど忘れ果てたように、手術マスクをはずした顔に会心の笑みをうかべた。

「みんなご苦労だった、手術所要時間の新記録をつくった患者だから、回復室へ入れ、充分に術後管理をした上で、病室へ帰すように」

そう云い残すと、肩をそらせ、傲然とした姿勢で、手術室を出た。


病院を出ると、財前は自宅へ帰る阪急の方へ向わず、淀屋橋へ足を向けた。そこから車を拾い、ケイ子のマンションへ行くためであった。手術の軽い疲れを覚えながらも、胼胝性潰瘍の手術時間、二十八分二十秒という記録をつくった快い酔いの中で、ケイ子の放恣な肢体を娯しみたかった。

その上、手術のあと、鵜飼医学部長と葉山教授と三人で、学術会議選のことで談合することになっていた約束が、鵜飼の余儀ない都合から、明日に延期されたことも、財前の心を軽くしていた。ここ一カ月程の間というものは、鵜飼からの唐突な学術会議選立候補の勧め、それに伴う教授会の承認や立候補のための下準備、一方では佐々木庸平の控訴審についての見通しなど、一度に山積した雑務で、財前は疲れていたのだった。それだけに、病院を出て、川沿いの道を歩く財前は、小波だって流れる見馴れた堂島川の川面さえ快く眼に映り、濶達な足どりで歩き、淀屋橋まで来て、足を止めた。

この間、「教授になってからのあんたは、面白くなくなったわ」と云い、軽侮するような笑いを見せたケイ子の言葉と表情が不快な痼になって残っている。学内はもちろん、学外でもメスのきれる有数な外科の教授として尊敬され、憚られている自分が、金を与え、囲っている女から、そんな言葉を浴びせかけられることは心外であった。ケイ子の心の中には、何か眼に見えない微妙な変化が起っているようであった。それを思うと、今日のように二十八分二十秒で手術をすませ、爽快な気分になっている時、ケイ子のもとへ行くのは面白くなかった。

それでもケイ子のところへ行こうか、行くまいか、財前は迷った。手術がうまく行ったあとの快い疲れが、妻以外の女との情事を求めているのだった。財前は気迷うような足どりで、淀屋橋を渡りながら、二、三度行ったことのあるナイトクラブ・リドの加奈子の姿が、眼にうかんだ。最初は、財前が胆石の手術をした繊維会社の社長の退院祝いの招待であったが、その時、財前の横にぴたりと坐り、「先生が、有名な財前先生やのん？　一回、先生の手術をしてはるところ見せてぇ」とせがむように云い、財前がなぜ見たいのだと聞くと、「メロンを切るみたいに、人間の体をすぱすぱ勝手に切れるもの、胃袋でどんな風に切るのん？」けろりとした表情で聞き返したのだった。二回目は製薬会社の招待で四、五人の外科医たちと行った時で、その時も、財前の傍へ坐り、「今日は、どんな手術をしはったの」と、財前の大きな長い指に顔を寄せ、小犬のようにくんくんと鼻を蠢かせて、財前たちを笑わせ、何杯目かのハイボールを空けた時、「先生、私は自分の狙った獲物を絶対、逃さない主義やわ」財前に対する好奇心を剝き出しにし、二十一、二歳の小娘にしては、はっとするような鋭さで云ったのだった。その言葉を思い返すと、今日のように爽快な気分の時には、ふさわしい相手であった。

財前は踵を返し、北の新地にあるリドへ向った。ドア・ボーイに案内され、奥まったボックスに坐ると、

「あら、先生、今日は一人で来てくれはったのね」

加奈子の声がし、肩まで垂らした長い髪をはらりと靡かせるようにして財前の横に坐った。

「うん、今日は手術のあったあと、ぶらりとやって来たから連はないんだよ」

葉巻をくわえかけると、加奈子はいきなり財前の手に顔を寄せた。

「まだ血の匂いがするみたい、今日は何を切ったの」

「胃袋を三分の二ほどだ」

無造作に応えると、栗鼠(りす)のように小柄な体をしならせ、ややしゃくれた顎とつまみあげたようにそり返った唇をつき出し、

「私も、先生に手術して貰(もら)いたいな、盲腸の時でもして貰うかな」

「駄目だな、盲腸など入局して半年目ぐらいの医局員がやるものだよ」

「ふうん、先生は威張ってはるのやね、そやから、患者に訴えられたりしはるのやわ」

財前は、むうっとしかけたが、

「いやに詳しいじゃないか、僕のことについて——」

「あの当時、お客さんたちがえらい話題にしてはったけど、私は、先生みたいに強うて冷酷な人、大好き——」

「冷酷だなど、人聞きの悪い云い方をするなよ」

「だって、たいていのお医者さんは患者から訴えられて、新聞沙汰(ざた)になったら参ってしまうのに、先生は新聞で騒がれても平気で、逆に裁判で患者をやっつけたということやないの」

「やっつけたんじゃないよ、こちらが正しかっただけだ——」

ハイボールを飲みながら、苦笑するように云った。

「どっちでもええわ、要は、裁判があった後も、先生はわんさと押しかけて来る患者を列(なら)ばせて診察してはるそうやもの、たいした腕やわ、人格高潔で腕のたたないお医者さんと、冷酷でも腕のたつお医者さんと、どっちを選ぶかと云うたら、冷酷でも、何でも、腕がたって病気を癒(なお)してくれるお医者さんの方がええのにきまってるわ、だから先生の人気は、裁判があろうと、なかろうと一向に変らず、先生に診(み)て貰うのにえらい人の紹介状を持っていかんとあかんというのは、ほんと？」

財前は応えなかったが、酔いの廻って来た耳に、加奈子の一言、一言が、自分のもとに集まって来る患者の言葉のように聞え、快かった。

「どうだい、今日は獲物を狙ってみるかい」

笑いを含みながらグラス越しに加奈子を見詰めた。

「ええ、いいわ、その代り狙ったからには、絶対、離さへん――」

栗鼠のように小柄な体が、ぴたりと財前に寄り添った。

車は夜の第二阪神国道を六甲山に向って、まっしぐらに走っていた。雨が降り出し、オレンジ色の灯(あか)りに照らされた国道は滲むように濡(ぬ)れている。財前は自分の肩に頭をもたせかけるようにしている加奈子の生温かい体温を感じ取りながら、ケイ子のことを思いうかべていた。女子医大中退の聡明で美貌でいい体をしているケイ子を抱えながら、今またこの得体の知れぬ奔放な性格の加奈子と情事を持つことは、身辺に負担を増すことだと思ったが、若く息づいている加奈子の体を感じると、財前は逞しい欲望を抑えられなかった。

何時の間にか車は国道から、六甲山口に折れ、ドライブ・ウェーに入ると、雨は小やみになったが、霧が出て来た。車は黄色のフォッグ・ランプを点け、スピードを落して、霧に包まれた山道を登って行った。大阪から僅か一時間余りの地点であったが、殆ど車の影はなく、たまに往き交う車は霧の中で、フォッグ・ランプの明りを見せて、すれ違って行った。

やっと山上のホテルに着くと、シーズン・オフのホテルは森閑として人気がなく、部屋へ案内され、ベランダから外を見ると、つい今まで出ていた霧が風に吹かれるような早さで消え、霧の去ったあとに、神戸の街の灯が一望のもとに見下ろせた。山裾から神戸港の海岸線沿いに、赤、青、緑などのさまざまの色と輝きを持った灯りが列なり、街全体がステンド・グラスのように燦き、その灯りの向うに真っ暗な海が広がり、遠くの沖に明るい灯をつけた船が一艘、不夜城のように浮んでいる。

「まあ、きれいやわ、宝石箱をひっくり返したみたいな灯、ルビー、サファイヤ、エメラルド——」

加奈子は溜息をつくように暫く窓の外を眺めていたが、くるりと財前の方を向くと、

「愛人はいてはれへんの？」

不意に、聞いた。

「残念ながら、いないよ」

ケイ子のことなど気振りにも出さずに応えた。

「おかしいな、先生のように背広を着ても、手術衣を着て、メスを握ってるみたいな魅力を感じさせる人が——」

ちょっと小首をかしげ、

「けど、どっちでもええわ、私は、先生を見事に狙い撃ちすることだけやわ」

そう云うなり、加奈子は、若い体を毬のように弾ませて、財前の胸にぶっつけた。灯りを消した部屋の中で、露わな肌の香りが漂った。財前は荒々しく唇を捺し、強い力でしなやかな体を締めつけ、若い女の体に溺れ込んで行きながら、ふと鵜飼の云った言葉が胸を掠めた。——身辺に気をつけることだ、学術会議選ともなれば、例の怪文書が流されやすいからねぇ——、財前は一瞬、醒める思いがしたが、手術を行な

った日のなまなましい欲望がすぐ、その不安をかき消し、財前は再び若い女の体に溺れ込んだ。

二十五章

新幹線で東京駅へ着くと、関口弁護士はすぐタクシーを拾って、八重洲口から信濃町にある東京K大学へ向った。

大阪、京都、名古屋の各大学のこの人ならばという教授を訪ねて拒まれ続けて来た関口にとって、控訴審の重要な争点である術前に断層撮影をしておれば、肺への転移を知ることが出来たという医学的な論拠を、今日こそ是が非でも得たい思いで一杯であった。

東京K大学の附属病院の門を入った途端、中央の花壇の美しさに眼を止めた。花壇を囲むように白亜の病棟が並び、各階のベランダにも色とりどりの花が見られ、階下の駐車場には高級車がずらりと列んでいる。病院というよりマンモス・マンションのような雰囲気を持ち、古色蒼然とした国立大学の附属病院とはかけ離れた明るさと贅沢さであった。

事務局で正木助教授の名前を告げると、すぐ助教授室へ電話をかけ、三階の部屋へどうぞと、事務員が教えてくれた。国立洛北大学の村山教授を訪ねた時のように切口上で、予め面会の約束、もしくは紹介状の有無を聞かれることもなく、電話一本でてきぱきと事務的に運んでくれた。

助教授室の扉を押すと、クリーム色の壁に囲まれた明るい部屋の中で、正木助教授は机を挟んで、先客と話していた。関口は目礼して、入ったところにある椅子に腰をかけた。正木助教授はゲラ刷を机の上に広げ、

「ここのところにドイツのデータも入れたいんだが、ちょっと気になる点があるから、それは再校の時に加筆することにしましょう」

「承知致しました、先生のように新しく、正確なデータをと、最後まで加筆訂正して下さる方には、私どもも、印刷工場を泣かしてでも、校了ぎりぎりまで何度でも組み替え致します」

医学専門誌の記者らしい男は、指摘されたところにしるしをつけ、

「じゃあ、今からすぐ工場へゲラを入れに参りますから、これで失礼致します」

慌しく起ち上り、部屋を出て行った。

「どうも、お待たせしました、半年ほどアメリカへ行って帰って来た途端、仕事が一

時になり、つい論文の締切までギリギリになってしまって——、向うも相当忙しいところですが、日本はいろんな雑用があって、忙しい点においてはアメリカ以上ですよ」

正木助教授は、苦笑しながら応接用の安楽椅子に関口と向い合った。グレイのフラノのズボンに、両側にプリーツの入ったストライプの上衣を着、袖口に皮のカフス・ボタンを見せ、一分の隙もない瀟洒な身装で、きびきびと活動的に話す正木助教授は、関口がこれまで会ったことのないタイプであった。

「近畿労災病院の東院長から、ご紹介に与った弁護士の関口です」

初対面の挨拶をし、東の紹介状と自分の名刺を出すと、

「あなたからは、前もって、今回の用件に関する書状を戴いている上に、昨夜、東先生から私の自宅へ、よろしくという鄭重なお電話を戴きましたよ」

関口は、佐々木庸平の医事紛争の発端から、控訴審に至るまでの経緯と、第一審の訴状、判決文、控訴審の控訴状の写しを前もって、正木助教授に送り、その上で今日の面会を取りつけているのだった。

「ご多忙の中を恐縮ですが、先日お送り致しました書類をお目通し戴けましたでしょうか」

「拝見致しました、ちょうどアメリカで医事裁判の件数が最近、非常に高くなったこと、その判決が厳しいことに驚いて帰って来た矢先ですから、興味をもって読ませて戴きましたよ」

「そうですか、アメリカではそんなに医事裁判が多いのですか」

関口は、体を乗り出すようにして聞いた。

「ええ、聞くところによれば、年間九千件の医事紛争があり、一件の賠償要求額は、平均五十万ドル（一億八千万円）ということです、そのうち勝訴した件に対して支払われた賠償額は、去年一年間の支払総額が五百万ドル（十八億円）だったということですから、一件あたりの実際の賠償額は、要求額をうんと下廻ることになりますが、それでも日本と比べると桁が違いますね、たとえば、左肺下葉の切除をして出血多量でタンポンを入れたところ、脊椎を圧迫して下半身麻痺になったということで、六十五万ドルもの賠償額を認められていますから、アメリカの医事裁判の判決は医者に対して過酷だと云っていいほど厳しいですよ、それに医学の進歩に伴って医者の注意義務の範囲と程度が拡大し、医事紛争の内容が深刻になって、一生働いても追いつかないほどの賠償額を云い渡された医者の中には、自殺する者もいるそうです——」

　正木と関口は、黙り込んだ。医者の自殺という言葉が、医者である正木にも、現在、医者を訴えている関口にも、背筋の凍るような思いを感じさせた。

「それにしても、どうしてアメリカではそんなに患者の主張が強いのですか」

「それは、裁判の制度が日本と異なるところに原因しているのでしょうね、日本なら誤診誤療だと考えられる事実があったとしても、その事実を裏付ける医学的な因果関係が立証されなければならないから、勢い専門家である医師の証言や鑑定が強い力を持ちますが、アメリカの裁判は陪審員制度ですから、必ずしも医師の証言と鑑定のみに重きをおかず、一方において専門家の証言を信頼しながら、他方において陪審員の常識を信用して、裁判所が判断するという裁判の在り方が、結局、患者の主張をより反映させることになるんでしょう」

「日本でも、医事裁判には特別な制度を設けて、現在のように医師の証言と鑑定に重きをおく現状を改めなければ、医師以外の者は医学的な立証も、反論も困難だから、非常に不利です」

　関口は憤りを含んだ声で云い、

「ところで、先日、書状にしたためましたように、術前に断層撮影さえしておれば、肺への転移巣を知り得たのではないかというのがわれわれ控訴人側の主張なのですが、控訴人側の立場を医学的に裏付けるために、先生が最近、発表になられたという胃癌の肺転移についての新しいデータを伺わせて戴きたいのです」

国立洛北大学の村山教授をはじめ、何人かの医者に苦い経験を舐めさせられている関口は、必死な面持で聞いた。

「あのデータは、内々の肺癌研究会で話しただけで、まだ公にしていないんですが、さっきの記者に渡したあの論文がそれなんですよ、まあ雑誌社に渡してしまえば、公表したのと同じですから、お話しましょう」

正木はそう云うと、安楽椅子からたち上り、机の上から資料を抱えて来た。資料を前におくと、若々しい顔が俄かに引き締まった。

「胃から肺への転移率は、五、六年前からいろんな報告が出されていますが、多くは胃癌の剖検例からその頻度を調べたもので、今度、私が発表したのは、うちの病院で発見した転移性肺腫瘍三百四十例を対象として出したデータです、原発巣別に分類してみますと、一番多いのが乳癌からの転移で二三パーセント、二番目が原発巣の肺癌からで一四・五パーセント、三番目が胃癌からで一一・三パーセントの転移率があり、四位の子宮癌からの五・五パーセントと比べ、倍近い頻度でもって臨床的に肺転移が発見されています」

「ほう、胃癌から肺への転移は、乳癌、肺癌についで三番目で、臨床的には十例につき一例以上の頻度で、転移が認められるのですか」

関口は思わず、メモを取る手を止め、

「先生、それなら今度のケースのように、胸部エックス線写真に陰影が認められれば、転移巣ではないかという疑いを持つのは、当然のことではないでしょうか」

正木の言葉に縋りつくように云うと、

「しかし、その陰影のエックス線像が問題ですねぇ、関口さんのお手紙の説明では、大きさは小指頭大で、左肺下葉に一つだけ限局してあるということでしたが、普通、胃から肺への転移巣のエックス線像は淋巴管炎型といって、上肺門から末梢に向け、気管支血管に添って走る索状影を主体とした陰影を呈し、佐々木さんの場合のような結節型の孤立性陰影は、比較的少ないんですよ」

「じゃあ、正木先生のような方でも、本件のようなケースの陰影を、癌と疑うのは無理であるとおっしゃるのでしょうか」

関口は、迫るように云った。

「まあ、そう結論を急がないで下さいよ、確かに胃から肺への転移巣のエックス線像自体は、佐々木さんのような結節型は少ないのですが、全般的にみると転移性肺癌の中で最も多いのは、そうした結節型で全体の五〇パーセントを占め、特に肺下野に孤立性陰影を見た場合は転移性腫瘍を疑い、断層撮影の検索が必要ですねぇ、まして佐々木さんの場合は、主病巣がはっきり確認されて、その転移巣の有無を調べるための胸部検索なんですから、どんな小さな陰影にしろ、あれば断層撮影を行なうのは当り前のことです」

「では断層撮影をやれば、癌転移ははっきりしたわけですね」

関口の声が、昂（たかぶ）った。

「いや、それはやはりエックス線写真を見た上でないと、はっきりとした断言は出来ませんが、転移巣のある癌と、ない癌との場合では、治療が非常に違って来ますから、断層撮影をやることは大学病院なら、まず基準的仕事（ルーチン・ワーク）だといえましょう」

「なるほど、基準的仕事（ルーチン・ワーク）――、これはいいことを伺いました、それから断層撮影の所見によって、治療が違って来ると云うのは、化学療法のことですか」

「その通りです、さすが医事裁判を手がけておられる弁護士さんだけあって、よく勉強しておられますねぇ」

正木は感心するように云ったが、関口は何か考え込むように暫（しばら）く黙念とし、不意に姿勢を正して、正木の方へ向き直った。

「先生！　今おっしゃったことを、控訴人側の鑑定人として、法廷で述べて戴けませんでしょうか」

「え？　鑑定人に――、僕はただ純学問的な立場から、胃癌から肺への転移について話してほしいと云われ、それだけのことだと思って――」

「お伺いする時は、そう思って参りました、しかし、先生の只今のお話で、財前被控訴人が断層撮影をしなかったために、術前の転移巣を見逃したことを衝く第一の争点が、はっきりとした裏付けのあるものになります、先生、どうか鑑定人になって下さい、お願いします！」

関口は切羽詰るように云った。正木は躊躇するように瞬時、口を噤んだが、

「実際の裁判では、僕の胃癌から肺への転移理論が、どの程度に、重く見られるか解らないけれど、ともかく僕の学問的所見を述べましょう、僕はドライな人間で、自分の学問的所見を述べるためには、その他一切のじめじめしたことを考えない性格ですし、幸い私大の助教授という、国立大学の教授や助教授より自由な立場にいますから、鑑定人として出廷しましょう」

関口は深々と頭を垂れた。正木助教授によって、はじめて控訴審に一筋の活路が見出され、ここから、第二、第三の争点が開けて行きそうであった。

財前は、昨夜の加奈子との情事にかすかな後悔と澱むような疲れを覚えながら、扇屋の奥まった座敷で、鵜飼医学部長と産婦人科の葉山教授を迎え、学術会議選の選挙工作を話し合っていた。

鵜飼は、血色のいい顔を何時になく曇らせ、

「何しろ、相手が相手だけに、私が表だって財前君の選挙運動に奔走するわけには行かないのでねぇ」

と云うと、葉山は女のように白い顔を頷かせ、

「そりゃあ、そうでしょうとも、対立候補が鵜飼先生と同じ内科で、循環器専攻の神納教授とあっては、先生にとってはやりにくいことこの上なしでしょう」

「そこだよ、同じ内科学会でよく顔を合わしている仲だし、その辺のところがやりにくくてかなわない、だから今度は一つ、葉山君が大いに乗り出してやって貰いたい、もちろん、私は陰からの援助は惜しまないよ」

財前は、鵜飼と葉山との間に馴合いの気配を感じ取っていた。そして鵜飼が、自分を

立候補させたのは、内科学会の次期理事長を狙う鵜飼の敵になる神納教授を、まず学術会議選で倒す算段であることを佃たちの情報で知りながら、わざと素知らぬ振を装い、

「神納教授というのは、内科学会の進歩派の中心人物で、内科畑の票集めは強いということだそうで、なかなかの強敵らしいですね」

鵜飼の反応を探るように云った。

「いや、あんなのたいしたことはないよ、それより、財前君の当選を期して、具体的な選挙対策を練ろうじゃないか」

鵜飼はそう云いながら、ぐいと盃を空け、

「選挙工作の第一は、まず学術会議会員選挙の投票資格を持った選挙人名簿を抑え、その名簿を系列大学及び系列病院、有力な学会、同窓会、医師会という四つの票田に分け、各票田に強力に働きかけることだ」

と云うと、葉山はすぐ言葉を継いだ。

「そうした票田に働きかけるには強力な媒体が必要で、まず学閥を縦糸にして、系列大学、系列病院、同窓会の実力者に票集めを依頼し、横の関係は有力な学会と各地区の医師会のボスに話をつけて、票を固めて行くことですが、各系列大学、系列病院の学長、医学部長、病院長には、何といっても鵜飼先生じきじきに話をつけて戴かない

ことには、歯がたちません、そのあたりの実力者に票の取りまとめをお願いする時には、票数がまとまっているだけに、何らかのジッツか、取引条件が必要になって来ますからねぇ、各学会の会長や評議員には、鵜飼先生からのお声がかりを戴いた上で、私をはじめ、今度の選挙に賛同している鵜飼派の教授たちが足を運んで票集めのルートを作って来、同窓会と医師会関係は、財前君の日頃のつき合いを生かして、票集めをすることでどうでしょう」

選挙参謀らしいしたり顔で云うと、鵜飼は、

「財前君のことだから、同窓会と医師会の方はもう術を打ってあるんだろう」

「はあ、この間の教授会のあと、早速、同窓会幹事の鍋島さんと医師会の岩田さんには挨拶に行き、協力方をお願いして約束を取りつけていますし、一方、医局内には早速、選挙対策本部を作らせると同時に、家が開業医でその地区で役員になっている父親を持っているような連中には、医師会関係を受け持たせ、細かく、確実に票集めをさせることにし、同窓会の役員には、私自身が足を運ぶことにしています」

と云うと、鵜飼は大きく頷いたが、葉山は、

「同窓会には財前君を嫉んでいる連中が少なからずいるから、同窓会対策はくれぐれも慎重にぬかりなくやって貰いたい、何しろ一昨年、教授になったばかりの財前君が

また、学術会議選に出るとなれば、嫉(ねた)みたくなるのも無理からぬことかもしれませんからねぇ」

人ごとのように云いながら、葉山自身の思いも籠(こ)めるようなねっとりとした云い方をし、

「ともかく、近畿地区の今年の有権者数は一万七、八千人位とみて、洛北大学の神納教授と私立近畿医大の重藤(しげとう)教授との三人で票を分けるとなると、当選するためには第一に何票とらねばならないか、第二にどこの票田から、何票とれるかの目標数をきめることです、第一の点は、従来の投票率をみると、八五パーセントですが、三候補接戦ともなれば、投票率九〇パーセント、一万六千人位とみて、各票田ごとに票集めの依頼にかかり、一カ月後に大ざっぱな票数を持ち寄って検討し、どこの票田がどのように弱いかを研究してさらに具体的な対策を練ることでどうですかねぇ、それとも財前君、他(ほか)に何か名案でも——」

葉山は、自分の参謀ぶりを財前に押しつけるように云った。財前は不快な思いがこみ上げて来たが、

「いろいろとご配慮戴き恐縮です、私も票集めに奔走すると同時に、これまでの論文を整理し、大至急、出版の運びにし、出版案内を大部数ばら撒(ま)かせたり、本の広告を

派手にやらせたりして、本の出版に便乗して大々的な選挙運動を展開する心づもりをしております」

「さすがは財前君だ、学者にとって、自著の出版に便乗して選挙運動をするほど、巧妙な手段はない、それなら立候補告示前に新聞や雑誌などによる広告、宣伝を禁止している選挙規約に、ひっかからず、うまい術だ」

鵜飼は盃を空けて、ぷかりと煙草をふかし、

「ところで、選挙費用はどれぐらいの予算でやるつもりだね」

財前は、返事に迷った。舅の又一は費用を惜しまないとは云うものの、佐々木庸平の医事裁判の弁護士に支払う費用も考えると、あまり膨大な額を云いきってしまうわけにゆかなかった。

「法定の費用は、葉書代と印刷費ぐらいのものですから、医局員の足代、手当代から票固めの費用、その他一切の費用を含めて、二百万ぐらいと、見ています」

と応えると、葉山は白い顔にちらりと薄笑いをうかべた。

「その上に、財前教授なら、製薬会社にいえば、百万ぐらいの金なら喜んで出すだろうね、君のような有名教授で、薬事審議会のメンバーともなれば、それぐらいものの数ではないし、選挙参謀としては費用はあるが上にもあった方が、やりやすいからね

え」

妙に意味あり気な云い方をした。

＊

暗幕をひいた検査室のベッドの上で、山田うめは、生検用のファイバー・スコープの黒い管を吞んでいた。咽喉に麻酔が施されているから局部的な苦痛はなかったが、この間からの胃カメラと細胞診に次いで、三度目の検査であることに、精神的に参っているらしく、日灼けした皺だらけの顔をすぼめ、ぐったりと力なく横たわっている。

「おばあさん、今日こそ、検査はこれで終りですから、もう少しの我慢ですよ」

里見は老婆に声をかけ、接眼レンズに眼を当て、ファイバー・スコープを病変のある幽門（胃の出口）前庭部へ慎重に押し進めて行った。

先端のカメラが、胃の前庭部大彎側にある直径一センチほどの無茎ポリープ様の隆起病変を捉えた。胃カメラの検査と細胞診検査の時の所見と殆ど変らず、病変の表面は円滑で、周囲の薄桃色の胃壁よりやや赤味を帯び、ポリープの頭部にかすかにみら

れた出血は止血している。里見は、接眼レンズに眼を当てたままの姿勢で、

「病変の大きさ、形状は前二回の所見と変らないから、生検部位は、予定通りの五箇所だ、もう少し胃内へ送気を頼む」

傍らでスコープの柄(え)の部分を持っている助手に命じると、助手はスコープ基部に連絡した送気ゴム球を押して空気を送った。みるみる収縮した粘膜襞(へき)が縮緬(ちりめん)の布を引き伸ばすように伸び、ファイバー・スコープと病変との距離が五糎(センチ)ほど開いた。

「送気量はそれでよし」

里見は、手もとのスコープ基部の鉗子(かんし)挿入口から鉗子を徐(おもむ)ろに押し入れ、その先が、スコープの先端に組み込まれた照明ランプと、カメラ・レンズ面との間の溝(みぞ)から現われると、隆起病変の頭部を目がけて、鉗子を伸ばした。胃角部と比べて幽門前庭部は、ともすれば、ファイバー・スコープと胃壁が離れて、鉗子を病変部位に確実に到達させる操作が難しかったが、里見の巧みな操作で、鉗子は的確に病変の頭部に達し、鉗子の先に付いているクリップのような鉗子盃(はい)がV字型に開いて、病変の粘膜に食い込んだ。その瞬間、鮮赤色の血が滲(にじ)み、胃壁に赤い糸のような線を描いて流れ落ち、粘膜を挟んだ鉗子を手前に引くと、粘膜が三角形のテント状に引き吊(つ)り、直径三ミリほどの組織が引き千切られた。里見は、すかさず、組織の採取部位を写真に撮(と)り、鉗子

をファイバー・スコープから抜き取った。

「これが隆起病変の頭部の組織片だ、多分、粘膜全層を採取出来たと思う」

鉗子盃が挟み採った組織片を、助手のさし出したフォルマリン溶液の中へ入れた。薄桃色の小さな組織片は、かすかに血を滲ませながら麩(ふ)のようにゆらゆらと容器の底へ沈んだ。

里見は、再び鉗子をファイバー・スコープの管に入れて、隆起病変の側面部の生検にかかった。

側面二箇所の組織採取が終った時、胃体から幽門部にかけて蠕動(ぜんどう)運動が始まった。波が押し寄せるように蠕動収縮輪が通過する度に、病変が上下に揺れるから鉗子の操作はますます難しくなり、迅速でタイミングのよい生検が必要になる。里見は冷静に収縮輪の動きを見、その合間を縫い、瞬間的に狙撃(そげき)するような素早さで五箇所の組織片を採取した。傍らの助手は採取した組織片を部位ごとに一つ一つの容器に入れ、病理検査室へ運んで行った。

「すみましたよ、おばあさん、よく頑張りましたね」

山田うめの口からファイバー・スコープを抜去し、うめの顔を覗(のぞ)き込んだが、三回もの検査に腹をたてているうめは、薄眼で里見の顔を見上げたまま口をきかなかった。

「今日はかなり疲れているでしょうから、すぐに帰らず、隣室のベッドで二時間程、休んでから帰ることにして下さい、いいですね」

いたわるように里見が云っても、うめはそっぽを向いた。付添いの嫁がおろおろし、

「あのう、先生、先生……」

眼配せするように云った。先にたって里見が次の部屋へ行くと、

「先生、おっ姑はんは癌ですやろか」

里見は相手がうめの息子でなく、嫁であるだけに返事に迷った。嫁は思い詰めた表情で、

「うちの人は、それが心配で仕事もろくに手がつかんよって、癌なら癌と、もうこのへんではっきり私らだけには知らせて下されと云うとります、おっ姑はんかてあの様子では、これ以上の検査は絶対、いややというに決まってるし――」

重ねて里見に云った。その声は、もしやという不安で嗄ている。

「いや、あと十日間だけ待って下さい、それでほぼ確かな結論が出せますから」

里見は患者の家族の不安な気持を汲み取るように云い、看護婦に老婆を二時間程、休ませ、気分の悪い時は自分を呼びに来るように指示した。時計を見ると、二時五分前であった。

午後一時から会議室で、近畿癌センターで編纂する早期胃癌の本の編集打合せ会が開かれることになっていたが、検査を嫌がる山田うめをなだめて、老齢の患者に慎重な生検を行なっているうちに、一時間も遅れてしまった。

里見は急ぎ足で三階の会議室に向い、扉をノックして入ると、里見の上司である第一診断部長の有馬、外科医長の槇、放射線科医長の立石、集検部長の杉村、それに臨床病理室長の都留たち近畿癌センターの胃癌グループが顔を揃え、正面の席に特徴のある太い眉と鋭い眼をした時国所長が坐っていた。里見は、検査で遅くなった断わりを云い、空いている椅子に腰をかけた。

「本の題名については、いろんな意見が出ているが、『早期胃癌診断集成』とし、早期胃癌症例の実際の診断、診療の姿を紹介することに重点をおいたものにしたい、発刊予定は出版社の意向が来春三月で、私としても、それなら、時間的にそう無理をせずに出来ると思うが、あくまで内容が第一だから、直接、執筆に当る君たちで、検討して貰いたい、それから、この本は英独両国語に訳して、欧米でも出版されることが、ほぼ決定的になっているから、それを含んでいいものを作って貰いたい」

時国所長は一同にそう云い、

「里見君には、胃生検法による診断の症例解説を担当して貰うことに決まったから、

「詳細は、あとで皆に聞いてくれ給え」

と云うと、他に急用があるらしく、秘書に車の用意をさせ、慌しく部屋を出た。

所長が出て行くと、病理室長の都留が中心になって話が進んだ。

「三カ月前、京都で開かれた国際消化器病学会で、世界の学者連を驚かしたのは、早期胃癌に関する日本の非常な進歩で、その点では、われわれの方が遥かに彼らをぬいていたわけだが、この『早期胃癌診断集成』では、この間発表したデータや症例をさらに上廻るものを集めて、日本の早期胃癌診断の実力を再確認させることだな」

と云うと、外科医長の槇は、

「たしかにあの学会で、こと早期胃癌にかけては、完全に日本人学者の独壇場だったね、われわれが今まで論文で発表しても信じなかったことを、世界の学者たちが、目のあたりにはっきりと見て、われわれの研究を承認したという感じだね」

「しかし、アメリカのハックスレー教授など欧米の学界で指導的な位置にいる学者たちは、なかなかわれわれの研究を素直に認めようとしなかったね、それに比べて、ルーマニアやスエーデンなどの学者は素直に感心してくれたが、それは研究面でわれわれとギャップがあり過ぎての感心だから、ほんとに解ってくれたか、どうかは疑わしい、いずれにしても、彼らとわれわれとでは、早期癌に対する概念が違うんじゃないかな、彼らは直径一、二センチ以下の癌など解るはずがないと、頭からきめてかかっているからねぇ」

集検部長の杉村が苦笑するように云うと、放射線科医長の立石も、

「それなんだよ、僕がエックス線診断で問題にしている粍単位の癌は、彼らには理解出来ないらしい、いわゆる彼らのいう三、四センチ以上の癌と、われわれのいうミリ単位の癌とは、別個のものだと云い張り、早期癌と進行癌とを二元的にしか理解出来ないんだからおそれ入ったが、里見君の感想はどうだった？」

皆の話を黙って聞いていた里見は、はじめて口を開いた。

「僕が印象深かったのは、日本ではどうしてそんなに早期胃癌が見付かるのかという議題が出た時、アメリカの学者たちが、それは日本は胃癌の頻度が高いからだと云ったことです、ところが胃癌の頻度からいえば、アメリカは日本の五分の一ぐらいあるんですから、早期癌も五分の一か、六分の一、いくら少なくても十分の一はあってもいいはずなのに、殆ど零に近いということでディスカッションしたことです、向うは専門医制度があまりにも発達し過ぎて、専門が違う分野の人とのディスカッションが殆ど行なわれず、僕たちのように内視鏡と放射線、外科と臨床病理の四つが緊密なチーム・ワークのもとに研究するというシステムもないから、早期胃癌の研究に遅れを

取ったのでしょうね」

静かな語調で云うと、第一診断部長の有馬は、

「そうした遅れは、アメリカだけじゃあない、日本のわれわれのすぐ身近にもあるじゃないか、今度の学会で、欧米の学者たちに、われわれが入れ替り、たち替り質問を出して、食い下って行くと、座長を勤めた東都大学の山本教授など、われわれが質問する度に、頻りに眼で制したり、質問の内容が峻烈になると、途中でやめさせるような発言をする、外国の一流学者たちに恥をかかせまいという心遣いかもしれんが、ああいう権威主義が新しい学問の進歩を阻むね」

「全くだ、ああいう旧帝大式の権威主義に凝り固まっている教授に限って、われわれが、集団検診や内視鏡、細胞診のことを云うと、〝新しがり屋の技術屋グループか〟と馬鹿にするようなことを云う、それじゃあ、五分に一人の割で死んで行く癌患者たちを、どうやってより少しでも救うのだと開き直ると、黙り込んでしまう、早期胃癌の診断というような若い学問には、今までにない綜合的な研究体制と若いエネルギーをもってたち向わないと駄目だ」

病理室長の都留が云った。里見の耳に、〝若い学問〟という言葉が鮮やかに残った。早期胃癌の診断という未開拓の若い学問をグループの共同作業で一歩、一歩押し進め

て行く喜びが、里見の体にずっしりと伝わって来た。

近畿労災病院の院長室は、サン・ルームのように大きなガラス窓に囲まれ、五月下旬の陽光が躍るような明るさで部屋一杯に溢れている。

院長の東貞蔵は、午前中の院長診察が終った寛いだ姿で、葉巻をくわえ、回転椅子をくるりと廻しながら、病院に訪れて来た娘の方を見た。

「佐枝子が、病院へ来るなど珍しいことじゃないか、何か私に急な用事でもあるのかい、それとも、この間、松倉さんからあったあの話のことでも――」

青磁色の小紋の単衣に、錆朱の綴帯を締めた和服姿の佐枝子に、東は一カ月程前から持ち上っている大阪の大きな個人病院である松倉病院長の長男との縁談のことを云った。窓際にたっている佐枝子は、明るい陽に眼を瞬かせながら、

「いいえ、今日は大阪でお茶の会がある日ですし、それに今朝、お父さまが病院へお出かけになったのと、ほんの一足違いで関口弁護士さんがお見えになったことをお知らせしようと思って――、関口さんは夜行で朝早く大阪駅へ着かれ、その足ですぐ、

東京K大学の正木助教授を紹介して戴いたお礼と、鑑定人を引き受けて戴けることになった報告に参ったと、おっしゃいましたわ」

「ほう、鑑定人に?」

東は、愕くように聞き返した。

「ええ、関口さんは、お父さまの紹介状を持って、学問的な意見だけを伺うつもりでいらしたのが、お話の内容から、是非とも鑑定人をお願いしたいと懇願して、引き受けて戴けることになったそうです」

「正木助教授が、患者側の鑑定人にたつとはねぇ」

私学の自由さがあるとはいえ、前途ある少壮助教授が、他学の医事紛争裁判に、患者側の鑑定人にたつことを東はまだ信じられぬことのように云った。

「ごりっぱですわ、正木助教授は――、関口さんは、やっと活路が開けるような気がするとおっしゃり、すぐ里見さんのところへ行って、正木助教授から伺ったお話を報告し、そこから第二、第三の争点を手繰り出すのだと意気込んでいらしたわ」

東は、黙って葉巻をくゆらした。

「お父さまはどうして、そう受身の立場でしか、ご協力なさらないのです? もとはといえば、お父さまの後任をきめる教授選から始まっていることだと思いますわ、お父さまが名実ともにりっぱな後任教授をお育てにならなかったことから、あのような見苦しい、国立大学とは思えぬような教授選が行なわれ、あげくに財前さんのような方が教授になり、その心の傲りから起った診療事故ではございませんか、それにお父さまは、何時も傍観者の立場でいらっしゃいますわ、この事件で里見さんが大学を去らなくてはならぬような羽目になり、いらっしゃるところがなかった時も、お父さまは、何もしてさしあげなかったではありませんか」

佐枝子の美しい眼が、言葉以上に父を責めていた。

「それはお前、あの時は、私もいろんないきさつの後、ここの院長になったばかりの時だから、どうしようもなかったのだよ」

「そうでしょうか、あの時、里見さんに何かしてあげるお気持があれば、何もこの病院に限ったことではなく、これまでお父さまが国立浪速大学の教授として関係のあった病院や研究所へ、里見さんをお世話出来たはずですわ、自分が出来る時に力をかすのは、誰でも出来ることで、自分が出来ない時にでも、何とかしてさしあげるのがほんとうの尽力というものではございませんかしら、私、里見さんのごりっぱさに比べて、お父さまのご自分の手を汚さぬ範囲でしか、ものごとをなさらないエゴイズムを恥ずかしく存じますわ」

「佐枝子、口を慎みなさい、私に向って、何ということを云うのだ、お前はまさか……」

里見の名前を口にすることを避けるように言葉を切った。縁談が持ち上っている娘に向って、既に妻子のある里見の名前を口にすることは、東の自尊心が許さなかった。父と娘との間に反撥しながら、いたわり合うような微妙な沈黙が流れ、佐枝子の白い顔が、つと父の方へ近寄った。

「私の気持は、お父さまが懸念していらっしゃる通りかもしれませんわ、そしてそれは私にとって、どうしようもない不幸なことかもしれません、でも私は、そこにりっぱなものがあるのを見過して、通り越し、それよりりっぱでないもので我慢することは出来ないのです」

暗に当面している縁談を指すように云い、

「もう、お茶会に行かなくてはいけない時間ですわ、お父さま、お先に――」

佐枝子は、扉を押して、父の部屋を出た。

お茶会の始まる三時までは、まだ充分に時間があったが、佐枝子は、これ以上、父と話しているのが苦痛だった。ブルーのビニタイルに人影が映るほど拭き磨かれた廊下を歩き、エレベーターで階下へ降り、入口の方へ足を向けた時、

「あら、東先生のお嬢さま――」

声の方を向くと、父が浪速大学にいた時、病棟婦長をしていた亀山(かめやま)君子であった。

「お久しぶりでございます、先生の奥さまもお元気でいらっしゃいますか」

「ええ、有難う、でも、あなたはどうなすったの？」

見馴(みな)れた白衣ではなく、着物を着た亀山君子の姿を見て云った。

「私、東先生が退官なさり、財前先生が教授になられてから暫(しばら)くして、やめましたの」

「じゃあ、ご結婚で退職なすったわけね」

祝うように云うと、

「ええ、晩婚ながら――、それもございますが、財前教授になってからの第一外科の雰囲気が、とてもいやだったんです」

亀山君子は、胸の中のわだかまりを聞いて貰(もら)いたげに云った。

「どこか、この近くで、お茶でも飲みましょう」

佐枝子は病院を出て、半丁程行ったところにある小さな喫茶店へ入った。テーブルに向い合うと、亀山君子は我慢していたものを吐き出すように、

「ほんとうは、私、結婚しても看護婦をやめたくなかったんです、工場に勤めている

夫と二人で共稼ぎしたかったんです」

「じゃあ、どうしておやめになったの？」

運ばれて来たコーヒー茶碗を取りながら云うと、亀山君子も、コーヒーに口をつけ、

「それが、財前教授になってからの第一外科の医局は、お茶坊主みたいな医局長が幅をきかし、看護婦も、財前教授のお声がかりなら、自分の科はもちろん、よその科の病棟にまで割り込んで、病室を取って来る病棟婦長が重んじられ、私のように気のきかない馬鹿正直者は駄目なんです、それに財前教授の特診の入院患者と、普通の入院患者に対する態度が、あまりはっきりしておられて、その苦情が病棟婦長の私の方へ来、だからといって、教授にはそんなことは云えず、辛かったんです、そうですわ、佐々木庸平さんというあの患者の場合だって――」

「えっ、あの患者さんの場合は、どうだったと云うの？」

佐枝子の胸が、激しく波だった。

「財前教授の総回診の時、私は、隣室の患者の面倒をみて、少し遅れて佐々木さんの病室へ入りましたら、財前教授が、柳原先生を叱りつけておられるんです、険しい語調で、断層撮影の必要などない、それとも君は教授の診断に何か疑問でもあるのかとおっしゃり、柳原先生が、いいえ、念のために申し上げましただけですと云うと、何

でも念を入れさえすればいいと思っているのは無能な医者のやることだと、きめつけられましたが、あの時も、もし特診患者だったら、財前教授ご自身が、もっと念を入れてご覧になり、裁判沙汰(ざた)になるような事件にならなかったかもしれないと思いますわ」

「亀山さん、あなたが今、云ったことを法廷でおっしゃって――」

「えっ、私が、法廷で？」

亀山君子は、愕くように佐枝子の顔を見返し、その真剣な視線に事態の重大さを悟り、急に押し黙った。

「亀山さん、あの患者の遺族のために証言してあげてほしいのよ」

重ねて佐枝子が云うと、

「実は、妊娠かもしれないと思って診察を受けに来ていますの、何といってもこの齢(とし)での妊娠ですから、裁判などに巻き込まれず、自分の家庭を大切にしたいのです」

つい先程、財前に阿(おもね)る医局員や看護婦たちを批判したのと打って変った消極的な態度で云い、

「診察時間に遅れますから、お先に失礼致します、ご馳走(ちそう)さまでございました」

礼を云うなり、亀山君子はそそくさと席を起(た)った。

亀山君子が行ってしまうと、佐枝子はすぐタクシーを拾い、千里丘にある近畿癌センターに向った。

お茶会などへ出かけるより、今、亀山君子から聞いたことを里見に伝えれば、難航している佐々木庸平の医事裁判に新しい活路が開かれるに違いないと思った。関口弁護士の話によれば、術前に断層撮影をしておれば肺への転移に気付き、患者を死に至らしめずにすんだかもしれないという医学的論拠を、東京K大学の正木助教授によって得られそうだという矢先だけに、その断層写真を財前が総回診の時、撮る必要がないと云ったということになれば、医師として重大な注意義務を怠ったことになる。事柄からいえば、関口弁護士に報せるべきことであるかもしれなかったが、佐枝子は、直接、里見に会って伝えたかった。

吹田市街のはずれから左に入ると、千里ニュータウンの高低の変化がついた団地が見え、団地の中央部をぬけて、右に折れると、小高い緑の丘が広がり、その丘の上に、近畿癌センターが白堊の清潔な壁面を見せて聳えたっていた。

正面玄関で車を降りると、五時を過ぎた玄関は閉まり、佐枝子は通用口の受付へ行った。里見の名前を告げると、事務員は院内電話で連絡を取り、只今、会議中ですから暫くお待ち下さいという返事であった。

佐枝子は、人影のない廊下を歩き、突き当りの大きなガラス窓から外を眺めた。一万五千坪に及ぶと聞いている癌センターの敷地に、芝生が敷き詰められている。そして広い構内に五百ベッドを持つ病院と最新の研究設備を持った研究所が整然と列び、都心から離れた森閑とした静けさに包まれている。この建物の何処かで、里見脩二が澄んだ眼ざしで早期胃癌の研究に取り組んでいるのかと思うと、佐枝子は体がひき緊まるような心の高まりを覚えた。

里見とは、一審の裁判が終ってから二、三カ月後に、三知代を訪った時、大学を退職とも、在職ともつかぬ形で置かれ、鬱々としている姿を見たきり一年ぶりであったが、里見の消息については、三知代の話を通して聞いていたから、心の中では何時も出会っているような身近さがあった。

背後に人の気配がしたかと思うと、白衣を着た里見であった。

「お久しゅうございます――」

佐枝子は深々と一礼し、懐かしさを籠めた眼ざしで里見を見上げると、里見も突然の佐枝子の訪問に驚きと懐かしさの入り混った表情で、

「この間、お宅へ伺った時はお留守で、ほんとに暫くですね、ちょうど研究会があったもので、すっかりお待たせしましたが、あなたがここへいらっしゃるとは、驚きました」

「実は、佐々木庸平さんの医事裁判のことで急いで、お報せしたいことがございますの」

「あの裁判のことで――」

里見は、驚きを新たにし、

「じゃあ、研究会も終りましたから、ご一緒しましょう、少し待って下さい」

そう云い、里見は、自分の部屋へ上って行った。

外へ出ると、燃えるような夕陽が緑の丘に夕映えし、茜色の光と樹々の緑が溶け合うような美しさに輝いていた。

「まあ、きれい――」

思わず、眼を止めて佐枝子が云った。里見も樹々が燃えたつように染まっている方を見、

「じゃあ、少し、この辺りを歩いて帰りましょうか」

油気のない髪を額に乱し、上背のある体をやや屈め気味にして歩き出した。

「さっきおっしゃった裁判に関してのことというのは、どんなことです？」

「実は、今日、父のいる近畿労災病院へ参りますと、全く思いがけず、父が大学にいた頃から知っていた第一外科の病棟婦長の亀山さんとばったり出会いましたの、そして、佐々木庸平さんのことで意外なことを知りました」

と云い、亀山君子から聞いた話をすると、里見の顔にほっと安堵（あんど）の色がうかんだ。

「やっぱりそうでしたか、それで亀山婦長は証言してくれるのですか」

「その点を頼んだのですが、結婚して子供が産まれるかもしれないような時だから、家庭の平和を乱したくないと云って、引き受けて貰えませんでした、でも、日を改めて、亀山さんの家まで出かけて頼んで参りますわ」

「しかし、医局員である柳原君でさえ、真実を証言しなかったのですから、亀山婦長の場合だって、無理かもしれませんね」

「いいえ、私は亀山さんに引き受けて戴けるまで、何度でも頼みますわ」

里見は一瞬、はっとしたように佐枝子の方を振り返り、足を止めかけたが、また先にたって歩き出した。

「今度の控訴審は、正木助教授の学説に力を得て、争点の緒（いとぐち）がついたとはいえ、まだまだ控訴人側を勝訴に導くための決定的な論拠が出ていませんし、よほどの強力な証拠が出て来ない限り、再び控訴人側敗訴という場合も考えられ、この裁判に関係することは非常に覚悟のいることです」

静かな厳しい語調で云った。

「それでは里見さんは、万一、控訴人側が敗訴ということも覚悟された上で、なお患者側に尽されていらっしゃるのですか、それでは里見さんの失われるものが大き過ぎるではございませんか……」

佐枝子は、言葉を跡切らせた。

「そうかも知れません、失うものが大き過ぎ、三知代にすまないと思っていますが、僕はこの控訴審の判決が、今後の医事裁判の判決に大きく影響することを考えると、患者の遺族が訴えを続けている限り、僕も最初の証言をずっと維持して行きます、それは、医者は患者が息をしている限り、どんなことをしても救わねばならないという あの気持と同じですよ」

そう云い、里見は遠い一点に視線を向けた。何時の間にか、台地の端にまで来、そこから夕暮の吹田の街が一望のもとに見渡せたが、里見の視線は東の方の一角に向けられていた。そこだけは周囲の景観と一変し、緑の丘陵が切り崩され、赤土が剝出しになった万国博覧会の敷地になり、十数台のブルドーザーやクレーン車が夕陽を浴び、凄(すさま)じいエネルギーで縦横に動いている。

里見は暫く、佐枝子の存在を忘れたように夕陽の中をダイナミックに動くブルドーザーを見詰めていた。そのくせ里見の顔は、ブルドーザーの持つ凄じい力感とはかけ離れた孤独な横顔であった。佐枝子も里見と並んでそこに暫くたたずんでいたが、つと里見の方を向いた。

「私は前に、里見さんにこの裁判に深入りなさらないようにして下さいと申し上げたことがございますけれど、今度は私でもお役にたつことがございましたら、何でもおっしゃって下さいまし、さっき非常な覚悟がいるとおっしゃっていましたが、それだけの覚悟で、どうか亀山さんのことは、私にやらせて下さい、どんなことがあっても、あの人に証言して貰えるように説得してみます――」

「どうしてあなたは、そんなに――」

里見はやや戸惑うように云うと、佐枝子の白い顔がかすかに揺れた。

「それは、私は、あなたを……」

と云いかけると、里見の体も揺れるように佐枝子の方へ傾いた。佐枝子は眼を閉じ、里見の胸に顔を埋めかけた。

「佐枝子さん、あなたは、三知代の親しい友人です――」

里見は耐えるような瞳で佐枝子を見詰め、心の波だちを抑えるようにそっと、佐枝子の体を離した。

＊

第一外科の医局は、朝から医局員の出入りが慌しい。半月前に学術会議選挙対策本部が医局内に設けられ、十名の選挙専従者が定められ、選挙専用の直通電話がひかれると、専従の医局員たちは、俄かに忙しくなった。平常なら午前の外来診察や回診に従っている時間であったが、近畿地区有権者の選挙人名簿を系列大学及び系列病院、学会、同窓会、医師会の四つの票田別にした名簿作りに追われている。いずれも入局七、八年以上の古参助手たちで、家族や親類に大病院や医師会の有力者を持つ者や、若い医局員に人気のありそうな者が選り抜かれている。

「みんな、有権者名簿の分類は、まだ日がかかりそうかい」

十人の専従者のリーダーである医局長の安西が、一同を見廻すように云った。

「ええ、僕の持っている学会関係は、明日の午前中にしか出来ませんよ」

「こっちの同窓会関係も、あと二日はかかりますねぇ」

八月下旬に出される新しい選挙人名簿など待っておれず、一昨日、前期の選挙人名簿を学術会議選挙管理事務局から取り寄せたのだったが、一万七、八千人もの有権者を、票田別に一人ずつチェックして、分類して行くことは、骨が折れる仕事であった。

「そうすると、予定より二日遅れることになる、財前教授は、何がなんでも明日中には終了して、票集めの運動に早く乗り出せるようにしてくれと、おっしゃってるんだから、何とかもっとピッチを上げろよ」

医局長の安西は、強引な口調で督促した。

「しかし、明日中など、とても無理ですよ、いくら僕らが選挙専従者で、外来や病棟回診をしなくていいと云っても、受持患者の容態が悪くなれば、若い連中に任せっ放しというわけにもいかないし、アルバイトも、まるっきり止めてしまうわけにもいきませんからねぇ」

昨夜、アルバイトの当直医をやって来たらしい医局員が睡眠不足の顔で云った。

「なんだ、君はまだアルバイトをやってるのかい、教授の学術会議選がすむまではアルバイトはさし控えるように、その代り弁当代ぐらいは出すと云っておいたじゃないか、しかも君んところの家庭事情からすれば、半年ぐらいアルバイトをやらなくても、困らんはずだと思うがねぇ」

だからこそ、選挙専従のメンバーにしたのだと云わんばかりに云った。

「そりゃあ、そうですが、まさか三十面を下げて、小遣まで親の脛をかじるのは気がさしますよ」

「何を云ってるんだ、財前教授の学術会議選出馬という大事な時に、君のつまらん面子などにこだわって貰っては困る」

安西は頭から押えつけるように云った。安西の次に医局で幅を利かしている山田も、

「そうだよ、教授が学術会議選に打って出ようという乗るか反るかの大勝負の時に、ケチなことを云わず、われわれも一世一代のつもりでやろうじゃないか」

医局長に阿るように云った時、選挙専用の電話が鳴った。電話の前にいる医局員がすぐ受話器を取った。

「はい、選挙本部です、ああ、鍋島病院の院長からですか――」

と応えるなり、横から安西が受話器をひったくった。

「もしもし、鍋島先生でいらっしゃいますか、安西でございます――、えっ、近畿医大の重藤教授が、テレビに出演するんですって？　いえ、財前教授は、近々に出版する本の論文のまとめを自宅でやっておられ、今日は午後からでないとお見えにならな

いのですが――、承知致しました、向うがそう派手に動き廻るんでしたら、こっちだって負けておりませんよ」

興奮した声で受話器を置き、

「おい、近畿医大の重藤教授が、テレビの交通傷害の報道番組に二回連続して出、専門の交通事故による後遺症について喋るそうだ」

「へえ、テレビに便乗とはうまい術だな、洛北大学の神納教授ばかりをマークしていたけど、重藤教授は私大だけあって、思いきった売込み方をして、なかなか手強そうだな」

古参助手の一人が云うと、

「この対抗策については、財前教授がお見えになったら、早速、報告して考えるとして、君らはこの際、票田別の名簿作りは徹夜をしてでも、明日中にやってしまってくれ給え」

安西はそう云いながら、時計を見、

「ちょうど昼めしの時間だから、皆で例のレストランで食事ということにして、午後から大いに頑張って貰うことにしよう」

病院の近くにある財前教授のつけのきくレストランへ誘い、安西は硬柔織りまぜての督励を忘れなかった。朝からぶっ通しで、選挙人名簿と取り組んでいた医局員たちは、ほっとしたようにペンをおき、起ち上りかけると、廊下にがやがやと声がし、午前の外来や病棟回診を終えた若い医局員たちが入って来た。安西はすぐ医局員たちに、

「ちょうど、いいところへ戻って来た、選挙専従のわれわれは、今夜、学術会議選の徹夜の仕事があるから、今夜の当直、緊急の手術の介助などは、出来るだけ君たちで引き受けるように、それからこの間、申し渡しておいた医局員一人、最低、五票のノルマは必ず、励行して貰いたい、いいな」

と云うと、安西のうしろにいる山田が、

「柳原君、ちょっと――」

入口の隅にたっている柳原を手まねきした。柳原は、用心深い表情で山田に近付いた。

「柳原君、僕が受け持っている明日の教授の講義の準備ねぇ、あれ、肝臓癌の症例についてだが、君に代行して貰いたいんだよ」

山田は第一外科の中でも研究業績が優れ、講義責任者であった。

「とんでもありません、私など、とても教授のご講義の下準備など――」

「いや、そう難しく考えなくていいんだよ、今、僕が君に受持を頼んでいる患者を含

めて、三人の肝臓癌の患者がいるのだから、その症例をもとにして、教授が講義しやすいように適当に資料を作って、カルテを当日、黒板に貼っておいてくれればいいんだよ、ねぇ、頼んだよ」

ぽんと柳原の肩を叩き、安西のあとを追って、医局を出て行った。

柳原が困惑した表情で、椅子に腰を下ろすと、若い医局員たちは、古参助手がいなくなった気安さから、店屋もののライス・カレーや丼物を取り寄せ、不遠慮に話しはじめた。

「学術会議選、学術会議選って、半年も前から教授が診察や研究に手がつかなくなり、その上、われわれは古参助手の仕事の穴埋めと雑用できりきり舞し、まるで学会を二つ抱え込んだほどの忙しさだ」

「それも学会なら何か得るところがあるが、学術会議選じゃ、何も得るところがないからなあ」

不満そうに云うと、入局六年目でまだ無給で、無給医の中心人物である中河が、

「全くだ、しかも学術会議選の選挙規則によれば、候補者は投票の一カ月前の選挙公示があるまでは、選挙運動をしてはならないし、公示後も定められた枚数の葉書以外は、戸別訪問や、文書による投票依頼、投票用紙の取りまとめなど一切の選挙運動を

禁止しているにもかかわらず、大っぴらに選挙対策本部を医局内に置き、系列大学の票がどうの、学会の票がどうのと云い、医局員には一人五票のノルマをかけている、その上、われわれに苛酷な勤務を強いるのだから全くひどいものだ、選挙専従の古参助手十人がぬけてからは、外来診察の終了時間が、午後の一時半か、二時にならないと終らないし、当直も十日に一回が、二回に増え、受持患者も、一人の医師が平均して五人ぐらい持っていたのが、十二、三人にもなって、僕らの患者に対する治療責任はぎりぎりの極限に来ている有様じゃないか」

と云うと、眼を真っ赤に充血させている医局員が、

「手術の介助も、週に二回だったのが、三、四回じゃひどすぎる、僕は一昨日と昨日と続けて手術の介助にかり出され、特に昨日のはひどかった、午前の外来が終ったすぐあとだったものだから、金井助教授の手術の介助の時、頭がぼうっとして、危うく小型止血鉗子を入れたまま、縫合しかけて、思わず、ぞっとしたよ、教授も少しは、患者の身になって考えるべきで、今度、妙なことが起って、患者から訴えられたりしたら、それこそ第一外科の命取りだぜ」

柳原の方をちらりと見、皮肉るように云うと、医局に冷たい空気が流れた。中河は、そんな雰囲気を敏感に見て取り、

「こうやって、ぶつくさ云っているだけじゃあ、僕たち無給医の立場は、何時までたっても向上しない、といって、真っ正面から、医局の封建制打破などといっても始まらんから、さし当って、僕ら無給医局員会で実現可能なことから行動を起そうじゃないか」

リーダーらしく問題を推進させた。

「しかし、問題が多過ぎて、どこから手をつけていいか解らない」

入局したばかりの医局員が云うと、中河は、

「何よりもまず、医局長の公選だよ、アルサロのホステスのご指名よろしく、教授が自分の意のままになる奴を医局長に指名するから、前の佃にしても、今度の安西にしても、茶坊主の腹の黒い、クロスケみたいな奴が、医局長面をしてのし歩くんだ」

叩きつけるように云った。他の医局員たちも、

「そうだ、古参助手たちが学術会議選にかまけている内に、われわれは医局長公選の気運を盛り上げようじゃないか」

口々に云い、若い医局員たちが真剣な表情で話し合うのを、柳原はぽつんと独り窓際の椅子に坐って、見詰めていた。

＊

佐々木よし江は、勘定場の横にある応接用の机を挟んで、元売（大手機屋）の丸高織維の営業部長に向って、何度も同じ言葉を繰り返していた。

「すんまへん、たしかに月末払いのお約束でおましたけど、来月の五日まで待って戴きとうおます」

元売から仕入れた九十二万四千円の支払いが、どうにも都合がつきかねているのだった。手形をきりたかったが、夫の庸平を失ってから、僅か一年余りの間に商いが細ってしまった佐々木商店に、手形取引をしてくれる元売はなく、二十日〆めの月末現金払いの取引しか通用しなくなっていた。

丸高織維の五十過ぎの野村営業部長は、椅子に足を組み、ぞんざいな口調で、

「奥さん、今になって月末払いを待ってくれと云いはるのは、ちょっと話が可笑しいやおまへんか、先月、うちからおたくの手形が落ちにくいので、今まで通りの手形取引は堪忍して貰いたいと申し入れたら、おたくから月末現金払いで何とか品物を入れてほしいと、頼み込みはったから品物を入れたのに、その月末勘定の最初から、これ

では困りまんな」

夫の庸平が達者で店を繁昌させていた時は、卑屈なほどの腰の低さで出入りし、よし江にも御寮人はんとお世辞がましく呼んでいた野村が、掌を返したようにぞんざいな口調で奥さんと呼び、くわえ煙草で、すっかり品薄になった店内を見廻した。先月末でまた七人やめ、残り六人に減った店員たちも、店先にたって客待ちをするような振をしながら、倒産寸前に追い込まれかけている佐々木商店の資金繰りの苦しさに耳を欹てている。よし江は、娘の芳子に運ばせた番茶を野村にすすめ、

「野村はん、そこのところを何とか、来月の五日まで待っておくれやす、そないしてくれはったら助かります」

机に頭をすりつけるようにして頼むと、野村は、出された番茶には手も出さず、

「ただ、待ってくれ、待ってくれではしょうがおまへん、何処からどれだけの集金が入って、うちへどれだけ払うてくれはるのか、そこのところをちゃんと説明をして貰わんことにはな」

よし江は、言葉に詰った。地方の卸屋に卸した売掛金の未収を、女のよし江では甘く見られる向きがあったから、番頭上りの専務である杉田が六日前から集金に出かけ、遅くとも昨日までに大阪へ帰って来ることになっているのに、いまだに何の連絡もな

く、帰って来ない。しかし今度の集金は、地方の大口取引先が主になっていたから、杉田さえ帰って来れば、督促のきつい丸高繊維の支払いが出来るのだった。

「ほんとに来月の五日までだけ待っておくれやす、必ず耳を揃えてお払い致します」

はっきり約束をするように云った。

「そないはっきり云えるのやったら、五日の先付小切手を書きなはれ、私も丸高繊維の営業部長や、約束したからには五日より前に、銀行に入れるようなことはしまへんわ」

そう畳み込まれると、よし江は急に押し黙った。先付小切手を書いて、万が一、杉田の集金が不首尾ということにでもなれば、不渡小切手が出て、銀行との取引が止められてしまう惧れがある。つもりというのはどこまでもつもりで、万一、はずれる場合のことを考えると、先付小切手は書けなかった。

「どないしはりましてん、先付小切手のことを云うた途端に黙り込んでしまいはるところを見ると、やっぱりはっきりした金策のめどはついてまへんのやな」

「いいえ、岡山の駅前の桜井商店、あそこの大口をはじめ、中国筋の集金をしに行ってる杉田が、もうおっつけ、帰って来るはずでっさかい——」

「そうでっか、ほんなら、それまでゆっくり待たせて貰いまっさ」

梃でも動かぬように云った時、勘定場の電話のベルが鳴った。

「岡山の桜井商店から、お電話だす」

店員が、よし江に取り次いだ。よし江はぱっと顔を綻ばせ、

「野村はん、岡山からの電話でっさかい、ちょっと待っておくれやす」

いそいそと、勘定場の電話を取った。

「もし、もし、佐々木商店でおます、あ、ご主人さんでおますか、何時もはご贔屓に与りおおきに有難さんでおます、この度はどうも、えっ？　杉田は四日前に伺うて、ちゃんとお支払いを——、それ、ほんまでっか……」

野村に聞えぬように声を忍ばせながら、よし江は、手に持った受話器を取り落しそうになった。さっき、帰りの遅い杉田の様子を知るために、桜井商店へ電話をかけ、その時は主人が不在ではっきりした様子が解らずじまいだったのだ。よし江は、眼の前が暗むような思いで、受話器を持ち直し、鄭重に勘定を戴いた挨拶を云い、受話器を置いた。四日前というと、大阪を発った翌々日であった。四日も前に以前からたまりにたまった支払いの九十万の集金をしながら、いまだに自宅にも、店にも帰っていないとなると……、不吉な思いがよし江の胸を掠めた。まさか、丁稚から番頭、専務になった子飼いの杉田がと、頭を振ったが、集金をしてから四日も経っているのに、

何の連絡もないとあっては、暗いことしか考えられなかった。そのまま、電話器の前にへたへたと坐り込みそうになるのを耐(こら)え、野村の前に戻ると、よし江は、両手をついた。

「すんまへん、来月の十日まで待っておくれやす――」

「ほう、つい今、来月の五日と約束しはった舌の根も乾かんうちに、今度は十日でっかいな」

「それが、今、岡山からの電話で……」

と云いかけ、よし江は止(や)めた。岡山へ集金に行った杉田が、持ち逃げしたかもしれないとは云えず、黙って頭をうな垂れると、

「岡山がどないしましてん、やっぱり集金のあてがはずれたんでっか、ほんなら、あっさり、手を上げはったらどないですねん、金払(はろ)うて貰われへんのやったら、商品を持って帰りまっさ」

頬骨(ほおぼね)の高い顔で、品嵩(しながさ)を測るように商品棚を見た。店員たちは怯(おび)えるように顔を硬(こわ)ばらせたが、よし江はきっと野村を見上げた。

「お払いでけへんとは云うてしまへん、あてにしていた杉田の集金が、思いもかけん不首尾になりましたさかい、来月の十日までだけ待ってほしいとお願いしてるのでお

ます」

「へぇぇ、集金に不首尾？　失礼だすけど、さっきの電話の様子では、番頭上りのあの専務はん、退職金代りに持ち逃げしはったんと違いまっか」

図星をさすように云った。よし江は言葉に詰った。野村は煙草をふかし、

「あの専務はんが、かりに持ち逃げしたとしても、うちとは何の関係もないことでっせぇ、うちから品物を買うたんは、佐々木商店の女社長のあんさんでっさかい、品物を買うて、金払わんかったら、取込み詐欺やおまへんか」

「詐欺――、ようそんなことを、いくら何でも……」

よし江の声が嗄れた。

「主人が生きている時は、うちもおたくには少しは儲けて戴いたはずだす、わては店へ出ず、奥にいましたけど、帳面を見たら、わてでもちゃんと解ります、それにうちの主人が死んだ時、おたくは葬式の手伝いにも来てくれはり、今後も何かと応援すると力付けてくれはったやおまへんか、それを支払いがちょっと遅うなったからといって詐欺呼ばわりとは、あんまりだす……」

肩を震わせるように云うと、さすがの野村も、

「ほんなら、来月の十日までだけ待ちまっさ、その代り、十日の払いが出来ん時は、

あっさり両手を上げて貰いまっさ」

「両手を上げる……」

「そうだす、支払いが出来ん時は、商品を引き上げる、これが商いの通例やおまへんか」

そう云い捨てるなり、野村はさっと席をたった。

野村の姿が見えなくなると、よし江はへたへたと崩折れるように勘定場の前に坐り込んだ。あと十一日間で、丸高繊維の支払い九十二万四千円、その他にも待って貰っている小口の支払いを入れると、現金で二百万余りを算段しなければ、来月の五十の支払い（五日、十日ごとの支払い）は越せない。その上、唯一の頼みにしている杉田の集金が万一、持ち逃げであった場合は、どうしようもなかった。ここまで来れば、あとはもう六間間口の店を半分、人に貸して、その敷金と家賃で越すしか他に方法がなかった。これも夫の庸平があんな急な死に方さえしなければと思うと、呼吸困難のまま急死した夫の臨終が今さらのように思い返され、そんな死なせ方をさせておきながら、法廷で何事も自分の外遊中の出来事だったと嘯いた財前五郎と、その通りですと偽りの証言をした受持医の柳原の姿が重なり合い、よし江の眼に無念の涙がこみ上げた。

不意に店へ入って来る人影がした。

「えらい、暇でんなあ」

ジャンパーのポケットに両手を突っ込み、不遠慮に云った。

「まあ、この間の不動産屋はんだすか」

最悪の場合を考えて半月前に、店貸しを頼んでおいた梅田新道の不動産屋であった。

「貸しもんいうのは、この店のどっち側半分でんねん」

どちら側かまでは、まだ定めていなかった。

「どっちが、よろしおますやろ」

「そら、そっちの定めることやけど、貸し値から云うたら、東側の方が角店やし、車の出入りも便利やから、東側半分の方がええ値になるでぇ」

「ええ値て、なんぼぐらいだす」

「そうでんなあ、値嵩のものは急に右から左へは売れまへんけど、なんぼぐらいの売り値のつもりでいてはりまんねん」

不動産屋は、金壺眼をよし江に向けた。

「近所の人の話ではこの辺やったら、敷金九百万、家賃三十万が相場やということだすけど――」

「阿呆(あほ)らし！ そないしますかいな、それは呼び値相場というもんで、いざほんまの取引になったら、ええとこ敷金七百万、家賃二十万というとこだすな、それも急ぐとなると、敷金は七百万きって、六百四、五十万に叩(たた)かれるのがおちでんな」

貸し急ぎしているよし江の足もとに、つけ込むように云い、

「で、おたくは何時ごろから貸そうという腹ですねん」

「できたら早い方がええと思いますねんけど、そない安い値を云われたらやっぱし……」

義弟の信平に一度、相談してみようと思い、言葉を濁しかけると、がらんとした店内を値踏みするように見廻していた不動産屋は、埃(ほこり)をかぶった陳列台の上を指先で軽くこすり、指先についた埃をぷっと吹き払うと、

「ほんなら、半年先になるか、一年先になるかわからんけど、一応、まあ、心がけとくことにしまっさ」

すげない口調で背中を見せ、店を出かけた。

「ちょっと、待っておくれやす——、出来るだけ早(はよ)う話をつけてほしおます、その代り、あんさんへのお礼の方は考えさして貰いまっさかい」

「さよか、ほんなら、まあ、せいぜいええ借り手を探しときまっさ、けど、何しろ値

嵩のものやから、そうあっさりとうまい相手があるか、どうかは解りまへんでぇ」

相手を女と見て侮(あなど)るようなものの云い方をした。よし江は、ぐうっと胸にこたえるものを抑(おさ)え、

「按配(あんばい)に頼みます——」

不動産屋に頭を下げ、頼み込んだ。

大学の薄暗い図書館の書庫で、柳原は学位論文に必要な外国の文献を探していた。土曜日の五時を過ぎた書庫の中は、殆(ほとん)ど人影がなく、コンクリートの床から湿っぽい冷気が這(は)い上って来、窓外にじとじとと降っている梅雨が、書庫の中を一層、陰気にしている。

柳原は書庫の間を行き来し、アメリカの外科学会から出されている専門誌『外科治療』を見付けると、バック・ナンバーが揃った中から、手術患者の呼吸循環機能の管理に関する論文が掲載されている号を四冊選(え)り出した。

柳原の学位論文のテーマである『呼吸循環機能からみた高齢手術患者の管理につい

て』は、術前に患者の呼吸機能、心電図、脈搏、血圧、心搏出量などの変動を詳しく調べて手術の適否、術式、麻酔の様式などを決定し、術中も呼吸循環機能の変動に絶えず気を配り、術中、術後の患者の全身状態に適応した処置を勧告する仕事であった。肺や心臓の胸部手術には不可欠であり、消化器の中でも胃癌手術の場合は、患者に高齢者が多く、高血圧、心筋障害などの余病を持っているため、呼吸循環機能の管理が手術の成功、不成功を決定付けるほど重要な役割を果すのであった。事実、柳原のこれまでの経験で、手術の難しい症例を手術可能にし、術後に危険に陥った患者を救い得たことが少なくなかった。

しかし、いざ論文にまとめる段になると、症例の羅列のようになり、一貫した論旨がたてにくく、実際上、非常に役だって来たにもかかわらず、目新しい新事実が出て来ない。柳原は関係論文が載っているアメリカの文献に眼を通しながら、重い吐息をついた。学位論文の執筆が捗らない上に、財前教授の学術会議選に医局の古参助手たちが選挙専従になり、柳原のように生真面目で気のきかない助手は、外来診察、病棟回診などの穴埋めから、教授講義の下準備まで押しつけられ、じっくり学位論文に取り組めるのは、土曜日の午後と日曜日ぐらいのものであった。柳原は、自分にとってかけがえのない学位論文作成という大事な時期が、財前教授の学術会議選の時期とぶっつかっていることに不安を感じた。しかし、二カ月前、教授室に呼ばれ「副論文が出来ているなら、早く主論文をまとめ給え」と云われた言葉を思い出すと、明るい希望が持てた。教授の口から、主論文をまとめろと云われることは、暗に論文を出しさえすれば、審査を通してやるという意味にほかならなかった。

不意にばさりと、本の落ちる音がした。その方を見ると、本の谷間の薄暗がりに、病理学教室の大河内教授の姿が見え、鶴のような痩身を屈めて、床に落ちた本を拾おうとしている。柳原はすぐ走り寄り、大河内に代って、本を拾い上げた。原書の分厚な医学索引録であった。

「やあ、有難う、ちょっとドイツのウィルヒョウの晩年の研究業績を調べたくて索引をひいていたんだよ、ウィルヒョウは知ってるだろう、細胞病理学を確立して近代病理学の祖といわれる人で、社会医学、公衆衛生の面でも優れた活動をしたんだから、全く偉大というより他はないね」

そう云い、老眼の眼鏡越しにちらっと柳原を見、

「君はたしか第一外科の柳原君だな、遅くまで何を調べているんだ」

「はあ、学位論文の参考文献を探しておりましたので」

柳原は、体を硬くして応えた。

「うん、学位論文か、ところであの控訴審の証人調べは何時開かれるんだ」

柳原は眼を伏せ、口ごもった。

「学位論文に追われて、つい控訴審の方は……」

と云いかけると、大河内の眼が鋭く光った。

「学位論文も結構だが、医者の良心に恥じない証言をすることも大切なことだ、患者の死に関して良心に悖る証言をすることは、医師としての人生に、どれだけ深い悔恨を残し、生涯悩み続けねばならないかもしれない、君は財前教授と違って、まだ若い真摯な医者であることを里見君から聞いている」

と云い、大河内は、あとは何事もなかったように、柳原が拾い上げた医学索引録に眼を向けた。

柳原は一礼して、大河内教授の傍を離れ、四冊の文献を借り出すと、図書館を出た。外にはまだ小雨が降り続き、中庭を横切って病院の医局へ向う柳原の肩を濡らした。大河内教授から云われた厳しい言葉が、柳原の胸に突き刺さり、ついさっきまで学位を取るために、佐々木庸平の控訴審のことを強いて忘れようとしていた心に鋭い痛みを感じた。

病院の正面玄関まで来た時、柳原は慌てた。時計台を見ると、六時過ぎになっている。今日の七時までに財前教授の自宅へ、学術選挙対策の一つとして出版される著書のゲラ直しを届けることになっていたのだった。

柳原は急いで医局へ行き、ロッカーに保管してあるゲラ刷をカバンに入れ、雨の中を梅田に向って足を急がせた。大河内教授の言葉を思い出すと、足が重くなったが、九州の郷里で郵便局長をしながら、自分が大学に入ってから卒業して有給助手になるまで十三年間仕送りを続け、学位を取って一人前の医者になるのを待ち望んでいる父のことを思うと、この際、財前教授の信任を得て、一刻も早く学位が欲しかった。

阪急沿線の夙川（しゅくがわ）駅で降り、山手にある財前邸に着いたのは七時二十分であった。門のベルを押すと、若い女中が門を開け、玄関で失礼しますという柳原を、先生から云いつかっていますからと、応接室へ案内した。

応接室の隅の椅子（いす）にかけ、三十分程待つと、和服姿の財前が現われた。

「やあ、雨の中をご苦労だった、こっちへかけ給え」

柳原はぎこちなく、財前の前に腰をかけ、

「先生の『消化器病診断治療集』の中に収録されます論文のゲラ直しを致しましたので、お届けに上りましたが、これでおよろしいでしょうか」

と云い、〝食道癌の根治拡大手術についての新知見〟と題した論文のゲラ刷をさし出した。三年前、日本外科学会で、宿題報告を指名されて発表した論文で、財前の論文の中でも優れたものの一つであった。財前は手早くゲラに眼を通し、読み終ると、

「この論文の発表後、私が手がけた根治拡大手術の症例を付記したいから、ここ三年間の分を至急、集めてくれ給え、冒頭の推薦文は、滝村名誉教授にお願いしようと思っているから、いい加減なものは出せないからねぇ」

「では、先生が『消化器外科』に執筆されました論文の中から症例を集めればよろしいのですね」

「そうだ、それから将来の食道癌の手術についての展望も、少し書き加えたいから、最近の術前、術後の放射線治療法を併用して成功した症例を佃講師に聞いて四、五例集めておいてくれ給え」

「はあ、かしこまりました、それではこれで失礼させて戴きます」

すぐに辞しかけると、扉が開き、杏子の声がした。

「あら、せっかくいらしたんだから、もう少しゆっくりしていらっしゃいよ」

「有難うございます、ですが僕は……」

と云い、椅子から起ち上ると、財前又一が、柳原の前にぬうっとたちはだかった。

「こりゃあ、珍しい、柳原さん、お久しぶりですな、ちょっとお会いせんうちになん

やこう、貫禄がつきはったみたいですな」

大袈裟な云い方で、ぽんと柳原の肩を叩いた。

「夜分にお邪魔しております、先生に急いでご覧戴きたいゲラ直しがありましたので

――」

と挨拶すると、

「ほう、さすがは柳原先生、お若いのに教授の本のゲラ直しを手伝うてはりますのんか、学会原稿の下書きや、論文集のゲラ直しは、めったな人には頼めんということでっさかい、さしずめ柳原先生は、財前教授の親衛隊というところですなあ、そうなると、一献さし上げんといかん、おい、杏子、お酒、お酒や!」

酒の支度を云いつけた。

「いえ、僕は、お酒は全く駄目なんです」

慌てて首を振ると、杏子は、

「そんなことおっしゃらないで、初めていらしてお茶だけで帰られるなんて、それにちょうど父も来ていますし」

「ですが、僕はほんとうに飲めなくて、それにちょっと眼が離せない患者があるもので、今晩は失礼致します」

これ以上、長居すれば、佐々木庸平の控訴審に関する話が出るかも知れず、固辞した。

「さよか、ほんならちょっとだけ――」

又一は、運ばれて来た盃に一杯だけ酒を注ぎ、

「ところで、一つ嫁はんの口はどうだす、そろそろ身をかためてもよろしおますやろ、ええ口を世話しまっさ」

突然、結婚の話を口にした。財前五郎も横から、

「そうだねぇ、君ももう三十三なんだから、結婚していい齢だな、どうだい、うちの舅にまかせてみないかねぇ」

何時にない優しい語調で云った。

「いえ、学位を取るまでは結婚など、私はとても……」

柳原は、顔を赧らませた。

「その心配ならいりませんわ、学位は五郎に、嫁はん探しはわしにぽんと任せなはれ、それで万事、めでたしだす」

又一が、世馴れた口調で取りしきるように云うと、財前も酒を含みながら微妙な笑いをうかべた。予めすべてのことが打ち合わされ、仕組まれていたような巧妙さで、

柳原は否応なしに、財前たちの方へ手繰り寄せられて行った。

翌日、財前は、日曜日の朝というのに、きちっとネクタイを結び、ダーク・スーツを着た姿で、御影駅から山手に向う坂道を上っていた。外科学界の大御所であり、日本医学会副会長である滝村恭輔邸を訪れ、学術会議選の地方区に立候補する挨拶をするためであった。

滝村は、東の前任の第一外科の教授で、浪速大学の名誉教授であり、文化勲章受章者であった。滝村からみれば、財前などは孫弟子か、曾孫弟子のようなものであったが、外科学会の票を得るためには、第一外科に繋がる縁故を頼って滝村に会い、学会票の取りまとめを頼み込まなければならなかった。

坂を上り詰めた松林の間に、白壁の長い塀が見え、京瓦を葺いた数寄屋風の家が滝村邸であった。門のベルを押すと、正門脇のくぐり戸が開き、老婢が顔を出した。

「浪速大学の財前ですが、ちょっとお玄関先まで、滝村先生にご挨拶に参りました、ご在宅でいらっしゃいますか」

老婢はすぐ奥へ取り次ぎ、引っ返して来ると、

「只今、お茶室におられますので、そちらへお越し下さるようにと申しておられます」

財前は、口もとにかすかな笑いを滲ませた。八十歳で第一線を退いていても今なお外科学界に隠然たる力を持ち、平常は来客も多い滝村邸であるが、日曜日の朝だけは、茶室に坐ってお茶をたてていることをちゃんと聞き調べて来ているのだった。老婢の案内で敷石伝いに中庭を通り、茶室の蹲で手と口を漱ぎ、躙口から茶室へ入って黙礼した。お点前の最中である滝村は、手を止めず、見事な茶筅捌きでお茶をたて、正座した財前の前に茶碗をおき、はじめて口を開いた。

「ちょうど、いいところへ来た、今日は家内が謡いの会へ出かけて、独りでいたところだから相手をしてくれ」

そう云い、もう一服たてかけると、財前は恐縮しきった様子で、

「先生、私は茶事には不調法でございまして、先生のお相手などとんでもございません、本日は、お玄関先までご挨拶にだけ参上致しましたのでございます」

「ほう、挨拶？　何の挨拶だね」

三年前に医学界あげての盛大な喜寿の祝いをすませ、功成り、名を遂げた滝村には、

学術会議選などささたる俗事のようであった。財前はいささか硬くなりながら、

「実は、この度、鵜飼医学部長をはじめ、本学の系列大学のご推挙によりまして、学術会議選の地方区に立候補致すことになりましたので、この機会にこれまでの私のささやかな論文集をまとめて発刊致すことになり、その巻頭に先生のお言葉を賜わりたいと存じ、お願いに参上致しました」

いきなり外科学会の票集めの依頼とは云えず、鄭重に巻頭の辞の依頼をすると、滝村は応えず、端座して、黙々とお茶をたて、財前の言葉を聞いているのか、いないのかさえ解らなかった。財前は、医事裁判のことを云い出されるのではないかという怖れを覚え、落着きを失いかけた時、

「まあ一服、呑み給え」

財前の前にある茶をすすめ、自分も織部の茶碗で茶を呑んだ。

「どうして、巻頭の辞は、東君に頼まないのかね」

財前はとっさに返答に窮したが、

「実は、東先生が退官なさいます折の教授選の時に、既にお耳に入っていることと存じますが、複雑な事情がございまして、東都大学ご出身の東先生は、東都大学系の方を次期教授に持って来られようとされ、それに対し、学内や浪速大学の系列大学、同

窓会では私を推して下さって、いろんないきさつがありましたもので、ついお願い申し上げにくいのです——」

「ふむ、そのことなら私も、少しは耳にしている、東君は篤学の人だが、少し政治力に乏しい方だからね」

裁判のことを云われると思っていた財前はほっとし、

「先生、三年前の先生の喜寿のお祝いの会には走り使いのようなことを致しておりました一助教授の私が、先生のお宅までお伺いし、せっかくのご静謐をお煩わせして、申しわけございませんが、どうか孫か、曾孫のおねだりを聞いてやるようなお気持で、私の厚かましいお願いをお聞き入れ下さいますよう」

日頃の財前に似合わず、わざと甘えるような云い方をした。滝村のような大御所級にものを頼む時は、まともにものを云うよりも、礼儀を失しない程度に甘えた云い方をするのが効果的だと考えた。自分の直接の弟子というものは、利害関係が伴ったり、時には仕事の上でライバルになる場合があるが、孫弟子、曾孫弟子ともなれば、そんな懸念はなく、むしろ自分の孫弟子あたりから、仕事の出来るのが出ると可愛いものだということを聞き知っていたから、財前は俄かに甘え戦法を取ったのだった。

「ふむ、おねだりか、おねだりにしては少しことが欲張り過ぎるようだな」

滝村の頰がかすかに緩み、

「じゃあ、長いのは困るが、二、三百字程度のものなら書いてやろう」

「有難うございます、先生のご推挙のお言葉を戴ければ、どれほど外科学界における私の評価が確実になり、先生が関係しておられる有力な学会の学会票に繋がるかしれません」

そう云い、財前はそこが茶席であるという嗜も忘れて、這いつくばるように頭を下げた。滝村は思わず、失笑するように笑い、

「君という人間は、若いくせにえらくメスが切れ、その代り思い上っているという噂も聞かんでもないが、なかなか可愛いところがあるじゃないか」

滝村のように順調に医学界の頂点にまで登り詰めた人間には、財前のように自分の出世のためなら平然と人前に這いつくばることの出来る人間の心のうちは解らなかった。

滝村邸を出ると、財前は駅へ向う坂道を下りながら、太い溜息をついた。これから殆ど毎日曜ごとに、国立浪速大学の教授である自分が、その系列大学の教授と系列病院の院長クラスに、学術会議会員に立候補する挨拶と、支援の依頼に廻らねばならぬ

のかと思うと、持ち前の傲慢な性格がむくむくと頭を擡げ、馬鹿馬鹿しいという思いになりかけたが、学術会議会員に当選した時の栄誉を考えると、その馬鹿馬鹿しさも我慢出来た。

財前は、ポケットから手帳を出し、次の訪問先が東邸になっているのを見ると、身構えるような表情で、御影駅から二つ目の芦屋へ向った。芦屋川駅で降り、川沿いの道を再び、山手に向って三丁ほど行ったところが、東邸であった。

煉瓦と壁面に太い柱型を見せたイギリス風の邸の中は、どっしりとした重厚さが漂い、財前がいくら金をかけても築けない重々しさがあり、それは一代にして出来上るものではなく、代を重ねた学者の家にしか感じられない人を威圧するような格調の高さであった。財前は玄関の広いポーチに待たされながら、第一外科の教授に就任以来、一度も東のところへ挨拶に来なかったことをばつの悪い思いで、思い出していた。

突き当りの扉が開いたかと思うと、いきなり東が姿を現わした。

「珍しいじゃないか、君がやって来るなどとは、何か急な用事かね」

玄関先に、突ったったまま云った。

「日頃はご無沙汰ばかり致し、申しわけございません、今日は滝村先生と東先生のお二方には、是非ご挨拶申し上げねばならぬと思いまして、只今、滝村先生のお宅へ伺って参りました」

「ふむ、それで会えたかね」

「ちょうどお茶をたてておられましたので、そのお相伴を仰せつかりまして――」

そう云うと、玄関先ですませるつもりであった東は、

「少しなら時間がある、上り給え」

応接間に通した。財前は、東と向い合うと、

「先生、今日は厚かましいお願いに参上致しました、既にご承知のことと存じますが、学術会議地方区選にこの度、立候補致すことになりましたので、先生の関連病院の有権者の方々に私のご推挙をお願い致したいわけでございます、滝村先生には只今、この機会に発刊する私の論文集の巻頭の辞を戴き、学会関係のご推挙を得て参りました」

慇懃に云いながら、半ば誇示するような言葉の響きがあった。東は葉巻をふかしながら、

「さすがに君らしいやり方だ、それほど顔のきく君が、どうして僕のところへなどわざわざ頼みに来るんだね、僕になど頼まなくとも、いくらでも君の政治力で頼み先があるじゃないか」

「しかし、何と申しましても、東先生は私の助教授時代の恩師でいらっしゃいますから、まずは立候補のご挨拶には参上致さねばと存じまして——」

わざわざ東のところへ挨拶に来たのは、投票依頼というより、二年前に教授になったばかりの財前が、学術会議選に出ることを東にデモンストレーションするためのようにも取れた。東は不快になる気持を抑え、

「財前君、君は僕を恩師というのかね、それなら一言、云いたいことがある、学術会議選に当選して医学界のために尽すこともいい、しかし、今、控訴されているあの裁判はどうするつもりなのかね、あの医事紛争に関して、もし君自身が何らかの間違いを起しているのなら、潔く責任を取るべきだよ、君に望みたいことは、医師として取るべき責任を糊塗して、伝統ある浪速大学第一外科の名誉を傷つけるようなことだけはしないで貰いたい、その名誉は滝村名誉教授はもちろんのこと、それ以前の何人ものりっぱな教授によって築き上げられたものなのだ、それだけに、君が本心で僕を恩師と呼ぶのなら、僕の後継者として是非、その点を心して貰いたい」

厳しい口調で云うと、

「その第一外科の伝統ある名誉を守る為に、私は正しい証言をしているのです、その結果が一審にみられる判決です、今度、私が学術会議選の立候補者に推されたのも、

世論を沸かせたあの医事紛争裁判を見事に医者側の勝訴にし、医者の立場を守ったからです、先生も、どうかその辺のところをご覧下さって、私への投票をお願い致します」

財前は平然と云い、頭だけは深く下げた。

「財前君、僕の持っている票は、僕なりに有意義に使うことを考えている——」

東は怒りを抑えた声でやっとそう云うと、財前は席をたった。

玄関を出て、門の植込みのところまで来た時、財前は足を止めた。お稽古帰りらしい佐枝子の美しい和服姿が見えたからであった。

「お久しぶりです、只今、東先生に学術会議選に立候補するご挨拶に参ったところです」

財前がにこやかに挨拶すると、

「あら、私は裁判のことで何かお話があっていらしたのだと思いましたわ」

と云うなり、佐枝子は硬い表情を見せ、財前の横をつうっと通り過ぎた。

近畿癌センターの会議室で、胃癌症例検討会が開かれていた。毎週月曜日の午後一時から、内科、外科、放射線、臨床病理の胃癌グループが集まって、胃癌手術を行なった患者の症例と、手術前の胃癌疑診患者の症例を持ち寄って、その診断と治療について共同討議をする検討会であった。

暗幕を引いた部屋の正面に、エックス線写真観察器とスクリーン、黒板が並び、臨床病理室長の都留、第一診断部長の有馬、里見、外科医長の槇、放射線科医長の立石を中心に、二十数名の若いメンバーがカルテやノートを机の上にひろげて、手術後の症例について、その診断が正しかったかどうか、間違いがあったなら、その原因がどこにあるかを討議している。

術前の症例検討に移ると、論議はさらに活潑になる。一つの症例をめぐって、各々の専門分野から遠慮のない質問や反論が戦わされ、癌の本態に迫ろうとする気魄が室内に漲っている。

「では、最後に、山田うめさん、六十七歳の症例検討に移ります、これは先々週の検討会で細胞診の検査結果が、クラスⅡの陰性乃至、クラスⅢの擬陽性であるところまで報告され、最終診断を生検にゆだねることになった症例で、組織採取に当られた里見先生、ご説明願います」

進行係の若い医師が云った。里見は、山田うめのカルテと検査結果の綴を持って、正面の黒板の前にたち、隆起病変のある前庭部大彎側の略図と生検部位をチョークで手早く記し、

「生検で採取した組織片は、この図のように病変部の頭部一個、側面二個、基部二個の計五個で、採取そのものは、予定通りに行きましたが、病理検査の結果はどうでしたか」

病理のスタッフの方を見ると、病理検査室の医師が組織投影装置に生検の組織標本を挟み、スクリーン一杯に、ＨＥ染色で赤紫色に染められた組織が映し出された。病理室長の都留は、それを指さし、

「これは、頭部の組織で、ご覧のように、先日の細胞診でみられたと同様な比較的大きな核をもった細胞から出来た腺が、既に浸潤と云っていいような形で増殖しており、病理診断としては、分化型腺癌である」

里見は、スクリーンに映し出されて行く組織を見ながら、厭がる山田うめに生検まで行なったればこそ癌の確定的な診断がつき、早期癌を見逃さずにすんだのだと思った時、都留の次の言葉が耳を衝いた。

「しかし、病変部分はここだけに限局されているのではなく、幽門側にも或る程度の

広がりが推定される、というのは病変の基部より採取した二つの組織片のうち、噴門側から採取したものは、異常なく問題はないが、幽門側から採取した組織片は、いわゆる印環細胞癌の型を呈しており、こういう型の癌は、しばしば想像以上に広範囲に広がっていることがあるので、この隆起病変の周辺の内視鏡所見がどうであるか、里見君の所見をもう一度、お尋ねしたい」

里見としては、これまでの内視鏡所見で、病変は表面隆起型の限局した病変であると判断していただけに、都留の言葉は衝撃(ショック)であった。思わず、スクリーンの前へ寄り、大写しになった組織を食い入るように見詰めた。なるほど指環(ゆびわ)を思わせるような印環細胞が多数見られたが、都留の言葉をすぐには肯定しかねた。部下の熊谷(くまがい)がすぐ胃カメラとファイバー・スコープのフィルムを別のスクリーンに映し出した。里見は二つのスクリーンを見比べ、

「胃カメラ及びファイバー・スコープの内視鏡所見では、このように隆起病変の周辺の粘膜は、一部血管が浮いて見え、萎縮(いしゅく)のきついことが認められますが、何らの色彩的変化も糜爛(びらん)もなく、僕としては癌を疑うことは出来ません、失礼ですが、その幽門側の組織は、ほんとうに印環細胞癌でしょうか、この間行なった細胞診でも印環細胞は全く出ていないし、カタル性の胃炎の場合、化生上皮(かせいじょうひ)の杯細胞(はいさいぼう)が剝離(はくり)して、このよ

うな印環細胞の集団に見えるのを以前、経験したことがあるのですが、そういうものではないですか」

里見の言葉に鋭さが加わると、都留もつかつかと、スクリーンの傍へ寄った。

「いや、間違いじゃない、幸いなことには、この部分の組織も粘膜全層が採取されていて、粘膜固有層の間質への浸潤としか考えられない、それに先日、里見君自身が行なった細胞診で、この印環細胞が出なかったのも、こういう癌の細胞はなかなか証明しにくいのが通例で、無理なかったと思う」

きっぱりとした口調で云いきり、赤紫色に染色された癌組織を挟んで、里見と都留の上半身がスクリーンに浮び上り、双方、譲らぬ対立が見られ、瞬時、緊迫した気配が漲ったが、スクリーンを見ていた里見の視線が動いた。

「なるほど、都留さんの指摘通りだ、僕は初診時にひっかかった病変にばかり眼を奪われていて、周辺の癌を危うく見逃すところだった……」

里見はあらゆる検査法を駆使し、これほど徹底的に取り組んでもなおかつ、見付けられない場合がある癌の診断の難しさを痛感するように云った。里見の上司である第一診断部長の有馬は、

「しかし、このような表面の殆ど変化のない癌は、エックス線写真だって、内視鏡だ

って、現在の診断の水準では難しいねぇ、近畿癌センターの三年間の早期胃癌二百二十例のうちでも、たしか六例、しかもその全部が全く偶発的に見付かったものなんだよ」

と云うと、外科医長の槙も、

「その通りだよ、これだけ専門家が集まって、あらゆる検査を行なってもなお、日暮れて道遠しで、偶発的にしか見付からない癌に出合わすと、われわれは一日だって不勉強ではおられないとつくづく思い知らされる」

嘆息するように腕を組み、

「この患者の手術だが、境界がはっきりしない癌となると、切除範囲が問題になって来るから、広がりの診断をエックス線写真と生検でもう一度やって貰いたい」

と云うと、放射線科の立石医長は、

「二重造影法をやってみよう、この方法で狙(ねら)いをつけてやれば、広がりの範囲がかなりはっきりするだろう」

と云ったが、里見は言葉に詰った。ここで重ねてエックス線の二重造影と生検を行なうことは完璧(かんぺき)なことに違いなかったが、山田うめに先週の生検が最後の検査だとなだめすかして、ようやくここまで引っ張って来たことを思うと、再び生検とエックス線の二重造影をすることを納得させることは容易なことではなく、経済的な意味から云っても困難なことであった。そんなことを云い出せば、山田うめは、もう近畿癌センターに二度とやって来ないことが目に見えていた。

「僕としては、検査をやりたいことはやまやまですが、癌であることを伏せて、これ以上の検査を要求することは、患者の気持をこじらせ、逆にもっと悪い結果になるのではないかと心配なんです――、それで手術中の迅速切片で、広がりを検査することはこの患者の場合、無理があるでしょうか」

里見は、外科医長の槇に尋ねた。

「そんなことはない、このような型の癌がかりにあるとしても、それほど拡大しているとは思えないから、切除範囲は、術中の組織診できめよう」

「術中の組織診をやるのなら、僕が立ち会うよ」

病理室長の都留が云うと、里見は、

「もちろん、私も立ち会いますが、手術に危険はないでしょうね」

山田うめのために念を押すように聞いた。槇は、

「うん、大丈夫、助けられるよ」

里見の顔を真っすぐ見詰めて応え、三時間にわたった症例検討会は終った。若い医

師たちは、暗幕を開けながら、

「この患者は、全くラッキーだな、たまたま集検車が廻って来て、検査を受けたために自覚症状が全くない早期のうちに癌が発見され、二百二十例中の六例しか見付からない表面平坦型(へいたんがた)の癌まで発見されたんだから――、もしうちのセンターの車が、奈良の僻地(へきち)へまで廻って行かなかったら、このおばあさんは手遅れになって、もう救えなかったかもしれない」

「全くだ、胃集検の草分けである癌研究所の黒田院長は〝病院にいて患者に来いと云っても来ない、マホメットなら山に来いと云えば動くだろうが、医者はマホメットではないから患者のところへ行かねばならぬ〟と云われたが、まさにその通りだね」

口々に、熱っぽい語調で云った。里見は、こと癌の診断と治療に関しては一人の名医に頼る時代は過ぎ、各分野の癌専門医のチーム・ワークによって間違いのない確定診断が引き出されて行くものであることを、今さらのように痛切に感じた。しかし、山田うめに向って、手術をすることをどう納得させればよいのか、それを思案しながら、椅子(いす)から起(た)ち上った。

二十六章

東佐枝子は、阪神電車の尼崎駅で降りると、まともに照りつける六月下旬の強い西陽を浴びながら、海側の埃っぽい工場街に向って歩きはじめた。一カ月程前、近畿労災病院へ行った時、偶然、玄関口で出会った元浪速大学附属病院の第一外科の病棟婦長であった亀山君子を訪れるためであった。

駅前の煙草屋で聞いて、川沿いの道へ出た途端、佐枝子は額にかざしていたハンカチーフを鼻先に押し当てた。川とは名ばかりで幅二メートル半ほどの溝川は、近くの工場の廃液が流れ込んでいるらしく、鼻を衝くような悪臭が臭いたち、溝川沿いの舗装のない地道は、ダンプ・カーやトラックが通る度に濛々と、砂埃を舞い上げて行く。

川沿いの道を南に二丁ほど歩き、目印の自転車修理店の前の小橋を渡ると、黒く煤けたトタン屋根やブロック塀の小さな町工場が細い道を挟んで犇くように列び、その向うに古ぼけた木造住宅が並んでいた。それが亀山君子の住む三光機械の社宅のようであった。佐枝子は、やっと探しあてた思いで、足を急がせ、一番とっつきの家の干し物を取り片付けている主婦に声をかけた。

「ちょっと、お尋ね致しますけれど、亀山さんのお宅はどちらでしょうか」

「へぇぇ？　亀山はん――、そんな家知りまへん」

「いえ、あの、塚口さんというお宅ですわ」

佐枝子は慌てて、亀山の夫の姓を云うと、

「ああ、塚口はんやったら、この並びの五軒目や」

洗濯物を両手に抱えた主婦は、工場街のこの辺りに場違いな佐枝子の身装を白い眼で見ながら、ぞんざいな口調で云った。佐枝子は礼を云い、五軒目の入口にたった。

「ご免下さいまし――」

声をかけたが、応えがない。

「塚口さん！　いらっしゃいますか」

思いきって大きな声を出すと、中から人がたって来る気配がした。

「まあ！　お嬢さま――、どうしてこんなところが、お解りになりましたの」

亀山君子は、よほど思いがけなかったのか、驚いたように玄関口に突ったった。

「突然、伺ったりしてご免なさい、近畿労災病院であなたの住所を聞いて来たんだけど、ご迷惑だったかしら――」

「いいえ、でも、こんなむさ苦しいところでお恥ずかしいんですけれど、ともかくお上り下さい」

玄関横の四畳半の部屋に佐枝子を案内すると、今まで夫の衣類の繕いものをしていたらしく、針箱のまわりにひろげている鼠色(ねずみいろ)の作業衣や洗い晒(ざら)しのズボン、肌着などを慌てて、押入に突っ込んだ。

「主人は、旋盤工だもので、何時(いつ)も、洗濯や繕いものが大へんですの、病院の患者さん以上に手がかかりますのよ」

佐枝子に座蒲団(ざぶとん)を勧めながら、いいわけするように云ったが、生活の愚痴ではなく、ささやかな日常の団欒(だんらん)を愛する夫婦の愛情が籠(こ)められていた。

「お幾つですの、ご主人は?」

「私と同い齢(どし)ですの、お互い四十前の見合結婚のせいか、結婚してまだ一年半足らずなんですけど、世間でいう新婚家庭という感じじゃございませんわ」

お茶を入れながら、くすっと、肩をすぼめた。

「それだけお二人の生活が、安定していらっしゃる証拠だわ、それにお目出度(めでた)なんですってね、これ召し上って」

佐枝子は洋菓子の箱をさし出した。病院で亀山君子の妊娠を聞き知ったのだった。

「どうも有難うございます、晩婚でちょっと不安なんですけど、主人もこれで仕事に張りが出るって、大喜びしてくれていますの」

頰を紅らませるように云い、

「お嬢さまが、私のところへいらっしゃるなど、一体、何のご用ですかしら――」

君子はそう云いながらも、佐枝子の用件に、ほぼ察しをつけているらしく、笑顔を見せながらも警戒する様子が感じ取られた。

「ほかでもないのだけど、先日、お話した例の佐々木庸平さんの医事裁判のことなの、財前教授が総回診の時、柳原医師の進言を退けて術前に断層撮影の必要なしと云ったことを、控訴人側証人として法廷で証言して戴きたいの」

君子は、俄かに硬い表情で押し黙ったが、佐枝子は、硬ばった雰囲気を柔らげるような穏やかな声で、

「実は、佐々木庸平さんのご遺族は、今大へんお気の毒な状態になっておられるのよ、先日、うちへおいでになった関口弁護士さんのお話では、佐々木庸平さんが亡くなられたあと、奥さんを助けて今日まで店をやって来た専務が、最後の頼みの綱にしていた地方の卸屋の大口集金を持ち逃げして、倒産寸前のところまで追い込まれ、そのシ

ョックで佐々木さんの奥さんは寝込んでしまわれたのです、大学三年生の息子さんと十九歳の娘さん、それに高校一年の三人のお子さんでは、どうすることも出来なくて、全く悲惨な有様だそうです」

　子供を妊っている君子は、佐々木よし江の三人の子供の話が出ると、胸を衝かれた様子で、

「それで倒れられた奥さんのご様子は、いかがなんですか、まさか、診て下さるお医者さんがないようなことは――」

「いいえ、里見先生がすぐ駈けつけられ、その後も近畿癌センターからの帰りに、診察に寄ってあげておられるということですわ」

「まあ、里見先生が――、里見先生はそこまであの患者さんの遺族のために……」

　君子の言葉が跡絶えた。

「ええ、里見先生は、佐々木さんの裁判の結果は、今後の医事裁判の判例になる重要なケースだけに、最後まで真実を貫く証言をしたいとおっしゃり、陰になり、日向になって、佐々木さんのご遺族と関口弁護士さんのお力になられ、この裁判の第一の争点になる術前の検索について鑑定人としてたって戴く方も、里見先生の発意からようやく定まったのです、でも、何といっても裁判の大きなきめ手になる財前教授が、柳

原医師に断層撮影の必要なしと云ったという証言がないことには、裁判というものが証拠主義であるだけに、決定的な立証に欠けるのです、だから是非、この間、あなたが私におっしゃったことを法廷で証言して戴きたいの、あなたが証言して下さることになれば、不幸な誤診によって夫や子供、妻を失いながら、現在の医事裁判に絶望的になっている多くの遺族の方に、どんな大きな力と心の救いを与えることになるか——、亀山さん、どうかお願い、患者の遺族のために証言してあげて下さい」

佐枝子は、躙り寄るように云った。

「そりゃあ、私だって、あの患者さんの遺族の方のこと、お子さんのことを考えると……」

苦しげに云いかけたが、君子は首を振った。

「でも、こんな世間の注目を集めている裁判に証人として出て、証言することになれば、新聞や週刊誌に元浪速大学病院の看護婦としての私の名前が出ることでしょう、それに主人が旋盤工という傷をしやすい職場にいますから、何時また私が、看護婦として働きに出かけなければならないかもしれませんし、何よりも私は現に妊娠していて、お医者さまのお世話になる身です、この齢でやっと人並の倖せを得た今の私の生活を、どうぞ、そっとしておいて下さい」

「たしかに、あなたのおっしゃる気持はよく解りますわ、けれど、あなたの出産のことや、それから万一、あなたが看護婦として働かねばならないような時には、私が父に云って、あなたのお勤め先のお世話は責任を持ってさせて戴きますから、亀山さん――」

言葉を継ぎかけると、

「お嬢さまは、どうしてそんなにまで、あの裁判のことを――」

「里見先生のお姿を見ていると、私はじっとしておれないのです、自ら大学を去ってまで一人の患者の死の原因を正しく突き止めようとしておられる里見先生に対しては、私は何かせずにはおられない……」

佐枝子は、口詰った。君子は、はっとしたように佐枝子を見上げ、

「お嬢さまのそのお気持、女の私にはよく解りますわ」

佐枝子の心の中を汲み取るように云い、暫く口を噤んだが、

「でも、やはり私が証言することだけは、お許し下さい」

君子は動かぬ語調で云った。

「じゃあ、今日はこれで失礼しますわ、でも、また伺いますから考え直して下さいね」

佐枝子は、証人を引き受けて貰えるまで何度でも足を運ぶように云った。

北の料亭で、鵜飼医学部長は、洛北大学の神納教授、近畿医大の増富教授と座敷机を囲んでいた。平和製薬が主催した一般実地医家（開業医）向けの循環器疾患の講演会の講師を勤めたあとの一席で、下座には平和製薬の学術担当役員の武井が坐り、学術部長、課長は仲居を指図しながら、接待に勤めている。

「今日は、循環器学会の第一人者であられる先生方に講師をお願い出来たおかげで、何時もの倍近くの聴講者が集まり、わが社の企業イメージに大いに箔をつけて戴き、光栄の至りです」

一年程前までは浪速大学や洛北大学の薬学部の非常勤講師をしながら、それは表看板で大学の有力教授にコネクションをつけておくのが仕事であった武井は、プラチナ縁の眼鏡に愛想笑いをうかべて云い、一番上座の鵜飼から順番に、神納教授、増富教授へと酒を注いで廻った。鵜飼はなみなみと注がれた盃を上機嫌に空け、

「まあ、最近、君たち大手の製薬会社が今日のような講演会を催したり、専門誌を発

刊したりして、実地医家の勉強の機会を積極的に催してくれるようになったから、とかく疎遠だった大学の研究者と実地医家との間の距離が縮まり、一般的な医学水準が向上して、われわれとしても大いに喜ばしいことだと思っているよ、ねぇ、神納君」

酒気に赫らんだ顔を傍らの洛北大学の神納教授に向けた。片や内科学会の長老格のボスであり、片や学会進歩派の中心人物で、学問的にも、学会運営の面でも、とかく意見の食い違っている相手であったが、神納は酒席であることを心得て、

「そうですね、こうした講演会の開催は、僕ら自身も勉強になりますよ、開業医の方から思いもかけない症例の相談を持ち込まれて来るようになったり、鵜飼先生と増富先生、僕たちが監修を引き受け、平和製薬から発刊されている『循環器疾患』にしても、今までのが臨床諸家のものでありながら、内容はとかく基礎の分野に足を踏み入れ過ぎ、いかにも研究のための研究論文といった感じのものが多かったのに対し、はっきりと実地医家を対象にし、臨床面の諸問題を意識して取り上げた編集方針を取ったため、臨床上の切実な問題がどしどし抉り出され、非常にユニークな専門誌になりつつありますね」

きびきびした意欲的な語調で云うと、近畿医大の増富教授も頷き、

「最近、私の周辺でも、『循環器疾患』を購読する医者が多くなっていますが、武井

さん、今、どれぐらいの発行部数です」

「おかげさまで、常時、三万部を刷らせて戴いております」

「ほう、三万部、日本の医者の数は約十一万、そのうち開業医が五万数千だと云われているから、三万部とはたいしたものですね」

「これも諸先生方の日頃のお力添えのおかげです、ところで、この夏から来春にかけての各地の講演会ですが、ご遠路をわざわざ、講演会だけでは恐縮でございますので、徳島の阿波踊り（あわおど）や札幌（さっぽろ）の雪祭りなどの観光をかねてという予定を組ませて戴きますから、その節にはまたよろしくお願い致します」

ぬけ目なく武井が云うと、学術部長と課長も頭を下げた。製薬会社が、ここ二、三年前から急に著名な学者を講師にして、実地医家向けの講演会を主催したり、医学専門誌を発刊したりするようになったのは、大衆の薬品に関する知識が向上し、簡単に薬品広告の宣伝にのらなくなって、大衆薬の売上が落ちたため、実地医家向けの薬を売り込むことに力を入れはじめたからであった。著名な学者による講演会や専門誌の発刊は、いわば実地医家に食い込むための一つの手段であり、著名な学者たちは勢いますます大切にされ、厚遇されるのだった。

鵜飼は、肥満した体を脇息（きょうそく）にもたせかけ、

「実地医家の啓蒙、教育は、いってみれば、国民の啓蒙と直結することだから、私たちも出来るだけの協力は惜しまないが、近頃、何かというと癌の啓蒙ばかりに偏りすぎる、五分に一人の死亡率だとか、やれ集検車による早期癌の発見だとか、〃癌征圧月間〃をつくって新聞でキャンペーンをしたり、全く癌一辺倒だが、国民の疾病別死亡順位の中で心臓疾患によるものが、あるいは癌に劣らぬぐらい高いことを啓蒙する必要があるねぇ」

と云った。洛北大学の神納も、

「そこなんです、日本の国民の疾病別死亡順位の第一位は脳卒中、二位は癌、三位は心臓疾患という順番になっていますが、われわれ循環器の専門家からみれば、一位の脳卒中の中で心臓疾患で死んだ患者が含まれているのを、開業医の中にはそれに気付かずに過している人があるのではないかと思うのですよ、そうすると、実際には、心臓疾患による死亡数は、あるいは癌より多いのではないかと推定され、今まで死亡診断書に脳卒中と書いてあった中に、ほんとうは心臓疾患による死亡であるかもしれない、したがって厚生省から出される厚生白書にも、こうした意見を織り込んで啓蒙して貰いたいものだということを、この間、或る医学雑誌に書いたら、こちらが驚くほど反響がありましたよ」

秀でた額の下の鋭い眼を瞬かせるように云うと、小鉢ものに手をつけていた鵜飼は箸をおき、

「うん、あれはなかなか面白い意見だったよ、着眼もいいし、実地医家はもちろん、厚生省にも訴えかけ、啓蒙するような要素があって、いかにもあなたらしい書き方で、反響が大きかっただろうね、まあ、一献――」

鵜飼の方から盃を交わし、

「ところで、神納さん、あなたはやはり、学術会議選にお出になるんですってねぇ」

ごく普通の世間話をきり出すような軽い口調で云ったが、神納の論文が実地医家向けに大いに反響がありましたねぇと、何時になく賞め上げた直後だけに、それは学術会議選目当てではないかというような皮肉な響きがあった。神納は、俄かに不快そうな顔をしたが、

「教授会で、私がたつように指名されて、弱っているのですよ、僕としては、やりかけの研究や手をつけたい研究が山積していて、こう云っちゃあなんですが、学術会議選どころでなく、極力、辞退したんですけれどねぇ」

受け流すように応えた。

「ほほう、そういう事情だったんですかね、僕はまた学究肌の神納教授が、まさかと

はじめは信じられなかったが、うちの財前君が、対立候補者が洛北大学の神納教授だから苦戦ですと云って来て、驚いたり、困ったり、いやはや、私の立場は微妙ですよ」

鵜飼が云うと、平和製薬の武井が横合いから、

「なるほど鵜飼先生のお立場は、あちらたてれば、こちらがたたずで、全くもってお辛い限りでございましょうね」

「そうなんだよ、もちろん、内科学会を主体におけば、そりゃあ、何と云っても、神納教授を推すことに定まっているよ、だからといって、本学の財前教授を、本学をはじめ、系列大学が強く推していることを考えると、浪速大学の医学部長としては素っ気なくも出来ないじゃないか、ほんとうに今度ばかりは参ってしまう」

鵜飼は弱りきるように云ったが、事実は自分と内科学会の次期理事長の椅子を争うかもしれぬ神納が、学術会議選近畿地区に立候補することを知るなり、急遽、財前を対立候補にたたせ、財前に神納を蹴落させることによって、神納の体面を損わしめ、自分が理事長にたとうともくろんでいることなど気振にも見せなかった。

「まあ、お互いに皮肉な立場にたたされたわけですが、やる限りはフェア・プレーでやりましょう、近畿医大からも重藤教授が出られるのですから」

神納がさっぱりとした云い方をすると、近畿医大の増富教授は、

「本学の重藤教授もこの間からようやく、選挙準備をはじめていますが、学術会議選というのは傍目でみるより、大へんなことですね」

妙に感心するように云った。

「ところで、おたくは誰が選挙参謀をやられるのです？」

鵜飼が聞くと、

「ええ、それは私がやることになっていましてねぇ、さしずめ、今日の宴席は、呉越同舟というところですか——」

空っとぼけた云い方をし、あっ気に取られている鵜飼と神納をよそに、

「おや、もう九時過ぎですか、じゃあ、この辺でお開きとしましょうか」

と云うと、武井は、水引のかかった金五万円也の謝礼袋を三人の教授の前に恭しく置いた。

車が来ると、京都へ帰る神納、宝塚へ帰る鵜飼、浜寺へ帰る増富の三台の車に別れたが、鵜飼はふと思いついたように、

「武井君は、たしか阪急沿線の石橋だったね、それならこの車に一緒に乗って帰ればいいじゃないか」

「いえ、私はあとの車で帰りますから、先生はどうぞお一人でごゆっくりお帰り下さい」

「いいじゃないか、どうせ途中なんだ、僕も一人じゃあ退屈だしね」

鵜飼は武井を同乗させ、阪神国道へ出ると、

「時に武井君、いろんな大学の薬学部の非常勤講師をしていたあんたのことだから、各大学の有力教授に相当なつてを持っていて、学術会議選の裏にも詳しいことだろうし、既に洛北大学の神納教授からも頼まれずみかもしれんが、ここのところは一つ、本学の財前君のためによろしく頼むよ」

ルーム・ライトを消した暗い車内で云った。武井はかすかに顔色を動かしたが、すぐさり気ない口調で、

「私はもともと浪速大学に、特にお世話になっておりますから、私でお役にたつことでしたら、何なりとお申しつけ下さい、幸いわが社の学術部、研究所にも、有権者がおりますから、私から話をつけて票を集めさせますし、また大学や病院、実地医家を廻っているプロパーなどにも細かく運動させます」

「うん、そう引き受けてくれんことには、武井君らしくないよ、いや、これで今日の会は一段と意義あるものになったよ」

そう云い、鵜飼は、ぽんと武井の肩を叩いた。

＊

山田うめは、近畿癌センターの六人部屋のベッドの上に踞るようにして坐り、夕食の膳に向っていた。

ここ二カ月程の間、エックス線精密検査、胃カメラ、細胞診、生検と何度も検査を重ねた結果、悪性のポリープと診断され、一週間前から入院し、いよいよ明日がその手術日であった。

「もういらん、食べとうあらへん」

山田うめは、一口、口をつけたばかりの食膳から顔を逸せ、胸がつかえるように箸をおいた。世話をしている嫁は、

「これでは何も食べてあらへんやないか、せっかくおっ姑はんの好物の南瓜を、家の畑から取って来て、煮たんやから、もうちょっとだけでも、食べとって下され」

隣のベッドに寝ている患者に、気がねするような小さな声で云うと、ついさっき、奈良の十津川村からやって来たばかりの跛の長男も、

「ほんまやでぇ、おっ母、手術前は仰山に栄養摂って、体力をうんとつけとかんとあかんのや、特におっ母のは、他の手術と違うて——」

と云いかけ、口を噤んだ。うめには隠しているが、里見から胃癌の手術であることを、長男にだけは明らかにされているのだった。

「他の手術と違うて、何やというのや」

目脂の溜った細い眼で疑い深げに云った。

「いや、普通の若い者の手術と違うて、おっ母のような齢寄りは、ただでさえ、弱ってるよって、しっかり食べて力つけんとあかんと云うてるだけや」

取り繕うように云った。

「食べとうないものは、誰が何ちゅうても食べんのや、ぐずぐずせんと早よ、このお膳をひかんかい」

うめは、手術前の心の不安を当りちらすように云い、気の弱い嫁は相部屋の患者たちにおろおろと気遣いながら、食膳を枕頭台へ移しかけると、山田うめの受持医と看護婦が入って来た。

「おばあさん、どうですか、気分は？」

「へえ、おかげさんで——」

今まで嫁に当りちらしていた勢いとは打って変ったしおらしさで、ベッドの上に坐り直し、長男夫婦も頭を下げた。受持医は、枕頭台の上に残っている食膳に眼を向け、

「どうも、食欲が無さそうですが、吐気か、痛みでもあるのですか」

「いいや、そんなことは何もないいんやけど、いよいよ手術やと思うたら、何やこう、気分が悪うなって来て——」

受持医は、聴診器を取り、洗い晒しの粗末な寝巻の前を開かせ、肋骨が浮き出ている老婆の胸に聴診器をあてたが、心音も脈搏も異常はない。

「じゃあ、乾燥血漿をもう一本、注射しておきましょう」

うめの右手をとりかけると、

「注射？　注射やったら今朝もうすんで、これで終りやと云いはったやないんか」

注射嫌いのうめは、受持医の手を振り切るように云った。

「しかし、看護婦の話では、おばあさんは朝もお昼もご飯をそう食べていないそうだし、夕食もこの調子だから、もう一本だけ打っておく方がいいですよ、里見先生からもよく云われていますから」

と云い、嫌がるうめの腕を取り、看護婦に手伝わせて、乾燥血漿の注射を打った。

奈良県の山深い十津川村の貧しい農家で、朝は茶粥、昼は野良で梅干とご飯、夜は魚

といっても、殆ど干物というような食生活であったせいか、栄養状態が悪くて貧血気味である山田うめの全身状態を懸念した里見が、一本二千円の乾燥血漿を自分の給料を割き、この五日間、毎日一本ずつ打たせて来たのだった。

受持医が山田うめの痩せこけた腕に一〇〇ｃｃの乾燥血漿の溶解液を慎重に注射し終えた時、里見が部屋へ入って来た。

「どう？　おばあさんの全身状態は——」

受持医に聞いた。

「はぁ、里見先生のご指示通り乾燥血漿の注射を行ないましてから、患者の全身状態はかなり良好になりました、これなら手術は安心して行なえます、これが入院七日目の検査票です」

と云い、検査の綴りを里見に見せた。

里見はその検査票を繰りながら、前の数値と比較してみた。入院二日目の諸検査の結果は、血清蛋白量六・四グラム・パー・デシリッター、血色素量七三パーセント、赤血球三六五万であったから、これなら胃部分切除の手術には充分に耐えられる。

「おばあさんの注射嫌いには困らされましたが、よかったですね、顔色もよくなって、手術はほんとに心配いりませんよ」

親身に云うと、うめは思い詰めたような表情で、里見を見上げ、

「先生、ほんまのこと云うておくんなはれ、ほんとは癌の手術なんやろ、ほんでわしは死ぬんじゃろが！　死ぬんじゃろ！」

と云うなり、里見の白衣の胸を鷲摑(わしづか)みにし、子供のように揺さぶった。それは今まで何度も、山田うめが里見に向って繰り返した問いであったが、今日の言葉には凄(すさま)じい生への執念がたちのぼっている。傍らにいる長男夫婦は、顔色を変えたが、里見は、静かな微笑をうかべ、

「おばあさんの病気はこの間もお話したように、胃の中に小さないぼのようなものが出来ているだけで、このまま放(ほ)っておくと、癌になる危険があるから、今のうちに手術して取ってしまうだけですよ」

「ほんなら、無理して手術せんかてええやないかいな」

その言葉は二週間前にも、里見に繰り返した言葉であった。生検による検査の結果が胃癌であることは伏せて、今のうちに手術さえすれば何でもないと云った里見に向って、山田うめは頑として手術を拒み、そんな手術のために手術入院費用十四万円もの大金は、たとえ国民保険で半額負担されても、一家の働き手である長男が山で材木の下敷になって、右足が跛になり、生活保護すれすれの生活をしている状態ではとて

も出せんと、云い張ったのだった。それを入院させるところまで持って行けたのは、里見が、近畿癌センターの医療ケース・ワーカーに、山田うめの手術費を何とか軽減する方法がないか相談すると、貧困な癌患者のために手術費を提供する仕事をしている大阪府癌予防協会に、患者の現症状、手術必要の理由、生活状態などを細かく記した申請書を提出し、その審議に通れば、患者の手術入院費が負担されるということであった。里見はすぐさま、山田うめのために、その申請書を書いて手続を取り、自らも足を運んでかけ合った甲斐(かい)があり、山田うめの入院手術が可能になったのだった。

そんな里見の苦労を知らず、山田うめはまだ手術を嫌っているのだった。

「さあ、おばあさん、今夜は早く寝(やす)むことですよ、明日の手術は、外科医長の槇(まき)先生がして下さるし、第一助手は受持医の先生、それに僕も、たち会うから何も心配することなどないですよ」

手術前夜の恐怖心を取り除くように云い、あとは受持医に任せ、もう一人同じ部屋の肝臓癌の患者の様子を診(み)てから部屋を出た。

「先生、里見先生——」

背後(うしろ)から声がし、振り返ると、山田うめの長男が跛の足をことことと、引きずって追って来た。

「先生、何と礼を云うてええか、解らんです、検査のための通院費と検査料だけでもこたえるわしらに、栄養のために高い注射薬を先生の懐金で買うてくれはった上に、入院手術にいる費用まで——、わしらには気の遠うなるような大金で、どうにもならんかったのを先生が手続を取って、かけ合うてくれはったおかげで無料にして貰えて、ほんまに何ちゅうてええか、おおきに有難うございます」

涙声で頭を下げた。

「いや、礼を云うなら、それは僕にではなく、貧しい癌患者に愛の手術費を提供しようという運動を行なっている癌予防協会の人たちに云うべきなんですよ」

里見は跛の長男の心をいたわるように優しく云った。

大阪府だけで毎年癌による死亡者が七千人あり、その中で手術費がなくて、みすみす死んで行く人数が三百人もあるという悲惨な現実を前にして起ち上ったのが、大阪府癌予防協会で、関西の財界人が中心になり、一般市民の癌助け合い運動にまで広がりつつあるが、献金には自と限度があり、必ず助かる見込みのある患者にしか、手術費の扶助が適用されていないのが実情であった。

里見は薄暗くなった病棟の廊下を歩きながら、癌の本態がいまだに明らかにされず、手術によって助かるか、助からぬか解らぬボーダー・ラインで苦しんでいる多くの患者が適切な医療救済を受けられずにいる現状と、山田うめのような貧困な癌患者が、民間の発意によって出来上った機関によって救済されている事実を前にして、国家の医療行政の貧しさをまざまざと見せつけられる思いがした。

*

医師会館の二階会議室で、大阪府医師会の定例理事会が開かれていた。議題は『救急病院の指定に関する件』で、最近、ますます激増する交通事故に対処して、大阪府下の官公立病院以外の救急病院審査基準をめぐり、十九名の理事が、検討していた。設備と経験が備わり、理事会の方から指定したい百ベッド以上の個人病院は、救急病院の指定を返上したがり、中級(クラス)の医院が指定されたがる傾向があったため、審議は難航していた。百ベッド以上の個人病院は交通事故にからまる補償その他の煩(わずら)わしいことに巻き込まれることを敬遠し、中級の医院はそんな煩わしさがあっても、傷害保険の点数が、健康保険の倍であることから救急医院に指定されたがっているのであった。

十九名の理事は救急病院の指定を希望するリストを前におき、それぞれの立場から意見を交わしていたが、北区医師会長の岩田重吉と鍋島(なべしま)外科病院長の鍋島貫治は、理事会の後、うまくこの席を財前五郎の学術会議選立候補の挨拶の場に使うことを画策していた。

正面のテーブルに坐っている大阪府医師会長の大原民蔵にだけは予め話をして、呑み込んで貰っていたが、財前の面子を損わない自然な形で、しかも効果的に選挙運動を行なうことであった。

やっと救急病院の指定に関する議事が終り、最後に会員の異動が報告されると、理事たちは、時間を気にして席を起ちかけた。会長の大原がごく自然な形で、

「一言、皆さんにお伝えしたいことがあります、まだ選挙告示はなされておりませんが、今年の十一月末日に行なわれる次期学術会議選に近畿地区から、浪速大学の財前教授が立候補されることになりました、財前教授には、われわれも何かとお世話になっておりますが、本日、財前教授の方から、この理事会の席をかりて、理事の皆さんに立候補のご挨拶をしたいというお申し入れがありました」

と云うと、鍋島がすぐそのあとを受け、

「たまたま財前教授には、この医師会館の検査センターにパート・タイムのアルバイトでもいいから、浪速大学から優秀な医師を廻してほしいと依頼しており、そのこともあって、先程から階下の応接室へ来ておられるので、早速、こちらへご案内致しま

しょう」

と云い、自ら席を起って、財前を案内した。財前はにこやかな笑いをうかべて、会議室へ入って来た。理事の一人が、正面の席を勧めると、

「いや、今日は私が、理事の皆さん方にご挨拶に参ったのですから、上座からでは失礼になります、ご多忙な皆さんにお時間をお割き戴きましたのは、既にお聞き及びのことと存じますが、次期学術会議選の地方区から不肖、私が立候補致すことになりました、と申しますのは、このところ二期も洛北大学系によって占められておりますので、この辺で浪速大学からも地方区選出の学術会議会員をという声が上り、過日の教授会で、鵜飼医学部長のご発言により医学部一致で私が候補に推挙されたのです、つきましては近畿地区の医師会票は何と云っても、大阪府医師会が推進力になって戴かねば大きな票集めは出来ませんので、理事の皆さん方にご支援をお願い致す次第です」

教授会、医学部長、医学部一致と、適度に現役教授の立場を権威付ける言葉をちらつかせながら、何時にない低姿勢で挨拶した。開業医の集まりである医師会の理事たちは、浪速大学の現役教授がわざわざ足を運んで来たという満足感から、好意的な雰囲気が流れ、財前と同窓の理事の一人が、

「財前教授自ら、医師会へ足を運んでご依頼されるからには、強力にご支援させて戴こうじゃないですか」

財前に阿るように音頭を取ると、私大出身の理事が、

「しかし、われわれ開業医と、学術会議選挙とは、どうもあんまり関係がなさそうですな」

水をさすように云った時、会長の大原民蔵が、

「大ありですよ、最近、われわれが一番頭を痛めている診療事故の問題、低廉な保険診療と一般物価の値上りに苦しみながら診療を続けているわれわれに、近頃の患者は何かと云うとすぐ誤診の、誤療のと訴え、法外な損害賠償を取ろうとする傾向が増えている、そのため医者がいやになり、大阪では平均月二十人、京都で五、六人、東京では四、五十人の医師が開業をやめて行く現状である最中、身をもって、医事裁判を闘っておられる財前教授を支援して学術会議会員になって戴き、今まで取り上げられなかった診療事故と医事紛争の問題を、学術会議で検討して貰うことは、大いに意義のあることだと思いますよ」

と云うと、そこここから賛同の声が上った。

「では大阪府医師会の理事会は、学術会議地方区選に財前教授を支援することを決議

し、来月の会報で流すとともに、京都、神戸、奈良をはじめ、近畿一円の医師会へも働きかけることにしたいと思います、それから、当医師会における財前教授の選挙対策の推進役は、同学の先輩という誼で、岩田重吉、鍋島貫治両理事にお願いすることでいかがでしょう」

会長の大原民蔵は、予め岩田、鍋島と打ち合わせておいた通りに運ぶと、互いに忙しい開業医たちのことであったから、即座に賛成の意見がまとまり、理事会が終った。

会長の大原も、理事たちも引き上げてしまうと、岩田と鍋島は、財前を二階の奥まった応接室に案内し、事務員が運んで来た紅茶で咽喉を潤して、ほっと一息ついた。

岩田は細いよく光る眼を財前に向け、

「思うていたより、うまい工合に財前支援の意見がまとまりましたな、けど、医師会というのは、系列大学や系列病院、同窓会みたいなわけにはいかん、いろんな学校の出身者が入り混っている上に、腕一本で開業している海千山千の連中が多いから、口先だけで調子よう引き受けたというても、安心なんぞしてたら、えらい目にあう、さっきのはどこまでも双方の名刺交換程度のことで、実際にはよっぽど強力な作戦でいかんとあかん」

「その強力な作戦というのを、岩田、鍋島両先輩と、話し合いたいというわけですよ」

財前はそう云い、何時もりゅうとしたダブルを着込み、口髭を生やして医者というより五十過ぎの脂ぎった実業家タイプの鍋島にまず知恵を借りた。鍋島は、安楽椅子に足を組み、

「確かに医師会の顔役というか、実力者どもの票集めは難しい、金の面とは比較にならんが、大学の教授クラスの十二、三万ぐらいの給料はざらに稼いでいるから、金ではあかん、医師会の実力者を動かすには何というても名誉やろな」

「名誉？　開業医の名誉というと、一体、どんな？」

舅の又一のことを思い描きながら、聞き返した。

「やっぱり、官公立大学の講師の肩書や」

岩田が、ずばりと云ってのけた。

「しかし、それは学問的業績と、今までに教職歴がないと、急にというわけにはいかないですよ」

「いや、それには、こういう術があるのや、たとえば財前教授の顔のきいている浪速大学の系列大学へ医師会のしかるべき実力者を非常勤講師として送り込むことにするのや、もちろん教授会に諮らんならんけど、大学の教授会からみたら非常勤講師の補

任なんぞ大したことやないから、概ね政治的に定められる場合が多い、その上、その人物が府庁の衛生部に顔がきくとか、新聞社あたりにも顔がきいて、その大学の医学記事を掲載して貰いやすいつてを持っているような実力者なら、まず教授会で否決されることはないわけや、ところが開業している医師会の役員にとっては、たとえ、浪速大学の系列校の講師の肩書でも、そいつを持てることは相当な魅力と名誉や、何しろちょっとした公立病院の医長でも、名刺に何々大学講師などと麗々しゅうに刷っている連中が多いのやから、医師会の役員には、この非常勤講師で票集めをするのが、一番固い方法やな」

「なるほどねぇ、しかし、浪速大学の系列大学に、急にそんな非常勤講師をつくると、忽ち学術会議選の選挙工作だと見破られてうるさいですからねぇ」

　財前が難色を示すように云うと、鍋島は、

「何も大阪府下にある系列大学ばかりを云うてるのやない、奈良とか、和歌山とか、大阪の隣接都市の系列大学の講師にすることにして、それも一時にせんと、確約だけ取りつけておいて、少しずつ間隔を開けて、うまい工合に医師会の実力者三人乃至四人に、非常勤講師の肩書を振り分けるのや、何というてもこの術で行くのが一番うまいやり方で、こないしといたら医師会の票は、かなりまとめて貰えるわ」

太鼓判を捺すように云った。岩田も頷き、

「医師会の実力者連中には、名誉欲で行き、一般の開業医の連中には、一番困ってる看護婦不足を補う実利主義で行くことや、浪速大学の附属高等看護学院の授業は四時頃に終って、たしか寮の門限が十一時と聞いてるから、夜間のパート・タイムのアルバイト看護婦に出す世話をしてやったら大感激や、それからもう一つ、この頃は何でも検査、検査ばやりやが、普通の開業医では、その器具設備がなかなか整えられんと困ってる、それでさっきも話したようにこの医師会館に臨床検査センターを設けたんやが、肝腎の有能な検査技師がおらんので困ってるから、大学から有能な検査技師を廻してくれたら大助かりで、財前票に繋がること間違いなしや」

齢の功というのか、老練というのか、岩田の芸は細かかった。

「さすがは岩田先生、そこまで細かくやって戴いたら、医師会票は間違いないと見て、次は同窓会の筆頭幹事の鍋島先輩に、同窓会対策の名案をお伺いしたいものですね」

財前は、大学の教授室や医局にいる時の傲慢さとは打って変った低姿勢で聞いた。

鍋島はダブルの胸もとから、色もののハンカチーフをちらりと覗かせ、

「同窓会となると、ちょっと微妙な難しさが随いて来るな、というのは、僕らのように何時も第一外科へ難しい患者を担ぎ込んだり、入院患者の病室の無理を聞いて貰う

てる連中は財前万々歳組だが、その反対に四十四歳で教授になり、それからたった二年目に、また学術会議選に出馬ということで、財前という名前を聞くだけでぞっとする財前嫌いもいるから、やり過ぎると、かえって選挙違反として突き上げられる危険がある、そやから君自身は幹事級に専ら低姿勢でよろしくという挨拶戦術にとどめ、その代り近畿地区の各地方に散らばっている浪速大学出身の病院勤務医や開業医のところには医局員を使って、克明に挨拶廻りをさせることや、その上で、ちょうどこの秋に年一回の同窓会総会があるから、この時、黙ってぽんと大口の寄付をして、何時もより盛大な宴遊会にすることや、一口に同窓会というても、百ベッド以上持って、大いに稼ぎまくっているのもおるし、保険診療の月額水揚げが十二、三万円、そこから薬品材料費、器具設備費償却、看護婦の人件費などを差し引いたら三万円そこそこの純益にしかならず、日本医師会、府医師会、区医師会などの年額一万二、三千円の会費さえ払えずにいる低収入の医者が、大阪府医師会の一二、三パーセントもいるということやから、盛大にやって怒る奴はおらん、そうしといて、あとであれは財前教授の寄付だったと云うたら、相当な効果があるな」

「しかし、まさか開業している医師が、医師会費も払えないなど、いくら鍋島先輩の話でも、いささか話がオーバー過ぎやしませんか」

財前は信じられぬように云った。

「いや、ほんとだよ、世間と同じように医者にも頂点から底辺まであるのだよ、何しろ保険診療は患者の数をこなさんことにはあかんから、六十過ぎでは神風ドクターのように走り廻るわけにもいかず、中には看護婦も傭えず、齢寄りの女房を看護婦代りにして、生活保護を受ける一歩手前みたいな老骨医者が、意気のいい兄ちゃん連の風邪ひきの手当をしているという笑えん事実もあるのだよ、それに比べれば、財前教授などというのは打上げに成功している人工衛星みたいなもので、今度はいよいよ学術会議選か――、当選すればますますもって、われわれの羽振もよくなるよ」

財前は、自分が学術会議会員になることによって利得を得ようとしている岩田と鍋島の腹のうちを読み取ると、票固めのこの話合いも五分と五分の立場で、いわば取引のようなものだと思ったが、顔には出さず、

「では、医師会と同窓会対策の基本は、お二人がおっしゃられたような線において、あとの細かい運動や医師会の実力者に対する接待などについては、改めて舅と一緒に伺います、じゃあ、まだ他にちょっと残している仕事があるもので、これで失礼します」

財前はそう挨拶して、席を起った。

医師会館を出ると、財前は、他にまだ仕事が残っているからと断わっておきながら、すぐに車を拾わず、上本町二丁目の電停の方へ向って、ゆっくり歩いて行った。歩きながら、ケイ子のいるバー・アラジンへ行こうか、加奈子のいるナイトクラブ・リドへ行こうかと迷った。

加奈子とは最初の情事があった日から、リドへ遊びに行った夜は殆どといってよいほど、大阪近郊のホテルで情事を重ねていた。ぴちぴちと撥ねかえる若鮎のような加奈子との情事は、財前に何も考えさせず、快楽を娯しむだけの時間であったが、ケイ子との間には、教授選以後の心の負担というのか、借りのようなものがつきまとい、加奈子との時のような底抜けの解放感が味わえなかった。それでも今日の財前は、車を停めると、ケイ子のいるバー・アラジンへ走らせた。

道頓堀川に面したバー・アラジンの中は、柔らかい間接照明と薄茶の皮のソファを置いた品のよい雰囲気に包まれて、何時ものように大阪財界の有名な社長たちの顔が見え、程よく混んでいた。マダムが大阪財界の中でも大物といわれる製鉄会社の社長の囲い者であったから、客筋が選りすぐられているのだった。そんな中には、財前に胃袋や食道を切って貰った財界人の顔も見られたが、財前は、今日は顔を合わせるのを避けるようにわざとカウンターの端に坐った。ボーイが眼敏く財前に気付き、ケイ子さんをお呼びしましょうかと云ったが、財前は奥のボックスで客の相手をしているケイ子のうしろ姿をちらっと見遣り、

「いや、あとでいいよ、暫くここで独り飲んでいる、その方がいいから――」

と応え、ハイボールを注文して、奥のボックスの一角へおやっと、視線を止めた。そこに近畿医大の重藤教授が来ていた。自分と同年代の若さであったが、交通傷害を専門にして、マスコミに乗っている教授らしい羽振のよさで、仕立おろしのようにぴったり身についた上衣を着こなし、実業家らしい男と親しげに談笑している。何を喋っているのか、ブランディ・グラスを片手に大きな身振で喋り、ホステスたちにも派手に振舞っている。医者らしくもなく、気障でいやな奴だと思いながらも、あの調子で、私学連合の推挙に乗って自分の対立候補として出馬して来るのかと思うと、洛北大学の神納と違った意味の脅威を感じ、財前は、せっかく気晴らしにやって来たのにと、軽く舌打ちした時、ケイ子の香水の匂りがした。

「どうしたの、こんなところで独り飲んでいたりして――」

財前は黙って、眼で重藤たちの方を指し、

「あれ、近畿医大の重藤教授だろう、よく来るのかい」

「ええ、そうよ、けどここへ来はるようになったのは、ここ二、三カ月前からで、相手は新日本テレビの専務よ、この間、重藤教授の方がご馳走になったから、今夜は僕のお返しの番だと云うてはったわ」

「なるほど、相手はテレビ会社の専務というわけか、奴さん、なかなかやるじゃないか、専らアメリカ流にテレビPRで戦う算段だな、そこへ行くと、こっちは、医師会あたりへ選挙挨拶に廻るなど、全く泥くさい限りだ」

苦りきった表情で云い、ハイボールのグラスを傾けると、ケイ子は財前の顔を覗き込み、

「ほんとに、医師会へ選挙の挨拶になど行きはるつもり？」

「つもりじゃないよ、もうたった今、行って来た帰りだよ、医師会の理事会の席を借りて、代議士並に清き一票をよろしくお願いしますと、頭を下げて来たんだ」

そう云い、財前はぐいと、ハイボールを空けた。

「馬鹿ね、せっかく国立大学の教授になっておきながら、教授の地位と権限をフルに活用して凄い研究に取り組むことをしないで、医師会や同窓会の連中の機嫌や人気取りなどして——、その上、学術会議選のためかしらないけど、つまらないナイト・クラブなどにも出入りしているようやないのん、この頃のあんた、ほんとにどうかして

いるわ」

加奈子とのことは知らないのか、それとも知っていて、口に出さないのか解らなかったが、切れ長の大きな瞳をきらりと光らせた。


近畿癌センターの中央手術室で、山田うめの胃癌手術が行なわれていた。しぼむように痩せた腹部が切開され、ブルーの手術衣を着た五人の医師が手術台を取り囲んでいた。執刀者である外科医長の槇、受持医の第一助手、第二助手、それに術中の組織診のために立ち会っている臨床病理室長の都留と、里見であった。

切開部が腹膜鉗子と開腹鉤で固定され、手術野が押し広げられた。槇は下腹腔に手を突っ込み、腹膜播腫が無いことを確かめると、すぐ肝臓その他の臓器を触診して行った。

「他臓器には、いずれも転移らしい硬結はなく、胃の検索に移る」

槇が云うと、執刀の妨げにならぬよう後方にたっていた里見と都留は、手術台に寄り、体を乗り出すように手術野に見入った。槇は、拇指を胃の前壁に、あと四本の指を後壁に差し入れ、胃の上部から胃体部、幽門にかけて、注意深く触診して行き、前庭部大彎側でぴたりと手を止め、眼鏡の奥の眼を光らせた。それは病巣を捕えた瞬間の外科医独特の反応であった。

「前庭部大彎側に、かすかに隆起病変が存在する抵抗感があり、胃カメラの所見と一致する、しかし幽門側に予想されていた癌の広がりは、触診では何の変化も認められないから、直ちに胃切開してみる」

槇は、都留と里見に向って云い、

「電気メス」

コードのついた電気メスが槇の手の中に握られ、胃の前壁を小彎に平行して電気メスが動いた。ちっちっと肉片の焼ける臭いがし、胃内の粘膜が現われると、槇、里見、都留、第一助手が、一斉に内部を覗き込んだ。切口の右下の陰に胃カメラで見たのと同じ半球状の病変があるのみで、それさえも、生検をやっていなければ、癌と判断し難いほどの小ささであり、印環細胞が出た表面平坦型の癌の広がりは、どこにあるのだろうと、里見は眼を凝らした。そして隆起病変の陰になっている幽門側の僅かな赤色の変化に眼を止めた。

「この部分、糜爛というほどではないけれど、やや充血状態を感じませんか」

　里見はその部分を指さし、執刀者の槇と臨床病理の都留の意見を求めた。里見と頭を擦り合わさんばかりにして胃内を観察していた都留も、気になっていたらしく、

「限界ははっきりしないが、確かに少し赤味がかった広がりが感じられるね」

　と云うと、槇も頷いた。

「じゃあ、切除範囲を決定するための組織診だが、組織片採取の場所について、都留さんの意見は？」

「隆起病変を中心に、二センチの同心円上の噴門側、幽門側、各々一個ずつと、幽門側は、それよりさらに二センチのところを採ってくれ給え」

　都留が応えると、槇は小さな先の尖ったスピッツ・メスで、注意深く胃壁を撫でるようにして五ミリから三ミリぐらいの組織片を採り、出血して鮮紅色の血が胃壁を伝う度に、第二助手が止血ガーゼで丁寧におさえて行った。

　三つの組織片が採取されると、待ちかまえていたように都留は、隣接する検査室へ入った。凍結切片による病理組織学的検査を行なうためで、この間に槇は、近接淋巴節を廓清し、程なく都留が検査結果を報せて来た。

「凍結切片の検査結果は、噴門側は癌細胞を認めず、幽門側二センチの組織に、印環細胞癌、四センチには癌細胞なしと判明した」

やはり、隆起病変の幽門側には、二週間前の症例検討会で都留が指摘したように、表面を浅く這った表面平坦型の癌が、二、三センチにわたって広がっていたのだった。手術室に緊張した気配が漂い、里見はがんと、頭に強い一撃を受けたような思いで、検査結果を脳裡に刻みつけた。

「それなら切除範囲は、上は胃体部から下はやはり慎重を期して、幽門輪を越え、十二指腸の二センチまでとし、術式はビルロート第二法だ、患者の全身状態は、大丈夫だろうね」

槇は、山田うめの頭部にたっている麻酔医の方を見た。高齢患者の脈搏、血圧、麻酔状態など手術中の循環呼吸機能を慎重に管理し、絶えず記録を取っている麻酔医は、

「只今、脈搏七八、血圧一二〇～八二で良好です」

と応えた。槇はすぐ胃の遊離にかかった。大網膜、横行結腸間膜、小網膜を剝離し、十二指腸を幽門寄りに二センチ切断した。その間にも助手たちは、絶えず出血に気を遣い、コッフェル鉗子やガーゼで丹念に止血して行く。〝無駄な出血は一ｃｃたりともくい止めよ〟というのが、外科医長の槇が常に繰り返す戒めであり、特に山田うめの場合は、高齢に加えて貧血気味であるだけに、術前にその注意が厳しくなされていた。

「ペッツ氏鉗子！」

槇は、胃を切除するために横長のホッチキスのような形をしたペッツ氏鉗子で、胃を挟み込み、切除線のあたりにさし入れて捻子(ねじ)を廻すと、薄桃色の胃壁にホッチキスのような銀の止め金が二列に食い込み、その列の間に電気メスを入れ、あっという間に胃体部を切断した。切除した胃をステンレスのワゴンの上に置くと、すぐ臨床病理の都留が鋏(はさみ)を入れて、切除胃を切り開き、丹念に観察したが隆起病変の幽門側に広がっているらしい表面平坦型の癌の存在をはっきりと、証拠付ける肉眼的な変化は認められない。

「この切除胃の病理検索は、術後にやることにして、上下、両断端の癌組織の有無を調べる検索は、すぐやろう、肉眼的に鑑別出来ない表面平坦型の癌が、どこに飛火しているか解(わか)らないから」

都留はそう云(い)うと、十二指腸と胃の上部の断端を五ミリぐらいの幅で切り取り、再び検査室に行った。切除した両断端に癌細胞が認められなければ、癌の取残しはないと判断して手術を終ることが出来るのだった。インターフォンのブザーが鳴った。

「両断端とも、癌細胞は無し」

都留の声が、手術室に伝わった。

「よし！　では胃と空腸を吻合する」

あとで縫合不全を起さぬように、槇は今まで以上の慎重な手つきで、二層縫合し、腹腔内の臓器をもとの位置に戻すと、もう一度、出血の有無を確かめてから、腹部の皮膚縫合を終えた。

「患者の全身状態は？」

槇は麻酔医に聞いた。

「麻酔状態、血圧、脈搏とも異常ありません」

「手術時間は？」

「二時間きっかりです」

「じゃあ、回復室へ入れて充分な術後管理を頼むよ」

槇は麻酔医と受持医に云った。山田うめの体を侵す癌は、五人の癌専門医の結集した力によって、その体内から抉り出すことが出来たのだった。執刀者の槇は、山田うめが回復室へ運び出されて行くのを見ながら、

「立会い、どうも有難う」

汗みずくの顔に、笑いをうかべて云った。

「いや、僕の方こそいい勉強をさせて戴いて有難う」

った。

　里見は頭を下げ、謙虚に云い、

「切除した胃の病理検索の結果は、何時出ますか」

　都留に云った。表面平坦型の癌の広がりは、是非とも知っておきたかったからであった。

「そら、手術が終ったと思ったら、もう次の注文だ、里見君と一緒に仕事をすると、寿命が縮まるよ」

　都留は浅黒い顔に白い歯を見せて笑ったが、一週間以内にしておくと応え、消毒器の方へ行った。里見も、槇と都留に並んで、消毒薬に手を浸しながら、山田うめのために、始めてほっと安堵の吐息をついた。これが財前の手にかかっていたら、手術時間は一時間前後で完了し終えたかもしれない。しかし、癌の手術の場合は、再発ということを常に念頭においた手術でなければならず、少なくとも手術して一年を経過してみなければ、ほんとうに成功したか、どうか解らない。財前のように一時間早く手術を完了し、いかにも患者に対する手術的侵襲が少ないような感を与えながら、長い眼でそれをみれば、或いは手術時間の無理な短縮のために、患者の生命が縮まっているかもしれないのだ。つまり癌の手術の成功、不成功は、その場で評価出来るものではなく、その遠隔成績を待ってみなければ解らないものであった。そう思うと、里見は佐々木庸平のことを思い出し、彼も槇のように慎重な執刀者に手術して貰っていたらと、思った。

＊

琵琶湖も坂本のあたりまで来ると、浜大津の喧噪さはなく、昔ながらの小さな日本旅館がある。洛北大学の神納教授たちが集まっている旅館の二階の座敷からは比良の峰々が望まれ、湖面を渡って来る初夏の風が涼しい。

「京都から近くで、こんな静かないいところがあったとは知らなかった、学術会議選もこういう処で作戦を練ると、能率的にはかどるよ」

二カ月前、関口弁護士が裁判のことで訪ねた第二外科の村山教授が、学内選挙対策委員長になって出席していた。神納は、

「ここは、昔から私が論文の仕上をする時に使っている旅館で、まさか学術会議選の打合わせに使うことになるとは、思いもよらなかったですよ、それにしても、せっかくの休日をつぶして私のためにお集まり戴き、恐縮です」

村山教授をはじめ、現在、学術会議会員である神経科の丸山教授、基礎の生化学の

栗本教授、洛北大学の系列校である滋賀大学の石橋医学部長の四人に、鄭重に挨拶した。選挙対策委員長の村山教授が、まず口を開いた。

「今度の浪速大学のやり方は全く汚ない、以前から地方区は洛北大学、全国区は浪速大学からという協定を結んでいたのに、今度に限って、突然、協定破りをし、しかも、こちらの立候補者が神納教授であることを多分に意識して、財前教授を対立候補にぶっつけて来ている気配が読み取られる」

と云うと、神納も青白く冴えた額を一同に向け、

「その点は僕も多分に感じている、実はこの間、平和製薬主催の講演会で、浪速大学の鵜飼医学部長と一緒になった時、神納さん、あなたが学術会議選に出られるとはね、うちの財前教授から対立候補があなただから苦戦だと聞かされ驚いているんですよと、万事、自分の計算で推しておきながら、空っとぼけて云うんですから、たいした役者ですよ、あんな老獪なボスが背後に随いているような相手と戦うのは、不愉快でいやですね、だいたい僕は、最初から学術会議選に出る意志がなかったのを、周囲から……」

と云いかけると、現学術会議会員の丸山教授が、神納の言葉を遮った。

「もう、それは云わんことだよ、学内一致で推挙され、立候補したからには、当選す

ることだけだ、そのために僕の体験を生かして作戦をたて、勝つことだ、だいたい君は、学内だけではなく広く若手の研究者たちの間にでも〝学界進歩派〟として知られているんだから、闘いやすいよ」

　神納の気持を引きたたせるように云った。基礎の生化学の栗本も、

「そう、神納教授なら若い研究者のための研究費や研究設備の増強を政府の諮問機関である学術会議に反映して貰えるという期待が非常に強い、最近は物理や数学だけでなく、医学畑の研究者の海外流出も多くなっているから、それを防ぐためにも、〝若い研究者たちの研究しやすい場をつくる〟という選挙公約を掲げれば、各学会票は、かなり集まると思いますよ」

　基礎の少壮教授らしい正攻法で云うと、洛北大学の系列校である滋賀大学の医学部長であり、内科学会の理事である石橋は、小柄だが肉の引き締まった体を乗り出し、

「いや、学会票を楽観するのは禁物ですな、というのは、私が理事をし、神納教授も属している内科学会を例にとっても、その動きはなかなか微妙なもので、目下、理事長後任の問題が起っているが、ここ七、八年、長老の独裁が長かった後だけにこの際、学会内の若返りを図るために神納教授を選ぼうという進歩的な空気が高まっている一方に、昔なら日本内科学会長、もしくは理事長といえば天皇の侍医になることに定ま

っているほどのポストだから、神納教授のような若僧には任せられん、やっぱり浪速大学の鵜飼医学部長クラスの年齢と政治力のある人を選ぼうという保守的な空気もなかなか根深い」

　と云い、さらに鵜飼が、そうした雰囲気に便乗し、内科学会の長老格の間を奔り廻り、学会内の進歩派を抑えるために、その中心人物である神納教授の学術会議会員の当選を阻止しなければならないという風評を流していることを話した。選挙対策委員長の村山は、

「さすがに内科学会の理事をしておられるだけに読みの深いお話で、大いに参考になりました、それだけにこちらも神納教授の〝学界進歩派〟というイメージに安易に頼っておられないというわけですね」

　と云うと、現学術会議会員である神経科の丸山教授は、半袖の開襟シャツに太いズボンをはいたかまわない身装で趺坐をかき、

「じゃあ、早速、僕が立候補した時の選挙戦を話しましょう、だいたいこれまでは、浪速大学は、東都大学や金沢大学などの学外からの移入教授があって、全国区で戦いやすい情況にあるから全国区、洛北大学は、殆ど学内人事で固め、学外からの移入人事をやらないたて前になっているから、地方区という風に協定し、無駄な過当競争を

避けて来たのですよ、だから私が出た三年前は、たしか総投票数が一万一千で、僕が七千七百票、近畿の私学連合が推した大和医大が三千三百票で楽勝でしたよ、しかし今度は、国立大学から二人立候補するのだから、私が獲得した洛北大学票七千七百票のうち、どれだけ浪速大学に食い荒らされるかが問題です、したがって第一に、浪速大学への票の流出をいかに食い止めるか、第二に学術会議選に無関心で、棄権常習の連中にどのように巧く働きかけるか、第三は今期新たに学術会議会員選挙の有権者になった連中への食い込みをどうするかです」

と云うと、滋賀大学の石橋医学部長は、

「まず第一の浪速大学への票の流出防止が一番難しいところですな、それでたまたま、私と浪速大学の整形外科の野坂教授とは同郷なものだから、ついこの間あった県人会に出席し、奴さんにそれとなく、向うの敵情偵察をしたんですよ、そうしたら、財前教授の拠点は、何といっても系列大学及び系列病院と、医師会だそうだ、食道外科のテクニシャンだから、系列病院あたりは、その面で世話になっているところが多いだけにかなり集まるようだ、医師会の方も舅さんが相当な顔役で、医師会関係の票は殆ど掌中におさめられるほど選挙運動が浸透しているらしい、ところが同窓会の方は、財前不投票の気運が起っているそうだ」

「ほんとうですかね、大の財前嫌いと公言して憚らない野坂君が、勝手にでっち上げた作り話じゃないですか」

同じ外科畑の村山が、信じられぬように云った。石橋医学部長は、にやりと笑い、

「奴さんのことだから、ひょっとしたらその伝かもしれないな、しかしデマをまことしやかに流しているうちに、現実にその運動を起すというその方面の才能にかけては、野坂君は大した腕前らしいからねえ、現に二年前、財前教授が選出された教授選の時の余燼がまだ燻っているそうだから、今度の学術会議選でも、野坂君が一波瀾、起そうと思えば、起せる下地が充分あるわけですよ」

当時の凄じい抗争は、洛北大学にも伝わっていて、神納教授たちも周知のことであった。

「なるほど、そういうわけなら、野坂のその線をうまく押して、財前票をもぎ取る工作を石橋医学部長にお願いすることにし、第二の無関心派の棄権票は、何と云っても基礎に最も多いから、この対策は基礎の栗本教授にお願いすることにしよう」

村山が、選挙対策委員長らしく話を進行させた。事実、洛北大学でも、基礎の教授たちは、学術会議選など俗っぽいという既成概念を持って、そっぽを向く傾向が強かった。学術会議会員の丸山教授は、ビールをぐいと飲み干し、

「全く基礎の無関心ぶりはひどいよ、僕が立候補した時、基礎へ頼みに行くと、〝ああ、あんな票、欲しけりゃあ、何時でもくれてやるよ〟と投票用紙を飛行機の型に折って投げて寄こし、それが僕の額に当り、あんな屈辱的な思いをしたことはない――、それに、京都医科学研究所へ頼みに行った時もひどかった――」

と云い、医科学研究所の票の取りまとめを所長に依頼すると、退官を間近に控えた所長は、何処か製薬会社の学術顧問のポストを探して来てくれればという話になり、心当りを奔走した結果、格は少し落ちたが、契約金五百万、顧問料月三十万という口を持って行くと、〝わしに二流の製薬会社とは何事か！　契約金なし、顧問料十万円でも一流を持って来い〟と大憤慨され、もう少しで医科学研究所の票を失いかけた話をし、

「全くあの時は、胆を冷やしたよ、どうも基礎や研究所の連中というのは、臨床の僕たちに対して、少し思い上り過ぎているんじゃないのかね」

今思い出しても不快そうに云った。基礎の栗本教授は苦笑し、

「いや、もう、この辺で勘弁して下さいよ、同じ基礎でも、僕たちは学術会議そのものはりっぱな機構だが、現在はその運営の仕方に問題があるのだという見方をしているんですから、神納教授のように清潔な学界進歩派が立候補すれば、今度は学内はも

ちろん、基礎の各学会や研究所も積極的に廻りますよ、幸い浪速大学の病理には、これまた大の財前嫌いという大河内教授がおられることだから、本丸の浪速大学の基礎や附属研究所、それに近畿癌センターあたりまで手を伸ばしますよ、ああしたところにいる人は、口先だけの約束とか、寝返り票というのは少なく、貰える約束になれば固いですからねぇ」

これまでの基礎の非協力を穴埋めするように云った。

「そうすると、あとは今期、新しく有権者になった層への働きかけだが、これは丸山教授の経験からすれば、どうすればいい？」

村山が聞いた。丸山は、学術会議の選挙管理会から出されている有権者名簿を入手する一方、新しく有権者になる者の氏名をチェックし、それらの票をまとめる工作を従来より細かく、積極的に行なうしか術がない。それには本学はもちろん、各系列校が票まとめの責任額をきめることだと説明した。

「じゃあ、次に私立近畿医大の重藤候補に対する対策だが、近畿医大だけなら手強い相手じゃないけれど、私学連合の旗印を掲げて今度こそ何としてでもと一丸になって来られると、侮り難い相手になる、関東の地方区で、東都大学が何時も私学に負けているのは私学連合の結束力の強さが原因だから、これにも相当な対策をたてねばならない――」

村山が考え込むと、滋賀大学の石橋医学部長は、

「私の考えるところでは、あの大学は、戦後、医専から医大に昇格し、医専出と医大出とが犬猿(けんえん)の仲で、絶えず暗闘しているそうだから、その間隙(かんげき)を縫って、向うの票を散らす画策をこちら側の若い医局員たちにやらせることだね、しかし、おそらく、浪速大学側も同じようなことを考えていると見なければならんから、他(ほか)にこれという術がないものかな」

思案をめぐらせるように腕を組んだ。神納と丸山も思案にくれるように首をかしげると、村山がはっと思いついたように、

「浪速大学には妙な手出しはさせないよ、浪速大学の財前には最後の切札を持っているからねぇ」

「最後の切札というと?」

一同の視線が、村山に集まった。

「例の医事紛争裁判のことだ、実は控訴人側の弁護士が私を訪ねて来、財前教授の術前に断層写真を撮(と)らなかったことに対する意見を求め、私に鑑定人になってほしいと依頼されたのを断わったばかりだが、財前候補の出方によっては、鑑定人を引き受け、

裁判で叩いてやりますよ」

と云い、村山は、関口弁護士が訪ねて来た時のことを詳しく話した。

「なるほど、そんな経緯があったのか、しかし、ことがことだけに同じ医者同士では容易に使えない切札だけど、余裕を持って闘えるよ」

神納が声を低めて云うと、一座にほっとした気配が漂い、盃を重ねながら、さらに細かな票集めの話に入って行った。

*

飛行機が津軽海峡の上空を越えると、眼下に北海道の広大な緑の原野が広がり、間もなく、千歳空港に着いた。

機内は初夏の北海道を訪れる観光客で賑わっていたが、関口弁護士は、膝の上に北海道大学の長谷部教授の論文を広げ、大阪からずっと読み続けていた。長谷部教授の胃癌の化学療法に関する論文であった。関口は疲れた眼を憩めるように窓外へ視線を向けながら、制癌剤による化学療法の問題を追い続けて来たここ二ヵ月程の自分の努力を思い返した。

控訴審の第一の争点である術前の佐々木庸平の胸部断層撮影の必要性について、長い間、医学的論拠が得られなかったのが、東京K大学の正木助教授に会って、転移巣のある癌と、ない癌とでは、治療方法が非常に異なるから、鑑別不明の胸部陰影がある場合、断層撮影を行なってこれを確かめるのは、大学病院なら当然なすべき基準的仕事であるという第一の争点を裏付ける論拠が始めて得られ、それが緒になって、それなら胸部に転移巣のある場合、どういう治療方法が考えられるかという論点が手繰り出され、術中、術後の化学療法の問題が、第二の争点となって、うかび上って来たのだった。

関口は、里見の協力を得て、直ちに化学療法に関する文献や資料を集める一方、化学療法を実際に手がけている専門家に何人も当ってみたが、具体的に佐々木庸平の控訴審に即して、化学療法を行なわなかったことが、患者の死とどう結びつくかという医学的な因果関係という点になると、化学療法自体が、まだ臨床的には五年生存のデータが出ていない段階だけに、第一の争点である術前の胸部陰影の検索以上に複雑で、これというきめ手に欠け、化学療法を深追いすればするほど、関口は泥沼に足をとられるような不安とおぼつかなさを感じた。

そんな混迷の中で北海道大学の長谷部教授の名前を教え、是非、会って来るようにと勧めたのは、やはり里見であった。既に二回にわたって依頼用件と面会の申込みをしたためた手紙を出しているにもかかわらず、長谷部教授からは何の返事もなく、関口は無駄になるかもしれないことを覚悟の上で今朝、大阪を飛び発ったのだった。

機体にがくんと軽い衝撃が伝わり、滑走路に飛行機が止まると、関口は黒い書類鞄を抱えて足早にタラップを降り、札幌のターミナル行のバスに乗り込んだ。

札幌の街は碁盤の目のように整然と区画され、アカシヤ、ライラックなどの街路樹が緑の葉を茂らせ、五月のような爽やかさであった。ターミナルからタクシーに乗り替え、北海道大学の前で降り、正門をくぐると、エルムの大樹に囲まれた緑の学園が広がり、芝生を敷き詰めた構内を附属病院の方に向って歩きながら、関口は学生時代に読んだことのある有島武郎の、エルムは立っていた、独り、寂かに、大きく淋しく……という文章を思い出し、ふと現在の自分の置かれている境地に似た感傷を覚えた。

附属病院の受付で、第二外科の長谷部教授の部屋を尋ね、教えられた通り二階西棟の教授室の扉をノックした。

「どうぞ——」

低い声がし、扉を開けて中へ入ると、隣室に動物実験室があるらしく、動物くさい生しい臭いがし、机に向っていた長谷部教授は、見知らぬ入室者を訝しげに見た。

「突然、お邪魔申し上げて恐縮でございますが、先生に二度ほどお手紙をさし上げました大阪の関口弁護士でございます」

都合も聞かずに訪れたことの非礼を詫び、関口は、長谷部教授にすぐ会えた幸運を感謝するように名刺をさし出すと、長谷部は驚くような表情で、

「ああ、あなただったんですか、あのお返事のこと、気になっていたのですが、このところ学会などで多忙を極めていたもので――、それで大阪からわざわざお見えになったのですか」

「はあ、まことに突然で不躾でございますが、お手紙をさし上げました件について、先生のご意見を是非、伺わせて戴きたいのです」

関口は、懇請するように深く頭を下げた。

「ちょうど、午前中の手術が終ったところですから、時間はないことはないのですが、あの件なら、実はお断わりしようと思っていたんですがねぇ」

長谷部は、素っ気なく云った。関口は、北海道まで訪ねて来た心の張りが、一度に崩れるような思いがしたが、

「先生！　私は先生の胃癌患者に対する化学療法、特に手術に併用する術中の化学療法に関する論文を、医学に素人で完全に理解は出来ないながらも、何度も熟読した上

で、先生ならご意見を伺えると思って参ったのです」

と云い、鞄の中から、長谷部の論文の複写を取り出し、赤や青鉛筆でアンダー・ラインをひいたり、あっちこっちに書込みをしている頁を広げた。長谷部は意外そうにそれらを見詰め、

「ほう、そんなものまで読んでいらしたのですか、僕はまた、化学療法などという専門家同士の間でさえ、その評価が賛否両極端で難しい問題を素人の方にお話するのは、何かにつけて誤解の因だと思ったものですからね」

関口の化学療法に対する理解度を推し測るように云った。まだ五十歳にならぬ少壮教授で、癌の化学療法にかけては第一人者だと聞き、東京K大学の正木助教授のような闊達なタイプを想像していたが、長谷部は、神経質で気難しい慎重派のようであった。

「先生のそうおっしゃるお気持はよく解りますが、今、おっしゃった専門家同士の間でも賛否両極端に評価が分れている中で、しかも外科医である長谷部先生が、敢えて化学療法を手術に併用しておられるのは、どういう理由なんですか、そこのところをお伺いしたいものです」

関口は、巧みに問題の導入点を衝いたが、長谷部は黙って部屋の隅にある電気コン

口に薬罐(やかん)をかけた。

「あの……私でしたら、どうかおかまいなく――」

関口は戸惑うように云(い)った。それでも長谷部は、暫(しばら)く薬罐の湯が沸きたつのを待ってから、口を開いた。

「われわれ外科医の間には、化学療法を行なう外科医はメスに自信がない連中のやることだという空気が一部にあることは事実です、しかし、胃癌手術の場合、どんなに完璧(かんぺき)な根治手術を行なっても、五年生存率が四〇パーセントを越えない、云いかえれば、五年以内に六〇パーセント以上の人たちが再発によって死亡するということを考える時、胃癌に対して手術だけによる治療の限界を感じざるを得ないのです、その限界を補うものは、さし当って、今のところ化学療法の併用しかないわけで、事実、外科手術のみの治療成績と化学療法併用の成績を比較すると、その効果は歴然としています」

長谷部は、はっきりと云った。

「それは先生のこの論文で云えば『マイトマイシンの術中大量投与法の併用について』に当るわけですね」

関口が、長谷部の論文の頁を繰って聞いた。

「そうです、化学療法に使われている制癌剤はいろいろありますが、マイトマイシンは、日本で開発された制癌性の抗生物質で、今、一番よく使用されています、しかし、癌細胞を殺すかなり強い薬ですから長期に使い続けると、副作用の方が効果を上廻ってしまうので、投与法について動物実験によっていろいろ研究したところ、術中、主腫瘍が剔出された直後に人体が許す限りの量を一度に入れ、高濃度の中で、残っている癌細胞を一気に叩いてしまう方法を考案したのですが、当初は〝原爆療法〟の、〝神風療法〟のと批判されたり、叩かれたりしたものですよ」

と云い、はじめて顔を綻ばせ、罅の入った紅茶茶碗にティー・バッグを添え、自ら薬罐の湯を注ぎ、薬瓶に入れた砂糖をすすめた。関口は恐縮しながら、咽喉を潤し、

「それで先生は、マイトマイシンの術中大量投与法をすべての胃癌患者になさるわけですか」

「限局した早期癌はともかく、転移巣のある癌、或る程度、進行した癌に対しては殆どやっています」

「それでは、本件の場合には、当然、術中の化学療法が行なわれるべきだったのですね」

すかさず、関口が聞いた。

「私なら、当然、やっているでしょう、しかし、やらぬ人には、やらぬなりのまた別の論拠があり、それは何とも云いかねますよ」

「しかし、先生が本件のような患者を持たれた場合を想定して、術中の化学療法を行なわれたら、その結果はどのように推定されますか」

ぐいと踏み込むように云うと、長谷部は思わず引き込まれるように、

「少なくとも、お手紙に書いてあったような急激な転移巣の増悪は防げたでしょう」

「そうでしたか——、ところで、本件の場合、財前教授は、術後、患者が急激な呼吸困難に陥った時も、単に術後肺炎とのみ診断して、クロラムフェニコールの投与しか指示せず、制癌剤による化学療法については、何らの指示もしていないのですが、この点について先生はどうお考えになりますか」

「そこが、実のところ、僕にもよく解せない点なのだが、財前教授は、それに対してどう云っているのです？」

「開腹所見で、あんな小さな限局した早期癌が、胸部に遠隔転移しているなど考えられないから、術後の呼吸困難は、術後肺炎であると信じて疑わず、そして制癌剤による化学療法はまだ実験的な段階のもので、副作用の方をむしろ怖れたと云っているのです」

関口の眼は熱気を帯びた。

「副作用、それは、たしかにあります、しかし、先程、お話したように術中に併用して着実に効果を上げている一方、転移のひどい手術不能の症例に対しても、われわれは、積極的に化学療法を行なって、それが或る程度の延命効果を上げ、時には拳大の胃癌の他に、大腿部、軀幹部などに、拇指頭大から鳩卵大の十数個の皮膚癌があるような絶望的な患者にマイトマイシンの化学療法を試みたところ、一カ月で皮膚癌が全部消失し、拳大だった胃癌も、開腹時には鳩卵大に縮小して、手術で剔除し、三年たった今でも元気に働いているというように、実にドラマチックな効き方をする例もあるのだから、そうした例が学会で報告されている限り、患者を救い得る残された方法として僅かでも化学療法による可能性が考えられたら、その可能性を信じてともかくやってみる、これが臨床医のあるべき姿だと信じますよ」

長谷部は淡々として語ったが、その言葉の背後には、患者へのヒューマニティが脈搏っている。

「先生、今、おっしゃったご意見を法廷で鑑定所見として述べて戴けませんでしょうか」

「え？　法廷で――」

「はい、控訴人側の鑑定人として証言して戴きたいのです」

関口は、長谷部に懇願した。

「しかし、さっきからお話していることは、あくまで私の経験に基づいた説で、あなたが持って来られた患者の例について厳密に論じるとなると、化学療法に使う薬剤や投与法、投与量についても、いまだに百人百様のやり方で、いろんな論議がなされているだけに、非常に微妙ですね」

慎重な口調で云った。

「ですから、それは先生のこれまでのご経験から論じて戴ければ結構で、頭から化学療法の効果を否定する医者のために、むざむざ死期を早めている多くの癌患者のためにも是非、お願い致します」

重ねて懇請すると、長谷部は暫く考え込み、

「そのためにはまず、佐々木庸平さんという患者の入院から死に至るまでの詳しい経緯の記録と、第一審の裁判記録を送って戴き、それらを検討した上で、お返事させて戴きましょう、もし、その患者に化学療法が適応であった場合は、私と同じ国立大学の医学部の教授が、医者として重大な法的責任を問われることになるかもしれないのですから――」

急に鋭い眼つきで関口を見、あとは口を噤んだ。関口の耳に、もしその患者に化学療法が適応であった場合、医師は重大な法的責任を問われることになるかもしれぬと云った言葉が、鼓膜を搏つように響いた。

東佐枝子は、紺のワンピースに白い手袋をはめ、右手に果物籠を下げて、阪神の尼崎駅から川沿いの道を歩いていた。

幅二メートル半ほどの川は、近くの工場から流れ込んで来る廃液でどす黯い泡をぶくぶくとたて、鼻を衝くような臭気と熱気が蒸せかえっている。

川沿いの道を二丁程南へ行き、黒く煤けたトタン屋根やブロック塀の小さな町工場が犇くように列んでいる細い道を歩きながら、先月の末に亀山君子を訪れた時、婚期を逸してやっと得た人並の倖せを壊さず、そっとしておいてほしいと、懇願するように控訴人側の証人にたつことを拒んだ君子の姿を思い出すと、佐枝子の足はひるみかけたが、今頃、北海道大学の長谷部教授を訪ねて控訴人側に有利な医学的論拠を求めに行っている関口弁護士や、そこまでの緒を手繰り出すことに努力を続けた里見のことを考えると、ひるみかけた足もとに力が籠った。

古ぼけた五軒一棟の端から五軒目が、亀山君子の家であった。

「塚口さん、いらっしゃいますか」

亀山の結婚後の姓を呼ぶと、表のガラス戸が開き、ぬうっと頬骨の高い男が顔を出した。

「あのう、塚口さんのお宅でいらっしゃいますか」

「そうや、わいが塚口ですわ」

工場へ出ているものと思っていた君子の夫が、真っ昼間からいた。

「東でございますが、君子さん、いらっしゃいますか」

と云うと、男は険しい眼つきになった。

「あんたでっか、東佐枝子はんというのは、この間も来はったそうやけど、今日は、どんな用ですねん？」

いかにも旋盤工らしい骨太のがっしりした上半身は裸で、すててこだけをはいた男の姿に、佐枝子は眼の遣り場に困るように、

「あのう、君子さんに直接、お話したいことなんですけれど……」

と云いかけると、中から人の気配がし、

「まあ、お嬢さまだったんですか、そこではお暑うございますから、ともかくお入り下さい」

洗濯をしていたらしい君子は、濡れた両手をエプロンで拭いながら、驚くように奥の風通しのいい六畳の間へ案内し、すぐ冷たい飲みものを出した。妊娠五カ月目の君子は、それほど目だった体ではなかったが、夏瘦せの窶れが見られた。

「今日はちょうど、うちの人が明け番で、公休日なんですが、昼間は暑くて眠れず、つい神経が苛だって失礼なことを云いましたようで申しわけありません」

夫の失礼を謝び、

「あのう……先日のご用件でお運びになったのでございましょうか」

君子は察しがついていながら、改まった口調で聞いた。

「ええ――、亀山さん、どうかあの佐々木庸平さんの裁判の控訴人側の証人になって下さい、お願いします」

と云い、そっと手土産の果物籠を部屋の隅に置くと、君子はみるみる困惑するように顔を俯けたが、夫の塚口は趺坐をかき、

「その件なら、君子に代って、わいがはっきりお断わりしまっさ、お互い四十手前の結婚で、最初の妊娠を喜んでるわいらだす、高齢の初産には用心せんといかんことは、

お医者はんのお嬢さんやから人並以上に知ってはるはずやのに、なんでうちの君子にそない執拗に証人になれと云いはるのだす？　浪速大学の看護婦は何も君子だけやない、他にもたんとおるやないですか」

　仏頂面で突っ撥ねるように云った。

「そうおっしゃるお気持はよく解りますが、でも他の看護婦さんでは駄目なのです、あの時のいきさつを直接、見ておられた君子さんでなければ証人として取り上げられないのです、だからご妊娠中のお体を承知の上で、無理のかからぬようにして証人に出て戴きたいのです」

　顔を俯けている君子より、夫の塚口の方へ重ねて頼み込んだ。塚口は俄かに気色ばみ、荒々しい声で、

「あんたはなんで、わいらと何の関係もない人の死んだ裁判の話を持ち込んで来て、よりにもよって妊娠中のうちの女房に証人の無理強いをしはるのや、第一、あの裁判のことは、うちの会社の診療所でも話の種になり、あんなん訴える方が馬鹿や、医者に楯ついたら損やといわれてるそんな損を、わいらにせえと云いはるのだっか」

　大声で食ってかかりかけると、君子は慌てて遮った。

「あんた、東先生のお嬢さまに何という口のきき方をしはるのです、お嬢さまのおっ

しゃっているのは、病棟婦長をしていた私が、たまたま財前教授が誤診する場に居合わせ、その誤診を訴えた遺族が一審で負け、一家の柱の主人を失って惨めな生活になりながらも控訴し、その二審にも負けたら、それこそ一家離散の悲惨な憂目になるから、私にその遺族の人たちを救うと思って証人になってほしいと云うてはるのです――」

君子がことのいきさつを説明しかけると、塚口はあとを云わさず、

「どんな悲惨さか知らんけど、こっちも腹ぼてのお前が、裁判所へ行って、法廷へたったりして、もし流産したり、無事に赤ん坊が生れても、医者に楯ついたために子供が病気になった時、よう診て貰われへんかったら、どないするのや、それこそ悲惨や」

頑固に拒む塚口の言葉の中に、身重な妻の体を庇い、ささやかな市民生活を守ろうとする必死な気持が感じ取られた。

「君子さんのお体のことについては、父の病院の産婦人科で万全を期して、そんな不時のことが起らぬように致しますから、何とか証人をお願い出来ませんでしょうか」

重ねて佐枝子が頼み、頭を下げた途端、

「そんなこと云うて、万一、女房の体にもしものことがあったらどないしてくれるの

や、それこそ、今度はあんたとあんたの父親の院長を訴えたるわ、けど、万一のことがあってから訴えても何もならんから、女房は絶対、裁判の証人になど出せへん、だいたい、あんたみたいに結構なご身分の人たちと違うて、わいらは自分らだけの力で精一杯に生きてるのやから、じゃらじゃら、はた迷惑なことは頼みに来んといておくなはれ！」

塚口は、場違いの美しい身装をしている佐枝子を叩き出さんばかりの剣幕で云った。

「お嬢さま、ご免なさい、徹夜明けで気がたっているものですから、つい――」

君子が詫びるように云いかけると、

「なに、明け番も何もない、本気で云うてるのや、さあ、こんな土産もん受けとったらあかんぞ！」

佐枝子が部屋の隅においた果物籠を、いきなり玄関の土間へ放り投げた。

＊

繊維問屋街の日曜日の朝は、平常の騒々しさが嘘のような静けさで、軒並に大戸を降ろして、八時過ぎてもしんと寝静まっている。

佐々木商店も、四人に減った住込み店員が店の間の二階でぐっすり寝入り、階下の奥の間では、番頭上りの専務に大口集金を持ち逃げされた衝撃から寝込み、やっと数日前から起きられるようになった佐々木よし江が、夫の仏壇を清掃し、燈明を点していた。まさかと思っていた杉田に持ち逃げされ、警察への届やその調べで疲労が重なり、臥してしまったことを思うと、燈明を点しながら、よし江は、情け無さでまた発作が起りそうな動悸を覚えたが、その時の衝撃で寝込んだ自分を近畿癌センターからの帰りに診察してくれている里見の温かい姿と、自分が倒れ、店も倒産寸前のような状態に追い込まれてもくじけずにいる三人の子供の健気な姿を思うと、心がやすらいだ。

長男の庸一は、一昨日から大学を休んで地方の集金に出かけ、女中を帰してしまった後の家事のきり盛りをしている長女の芳子は、もう半時間程したら起き出して、野球の練習に行く弟と、店員たちの朝食の用意にかかるのだったが、日曜日の朝ぐらいは、よし江自身が味噌汁の用意でもと、病み上りの体で台所に下りた。

鰹のだしを取り、味噌樽の蓋をあけかけた時、表に車が停まる気配がし、表戸を叩く音がした。日曜日の朝から買付客でもあるまいがと、よし江は店員を起さず、自分で表戸を開くと、丸高繊維のライトバンが店の前に停まり、営業部長の野村が、ぬうっと店内へ入って来た。

「野村はん、支払いの督促でおますか、そのことならご承知のようにわてが思いがけず、寝込んでしまいましたさかい、もう一カ月待って戴きたいと、先日もお願いしたばかりだす、それに今日は日曜日のことやし、店の者も日曜だけでもゆっくり休ましてやりとおますさかい、ともかく話は明日のことにしておくれやす」

病み上りのよし江は、頼み込むように云った。

「奥さん、あんたがご病気やったことはよう知ってますわ、そやからこないして二カ月も待ったんやおまへんか、五月の末にあんたとこの手形が落ちにくいから、二十日〆めの月末現金払いに切り替えたら、月初めの五日まで待ってくれと云われ、五日まで待ったら今度は十日、十日になったら十五日という工合に、ずるずると待って来たんは、おたくとは長い取引なればこそだっせ、けど、もうこれ以上待って、不渡手形一枚でも出されて、ぽしゃってしまわれたらしまいや、そんなことにならんうちに、うちの店から納めた商品は引き上げに来ましてん」

と云うと、ライト・バンの中から四、五人の若い店員が店内へ押し入って来た。

病み上りの体でよし江は、野村の前にたち塞がるようにして云った。

「野村はん！　これは何の真似だす、これでは押込み強盗みたいやおまへんか」

「押込み強盗――、妙なこと云わんといておくなはれ、商品納めて、銭貰わんかったら、こっちの商品引き上げて行くの当り前やおまへんか」

「そんなことしたら明日から、うちの商いはどないなりますのや、商品なしで店は開けられまへん、それを承知の上で、こんな酷いことしはるのだすか」

「奥さん、商品売って集金するのがわての仕事で、それで月給貰うてますねん、それにおたくがぽしゃって、集金できん時は、お前そんなとこへものを売ってたんかと、わての馘が飛びますわ、今日はどんなことがあっても、うちの商品は引き上げさせて貰いまっさ」

「けど、何もよりにもよって、日曜の朝っぱらから――」

と云いかけると、野村は鼻先に小皺を寄せた。

「日曜日の朝やからこそ、引上げに来たんだす、おたくみたいに、そこここに払いが滞っている店から取りたてようと思うたら、大手の元売が眼を光らせている普通の日を避け、日曜を狙うて来んことには、うちみたいな中小企業の元売は商品を取れへんよって、真珠湾攻撃をかけに来たんだすわ」

「真珠湾攻撃……」

よし江は、病み上りの顔を蒼白にした。それはこの業界で、債権者がいきなり、日本軍が真珠湾攻撃をした時と同じく日曜日の朝という相手の油断している時を狙い、トラックやライト・バンを乗り着け、根こそぎに商品を引き上げて行くことの陰語であった。騒ぎを知って起きてきた店員たちも、顔色を変えていた。

「野村はん、真珠湾攻撃とはあんまりやおまへんか、男と男の対の商いならともかく、女手で、しかもこの間の専務の持ち逃げで、わてが寝込んでしもうた苦しい事情を知っていて、あんまり情が無さすぎるやおまへんか」

涙声になりかけると、娘の芳子も母の身を按じるように傍へ寄り、涙ぐんだ。

「今になって、女の泣落しはききまへんでぇ、大企業の元売なら法律に詳しい弁護士を連れて乗り込み、それこそ血も涙もない取立てだすわ、それからみたら、わてらライト・バン一台で可愛らしいもんや」

と云うなり、野村は自分の会社の店員たちに向い、

「よっしゃ、品物の引上げにかかれ！」

声をかけると、佐々木商店の店員たちは気色ばみ、

「そんなことしてみぃ、家宅侵入罪で、一一〇番へかけてパトカーを呼ぶぞ！」

怒鳴るように云い、たちはだかった。

「ほう、こら面白い、パトカーを呼ぶのやったら呼んで来い、なんぼパトカー呼んで

も、うちは、この通り、何月何日に何を売ったという納品伝票を持って受取りに来てるのや、商品買うて銭払わんから、品物を引上げに来てるのにパトカーが来ても、警察が来ても、何の文句もつけられへんわ、さあ、どいてんか」

一斉に商品棚へかけ寄り、商品の持出しにかかった。佐々木商店の店員たちも負けてはいず、

「おい！　それはお前とこの商品と違うぞ、京都の市村織物の商品や、よその商品まで持ち出したら、お前ら泥棒やぞ！」

丸高繊維の店員の胸倉をつかみかかると、野村は商品を間違いかけた店員に、

「阿呆たれ！　間違うてよその商品に手をつける馬鹿があるか、よその商品に手をつけたらえらいことになるから、うちの納品伝票に書いてある商品番号と照らし合わせて、間違わんように持ち出すのや」

と云うと、四、五人の店員のうち齢嵩の者が、納品伝票と商品番号を照合し、一つ一つ慎重に丸高繊維の商品を選り出し、若い者がライト・バンへ積み始めた。伝票と商品番号まで照合して持ち出されては、佐々木商店としてはもう手の施しようがなかった。黙って歯噛みし、相手のやることを見ているよりほか仕様がなかった。呉服材料の化繊地がほぼ積み終り、ウール地の反巻の運び出しにかかった時、野村の大きな

声がした。

「おい、ちょっとその反巻の嵩が低いから下ろしてみぃ、もし乱ヤールやったら損やから」

ポケットから巻尺を出し、下ろした反巻をぱらぱらとひろげ、耳端からぴしっと尺当りした。

「やっぱり、十ヤールほど足らんわ、もうちょっとのことで反で十ヤールも損するとこやった、これから乱ヤールにも気ぃ付けや」

今度は運び出す反巻の一つ一つにまで眼を配り、運び終ると、野村は用意して来た返品受領書を出し、運び出し反数と尺足らずの端数まで書き入れ、

「へい、この通り返品受領書を用意して来ましたさかい、判を貰うて帰りまっさ」

どこから衝いても、文句のつけようのない用意周到なやり方であった。

何時の間に集まったのか、隣近所の店員たちが商品を運び出されている店内を覗き込み、ひそひそと耳打ちしている人垣が見えた。明日とはいわず、今日中に佐々木商店が元売から真珠湾攻撃をかけられたことは界隈に知れ渡ってしまうだろう。そうなれば、今まで鷹揚に構えていた大手の元売の債権の取立ても俄かに厳しくなることを思うと、控訴審を目前に控え、佐々木よし江は暗澹とした思いになりながら、眼の前

につきつけられた丸高繊維の返品伝票を食い入るように見詰めた。

「野村はん、うちの主人の生存中は揉み手をして、この店の敷居を跨いだあんたが、よりにもよって業界の中でも一番きつい真珠湾攻撃をかけはるとは思うてまへんでした、しかも死んだ主人の控訴審の証人調べを目前にしてるわたしらに、ようこんな酷いことをしはりましたな、その上、この返品伝票に判まで捺せといいはるのだすか」

「へい、そうだす、そうせんと、あとでぼったくりの、強盗のと、もめられると困りまっさかいな」

野村は平然とそう云い、ポケットから印肉を出して、よし江の前に置いた。よし江は、眼尻を吊り上げるように凝然と返品伝票を見詰めたが、やがて佐々木商店の判を取り出すと、唇をかみしめ、恨みを呑むようにぽとりと、判をついた。

扇屋の奥座敷で、河野弁護士と国平弁護士、それに財前五郎と又一が、近付いて来た控訴審の証人調べの画策をしていた。河野弁護士は恰幅のいい大柄な体を床の間を背にして坐り、

「書面審理による控訴人と被控訴人の主張も、やっと昨日で双方の主張が出尽し、これからは争点の整理をし、裁判所に申請すべき証人、鑑定人を誰にするかなどを検討する段階に入るわけですが、これまでの経緯について財前教授のお考えはいかがですか」

盃を空けながら、河野は自信あり気な表情を財前五郎と又一に向けた。又一は海坊主のようにぬるりと光った頭を下げ、

「いや、さすが大阪弁護士会会長の河野先生と、医師会の顧問弁護士の国平先生のお手並はお見事で、書面応酬が一審以上に順調に運び、大いに喜んどりますわ」

上機嫌で河野に酒を注ぐと、財前五郎も、

「おかげで私も、裁判の方はお二方にお任せしたきりで、学術会議選に専念でき、大助かりですよ」

河野と国平に感謝するように云い、

「ところで、今後、佐々木側が意外な争点を打ち出して来るというような懸念はどうですか」

佐々木側の打ち出す新しい争点如何によっては、安心ばかりもしておれないような響きを籠めて云うと、国平弁護士は、髭の剃りあとの青々としたいかにもきれ者らし

い顔で、

「この前にご説明した争点とたいした変りはありませんが、新しく化学療法の問題を持ち出し、術中、術後に化学療法を行なわなかった点を衝く気配がありますが、この点はどうなんです？」

「なに、化学療法——、化学療法とは向うもよくよく考えたものだな」

財前の顔色が心なしか、かすかに動き、瞬時、間をおいてから、

「しかし、化学療法は、まだ五年生存率のデータさえ出ていない、いわば試験段階のようなもので、今まで実際に化学療法が行なわれた患者は、ほとんど手術不可能の場合というのが現状だから、佐々木庸平の今度のケースには、化学療法など持ち出しても、問題になりませんよ」

落ち着き払って云った。国平は酒を含みながら、

「では、争点の問題では懸念なしとなると、次は佐々木側が出して来る証人、鑑定人の問題になりますが、せっかく一審で勝っていても、二審で全く予想せざる証人が出て来て、思いがけない敗け方をする場合がありますから、われわれとしてもその点を一番おそれるわけです、佐々木庸平の入院から死に至るまでの診療に関係した医局員や看護婦はもちろん、それを見聞した人間について、現在、病院にいる者は大丈夫で

しょうが、地方の病院へ出されたり、開業医になった者、また看護婦なども、他の病院へ移ったり、止めたりしている者は、調査の及ぶ限り、リストを作り、佐々木側の証人にならぬように万全の術を打っておきたいのですよ」

「その点は、既に医局長の安西に調査させ、いざという時には、何時でも術を打てるようにしていますよ」

　財前は、当時の医局員はもちろん、看護婦の名簿も作らせ、医局を出た者の中で、特に前任教授の東派の冷や飯ぐいの連中についての調査は綿密にやらせていた。

「さすがは財前教授——、手術時間の速さと同じように打つ術が速いですね、しかし、何といっても、学術会議選で多忙を極めておられる最中だけに、万一の調査洩れがないとも限らず、私自身がもう一度、慎重に調査しますから、その名簿を明日にでもこちらへ戴きたいですね、それから、財前教授はたしか国際外科学会出発前の壮行会を萬力という料亭でやられ、そこへ受持医の柳原医師が、術後の患者の容態の変化を報せる電話をかけて来、財前教授はそれに指示だけされたわけですが、その時、電話はどこで受け、周囲に誰がいたか記憶していますか」

　少壮弁護士の国平の語調は、次第に辣腕な検事のような鋭さを帯びて来た。財前は不快になりかけたが、これぐらいの辣腕家でなければ頼み甲斐がないと考え、当時の情況を思い返した。

「たしか、あの時、芸者がそっと耳うちしてくれたので、他の誰にも気付かれずに席をたったんですが、電話があったのは……、そうそう、座敷の前の廊下の隅で、誰もいなかったようですが」

「しかし、料亭の仲居が、たまたま背後を通り合わせて、電話を聞くということもあり得ますが、その点は？」

「さあ、そこまではっきりとは――」

首をかしげるように云うと、舅の又一が、

「萬力のことなら、わしが明日にでも遊びに行って、あの時のことをそれとなく詳しいに調べ、工合の悪い仲居や女中がおったら、ちゃんとうまい口封じもして来まっさかい、任しておくれやす」

引き取るように云った。河野は頷き、

「じゃあ、萬力の件はお任せすることにし、次は鑑定人の問題になるわけだが、佐々木側では、術前の断層撮影を怠ったため肺への転移巣を見逃した、肺への転移を見逃して主病巣の手術をしたため死に至らしめた、癌性肋膜炎を術後肺炎と誤診したため急激に死亡した、という三点で争うべく、関口弁護士は医学部のインターンあたりに必要な医学論文や資料の収集をさせ、その上で大学の錚々たる専門家の門を廻って鑑定を依頼し、遂に東京K大学の——」

と云いかけると、財前は、

「胸部外科の専門家で、最近、胃癌から肺への転移率を発表した正木助教授に、その転移率を喋らせて、佐々木側の有力な鑑定意見にしようとしているのでしょう」

「どうして、そこまで詳しいことが解ったんです、われわれでも、事前に鑑定人を知ることは非常に難しいことなんですよ」

驚くように河野が聞き返した。

「うちの教室の金井助教授が胸部外科をやっており、この間、名古屋で開かれた肺癌研究会で、正木助教授の教室員が、胃癌から肺への転移巣のある症例の胸部エックス線写真を非常な熱心さで集め廻っているという噂を聞き込んで来たので、東京K大学の事務局へそれとなく探りを入れさせたところ、やはり関口弁護士が、正木助教授を訪ねた事実が明らかになったのですよ」

「その正木助教授には絶対、法廷で喋らせてはいけませんよ」

医師会の顧問弁護士として、医学界の事情に精通している国平は、即座にそう云った。

「もちろんです、それで早速、正木助教授と繫がる師弟、交遊、学会関係などあらゆるルートを辿って阻止する方法を考えている最中です」

と云うと、横合いから又一が、

「そんな手間暇かけんかて、相手が助教授なら、教授から鶴の一声をかけて貰うたらええやないか」

「ところが、あそこの教室は、教授より助教授の正木で保っていて、彼が金看板的な存在になっているから、簡単には手をつけられないのですよ、それで鵜飼医学部長といろいろ相談した結果、閨閥の線で鑑定人になるのをつぶす術を考えたんですよ、というのは、彼の夫人は、K大学附属病院長で理事である重光さんの次女で、彼が学会出席の延長のような形で、アメリカへ気軽に出かけられるのも、多分にそういう恵まれた背景があるからなんで、鵜飼医学部長が、重光院長と内科学会で面識があるのを幸い、お願いすることにしましたよ」

「なるほど、閨閥とはいいところへ眼をつけましたね、あの人がと思われるほど学問的に優れ、自信満々の学者で、不思議と夫人に頭が上らないとか、弱い人がいるということは、私もちょいちょい耳にしていますから、その成果の程を期待しておりますよ、ところでこちら側の第一の争点をめぐる鑑定人ですが、奈良大学の竹谷医学部長はいかがです？　あの方はたしか胸部外科が専門ですね」

国平の方から名前を挙げた。

「竹谷医学部長ねぇ、業績はある方だから悪くはないですけれど、あの人も今度の学術会議選の全国区に出馬されるのでねぇ」

財前が思案するように云うと、

「そこですよ、財前教授は地方区、竹谷医学部長は全国区という工合にうまく別れているから、全国区投票には、財前教授の力で浪速大学及びその系列校の票をこれだけ渡すから、そちらからも地方区票はいくら貰うという〝アベック闘争〟の協定を結んで、その誼で、鑑定人をお頼みになれば、一石二鳥じゃありませんかねぇ」

国平は微妙な響きを籠めて云った。学術会議選で秘かに〝アベック闘争〟を組む戦術を取れば、相当きわどいところまで財前有利の証言をしてくれるはずであった。

「じゃあ、まとまった票を手土産にして、竹谷医学部長にお願いに上るとしようか」

財前も口もとに笑いを滲ませ、その術こそ、学術会議選と、控訴審をシーソー・ゲームのように巧みに動かす方法だと考えた。

＊

里見は、内科の病棟回診を終えると、山田うめが入院している外科病棟へ足を向けた。山田うめの術後の経過は良好で、腹部を縫合した糸も十本のうち、既に半分を抜糸していることを受持医から聞いていた。

三階の六人部屋へ入ると、ちょうど夕食の時間で、患者たちは見舞ものの食料品や果物を交換し合って、賑やかに喋っていたが、山田うめだけは一人、ぽつねんと食膳に向っている。奈良の十津川村から面倒を見に来ている嫁が姿を見せない日だから心淋しそうだった。

「おばあさん、ご飯はおいしくなりましたか」

「あっ、先生——、おかげさんで一昨日からこのぐらいのお粥やおかずも、食べられるようになりましたんや」

うめは七分粥と鰈と南瓜の煮つけ、味噌汁が並んだ膳を指さした。

「それはよかった、じゃあ、食事のあとも痛みや吐気は全然、ないのですね」

里見は、血の色がかすかにのぼっているうめの顔を視診しながら聞いた。

「はじめておもゆを啜った時は、何やすぐ腹一杯になって、気持悪かったけんど、今は何とも無うなったのんじゃ、そやよって、あと一週間も入院しとらんかて、ええと思うんじゃけんど――」

自分の手術が、癌であったことを知らないうめは、何時までも贅沢に入院しておれないように云った。

「とんでもない、今が手術後の大切な時期で、ちょっとした油断で、思わぬ余病を引き起したりしかねないから、受持の先生や看護婦さんの云いつけをよく守ることですよ」

里見は、云い聞かすように話し、同室のもう一人の患者の様子を見てから部屋を出た。

病室を出ると、里見は、二階の臨床病理検査室へ下りて行った。うめの切除胃の病理検索の結果が出るのは明日であったが、この時間ならもう出来ているかもしれず、その結果をみてからでなければ、絶対、安心とはいえなかった。

病理検査室に入って行くと、四、五人の若い医師や検査技師たちはまだ仕事をしていたが、室長の都留の姿は見当らない。里見は、組織薄切器の前に坐り、パラフィンに包埋した蠟燭の太い芯のような組織片を一乃至二ミクロンの薄さに熟練した手つき

で薄切りしている検査技師の傍へ寄り、

「室長はもう帰ったの？」

「いいえ、さっき、標本固定室の方へ行かれたようでしたけれど――」

検査技師は、黄色っぽいパラフィンの染みついた手で、廊下を隔てた真向いの部屋を指さした。里見は、向い側の扉が半開きになっている固定室へ入って行った。

コンクリートの剥出しの壁に沿って、手術によって剔出された臓器を固定するためのフォルマリン槽がずらりと並び、その一番奥のフォルマリン槽の前に、都留が背を向けてたっていた。

「里見だけど、いいですか」

遠慮がちに声をかけた。

「いいよ、別に――」

何かを観察しているらしく、うしろ向きのまま応えた。里見が近付いて行くと、都留が、仔細に観察しているのは、コルク板にピンで張りつけられた女性の片方だけの乳房で、フォルマリン槽に浸けられていた乳房は、濁った薄茶色に変色し、黒ずんでしぼんだ乳首が異様であった。

都留は、ちらっと里見の方を見、

「もうこれでしまいだから、ちょっと待ってくれ給え」

黒ずんだ肉塊のような乳房に、臓器刃（オルガン・メッサー）を入れ、割面（かつめん）を開くと、厚い脂肪を押し退（の）けるように灰白色の癌組織が広がっているのが見えた。

「里見君、見てごらん、この癌は既に鶏卵大になって、上は皮膚の方、下は筋肉の方にも浸潤している、組織診断をしなくては癌か、どうか解らないような判定の難しい早期癌が、どんどん見付かって喜んでいる一方で、外から触ってみれば、すぐ解るはずの乳癌をここまで放（ほう）っておく患者もいるんだから、癌の啓蒙（けいもう）もまだまだ底が浅いと云わざるを得ないね」

都留は厳しい表情で云い、里見も一昨日、手遅れの直腸癌の患者を失った直後だけに、都留の言葉に強く頷いた。

「で、何だったっけ、里見君の用というのは？」

「一週間前に手術した山田うめという患者の切除胃の病理検索の結果が、もう出ていたら、聞かして貰おうと思ってね」

「ああ、あのおばあさんだね、さっき全部の所見が出揃（でそろ）ったので、電話したんだけど、回診に出かけたあとだったらしいね、ちょうど僕の仕事も一区切りついたところだから、検鏡室の方で話そう」

そう云い、都留は手に持った乳癌の組織標本をフォルマリン槽のステンレスの蓋を押し開けて、子宮や胃などが浸っている中へ戻し、ゴム手袋をとると、向いの検鏡室へ入った。

検鏡室のファイル・ボックスの引出しから分厚な綴を取り出すと、都留は、里見の前に広げ、

「これが山田うめさんの病理検索のデータだ、一つ一つの所見を見て貰えば解るように、胃前庭部大彎側の隆起病変の組織診断は、腺癌で僅かに粘膜下に達していたが、早期癌であることには変りない」

病変部分の組織断面図を示しながら云い、

「それから問題の幽門側にあると推定されていた病変は、フォルマリン液で固定した後の標本をみると、ほぼ三センチの半月状を示したごく僅かな陥凹が見られ、組織診断の結果は、印環細胞癌で、粘膜に限局していた」

里見は、フォルマリン液で固定した標本のカラー写真に視線を凝らしながら、都留の説明に耳を傾け、

「では、この患者の癌は最終的な病理組織検査でも早期癌であって、根治手術に成功したわけですね」

念を押すように云った。

「そういうことだ、だから術後の治療としては、化学療法その他、特に考慮しなくてはならぬような治療処置はないし、退院後の再発も、まず考えられず、あのおばあさんなら、きっと長生き出来るよ」

里見はほっと救われる思いで、都留が示した一つ一つの所見を頭に刻み込むようにもう一度、はじめから眼を通した。

今、都留が述べたような最終的な組織診断は、術中の切除胃の肉眼的な検索から始まって、さっきの乳癌の標本のようにフォルマリン槽に浸けて固定し、全体的な粘膜の変化を観察する一方、病変部分を三ミリごとに刻んで、その割面から癌の広がりと浸潤度を調べ、さらにそのあと、パラフィンに包埋した組織片を薄切りして染色した五十数枚に及ぶ組織標本を検鏡してからでなければ下せず、一人の癌患者の最終診断を出すまでにかかる作業と時間は、並大抵ではない。しかし、そうした作業から引き出された科学的なデータが、肉眼的には限局した早期癌としか診断できぬ癌をも、時としては深く浸潤した進行癌であると、その診断を覆すことがあり、また転移性の高い癌であると警告することもあり、術後の治療方針を決定する上で、こうした病理学的所見は、重要なデータであった。

「ところで、僕、以前から里見君に一度、聞いてみたいと思っていたんだけど、君が関係している医事紛争裁判のあの患者の場合の病理検索の結果ね、あれは、どんな工合だったんだい」

都留は煙草に火を点けながら聞いた。都留との交わりは親密であったが、裁判のことについては話し合ったことがなかった。

「このような詳しい病理検索はしていない」

「していないって？　術前に肺に転移しているかもしれないという患者の手術後に、切除胃の病理検索をしていないなんて、おかしなことじゃないか」

都留は驚くように云った。

「僕もそう思ったのだけど、当時の大学病院では、まだ切除胃の病変部分を三粍ごとに刻むような徹底した病理検索は一般化していなかったから、それをやらなかったことが医師としての注意義務怠慢といえるか、どうか自信がないのだよ」

「一般化していなくとも、その当時から切除胃の病理検索が行なわれていたことは確かだし、その意義は、癌の専門家なら充分に熟知しているはずだ、第一、その施設も整い、国立大学という研究的な立場である点から考えても、切除胃の詳細、かつ徹底した病理検索をしない方が、随分、おかしいじゃないか」

都留の言葉に、里見は、はっと搏たれるような思いがした。そして佐々木庸平の切除胃の病理検索を行なわなかった点を衝くことが、控訴審の新しい争点になることに自信を持った。

財前又一は、さっきから独り喋りたてていた。娘婿の財前五郎の医局員である柳原の見合いの席であることが、又一を上機嫌にしているのだった。

一カ月前に、学術会議選用の論文集のゲラ刷を届けに財前五郎邸へ来た柳原と出くわした又一が、そろそろ身を固めたらどうだす、ええ嫁はんの口を世話しまっせと云った言葉通り、心斎橋の野田薬局の次女と見合いを勧めたのだった。柳原は、学位を取るまで結婚などはとてもと固辞したのだったが、又一は、学位は五郎に、嫁はんはわしに任せなはれと、強引に柳原を見合いさせるところまで持って来たのだった。

それだけに料亭やホテルなどという大げさな場所を避け、仲人役の財前又一の医院と別棟になっている住いの奥座敷で見合いさせることにしたのだった。座敷机を挟んで左側に、柳原、財前又一、杏子が坐り、右側に野田薬局の次女の華子、父親の文蔵、母親の安子が坐った。上座に据えられている柳原は、今日ばかりはクリーニングしたてのワイシャツを着ていたが、馴れぬ席に硬くなり、野田華子も、胸高に帯を締めた着物姿のせいか、せっかく料理屋から取り寄せた料理に一箸もつけなかった。又一だけが、上機嫌で盃を空け、喋り続けた。

「何しろ、この柳原先生というのは、うちの婿の五郎が研究成績が優秀なことと人柄が誠実なことで眼をかけ、博士論文も、今年一杯にはほぼ確実で、将来、浪速大学の第一外科の有望な人材やからええお嫁さんをということで、忙しい婿に代って、私がお嫁さん探しをしたような次第だす、柳原さんのお家の方は、さっきもお話ししましたように、九州の宮崎県でお父さんは郵便局長をしておられ、柳原さんを頭に四人のご弟妹がおありやけど、田地を持ってはるので、こうして長男を大阪の大学まで出し、卒業後も医局へ残して勉強させてはりますのや」

「いえ、田地などはもう……」

柳原は慌てて、僅かにあった田地も、自分を卒業させ、有給助手になるまでの仕送りで人手に渡ってしまっていることを云いかけると、又一は、

「その辺の事情もちゃんと、野田薬局さんにお話してありますわ、野田さんの方は、大阪市内の薬局の中でもなかなか手広い薬局で、それだけにお嬢さんの配偶者には、

金よりも医者畑でりっぱな肩書のある人を望んではるのだす」

と云うと、野田薬局の主の文蔵も、

「そうだすとも、実は長男の一人息子の出来が悪うて、やっとこさ私立の薬大を出て、うちの薬局を手伝い、長女は恋愛結婚をして東京の商社に勤めている会社員に嫁き、あとこの娘だけでっさかい、何とかええとこへと思っていた矢先にこのお話だす、財前先生には、長男の嫁や長女のお産と、何から何までお世話になり、それだけにうちの家庭の事情がよう解って戴いている上に、お縁談の相手が浪速大学の財前教授のお弟子さんとあっては、安心だす」

大いに乗気そうに云った。

「ですが、僕は全く田舎出の一介の貧乏医師で、とてもおたくのお嬢さんなどとは、それに僕は長男ですから……」

生真面目に柳原が言葉を継ぎかけると、野田文蔵は、

「その辺のご事情も、財前先生の方からよう伺うとります、失礼でおますけど、経済的な面のご心配は無う、むしろ、大学のえらい先生になって戴くためにはお力添えさせて戴きたいぐらいで、そうかと云うてご養子にとは思うとりまへん、うちには長男がおりますし、ともかく、野田薬局の一家から国立大学のえらい先生が出て貰えたら

肩身が広い、うちの薬局の格が上るということだすわ」

　痩せた小柄な体で呑み込むように云った。母親の安子も体をしゃしゃり出し、

「そうでおますとも、私らの方では、そんなお金のご懸念より、うちの息子がひっくり返っても入れんような国立大学を出てはるその箔が有難いのでおますわ、ねぇ、華子」

　と云うと、柳原より七つ齢下の二十六歳の華子は、齢より若い顔を紅らめ、頷くように俯いた。そんな娘の姿を見ると、母親の安子は、自分の向いに坐っている財前杏子の方を向き、

「私らの方は、とても財前医院さんのようなわけにはいきまへんけど、このお縁談がまとまりましたら、出来るだけのことをして、うちの華子も、お嬢さん、いえ、失礼、つい昔からの口癖と、何時までもお若うておきれいでっさかい、お嬢さんいうてしまうのだすけど、奥さんみたいに教授夫人とまで行かんかて、大学のえらい先生の夫人におさまってほしおますわ、薬局などというのはなんぼ手広うになっても、所詮、お金が増えるだけのことでっさかい」

　金と名誉とに恵まれている財前杏子を羨むように云うと、

「同窓会などでもよくそう云われ、おかげで私はほんとうに倖せですわ」

杏子は、開けっ広げに真底、倖せそうに応えた。

「杏子、ええ齢して、人前でそんなのろけるものやあらへん」

又一は、窘めるように云った。

「あら、うちの人の自慢となったら、お父さんの方が恰好が悪いぐらいやないの」

そう云い返すと、又一はぴしゃりと自分の禿げ頭を叩き、

「これは、わしの一番弱いところを衝きよった、俗にいう婿惚れというとこでな、あっはっはっはっ」

割れるような声で笑うと、野田華子も、両親もつられるように笑い、座が柔らいだ。

さっきまで学位欲しさに財前教授の云いなりになり、見合いまで教授の舅の又一の勧めにのっている自分にうしろめたさを覚えていた柳原も、何となく気持が柔らぎ、料理に手をつけながら、自分の真向いに坐っている野田華子の方をそっと見た。美人というほどではなかったが色白の円顔で、ぼってりとした厚い唇が肉感的で、ふと淫らな思いが湧き、結婚を急ぎたい衝動に駈られた時、

「ところで財前先生、あの裁判の件は、どないなりましてん？」

いささか、酩酊気味の華子の父親が聞いた。

「ああ、あの件なら、もの解りの悪い患者は控訴しとりますけど、勝てるはずがおま

へんな」

この間の河野、国平弁護士との会合の様子から、又一はこともなげに応えた。

「やっぱりそうでっか、実はうちの店から心斎橋をまっすぐ本町の方へ歩いて行ったら、あの佐々木商店でっさかい、ちょこちょこ噂が耳に入り、主人が死んで商いが左前やのにまた控訴して、とうとう倒産寸前やということだすわ」

何気なく云ったが、柳原は水を浴びせかけられたようにぞっとした。訴えられているのは財前教授であったが、その患者の受持医が自分であることを、野田華子の父たちは知っているのだろうかという狼狽が胸に来た。又一の方を見ると、落ち着き払った顔で、

「うちの五郎の命令であの患者を受け持たされたのが、この柳原さんですわ、それにもかかわらず、柳原医師の将来を見込み、縁談の世話までしようとしてるのでっさかい、今度の裁判かて見当がつきますやろ」

狡猾な云い方であった。控訴審においても柳原に、財前が術前に気付いていなかった肺への転移巣を、気付いていたように証言させるための搦手に縁談の世話までしているのであった。

「なるほど、そこまで伺わせて戴いたら、柳原さんが、いかに財前教授のめがねに叶

うて、将来があるかが解って安心でおます、さあ、柳原先生、お一つ、どうぞ――」

若い柳原の盃に酒を注ぎにかかったが、柳原は、もはや、見合いの席という柔らいだ気持を失い、佐々木庸平の遺族が倒産寸前にあるという一言が、大きな楔になって胸に突き刺さっていた。

見合いの席が終ると、柳原の足は何時の間にか御堂筋を堂ビル前から南に向って、まっすぐ本町の方へ歩いていた。

佐々木庸平のカルテに書いてあったうろ覚えの住所を頼りに丼池筋のところまで来て、ふと眼を上げると、斜め向い側に佐々木商店という看板が眼についたが、表戸は締まっている。家の者が出入りする一番端の戸だけが一枚開き、そこから店内を覗いたが、人影はなく、しんと静まりかえっている。電信柱の陰にたって暫く様子を見ていると、近所の店員らしい若者が二、三人、佐々木商店を覗き込み、

「可哀そうに、こないだ真珠湾攻撃をかけられよってん、日曜日の朝の寝込みをやられたさかい、てんでお手上げで大方、商品を引き上げられて、商いがでけへんらしい」

「病み上りの後家はんが、大分、泣きついたいうのに、酷いことしよるやないか、一

回、真珠湾攻撃をかけられたら、あとはばたばたというのが例らしい」

「ほんまにな、ワンマン社長のおっさんが急にころっと死によったから、どないもしようない、もうあかんな」

柳原の胸が塞がった。今日の見合いのために、自分が散髪屋へ行ったり、服にブラシをかけたりしていた頃、佐々木商店では真珠湾攻撃という商人にとって致命的な事件が起っていたのだった。そして、それは倒産寸前の佐々木商店の運命を決定付けるもののようであった。柳原が、凝然と店内を見詰めていると、不意に一番端の出入口が開き、法廷で顔を見知っている長男の庸一が出て来、ばったり視線が合った。

「あっ、あんた、柳原……」

庸一が叫ぶように云うのと、柳原がぱっと背中を向けて逃げるのと同時だった。

「こら！　逃さへんぞぉ！」

背後から追って来る庸一の声を聞きながら、柳原は必死になって走り、本町二丁目の交叉点の信号が赤になりかけたのを強引に渡り、人混みの中へまぎれ込んだ。庸一は信号を渡り損ねたのか、追いついて来なかったが、人通りを泥棒のように逃げ、隠れる自分の惨めな姿を思うと、歩きながら柳原の眼から涙が溢れ出た。

二十七章

正午を過ぎた国立浪速大学附属病院の広い廊下には、午前中からの患者が辛抱強く、自分の順番を待ちわびている。その中でも第一外科の外来診察室の前は一際、順番を待つ患者の姿が目立ち、マイクで患者の名前を呼び上げる看護婦の声が、疲れを帯びて甲高い。

淡いベージュに統一された診察室は、パネルで五つに区切られ、一番奥の診察室で、講師の佃は、さっきから一人の患者をもてあましていた。安田太一という五十四、五歳の患者は、診察が終っても、裸の体のまま、梃でも動かぬ様子で坐り込んでいる。佃は弱りきった表情で、

「そりゃあ、財前教授に診て貰いたいというあなたの気持は解りますよ、しかし、この第一外科の講師である私が、胃液検査からエックス線写真、胃カメラの検査まで行なって、胃潰瘍だと診断し、さらに念のために、明日もう一度、透視をしてみようと

いうことになっているのですから、その通りにして下さい、第一、今日は教授診察日ではありませんよ」

二週間前に初診して以来、既にあらゆる検査を行ない、噴門癌疑診であることは解ったから、教授に再診を乞う必要はないのだった。しかし、安田太一は、青黯い痩せた顔で佃を見上げ、

「そら、講師いうたら普通の先生と違うてえらいことは解ってますけど、ここで一番えらい財前教授先生に、ちょっとでもええから診て貰いたいのだす、それに、さっき廊下で順番を待ってる時、財前先生が出入口が別になっている診察室へ入って行きはったのを、ちゃんとこの眼で見ましてんでぇ」

安田太一は、あくまで教授診察を云い張った。

「それは、あなたの人違いでしょう、今日の外来診察の担当医の名前は、廊下に張り出したプレートを見て戴ければ、解るはずじゃないですか」

佃は腹をたてかけたが、この一徹者の患者を怒らせ、おそらく特診患者を診ているらしい教授診察室へ踏み込まれるようなことになってはと、説得するように云ったが、

安田太一は、まだシャツを着ようともせず、

「人違いやおまへん、眉の濃い、眼のぎょろりとした男っぷりのええあの顔は、週刊

誌や新聞にちょいちょい載ってる財前先生の顔に違いおまへん、一緒に来たうちの社員もそう云うとります、なあ、そうやろ」

中小企業の塗料会社の社長である安田太一は、自分の鞄を持って診察室まで随いて来ている若い社員の方を向くと、

「はい、確かにさっき、私たちの前を通って、もう一つ奥の診察室へ入られましたのは、財前教授に間違いないです」

はっきりと応えた。

「たとえ、財前教授だとしても、今日は正規の教授診察日ではありませんからねぇ」

格別の特診患者ならともかく、そうでなければ教授診察日でない日に、診察を乞えるはずがなかった。

「そうでっか、実は、わては、こういう紹介状を戴いて来てますねんけど――」

安田太一は、佃の心の中をみすかすように、背後にたっている社員の手から鞄をひったくり、中から一枚の名刺を取り出した。大阪商工会議所の専務理事の名刺であったが、財前教授のように紹介状を持った患者が何人も押しかけて来る場合は、その紹介状をＡＢＣのランクに分け、どのクラスまでをほんとうに財前教授に廻すか、その裁量は微妙で、患者の診察以上に神経を使う事柄であった。特に今日この頃のように

学術会議選で多忙を極め、神経が苛だっている財前教授の様子を知っている佃は、判断に迷い、困惑するような表情で、

「財前教授は、ほんとうに教授診察室におられるのかねぇ？」

傍らの看護婦に聞くともなく云うと、

「はい、いらっしゃるご様子です」

新米の看護婦は、馬鹿正直に応えた。

「ほれ、やっぱりほんまでっしゃろ」

安田太一は、飛び上らんばかりに椅子から起ち上り、すぐシャツだけを着た。

「じゃあ、診て戴けるか、どうか解らないけれど、一応こちらへ来て下さい」

患者が財前教授専門の噴門癌疑診であることを思うと、佃は若い医局員にあとの患者の診察を任せ、安田太一を連れて、エックス線写真、胃カメラのフィルム、諸検査票の綴りを持って、一番奥の別室になった教授診察室へ足を向けた。

「佃ですが、およろしいでしょうか」

「ああ、いい――」

横柄な声が返った。佃が中へ入ると、今まで特診患者を診ていたらしい財前は、消毒薬で手を洗っていた。

「何だね、用というのは――」

「実は商工会議所の専務理事の名刺を持った患者が、是非、教授のご診察を仰ぎたいと云っているのですが――」

財前のおかげで講師になれた佃は、若い医局員のような憚りようで云い、安田太一から預かった名刺を出すと、財前は、婦長のさし出すタオルで手を拭い、ぎょろりと佃を見た。

「佃君、君は講師なんだよ、講師ともあろうものが、いくら患者が教授への紹介状を出したからといって、教授診察日でない日は、よほどの場合でない限り、講師が診察するというぐらいの判断と気概は持ってほしいものだね」

「どうも申訳ありません、患者にはそう云いきかせたのですが、紹介名刺も持参していましたのでつい……」

佃が詫びるようにひき退りかけると、いきなり、ぬうっと、安田太一が顔を出した。

「これは、これは財前先生でおますか、ご高名な先生がお忙しいのは、よう解っとりますが、浪速大学病院まで来た限りは是非とも、先生のご診察をお願い致します、先生に診て戴き、先生のお診たてやったら、たとえ癌やと云われても納得がいきますわ」

もみ手をするような腰の低さで、財前の傍へ寄った途端、財前は思わず、心の中であっと叫び、あとずさりした。五十四、五歳の齢恰好と云い、五分刈の胡麻塩頭、それに中肉中背の背恰好と云い、二年前、噴門癌の手術をして術後死亡した佐々木庸平に生写しであった。財前の背筋に凍りつくような不気味な冷たさが走ったが、生前の佐々木庸平の顔をはっきり知らない佃には、財前の心の怯えは解らなかった。患者の安田太一は病人に似合わぬ多弁さで、

「何も、この佃先生のお診たてを信用せんというてるのやないのだすが、中小企業の経営者のかなしさで、一切合財が社長のわての肩にかかってまっさかい、万一のことがあったら、忽ち家族と会社の者はお手上げだす、それだけに、ひょっとしたら癌やないかという心配のある時は、大阪一、いや日本一の財前先生に診て貰わんことには、なにしろ中小企業でっさかい、安心がでけまへん、そいでこないして商工会議所の専務理事にも無理を云うて、紹介状を貰うて来たんだす、ご診察日やないそうだすが、たしかさっき、お一人診てあげてはったご様子でっさかい、わてにもその余徳を分けて戴けまへんやろか」

細い眼を光らせ、中小企業、中小企業と卑屈そうに云うところまで、生前の佐々木庸平そっくりで、財前の沈黙に乗じて、ここぞとばかりに喋りまくった。

中小企業の社長であることまで佐々木庸平と同じだとは――、財前の心にさらに複雑な動揺が起った。それを押し隠すために、

「じゃあ、エックス線写真だけ診よう、すぐ用意し給え」

佃にそう云い、用意が出来るまで窓の外へ視線を向けていた。エックス線写真を診るだけで、一刻も早く患者を帰し、この何とも名状し難い、いやな気分を拭い去りたかった。

財前の背後で、佃と看護婦が、写真観察器にスイッチを入れ、エックス線写真を止め金にはさむ気配がした。

「先生、用意が出来ました」

財前は振りかえり、白衣のポケットに両手を突っ込んだまま、写真観察器の傍へ寄り、ぎくっと顔色を変えた。佃は、自分に何かミスがあったのかと思った。

「先生、私の診察の結果は、もちろん、透視してみないと断言できませんが、ここのところの陰影からして、もしかして私は――」

と云いかけると、

「透視の必要はない――」

財前は突っ撥ねるように云った。透視してみるまでもなく噴門小彎側に胡桃大の

陰影があり、明らかに噴門癌であった。財前は反射的に、

「胸部エックス線写真！」

怒鳴るように云った。

「あの、それはまだ撮っておりませんが――」

訝しげな佃の声に、はっとした。今の段階で、胸部エックス線写真など撮っていようはずはなかった。それにもかかわらず、佐々木庸平を連想し、思わず胸部エックス線写真のことなど口走った自分に狼狽を覚えた。

「いや、念のために後で撮っておくようにと云っているだけだ」

取り繕うように云い、もう一度、写真観察器にかかっているエックス線写真を診、

「透視するまでもなく、比較的、早期の噴門癌だ」

「カ、カル……なんでおますか、それは？」

安田太一が聞き返した。財前は慌てて、

「いや、胃潰瘍ですよ、すぐ入院して手術することですよ」

激しく高鳴る動悸を押し隠すように云ったが、患者の安田太一の顔は正視しかねた。

「癌や無うて、胃潰瘍だすか、ほんなら手術せんかて、この頃、薬で充分に癒るやお

まへんか」

「いや、胃潰瘍でも内科的治療では、少し手遅れだから、手術した方がいい、そのまま放(ほう)っておくと、癌になってしまうから、出来るだけ早く入院して手術することだ」

と云うと、安田太一はいきなり、財前の手に縋(すが)りついた。

「財前先生、お願い申します、どうしても手術せんならんのやったら先生にして戴きとおます、他(ほか)の医者の手術にかかるぐらいやったら、手術せんと薬で癒しますわ」

頑として動かぬ勢いで云った。

「いや、胃潰瘍の手術ぐらい誰でもやれる、たいした手術じゃない」

逃げるように財前が云うと、

「先生に手術して貰われへんのやったら、このまま放っといて、癌になったら遺書を書いて死んだ方がましや」

安田太一は、なおも異様な執拗(しつよう)さで財前に食い下った。まるで佐々木庸平の亡霊が現われ、財前の前にたちはだかるような不気味さであった。財前はその不気味さから逃れたいという思いと、控訴審の証人調べを前にして、たかだか他人の空似ぐらいで脅(おび)えてなるものかという挑むような思いの中で、大きく心が揺らいだ。

歴代の学長の肖像画が並んでいる近畿医大の学長室で、理事長の岡野と、学術会議地方区に立候補する重藤教授、参謀役の増富教授の三人が、選挙作戦を練っていた。

近畿医大の学長は、東都大学出身の七十をとっくに越した退官教授を据え、大学経営の実権は理事長がおさえ、その上、学長は糖尿病で半年前から長期療養をしていたから、今度の選挙は、岡野理事長が采配を振るっていた。背の低い見ばえのしない体つきであったが、鼻翼の広がった大きな鼻と分厚い唇がいかにも遣り手らしい印象であった。

「今度の学術会議選は、なかなか面白うになって来ましたな、うちの重藤教授がテレビで交通傷害の番組に出ると、慌てたみたいに今朝の新聞に浪速大学の財前教授の出版広告が派手に出て、えらい戦闘的やけど、この間、増富教授が、浪速大学の鵜飼医学部長と洛北大学の神納教授と二人で出られた講演会の時の様子はどんな工合でした?」

平和製薬主催で開かれた『循環器疾患』の講演会の時の模様を聞くと、増富教授は、

瘦身を机に乗り出すようにし、
「講演会のあとの宴席は、狸と狐の化かし合いみたいなものでしたよ、片や財前教授をたたせて陰の参謀をやっている鵜飼医学部長、片や洛北大学から立候補が決定している神納教授なのに、鵜飼が、神納さん、あなたが学術会議選になるんですってねと初耳のように驚いてみせると、神納の方も、いや、僕は学術会議選どころか、やらねばならない研究が山積していて極力、辞退したんですがねぇといった工合に、どちらも虚々実々のやりとりで、私は見物席よろしく拝聴させて戴いてましたよ、私の見るところ、神納教授は、〃学界進歩派〃というイメージで、内科学会を中心に、有力な各臨床学会はもちろん、研究費に窮乏している基礎関係の学会にも静かに強く働きかけ、いわば剣道でいう〃音なしの構え〃みたいな態勢で行き、財前教授の方は専ら〃食道外科の財前〃という派手な知名度でマスコミを媒体にして活潑な選挙運動を展開して来るでしょうね、今朝の新聞広告に載っていた『消化器病診断治療集』もその一つで〃外科学界の大権威、滝村名誉教授絶讃の書〃などと仰々しく広告しているものの、中味はこれまで学会誌に発表した論文をかき集め、お体裁にちょっと手を加えた程度のものにきまっていますが、自著の出版に便乗して選挙運動をやるというのは、学者として一番巧妙な術ですよ、したがって、こちらもさらに強力で即効性のある術を打つべきですね」

平和製薬の宴席の時にみせたとぼけぶりとは正反対の積極的な意見を打ち出すと、重藤教授は仕立おろしの英国製の背広の胸もとに、オパールのネクタイ・ピンをちらつかせ、少壮実業家のように整った身装で、

「その点は私も考えていますよ、それにはこちらもコネのあるテレビをさらに強力に利用することで、商業放送である限り、スポンサーをつけて時間を買えば連続番組も組めるのですから、うちと関係のある製薬会社や医療器具メーカーはもちろん、病院へ机や椅子、ベッド、照明器具などを納入している各メーカーもスポンサーに動員して、交通傷害、特に後遺症の啓蒙をやるつもりですよ、医者がつまらん娯楽番組に出るのと違って、歴とした教養番組に出るのなら、とやかく批判されることはありませんしねぇ」

微妙な笑いをためて云った。岡野理事長は大きな鼻をふくらませ、

「うん、そらテレビが今後も使えるようなら、それに越したことはないから、大いにやることだな、何しろ本学の看板教授の重藤教授に立候補して貰うた限りは、理事会としても選挙費を惜しまん方針で臨んでいるから、金の心配はして貰わんでもよろしい」

資金面のことは呑み込んだ口振りで云うと、重藤は、

「いいんですか、ほんとに、大学もこのところ何かともの入りだという時に、私の選挙資金のご面倒をかけて――」

遠慮気味に云いながら、言質を取るように聞き返した。岡野は分厚な唇に煙草をくわえ、一服ぷかっと煙をふかし、

「そりゃあ、東大阪市に大きな分院を新設しようとしている矢先だけに、資金繰りの苦しい時やけど、あんたが当選してくれはったら、選挙費の三百万や五百万は安いものですわ、というのは、一口五万円の病院債を募ったり、厚生省関係に設立許可書を取付けに行くような時、学術会議会員の肩書があったら、学者先生プラス代議士並の政治力と箔がついて、文部省の大学学術局や厚生省などの関係官庁と交渉する際に、何かと好都合ですやろ、あいつら官僚は、肩書なしの丸腰の者を馬鹿にする悪い癖がありますからな、それに本学に学術会議会員の教授がいるということを入学案内に麗々しゅうに書き入れたら、応募者をかき集めるのにも役だちますわ」

私学の理事長らしく、学校経営の面からも学術会議会員の値打を弾き出し、

「ところで大和医大の織田学長のお出は、えらい遅いですな」

五時から始めるはずの会合が、一時間近く過ぎているのを気にして時計を見た時、

事務局員に案内されて、織田学長が入って来た。岡野はすぐ席を起って迎え、

「こちらから伺わねばなりませんのに、わざわざお運び戴いて恐縮です」

腰の低い挨拶をし、正面の安楽椅子を勧めた。

「いや、それは別席へのお招きをお断わりした私の方の勝手ですよ、うちの理事会が終って、次の会合に出かける途中だし、ご承知のような忙しさだから、この方が有難い、それでお話はどの辺まで進んでますかな、お三人お揃いでは相当、いい策が出ているんでしょう」

齢よりは五つ、六つ若く、五十五、六歳に見える色の浅黒い精力的な感じの大和医大の織田学長は、学長であると同時に、理事長を兼任して経営面での実力者でもあり、私大の学長としては珍しい存在で、常に私学の結束に力を入れていた。

「いやぁ、やっぱり織田学長がいらっしゃらんと話が進みませんわ、伝統のある国立洛北大学と浪速大学と闘う限り、こっちは私学連合体で闘わんと勝目がないのですから、何というても私学連合の会長である織田学長がお見えにならんことには、話になりません」

岡野は、つい今まで自学の経営面の採算から学術会議選を論じていたことなど噯にも出さず、私学連合の旗印を押したてた。織田学長は両肘を安楽椅子に置き、

「この頃のようにこう官公立の医大が新設されると、私立医大の入学応募者数は減る一方で、いいのは官公立へ取られて学生の質も低下して来、しかも教授、助教授クラスの目ぼしいのまで官公立医大へ引きぬかれ、正直なところ本学などでは基礎の教授が空席になっているところもあって困っている、その上、私大の医学研究費は、平均すると国立の約一割程度で、研究面から云っても、このままでは私立医大及び私立大学医学部の危急存亡にかかわって来る、したがってこの際、私大の建直し策は真剣に考えねばならず、前期でわが校から立候補して、負けているだけに、今度こそ私学連合の力を結集して、国立を打ち破らなければならない」

三人を見廻しながら強い語調で云い、

「そのためには、まず前期の地方区選の敗因を反省せねばならんが、私の見るところ、前期は私立医大の一番弱いところ、つまり、戦後、医専から医大に昇格してから、同じ学校の卒業生でありながら、医専出と医大出とが犬猿の間柄で、同窓会の寄付のことから、些細なことに至るまで意見が合わず、妙な暗闘をしているその間隙を洛北側に狙われて票を散らされたのだと思うから、今度は一校、一校で医専出と医大出の双方がよく話し合って、意志統一を図るべきで、そういう会合の席へは私も足まめに廻りますよ、その次に気が付いたことは、学術会議選の有資格者でありながら、有権者登録をしていない連中が意外に多いことで、この対策としては各校に必ず票固めの責任者を置くと同時に、教授会、助教授会、講師会、医局会、そして同窓会報などを通して大いに呼びかけることですな」

と云うと、参謀役の増富は、

「それは私も頭を痛めており、各校の教授方にも、どうしたものかと相談したのですが、結局、あの有権者登録のカードは、学会誌に掲載された論文の題名や年月日まで、いちいち、書き込まねばならず、その上、三年ごとに新しく書き換えることになっているから、皆、面倒がって放っておくというのですよ、ですから私が思うには、いっそのこと、本学から立候補者が出るのですから、各校の有資格者の名簿を貰って来、アルバイトを多数使って、本学で一括して登録事務を代行しようかと思っているのです」

「そりゃあいいアイディアですね、早速、うちの医局員に各校を廻らせますよ」

重藤が膝を乗り出した。増富も頷き、

「それから、洛北大学の系列校から独立して、われわれの私学連合に加わった関西医科歯科大学ですがね、前身は女子医専でしたから、あそこの女医会に大いに働きかけ、近畿一円の女医票を集めて貰うよう交渉するつもりです、たまたま私の家内が女子医専時代の卒業生で、現在も講師に残って、女医会の世話をやいていますし、第一、女は男と違って真面目ですから、一度頼み込んで引き受けてくれれば、きちんとやりますからねぇ」

笑いながら云うと、岡野は分厚な唇を開き、

「そういや、あんたの奥さんは、あそこのボスでしたな、聞くところによれば、女医会は学校の寄付の時も、小口でも殆ど全員が几帳面に出してくれるそうですから、婦人団体並の行動力でやってくれることですやろ、名案ですわ」

大和医大の織田学長も、

「女医会とはいいところへ眼をつけましたよ、洛北も浪速大学も、女医会には手をつけられないだろうから、この方は岡野理事長と増富教授にお任せして、私は私学連合の旗印を掲げて、関西の私大だけでなく、東京のK大学やG大学の医学部を出て、近畿地区の病院に勤務したり、開業したりしている連中にも働きかけて、票を集める作戦を検討しますよ」

引き取るように云うと、重藤は気障なほど姿勢を正し、

「学界の大先輩で、しかも私学連合の会長をしておられる織田学長に、そこまでご応援戴きましたからには、めったなことで落ちるわけには行きません」

神妙に頭を下げた。織田は、ぽんと重藤の肩を叩き、

「交通傷害の重藤といわれるあなたですから、大丈夫ですよ、私も応援の仕甲斐があるというものですよ」

「しかし、何分、相手が浪速大学の財前教授と、洛北大学の神納教授ですから、強敵です」

「あなたの感じでは、どちらの方に分がありそうなんです？」

「さっきもその話をしていたのですが、両者、実力伯仲というところですね」

「すると、財前教授の例の裁判は、大してマイナスになってないわけだねぇ」

「ええ、他のことと違って、何しろ何時わが身にふりかかってくるかも知れぬ医事紛争裁判ですから、その裁判に一審で勝訴した財前教授の株はなかなか上っていますし、現在、控訴審の係争中にもかかわらず、敢然と学術会議選に立候補したことが、医者仲間にとってはこの上ない痛快事らしく、財前教授を学術会議会員に当選させ、今後、急増するであろう医事裁判において医師側に有利な判例をこの際、勝ちとって貰おうと、とくに医師会あたりでは、躍起になって応援しているようです、それだけに私としては下手にあの裁判を道具に使って、財前攻撃は出来ないのですが、神納側は〝医学界の進歩派〟が旗印だけに、医者仲間のタブーに挑戦して、選挙戦に使うかもしれ

ませんよ、そうなると両者、泥仕合は必至で、その間に、私が漁夫の利を占めようという算段です」

そう云い、自信のほどを漂わせると、

「その調子でやって下さい、今度こそは、私学連合の面子にかけても、負けられないから、私をはじめ私学連合の役員たちも、ほんとに本腰を入れてやりますよ」

織田は、前期、自学からの立候補者が敗れた雪辱戦をやるような熱意を籠めて云った。

＊

教授室の回転椅子に坐り、財前は苛だった視線で壁時計をみた。十二時五十分であった。

もうすぐ、佐々木庸平の容貌に生写しのような安田太一の噴門癌の手術をしなければならぬのかと思うと、安田太一をはじめてみた時の背筋が凍るような不気味さが生ま生ましく甦って来た。

あれほどの思いをした患者の手術をなぜ、引き受けることにしたのか、財前は、自分自身にも解らなかった。財前の腕にしがみつき、床に這いつくばらんばかりにして、先生でなければと、頼み倒されたからかといえば、そうではない。むしろ、それは財前の最も嫌悪する弱者の醜い姿であった。それなら、たかだか他人の空似に過ぎない患者に、妙に不安な思いを抱いている自分の弱気を打ち消すための虚勢からだろうか。

机の上の電話が鳴った。

「ああ、財前だ――」

「中央手術室からでございますが、患者は間もなく手術可能な麻酔状態に入りますので、教授のご用意をお願い致します」

「解った、今おりて行く――」

がちゃりと受話器をおくと、財前は回転椅子から起ち上った。

中央手術室は、教授自らの執刀の上に、稀少な症例の噴門癌の手術であるせいか、緊張した気配が漂い、財前が準備室に入って行くと、婦長が手術衣と手術帽を持って、財前のうしろに廻った。看護婦が手術衣の紐を結び、マスクをかけ、消毒した両手に薄いゴム手袋をはめて行く間、財前は、むっつり押し黙っていた。用意が整うと、ゴム手袋をはめた両手を横に上げ、マスクの下で大きく息を吸い込み、手術室に通じる扉の前にたった。

自動開閉装置の扉が開き、手術衣をつけた財前が、室内に入ると、何時も抄読会の記録係を勤めている江川が第一助手で、他の二人の助手と麻酔医が定位置につき、一礼して財前を迎えた。財前は手術台へ寄りかけ、足を止めて、中二階のガラス張りの見学室を見上げた。財前教授自ら噴門癌を執刀するとあって、見学する医局員がずらりと並んでいる。そのぎっしりと埋まるように並んだ人影が、ふと佐々木庸平の医事裁判の法廷の傍聴席を埋めている人影のように見えた。財前は、見学者たちを追い出してしまいたい衝動に駈られるのを、辛うじて抑えた。

もう一度、大きく深呼吸して気持を整えると、財前は、手術台に仰臥している患者の左側中央の執刀者の位置に着いた。麻酔で弛緩した腹部を見下ろし、何時になく用心深い表情で、臍上の筋肉を指で押えたかと思うと、

「腹が固いじゃないか、麻酔係は何をやっていたんだ!」

いきなり、患者の頭部にたっている麻酔医に怒鳴りつけた。

「しかし、筋肉弛緩剤は充分に使って、柔らかくしておいたつもりなんですが……」

麻酔医は、財前の不機嫌さに口ごもるように云った。

「つもりでは駄目だ! 弛緩が不充分なために、切開部がうまく広がらず、手術野が狭くなって手術がしにくくなったり、手術中に腸が飛び出したりしたら、執刀者こそ

いい迷惑だ」

平生はメスのきれる自負心から気にもかけたことのない弛緩の状態にまで神経を尖(とが)らせた。

「今さら仕方がない、じゃあ、手術開始だ！　円刃刀(メス)！」

傍らの器械出しの看護婦に命じた。真っ白に輝く無影燈の下で、財前専用の別注の円刃刀(メス)がぎらりと光り、財前の手に渡された。その途端、財前の脳裡(のうり)に二年前、佐々木庸平を手術した時の場面が思いうかんだ。安田太一の顔が、佐々木庸平のように見え、掩布(おいふ)をかけられて仰臥している体が、不意に起き上って来るような錯覚に捉(とら)われ、一瞬、後退(あとずさ)りするように身じろいだが、同時に挑むように財前の手が、手術台の患者の胸部に伸び、剣状突起の直下に円刃刀(メス)を入れた。

深く入れ過ぎたと、財前がわれに返った時は、既に鮮紅色の血が噴き出るように両側へ流れ落ちた。普通より多量の出血であった。財前は強(し)いてそれを無視するように腹部に向って、円刃刀(メス)を切り下ろしかけたが、第一刀を入れる勘を狂わせた動揺がそのまま円刃刀(メス)に伝わり、正中切開は深くなったり、浅くなったりして出血が甚(はなは)しい。介助の三人の助手は、驚いたように顔を見合わせ、慌(あわ)てて止血鉗子(かんし)で止血しながら、開腹鉤(こう)をかけた。

財前は、早くも体にじっとりと汗が滲み出たのを感じながら、押し広げられた手術野に現われた肝臓、十二指腸、大腸、小腸などの腹部臓器を触診し、癌転移がないことを確かめると、胃の触診に移ったが、何時ものように獲物を追うような鋭さも、気魄もなく、財前の脳裡に再び佐々木庸平の幻覚が襲って来、まるでその遺骸をまさぐっているような不気味さだけが増して行く。

噴門部に来て、右の人差指に腫瘤が触れた。小彎側をぐいと引き出すように捻じ向けると、エックス線写真通り、胡桃大の腫瘤が発生していた。発生部位も大きさ、形状も僅かに佐々木庸平の場合と異っていたが、手術そのものは、佐々木庸平の時と同じであった。

「先生、ご気分でも……」

第一助手の江川は、首筋から胸にまで汗が滴り落ちている財前の異常な様子を見上げた。

「いや、何でもない！　癌は噴門部に限局されているが、食道下端すれすれまで侵されているから、胃を完全に剔除し、食道下端と腸管をつなぐ胃全剔術を行なう」

と云い、はじめて手術室の壁時計を見た。一時二十分、たしか手術室に入った時、一時十一分だったから、約十分経過しているだけであるのに、もう一時間近く執刀しているような疲労を感じ、咽喉(のど)が乾いた。

「尖刃刀(クーパー)!」

声を振りしぼるように云い、尖刃刀(クーパー)を握ると、胃の遊離にかかった。十二指腸の先端を切断し、断端を二層縫合して、腹腔(ふくこう)内に埋没し終ると、次は食道の引出しであった。食道を包む厚い横隔膜を輪状に切開し、そこから指先を突っ込み、食道を引き出すのだが、なかなか思うように出て来ない。

「開腹鉤のかけ方がまずい、もっとしっかりかけるんだ!」

怒鳴るように云い、もう一度、指先を突っ込んで、食道を引き出し、第一助手に食道鉗子をかけさせて固定させると、いよいよ食道と胃の切断であった。食道下端に尖刃刀(クーパー)を当て、一刀のもとに切断しかけ、つるりと財前の手から尖刃刀(クーパー)が滑(すべ)り落ちた。その瞬間、手術台の上の患者の体が、すうっと遠退(とおの)き、死がそこに迫って来たような恐怖に襲われた。器械出しに熟練した看護婦はすぐ財前の手に、代りの尖刃刀(クーパー)を手渡したが、手術室に息詰るような気配が流れた。財前教授ほどの執刀者が尖刃刀(クーパー)を取り落したことが、第一助手の江川をはじめ三人の介助者の気持まで動揺させている。

財前の眼が充血し、再び尖刃刀(クーパー)を握ると、今度は慎重に食道の下端に尖刃刀(クーパー)の先を当てて、切断した。鮮紅色の血がぱっと周囲に飛び散り、食道と胃は切断された。ほっと安堵の息が財前のマスクから洩れ、切断した胃を手に摑み取ったが、そのぬるりとした生温かな感触が、佐々木庸平の胃を摑み取った時の感触を呼び起させ、放り投げるように処置台の受皿に投げつけた。

「次は食道と空腸の吻合だ！」

ゴム手袋の右手を再び腹腔にさし入れ、空腸の先端を指に挟み、さっき胃と切断した食道の断端のところまで引き上げ、鉗子をかけて、縫合にかかった。ともすれば鉗子に挟んだ食道が、鉗子からはずれて縦隔洞の奥へ入り込み、縫合のきっかけを失いそうになるのを引っ張りつけるようにして縫合し、縫合不全を起さぬように慎重に吻合して、最後の一本の結紮まで来た時、ぷつんと糸が切れた。

「あっ」

財前は、思わず声を発した。せっかく完了しかけた縫合の糸結びが切れたのは、糸の結び目への力の加え方が疎かな場合に起ることであった。三人の介助者は、もはや、財前が何時もの財前でないことを感じた。最初の正中切開の時の出血多量、食道と胃の切断時に尖刃刀を取り落し、さらに胃と空腸の吻合の糸結びをぷつんと切り、財前教授ともあろう名手にしては不手際が重なり過ぎる。何かがある、そう思うと、三人の介助者たちは、無影燈に照らされた手術室に、俄かに暗幕が降りたような不安を覚え、財前教授を見上げた。財前の顔から滝のように汗が流れ、看護婦がうしろから絶えず、汗を拭っているが、手術衣の胸の汗は異常だった。財前はもう一度、縫合し直したが、日頃の大胆さではなく、初心者のように慎重で、細かな縫合の仕方であった。汗みずくの顔で、やっと吻合が終り、あとは腹腔内の他の臓器をもとへ戻し、切開した腹部を閉じる皮膚縫合であった。

「手術完了！」

嗄るような声で云い、財前は時計を見た。午後四時十六分――、手術が始まってから、三時間五分の所要時間で、何時もより一時間以上も長くかかっている。しかし、それでも、財前には四時間も、五時間もかかったような激しい長い苦闘であった。

「先生、もう回復室へ入れてもいいでしょうか――」

「うん、今日は連日の学術会議選の運動で疲れていたせいか、皆を少し心配させたようだな、実のところ、術中にちょっと目まいがしたんだよ」

中二階のガラス張りの見学室をちらっと見上げ、見学者たちにもそう伝えておくようにという意味合いを響かせて云い、財前は、やっと死地を脱するような思いで手術室を出た。

教授室に帰ってからも、財前は暫く安田太一の手術中に襲って来た不気味な思いが拭いきれなかった。手術室に隣接しているバス・ルームでシャワーを浴び、下着まで取り替え、さっぱりとしたはずであるのに、教授室へ戻って来、コーヒーを飲み、葉巻をくゆらしても、やはり得体の知れない不快感が去らない。

眼も眩むばかりの明るさの手術室の中で、一瞬、暗い影のようなものが財前の眼の前を横切り、食道と胃を切断する時、尖刃刀を取り落したのは、一週間先に証人調べを控えた控訴審に何か不吉な影でもあるというのだろうか——。そう思うと、財前は、机の上の外線直通の電話を取りダイヤルを廻した。

「僕だ——」

言葉短かに云うと、ケイ子の懶げな声が返って来た。

「あら、どうしたの、こんな時間に——」

「少し早いが、今からそちらへ行く」

「そう、じゃあ、今日はお店へ出るつもりやったけど、止めとくわ」

財前の語調で教授室からと感じ取ったらしく、ケイ子もすぐ電話をきった。

財前は、隣室の秘書を呼び、ちょっと学術会議選の会合があるからと云い、わざと気難しい表情をして、教授室を出た。

帝塚山(てづかやま)のマンションの前で車を停(と)めると、財前は人眼を憚(はばか)るように足早にエレベーターに乗り、五階で降りた。ケイ子の部屋の扉(ドア)を低くノックすると、すぐ開いた。胸もとをV字型に大きくきったオレンジ色のワンピース姿で、財前を迎え、

「まあ、顔色が悪いわ、どうしたの」

女子医大中退らしい敏感さで、財前の顔色の悪さを見て取った。

「いや――」

財前は首を振った。

「でも、随分、疲れてはるようやから、少し休んだ方がいいわ」

ベッドを整えかけると、

「ハイボールをくれ、その方がいい」

どさりと長椅子に体を投げ出した。ケイ子は訝(いぶか)しげに財前を見詰め、

「大学で何かあったようね、学術会議選のことでうまく行かへんことでもあったわけ？」

財前はウイスキー・グラスを口に運びながら首を振り、

「いや、手術(オペ)だ、今日の手術のことだ！」

吐き捨てるように云い、はじめて自分以外の人間に、今日の佐々木庸平に似た患者

の手術中に起った動揺を話した。

「いいようのない怖しさを感じたんだ、手術台の廻りにごろごろ屍体が横たわり、その中に僕一人がメスを持ってたっているような不気味さ、あんな恐怖を感じたのは始めてだ……」

「で、手術はうまく行ったのん？」

「うん、危なかったが、最後はうまくやり終せたよ」

太い吐息をつくように云った。

「じゃあ、何もそんなに気にしなくていいやないの、あんたって、悪党のくせに案外、気の弱いところがあるのやね、たかだか他人の空似で、そんなに気持の動揺を来たしたりして——第一、そんなにいやな患者なら最初から、手術を引き受けんといたらいいのに、どうして引き受けたりなどしたの？」

「それが、自分でも解らないのだ、いやだと思いながら、ついずるずると、引きずり込まれるように、引き受けてしまったんだ」

「それで、あの柳原医師は今日の手術のこと、知ってるの」

「いや、あいつは気が弱く、僕でもこんないやな思いに襲われるんだから、云わずにおいたよ」

「そう、それはよかったわ、佐々木庸平さんと同じ噴門癌の手術の成功だったら、ひょっとすれば控訴審にうまく使えるかもしれないから、術後管理を充分にして、今度は死なさないことよ」

ケイ子は、女豹のように光る大きな眼を見開き、財前より落ち着き、冷然とした口調で云った。

「ケイ子、君って女は、僕以上に冷酷で、強い人間かもしれんな、僕の方が参りかけている――」

財前はそう云い、浴びるようにハイボールを飲み干した。

「何云ってるの、私の好きな財前五郎は、機械のように精密な腕を持ち、何が起ってもびくともしない鋼のような強靱な精神を持った外科医やわ、それやのに、控訴審の証人調べに入る段階になって、今頃、何を気の弱いこと云い出すの」

ぽんと撥ね返すように云い、

「裁判の方はちゃんと油断なく、打つ術は打ってあるんでしょ」

「うん、それは、前の河野弁護士だけでなく、国平という医師会の顧問弁護士も増強して、佐々木側の動きを仔細に内偵して、こちら側の不利になるような証人や鑑定人がたたぬように注意している」

「こっちの一番大事な証人の柳原さんにも、ちゃんと、術を打ってあるわけやね」

ケイ子は、安楽椅子に形のいい足を組み、二杯目のハイボールを空けながら聞いた。

「もちろんだよ、僕は忙しいものだから、舅に頼んで、この間、心斎橋の大きな薬局の娘と見合いをさせたよ」

「さすがは海坊主の財前又一さんね、あんたの強面の威しと学位論文の餌に加えて、お嫁さんをあてがうとは、硬軟織り混ぜての巧い術やわ、そこまで出来ていて、それでも、あんたが手術中にそんな妙な心理状態になるなんて、可笑しいやないの」

畳み込むようにケイ子は云ったが、財前の胸に、何時か前任教授の東が「医者というものは、たとえ最善を尽しても自分が誤診して死なせた患者のことは、一生心の中に随いて廻り、忘れられないものだから、メスを持つ外科医は特に気をつけることだ」と云った言葉が思い出された。自分の誤診ではなく、すべては自分が国際外科学会へ出発した後に起った不測の事故に過ぎないと、自分の心に向って、強く云い聞かせたが、どこかに隙間風が洩れるような弱さがある。それが今日の手術の時のような状態になって現われるのだ。財前は眼を据えるように黙って、ハイボールを飲んだ。

「駄目やわ、そんな様子では――、二審の裁判が始まったばかりやというのに、心理的に負けているようやないの、そんなに弱気なら、いっそのこと、示談にでも持ち込んで、お金で解決したらどう？」

ケイ子は侮蔑の色をうかべて云った。そう云われると、財前の胸にあらゆる方策を尽して、二審でも見事に勝ってみせるという挑むような思いが湧き、ウイスキー・グラスを置くと、毛深い手を伸ばし、ぐいとケイ子の体を引き寄せた。

「ちょっと待って、カーテンを引くわ」

まだ明るい外の光を遮るように寝室のカーテンを引き、ケイ子は放恣な姿態で財前を受け入れながら、

「クラブ・リドとかのおしっこ臭い小娘は、怒らさないようにうまく始末をつけることよ、裁判と学術会議選とをかけ持ちしてる時に、カマトト娘までかけ持ちするなんて、あんた馬鹿やわ」

さらりと、加奈子のことを云ってのけるなり、ケイ子の方から巻きつくように体をからませた。

＊

東家のイギリス風の洋間には、適度の冷房がきき、ガラス戸を隔てた夏の朝の庭に

は、カンナやジェラニュウムが黄と赤の燃えるような色を輝かせていたが、室内温度は十七、八度の涼しさであった。

東は薄いガウンを羽織った姿で新聞を広げ、佐枝子がクリスタル・ガラスの紅茶茶碗に食後の冷茶を注ぐと、母の政子は、テーブルの上においた写真を大切そうに両手に取り上げ、

「どうして、こんないいご縁談が気に入らないの、お家は有名な個人病院の院長のご長男だし、アメリカへ留学しておられて三十六歳になられたんだから、年齢の点でも三十二歳のあなたとなら似合いだし、第一、この間のお見合いだって、どこ一つとして感じの悪かったところはないじゃないの、なかなかのフェミニストで、身装と云い、もの腰と云い、何も云うことないじゃありませんか」

政子はたて続けに喋ったが、佐枝子は白いしなやかな手つきで、マスカットの薄い皮をむいていた。皮をむく度に、水々しい緑の肌を現わすマスカットの新鮮な美しさに心を奪われているような様子であった。

「難といえば、ご聡明でしっかり者の聞えの高いお母さまと、まだお祖母さまがご健在だということだけど、それも別に新居をかまえさせると、云って下さっているのですよ」

それでも佐枝子は応えず、東は、葉巻をくゆらせながら新聞を読み、政子独りが喋り続けている。

「一体、どこが気に入らないの、黙っていないで、お返事なさい、何も説明しないで黙っているのは、一番いけないことです！」

痺をきらせるように声高に云うと、佐枝子ははじめて口を開いた。

「でも、私、あまり気がすすみませんの」

「どこが、気に染まないというのです？」

「身装の整い過ぎた気障さ加減から、アメリカナイズされたフェミニストぶりまで、すべてがやりきれませんの」

「まあ、何ということを云うのです、三十を過ぎたあなたの齢からみれば、家柄、財産、人物ともに有難すぎるようなお縁談よ」

「お母さま、何が有難いのですの？　結婚のお話をきめる時に、何を基準にして有難いとか、有難くないと判断致しますのかしら？　そんな安易な考え方をして戴きたくありませんわ、私はお母さまがあまり、喧しくおっしゃるものですから、いわゆるお見合いという程ではなく、カラヤンのベルリン・フィルハーモニーをご一緒に聴くという形で、この間の音楽会にお母さまのおっしゃる通りに参っただけですわ、それで私がこの方と思って決めるのなら、とっくに決めていますわ」

　そう云いながら、佐枝子は里見脩二とはあまりに違い過ぎる見合相手を思いうかべた。チョーク・ストライプの背広の袖口から、翡翠のカフス・ボタンをちらつかせ、俳優のように整った顔に終始、微笑をうかべて、アメリカへ留学したけれど、音楽はヨーロッパのクラシックが好きですと、佐枝子に迎合するように話す三十六歳の男は、決して医者になるタイプの人間ではなかった。たまたま、父祖代々の病院の長男に生れたから、医者になったというだけの人物のように思えた。人間の生命を預かる医者というのは、里見脩二のように人間の生命の尊厳に、真摯であらねばならぬと思うと、今さらのように佐枝子の心に、里見の姿が強く刻まれた。

　政子は投げ出すように、東の方を見た。

「あなた、あなたも黙って、新聞ばかりご覧になっていらっしゃらないで、何とかおっしゃって――、だいたい、あなたが大学に在官中にきめておおきにならないから、いけないのですよ」

「そりゃあ私だって心掛けなかったわけではない――」

　自分の後任教授に、金沢大学の菊川を推した時、口には出さなかったが、秘かに菊川と佐枝子の結婚を考えていたのだった。

「あなたは何時も、そんな風に何々しなかったわけではないとか、思わないわけではないとか、どうして、そう何事にも煮えきらずに優柔不断でいらっしゃるのです」

「別に優柔不断じゃない、私は、政子のようにせっかちではなく、熟慮の後、断行するタイプなんだ、佐枝子もどちらかといえば、私の方のタイプだな」

佐枝子は、父の方をみてかすかに笑うと、政子が、ふと気付いたように、

「そうそう、この間から、佐枝子宛に金釘流の女文字で二度もたて続けに来たお手紙、あれ一体、誰からなんです？」

佐枝子は、応えずにいた。

「たしか、亀山君子とかいう名前だけど、どんな人なの？」

「なに？　亀山君子――」

父の東の方が、驚くように聞き返した。

「佐枝子、お前、まさか病棟婦長だった亀山と……」

「そうですわ、お父さまの病院へ私が参った日がございましたでしょう、あの日の帰り、エレベーターを降りたところで、ばったり亀山さんと会い、彼女が財前さんの総回診の時のことで、あの医事裁判に関聯する重大なことを知っていることを耳にしたので、控訴審の証人になって貰えるように頼んでいるんです、あの人の家へまで出か

けて行って、頼んだのですけれど、あの人はともかく、ご主人が大反対なんです、それでも私は一生懸命に頼み込む、あの人は一生懸命断わるという調子で、手紙のやり取りをしておりますの」

政子の顔色が変った。

「佐枝子、あなたはどうしてそんなことをするのです？　私たちと何の関係もない人の医事裁判のことなど、しかも現在、縁談が起っている大切な時期に、何というくだらないことをしているのです」

そう云い、東の方へ向き直り、

「あなた、あなたはどうお思いなんです」

俄かに咎めだてるように云った。東も驚愕した表情で、

「佐枝子、お前の気持は解らないでもないが、そこまでしなくてはならないものだろうか、裁判の証人など誰だっていやなものだ、殊に亀山は、財前君が教授になってから間もなく、看護婦をやめてしまっている、それに、せっかく結婚しておさまっている当人にとっても迷惑な話だろうから、亀山の家まで出かけて、断わられたらもうそれ以上はいいじゃないか、それに私が関口弁護士や里見君から、佐々木側の鑑定人の相談を受けたりして、間接的に協力しているんだから、お母さまの云う通り、佐枝子

まで関係することはないと思うがねぇ」

東も、娘の身の上を按じるように云った。

「じゃあ、お父さまは、あの事件がご自分に、何の関係もないと、平然とおっしゃるのですか、私はそうは思いませんわ、失礼ですが、お父さまは財前さんという確かに医術に優れた後進をお育てになりましたけれど、医学者のモラルをお教えになりましたでしょうか、亡くなられたお祖父さまは、私がまだ女学生の時、医学者というものは、三つ葉のクローバーのように医学、医術、医道の三つのうちどれ一つ欠けても、りっぱな医学者とはいえないんだよ、とおっしゃったことがございますわ」

そう云い、佐枝子は、壁にかかっている勲二等の勲章を礼服の胸に飾った日本外科学界の功労者であった祖父のいかめしい肖像を見上げると、東も一瞬、言葉を跡絶えさせた。佐枝子は、静かに言葉を継いだ。

「もちろん、医者も普通の人間ですわ、ですけれど、人間の命を預かるという特殊な職業を考えれば、自ら一般のモラルより高く持するのが当然だと存じますわ、そのような医者としての厳しいモラルを、お父さまが、財前さんをはじめ教室員の方々に教育なさっておられましたら、第一外科教授に財前さんのような方がならず、今度のような事件も起らなかったと思いますわ」

佐枝子の言葉に、東が重く押し黙り、時計を見て、病院へ出勤する用意に起(た)ちかけた時、部屋の扉(ドア)が開いた。

「只今(ただいま)、速達が参りました」

若い女中が、東宛の速達をテーブルの上においた。東はすぐ、手に取って封書の裏を返した。正木徹――、東京K大学の正木助教授からであった。東は訝(いぶか)しげに、急いで封を切り、読み終ると、

「佐枝子、財前君は、佐々木側の鑑定人にたとうとしている正木助教授に、K大学が私学であることをいいことにして、K大学の筆頭理事で、法曹界の大立者である人物を使って、圧力をかけているそうだ、正木助教授が鑑定人にたつことを止(や)めなければ、将来、約束されている教授の椅子(いす)が危なくなり、傍系の病院か、研究所へ出されることになるかもしれない気配をちらつかせているということだ、何という卑劣な奴(やつ)だろう、財前というのは――」

東の眼に怒りの色が広がった。

「佐枝子、お前は、お前の思い通りにおし、お父さまも、考えるところがあり、財前君に対してこれまでと異(ちが)った態度をとるかもしれない」

何か、心に強く決めるように云った。

医師会の顧問弁護士である国平は、尼崎の町工場が犇くように建っている溝川沿いの道をゆるゆると車を走らせ、番地を追っていた。

トラックやダンプ・カーの往来の激しい工場街に、冷房付きの高級車は人目につき、木造の住宅から主婦や子供たちの物見高い顔が覗いている。国平は、元浪速大学病院の病棟婦長をしていた亀山君子の家を探しているのだった。川沿いの道を二丁程南へ行き、右へ折れると、やっと三光機械の社宅を見付けたが、そこから先は車が入らない。国平は車を降りると、砂埃を払うように麻のハンカチーフでぱたぱたと衿もとのあたりを払い、菓子箱をさげて、端から五番目の塚口という標札が掲っている玄関にたった。表のガラス戸は開け放しになっている。

「ご免下さい、塚口さん、いらっしゃいますか」

「はい、どなた――」

夕食の仕度をしているらしく、油ものを煠める匂いがし、アッパッパのようなワンピースを着た女が顔を出した。

「旧姓、亀山君子さんとおっしゃるのは、あなたでいらっしゃいますか」

国平は、鄭重なもの腰で云った。

「ええ、私ですけど、何か？」

君子は、あまりに身装が整い、自分たちの家に不似合いな訪問客を訝しげに見た。

「じゃあ、やっぱり浪速大学病院の病棟婦長だった亀山君子さんでいらっしゃるのですね、突然でまことに失礼なんですが、ちょっとお伺いしたいことがありまして、お邪魔させて戴きたいのです」

国平は、君子の返事も待たず、扇風機がかかっている玄関横の四畳半へ上り込んだ。

「あなたが病棟婦長をやめられてからも、看護婦さんや若い医局員たちが、あなたの人柄を懐かしんでいるそうで、なかなかご信望が厚かったわけですね」

にこやかな笑いをうかべた。

「あの、どちらさまでいらっしゃいますか」

「ああ、これは失礼――、私は財前教授から依頼を受けている弁護士の国平という者です」

と云うと、君子は、はっと表情を硬くした。

「実は、ご承知の裁判に関することでお伺いしたのですが、あなたが病棟婦長をしておられた時、佐々木庸平という患者が入院し、その患者の術前の教授総回診の時、あなたもその場に居合わされたそうですね」

「さ、さあ……、いいえ、私はおりませんでした」

「ほう、おかしいですね、あの患者の入院から死に至るまでの診療と看護に関係した医局員と看護婦のリストを、安西医局長が作成し、それを調べておりましたら、当時、あなたはあの病棟の婦長で、あの教授総回診の時に居合わせ、財前教授が柳原医師にどういう指示を与えられたかを聞き知っておられるはずですがねぇ」

国平は、相手の反応を見定めるように視線を凝らした。

「いいえ、何も覚えておりません」

否定しながら、君子の顔色が動くのを、見逃さなかった。

「しかし、そこに居合わせられたのなら、全部覚えていないにしても、何か一つぐらい覚えていらっしゃるはずでしょう、病棟婦長をしていたあなたが、まさか何も知らないなどとはねぇ」

君子はごくりと、唾(つば)を呑(の)み込んだ。

「いいえ、ほんとうに知らないんです、それにもう、病院をやめましてから二年近くも経(た)って、女は家庭へ入ってしまいますと、昔の仕事のことなどすっかり忘れてしまいますので――」

そう云い、あとは栄螺のように固く口を閉じた。表に足音がした。

「おい、帰って来たでぇ、腹減った、飯や、飯や！」

怒鳴るように云いながら、夫の塚口雄吉が家へ入って来た。君子が狼狽するように腰を浮かせかけると、それより先に、国平が、さっと腰を上げて、玄関へ出、

「ご主人でいらっしゃいますね、お留守にお邪魔しておりますが、私はこういう者でございます」

弁護士の名刺を出すと、雄吉は汗くさい作業衣を投げ出し、

「ふうん、この間は医者の娘の東とかいう女で、今日は弁護士か――、なんで、こないひつこうに来んならんねん、何回来ても同じじゃ」

慌てて横から君子が、夫の腕を突っついたが間に合わなかった。雄吉は、国平弁護士を佐々木側の弁護士と取り違えているのだった。

「ほう、東佐枝子さんがここへ来られたというのは事実ですか？」

国平は半ば愕き、半ば信じられぬように聞き返した。

「ほんまやとも、二回も来よったわ、二回目は果物籠を持って来よったさかい、投げ返したったわ、どない云われても、わいらは自分と何の関係もない人の死んだ裁判の

証人など真っ平や、医者に楯ついて損するようなことはせえへんぞ」

　吐き捨てるように云うと、国平は俄かに笑顔をつくり、

「いや、私は医者を訴えている患者の遺族側ではなく、財前教授側の弁護士で、たまたま、あなたの奥さんが、病棟婦長として財前教授の総回診の時、居合わせておられたので、その時のことで、万一、思い違いでもして、佐々木側に有利な証言でもされると、当の財前先生はもちろんのこと、あなた方も、今後、決してお得ではないということを申し上げに参上したのですよ」

　妙に丁寧なもの云いで、雄吉たちが不為になることを暗示するように話し、

「さっき塚口さん自身がおっしゃった通り、何事によらず、医者に楯つくほど馬鹿げたことはありませんよ、何と云っても病気になったら最後、医者と患者の関係は対等ではなく、治療するものと治療を受けるものとの上下の関係になるのですからねぇ」

　そう云い、にやりと笑った途端、雄吉の顔に複雑な表情がうかんだ。それは自分の生活を守ろうという反面、権力を笠に着てものを云う人間に対する庶民の持つ生理的な嫌悪感のようなものであった。

「わいらはどっちにもつけへん！　誰が何と云おうと、どっちの証人にもなれへんから、ぐずぐずせんと帰ってくれ！」

「しかし、塚口さん――」

国平が言葉を継ぎかけると、

「それに女房は今、妊娠中や、何ちゅうてもあかん、これ以上、ぐずぐずしてたら叩き出すぞ！」

旋盤工らしい筋肉の盛り上った肩をいからせた。さすがの国平も内心、慌てたが、

「暴力はいけません、理由の如何にかかわらず、暴力はふるった方の負けですからねぇ、じゃあ、これで失礼――」

弁護士らしい云い方をし、手土産の菓子箱をそのまま持って、玄関を出、二、三軒目の家の前の薄暗がりまで来ると、急に足を止め、上衣の内ポケットから白い角封筒を出し、菓子箱の包装紙の間へ素早く挟み込むと、もう一度、塚口の家へ引っ返した。

「なんや、また来たんか、今度は何の用や」

「いや、せっかくお持ちした手土産を、うっかり置き忘れたものでしてねぇ」

「そんなもん要らん、持って帰れ！」

「まあ、まあ、そうがみがみおっしゃらず、ほんの手土産のお菓子ですから、ご遠慮なく――」

押しつけるように云うなり、突き返されぬように、素早く玄関を出た。

車を待たせてあるところまで急ぎ足で引っ返して来ると、国平は汗だらけの顔でほっと息をつき、すぐ堂島の財前産婦人科医院へ行くように運転手に命じた。

財前産婦人科医院の別棟になった住いの方へ国平が車を乗り着けると、老婢(ろうひ)がすぐ出迎え、廊下伝いに冷房のきいた奥座敷へ案内した。

又一は国平の姿を見るなり、診察衣を着たままの姿で待ちかまえていたように、

「どないでした、亀山君子の方は？」

と聞き、又一と並んでいる財前五郎も気懸(きが)かりそうに国平の顔を見た。国平は坐りながら、

「全く危ないところでしたよ、なんと東佐枝子が、佐々木側の証人になるように亀山君子に働きかけに行ってたんですからねぇ」

「えっ、東佐枝子が――」

財前五郎の顔に、驚愕(きょうがく)の色がうかんだ。

「それで、どういうことになったのです？」

「それが、亀山君子の亭主というのが、いわゆる職人気質(かたぎ)というのか、どうにもこうにも融通のきかん奴でしてねぇ」

君子の家であったことを詳しく話すと、財前又一は海坊主のようにぬるりとした頭を光らせ、
「ふうん、そら、危機一髪でしたな、明後日から控訴審の証人調べという時に、よう亀山君子のことに気が付き、危ないところで食い止めてくれはりましたな、それにしても、金包みを一万円と、五万円と二通りポケットに用意しておき、こら危ないと思ったら、さっと五万の包み、それも無地の角封筒に名前も何も書かんと菓子包みに挟み込んで来はるとは、全く水際だってますわ、その亭主、えらそうなこと云うても、今頃、菓子包みを開けて、ぽんと五万円入ってるのを見たら気が変りますやろ」
「いや、あの男はなかなかの偏屈者だから、ひょっとしたら金を突き返して来るかもしれませんが、そうなったら、あの会社の重役と話をつけて、上から圧力をかける術がありますよ」
「重役いうて、知ってはりますのか」
「ええ、偶然ですが、四年前、三光機械の特許権関係の訴訟を手がけたことがありましてねえ」
「そら好都合や、さすがは国平先生、次々と新手を考えてくれはりますな」
又一は調子付くように云ったが、財前五郎は、亀山君子が、どの程度のことを知っ

ているかを、聞き知りたかった。

「一体、亀山は、どの程度のことを知っているらしい様子です？」

「そこですよ、そこのところを何度も聞いたのですが、知らぬ、存ぜぬで、しまいには、女は家庭に入ったら昔の仕事など全部忘れてしまうものだと云い、あとは栄螺のように口を閉ざして、だんまりの一手ですが、財前教授の方に何か、お心当りのことでもおありですか」

逆に国平が問い返した。

「いや、その頃、亀山が病棟婦長であったことは事実だが、あの総回診の時、亀山がいたか、どうか、ちょっと僕の記憶も曖昧なんですよ、病棟婦長というのは、教授総回診の時でも、その病棟で急変した患者が出ればその方へ走って行かねばならない時があり、遅れて来ることもあるので、病室へ入っていても、教授である私のすぐ傍にいて私の診療を具に見聞きしていたか、どうかは分りませんからね」

そう云いながら、財前は、亀山君子が温順な性格から先任教授の東に気に入られていたが、自分が教授になってから間もなく、病院を止めたことがいささか気になった。

「まあ亀山君子は、今のところどっちにも随かないと云っていますし、それに今の今、証人にたつというわけでもありませんから、それより、あの北の萬力の仲居の件は、確かに大丈夫なんでしょうな」

国平は、又一に念を押すように云った。

「大丈夫だすとも、この間もお話ししましたように、二、三回、萬力へちゃらちゃらと遊びに行き、五郎が国際外科学会へ出かける壮行会の座敷へ出た芸者と仲居を虱つぶしに調べ、五郎が廊下の電話で話してた時、うしろを通り合わせた仲居が、お絹さんという仲居やと解るなり、巧い工合に鼻薬をきかせて、口止めしてありまっさかい、大丈夫だす」

財前五郎が、壮行会の最中、柳原から患者の急変を伝えて来た電話に、「術後肺炎を起しているんだろうから、抗生物質で叩いておけ、僕はいささか酩酊気味だ」と酒気を帯びて応えた事実を、舅の又一が慎重にもみ消しておいたのだった。

「そうすると、あとは医学的な証人と鑑定人関係ということになりますが、これは財前教授が間違いのない術を打って下さっているわけですね」

国平が云うと、財前は精悍な眼で頷いた。

「まず胸部の断層撮影を術前に撮っていたらどうであったかという鑑定にたって下さる奈良大学の竹谷医学部長には、たまたま学術会議選の全国区にたたれるのを幸いに、全国区票をこれだけまとめるからという票の手土産を持って、先日、奈良まで足を運んで、鑑定方をお願いしておいたから、悪くなるはずがありませんよ、一方、佐々木側の鑑定人としてたつ東京K大学の正木助教授の方には、彼の岳父であるK大学附属病院長と、筆頭理事の実力者を動かして、正木の鼻先に次期教授の椅子をちらつかせているから、これも心配ないと見ていいでしょう」

「じゃあ、学内から財前側の重要な証人にたつ柳原医師と金井助教授の方は、大丈夫なんですね」

「もちろんです、柳原医師は死亡した患者の受持医として、金井助教授は、教授の私が渡欧中、第一外科の医局を預かり、医局員を監督していた医長代理としての責任上、うっかりしたことを云えるはずがなく、控訴審に備えて、常日頃から、あの二人には気を配ってあります、特に証人調べのこちら側の第一陣に出る金井助教授とは、ちゃんと細かな打合わせをすませていますよ」

落ち着き払った微妙な笑いをうかべた時、廊下に足音がし、看護婦が襖を開いた。

「先生、加島屋さんの御寮はんの陣痛がはじまりましたからお願いします」

大阪の老舗の夫人らしい妊婦の様子を告げたが、又一はすぐ腰を上げず、

「慌てんでええ、あの御寮はんは何時も派手に呻くのが癖なんやから」

「ですけど、何か注射をしてほしいと云うて、ききはれしませんのです」

「全く手のやける御寮はんやなあ、陣痛の時に打つ注射なんかあらへんけど、そない注射が好きならビタミンでも打って、安心さしときぃ」

そう看護婦に云いつけ、国平の方へ向き直ると、

「えらい失礼しました、で、裁判の話の続きでおますけど、証人はもちろん、鑑定人関係にも万全の術を打ち、その上、国平先生みたいな腕のたつ先生が随いてくれてはるのやから、二審も勝つにきまってるようなものですな、さあ、どうぞご一献、間も無う、先日来、例の汚職事件にかかりきってはる河野先生も寄ってくれはることでっしゃろ」

と云い、上機嫌で国平弁護士に酌をした。

芦屋川の山手にある東家の二階の書斎は、夜になると冷房をきった方が、自然の涼しい風が吹き込んで来る。

浴衣姿の東は、机の上の書物を片付け、

「金井君、よく来てくれたね、久しぶりじゃないか」

と云った。以前は肺癌（はいがん）や発癌理論の本を積み上げていた机に、今は医療行政や病院管理に関する書物が広げられている。金井はちらっとその方を見、一礼して、気詰りな様子で椅子に坐（すわ）った。

「せっかく来てくれたんだから、そう固くならず、ゆったり寛（くつろ）いでくれ給（たま）え」

と勧めたが、東に師事して胸部外科を専攻し、東に眼をかけられていながら、第一外科の後任教授をきめる教授選の際、財前の方へ随き、その論功行賞として助教授になった心苦しさが、金井の姿勢を固くしていた。その上、東が現役教授時代には、東詣（もう）での人の出入りが絶えなかった広い邸（やしき）が、ひっそりと静まりかえっていることも、金井の心を重くしていた。

「どうだね、この頃の医局は？」

東は、金井の緊張を解きほぐすように云った。

「はあ、そりゃあ、何しろ大世帯（おおじょたい）の医局ですから、いろいろと不満もありますので、時々、進言は致しているのですが、どうも――」

「財前君が、取り上げないと云うのかね」

「そういうわけでもありませんが、佃講師や安西医局長などの取巻きがいますので、その点、私もいささかやりにくい面があります」

ふと洩らすように云うと、

「佃君といえば、どうしている？　如才のない性格で人まとめはうまいが、あまり勉強しない方だな、あれで講師が勤まっているのかね」

「その点は、財前教授が何かとかまっておられるので勤まっています、それだけに彼は教授命令とあれば、どんなことでもやり過ぎ、今日も――」

と云いかけ、金井は黙った。佃は、この一週間ほど学術会議選の票集めのために、三人の選挙専従者を引き連れて奈良、和歌山の系列大学、系列病院へもぐっており、今夜あたりは洛北大学の系列校の票を食い千切るべく、単身、三重大学へもぐっているはずであった。しかし、さすがにそこまでは云えず、言葉を濁しかけると、扉が開いた。

「金井さん、お久しぶりでございますこと――」

藍色が匂いたつような清楚な浴衣を着た佐枝子が、飲みものを運んで来た。金井は椅子からたち上り、

「こちらこそ、その後、すっかりご無沙汰申し上げております、どうぞ、おかまいなく――」

背の高い痩せぎすの体で恐縮するように云うと、佐枝子は、白い頬を微笑ませ、

「何のおかまいも出来ませんけれど、どうぞ、久しぶりにごゆっくり遊ばして下さいまし、父が喜びますから」

金井と父にビールを注ぎ、静かに部屋を出て行ったが、一陣の風が吹き込むような余韻が残り、部屋の中に爽やかな柔らぎのようなものが漂った。金井はやっと重苦しさから解放されたように、

「今夜、私をお呼びになりましたご用と云いますのは？」

と聞くと、東はビールを空けながら、

「ほかでもないけれど、明後日から開かれる例の財前君が訴えられている裁判の証人調べのことだが、君としてはどう考えているんだねぇ」

柔らぎかけた金井の表情が硬ばった。

「私は、財前教授の不在中に医長代理を任命され、教授に代って、外来診察、病棟回診、医局員の監督一切を任されていましたから、今回の事件は、財前教授の事件であると同時に私の事件でもあると思っています」

「うん、その点は解る、しかしそのことと、財前君が誤診したかもしれないということとは別問題だ、万一、誤診していたのなら、何よりも医学的真実を述べることだよ、医者として誤診はないに越したことはない、しかし神ならぬ人間である以上、誤診は

絶対的に避けられるものではないから、誤診であった場合は、それにどう対処するかが医者の道徳であり、ひいては医学の正しい進歩を考える道だ、特に君は、胸部外科専攻だが、その君が今度の控訴審でも第一の争点になるはずの胸部エックス線写真の陰影について、もし偽りの証言や、誤った証言をしたとすれば、十数年来、続けて来た君自身の研究業績を否定することにもなりかねない」

金井は口を噤んで、顔を俯けた。

「金井君、君の怖れているのは、君が真実を話すことによって、助教授の椅子を失うことだろう、しかし、今度の控訴審では、財前君が、勝訴するとはきまっていないよ」

はっとするように金井は顔を上げ、

「しかし、先生、鵜飼医学部長も参画して財前教授は、あらゆる手段を尽して、医学的な鑑定人には一流大学の有名教授を配し、万全を尽しておられますから、敗れることなどとても考えられないのですが……」

信じられないように云った。東はビールのコップを置き、

「一審の時は、医学に素人であった原告側弁護士が、この一年半の間に多くの専門家に会い、私のところへも勉強に来、一審の時には考えられなかった問題点が出て来た

と同時に、医学の正しい進歩のためにという純粋な立場から患者側の要請を受け入れて鑑定人にたつという医学者も出て来ている、胃癌の肺転移について著しい業績を上げている東京K大学の正木助教授もその一人だよ」

「正木助教授が鑑定に？　やっぱり——」

金井は、胸を衝かれるように聞き返した。

「ほんとうだ、私が関口弁護士から頼まれて正木助教授を紹介したんだ、ところが財前君は、向うが私学であることをいいことにして、筆頭理事で法曹界の大立者である人物を使って、正木助教授に圧力をかけていることを、正木君からの手紙で知ったが、当の正木助教授は、純医学的な立場にたって、敢然と鑑定すると云って来ている、そして大河内教授も、控訴人側の鑑定人として病理所見の鑑定に再びたたれるそうだから、君も、財前君が、控訴審でも勝訴するにきまっているなどと頭からきめてかからず、財前君が敗訴する場合のことも考えて、今後の自分の行動を決めることだね」

と云うと、金井の顔色がみるみる変った。

「先生、それはほんとうに有り得ることでしょうか」

「そりゃあ、裁判の結果というものは、判決が下るその瞬間まで解らないものだが、曾て君に直接、手をとって教えた私としては、君の将来を懸念して証人調べの前に、一言話しておきたかっただけだよ」

そう云いながら、東は一審の時は、教授選のことで財前と複雑な利害関係がある者として鑑定人にたてないのを幸いに、傍観していた自分が、今は傍観者ではなく、娘の佐枝子と同じ立場にたっていることを感じた。

夜の十時を過ぎた三重大学の校門を入り、医学部の建物の前まで来ると、佃はあたりを見廻し、人影のないのを確かめてから、階段を上って行った。足音をしのばせたが、木造の古びた建物の床は、歩く度にみしみしと、軋んだ。佃は思いきって靴を脱ぎ、靴下のままで外科の三宅助教授の部屋まで小走りし、扉を押すと、消化器病学会で親しい三宅が待っていた。

「誰にも見付かりませんでしたか？」

「ええ、この調子ですから――」

片手にぶら下げた靴を示した。三宅は安心したように扉を閉め、内鍵をかけたが、助教授室とは名ばかりで、三坪程のところに机と椅子、本棚、ファイル・ボックスが押し合うように置かれている。その上、低い天井に雨漏りの汚点が這い、窓ガラスの木枠が歪んで、雨を孕んで来た風が、木枠の間から吹き込んでいる。

「驚かれたでしょう、聞きしにまさるおんぼろ建物で――、戦後に出来た地方大学というのは、殆ど旧軍隊の兵舎や学校を利用しているんですから、英霊の幽霊が出ないだけましとしているんですよ、浪速大学などの新築の建物などと比べると、さしずめ、天国と地獄ですねぇ」

三宅は、古びて陰気くさい部屋の主にふさわしい陰気な声で云った。

「いや、こういう研究の場を見ると、われわれはお恥ずかしい限りです、このような古びた建物、設備も整わないところから、りっぱな研究を学会へ発表されておられるのですから、敬服のほかはありません」

大げさに褒め上げ、手土産にさげて来たジョニーウォーカーのウイスキーを机の上に置いた。三宅は高級な舶来物に、ほうと眼を見張ったが、浪速大学の医局には患者からの贈り物のジョニーウォーカーの五本や六本は、何時も転がっている。三宅はすぐコップを持って来、

「佃さん、田舎町の小料理屋やバーでお会いするより、人気のない深夜の学内でお会いする方が安全でしょう」

と云い、真っ暗な窓の外へ眼を遣った。陽にやけたカーテンの隙間から雨に濡れた

病棟の灯りが見え、佃まで地方大学の医学部へ飛ばされたようなうらぶれた錯覚に捉われ、しんみりとしかけたが、学術会議選の票集めのため、他大学系へもぐって来たのだと思うと、俄かに饒舌になった。

「さすがは三宅助教授、ここなら仲居やホステスに気兼ねなく、内密にお話が出来ます、ところで例の件は、いかがでしょう」

一カ月前から、三宅に手紙や電話で秘かに連絡を取り、三重大学の票集めを依頼しておいたことを切り出すと、うまそうにウイスキーを飲み始めた三宅は、眉を顰めた。

「実はちょっと困ったことになっているのですよ、というのは、私がせっかく、こつこつと有権者の医局員の票集めをしている矢先に、一昨日、教授が医局へふらっと顔を出し、本学は洛北大学の系列校だから、神納教授を推すようにと医局長に指示したんですよ」

「そんなことは始めから計算に入れてのことではありませんか、それで、どうなったのです」

佃は、急き込むように聞いた。

「うちの教授は来年、二月に停年退官ですから、この頃の現金な医局員は、はいはいと返事だけして、今のところはこれまで通り、私に約束してくれた分は動くことがありませんし、これからも財前票の票集めに協力してくれると思います」

「そうでしたか、やっぱり、三宅助教授を見込んで、しつこいぐらいにお願いしておいてよかったです」

と云い、佃は、三宅のコップにウイスキーを注いだ。

「しかし、佃さん、本学の数ある教授、助教授の中で、どうして私が、マークされたんでしょうね」

三宅は、佃の話に乗った自分を後悔するような語調で聞いた。佃はそんな臆病で陰気くさい三宅の様子をじっと見、

「それは、今、三宅先生、あなたご自身が口にされた如く、おたくの教授の停年退官が来年の三月で、その後任教授について、助教授のあなたが昇格するか、洛北大学の講師がぽんと天下りして来るか、目下、微妙な情況にあるからですよ」

「だが、それは、あくまでうちの学内だけの問題で、どうして学術会議選と……」

訝しげに首をかしげると、佃は向い合っていた椅子をずいと三宅の方へ近付けた。

「お解りになりませんかねぇ、先生ほどの方がこちらの腹のうちが？」

妙に気を持たせる云い方をし、

「ご承知のように外科学会で顔のきいているうちの財前教授が、あなたの学会での発

表や学会誌への論文掲載の便宜を計って、三重大学の三宅助教授を学会で際だたせ、洛北大学の天下り教授を退けて、次期教授になれるよう協力をする、その代り三重大学の学術会議選票を出来るだけ多くまとめて貰いたいというわけですよ」

外科学会における財前の力をもってすれば、同じ発表内容のテーマがぶつかった時、自分の意中の人物を先行させたり、発表時間を長くしたりすることは何でもないことであった。そうすることによって学会における三宅助教授の存在を際だたせて、次期教授への足がかりに利させようというわけであった。三宅はあまりに正面きった大きな取引に戸惑うように暫く黙り込み、

「洛北大学の講師が天下って来るかもしれないなどという情報を、どこから耳に入れられたのです？」

なおも用心深く探るように云った。佃は次第に網にかかって来る魚を見詰めるような眼で、

「おたくと同じ洛北大学の系列校である滋賀大学からですよ、この七月、例年通り、私が学生を引率して琵琶湖畔の堅田へ夏期実習に行った時、たまたま滋賀大学の研修班と出会い、そこで聞いた話なんですよ」

と前置きし、最近、滋賀大学の生化学の教授に、洛北大学の講師がぽんと天下りし

たが、それは洛北大学から立候補する神納教授の票固めのための布石で、そうした洛北大学のやり方が汚ないと、滋賀大学の若い助教授、講師たちが憤激していたこと、そして洛北大学は、おそらくこの術で次々と系列校の教授のポストを押えて行き、次は三重大学の番だろうと噂していたことを話した。みるみる酒気に赧らんだ三宅の顔が昂奮してくるのを見定め、佃はさらに言葉を継いだ。

「まあ、滋賀大学は、石橋医学部長自らが洛北大学出身で、洛北との結びつきが非常に緊密なので、浪速大学としても手出しが出来ませんが、おたくの医学部長は名古屋大学、つまり学術会議選では中部地区に属する大学の出身者だから、斬り込む余地があると見、その上、あなたが次期教授の候補として、洛北大学からの天下り人事と闘わねばならぬ情況にあることを耳にして、もし浪速大学へ票送りをして下されば、あなたの外科学会における序列を財前教授がうまく押し上げ、教授選に有利になるように計らうというわけです」

一気にまくしたてた時、不意に人の足音がした。佃と三宅は、さっと酔いが醒める思いで顔を見合わせた。

「どなたですか――」

三宅は努めて、平静な声で聞いた。

「先生、まだいらしたのですか、電燈が点いているので見に来たのです、守衛です」

「ああ、守衛さんか、ご苦労さま、仕事が残っているんだが、もう少ししたら帰るよ」

ほっと吐息をついて応え、守衛がたち去ってしまうと、佃は飲み直すように、二人のコップにウイスキーを満たした。三宅はそれを口に運びながら、さっきの佃の話を思い返し、

「そうでしたか――、滋賀大学のあの人事はどうも納得が出来ないと思っていましたら、学術会議選の票固めのためだったのですか、私たちの方は運よく学術会議選のある十一月末日までに退官する教授がいないものですから、滋賀大に対したような露骨な術は打てなかったというわけですか――」

よほど腹に据えかねるのか、怒気を含んだ声で云い、

「佃さん、ここまで打ち割ったお話をしたからには、うちの教授の意向の如何にかかわらず、隠密作戦で出来る限りのことをやってみましょう、しかし、如何に外科学会の実力者である財前教授が、私を外科学会でご推挽下さるとはいえ、本学は洛北大学の傘下にある学校ですから、私としては一歩間違えば、千仞の谷です、くれぐれもよろしくお願いしますよ」

念を押すように云った。

「それはこちらだって同じことです、洛北大学系の敵陣へもぐって、約束はして戴いたが、土壇場で票は貰えず、洛北へ流れたとなると、こちらは見込み違いの減票になる上に、対立候補に票が廻るのですから、上下大番狂わせになりますからねぇ」

「解りました、じゃあ、選挙投票日が十一月三十日ですから、投票日の十日前ぐらいに、最低二百票は取りまとめてお渡ししましょう」

「もぐった甲斐がありました、これは財前教授から医局員の方への犒いにということです」

財前から預かった預金通帳の中から、昨日、引き出したばかりの現金十万円が入った封筒を机の上に置き、コップに注いだウイスキーを乾杯するように持ち上げると、三宅も同じように乾杯した。おんぼろ校舎でたった二人きりの深夜の乾杯であったが、学術会議選に勝つために不可欠な票流しを約束する乾杯であった。

財前五郎は、肝臓癌の手術が終ったあとの疲れを、教授室の窓際に置いた真新しいラウンジ・チェアに体を埋め、足置き台に足を伸ばして休息していた。

柔らかくなめした皮張りの内側は水鳥の羽根が詰められているから、ふわりと沈むようにここちよく、背部と側部にブラジリアン・ローズ・ウッドの美しい木目を使ったハーマンミラーの椅子(いす)は、機能と造型美が見事に調和している。アメリカやヨーロッパの大病院の教授クラスともなれば、手術後、体を憩(やす)めるためにこうした椅子が用意されていることを思うと、財前は、関西財界の実力者である特診患者から贈られた一脚二十数万円の椅子が快適であった。しかし、明日から始まる控訴審の証人調べのことを考えると、せっかくの快さも幾分、気が重い。

遠慮深げに扉(ドア)をノックする音がした。五時に教授室へ来るようにと命じておいた柳原らしい。

「入り給(たま)え」

柳原はおずおずと扉を開けた。

「何かご用事でございましょうか――」

鄭重(ていちょう)に云ったが、財前から視線をはずし、相変らず、小心そうな気配が見て取られた。

「どうかね、この間の見合いは――」

財前は、柳原の気持をほぐすように軽い口調で、まず見合いのことを持ち出すと、柳原は顔を紅らめ、もぞもぞと口を動かしたが、言葉にならず、俯いた。

「どうしたんだ、気に入らないのかい」

「いえ、そんなことは……、ただ、相手の野田薬局というのが、あまり大きそうで、私のところのような田舎の貧乏……」

と云いかけると、財前は最後まで云わせず、

「それなら、なおさら君には持って来いじゃないか、君は結婚というのをどう考えているかしらんが、六十人の医局員が犇いている中で、将来、講師や助教授にまでなろうと志す限り、頭脳だけでは駄目なことは、僕が云うまでもなく、先輩たちをみれば解るだろう、共稼ぎのアパート住いじゃあ、君、医者になれても、一流の医学者にはなれんよ」

優秀な頭脳を持ちながら、生活のためにアルバイトに追われ、研究の場から脱落して行く医局員が少なくないことは事実であった。

「それに、舅の話では、相手は飛びきりの美人というのではないが、なかなか魅力的だということじゃないか」

柳原は、耳のつけ根まで紅く染めた。見合いの席で野田華子のぼってりとした厚い

唇を見て、淫な思いに駈られたことが思い出されたのだった。

「なんだ、さんざん、気をもたせておいて、その様子じゃあ、相当、参っているようじゃないか、それなら安心したよ」

そう云い、財前は体を埋めていたラウンジ・チェアから体を起し、

「ところで、君の学位論文、その後、順調に進んでいるのかね」

「はあ、しかし、膨大なデータに泣かされて、なかなか目新しい一貫した論旨がたてられませんので……」

「うん、君のやっている『呼吸循環機能からみた高齢手術患者の管理について』は、地味なテーマだけに、一つ間違えると難しくなりそうだ、それだけに、ここ当分は論文に力を集中することで、明日からはじまる控訴審の証人調べのことなどには、別に気をとられなくてもいいよ、君はあの患者の受持医として、一審通りの間違いのない証言さえすればいいのだから――」

さり気ない云い方をしたが、柳原ははじめて、財前が自分を教授室へ呼んだ真意が汲み取れた。学位論文にこと寄せ、馬の鼻先に人参をぶら下げるようなやり方で、一審通り巧く証言することを命じているのだった。眼鏡がずり落ちそうになった。

「どうしたんだい、急に黙り込んで、今云った僕の指示に何か疑問でもあるのかね」

財前の言葉に、学位論文の生殺与奪の権を握る者の威嚇的な響きがあった。

「いえ、先生のご指示のほどは、よく解りましてございます」

柳原は、やや青白んだ顔で一礼し、教授室を退って行った。

柳原が去ってしまうと、財前は腕時計を見、上衣を着て教授室を出、病院の玄関前に駐車している車を拾い、北の新地にあるナイトクラブ・リドへ向った。金井助教授と佃講師を、そこに待たせているのだった。

リドの前で車を降りると、時々、遊びに来ている財前は、ボーイに奥のボックス席へ案内された。

「先生、遅かったのね」

鼻にかかった甘えるような声がし、加奈子がすぐ寄って来た。

「来てるかい、さっき、電話しておいた僕の客は」

「ええ、あそこの席やわ、お話なんか、早うすませて遊んでね」

奥まったボックスの方を見ると、金井助教授が、いかにも場違いな無骨さで坐っている姿が見え、その横で今朝、三重県から帰って来たばかりの佃講師が頻りに何か喋っている。

「少し、待たせたようだね」

財前が二人の前に坐ると、金井と佃は、慌(あわ)てて坐り直しかけた。

「いいよ、こんなところでそんなエチケットは野暮というものだよ、それに今夜は、僕が学術会議選に立候補してから、診療面で負担をかけている金井君と、選挙の事務一切を代行してくれている佃君の二人を、犒う意味で呼んだのだから、リラックスしよう、金井君はストレート、僕と佃君はハイボールだね」

財前はそう云(い)うと、自分の傍(そば)に加奈子を坐らせ、金井、佃の横にもそれぞれ、ホステスを坐らせた。酒が運ばれて来ると、佃は、

「先生、さっきうちの親父(おやじ)から電話がかかって来て、西宮医師会の票は、予想以上に、相当集まりそうです、今朝お話した三重大学の一件と、親父の電話で、今夜の僕はほくほくです」

財前に阿(おもね)るように云った。佃の家は西宮の大きな外科病院で、父親は西宮医師会の実力者であった。

「そうすると、医師会関係の票は、大阪はもちろん、奈良、和歌山も相当、抑(おさ)えることが出来たし、予想以上に伸びそうだな、しかし、肝腎(かんじん)の系列大学、系列病院の方は、どうも出足が鈍いような気がするねぇ」

財前はちょっと首をかしげた。

「それなんですが、まだ教授選の痼が尾を曳いて、徳島大学の葛西教授や、或いは前任教授の、近畿労災病院の東院長あたりが、妙な焚火をしてるんじゃないでしょうかねぇ」

佃はすばしこい眼で云った。

「それは考えられることだな、金井君は、東先生の学問上の直系になるわけだが、学会、その他でまんざら、顔を合わせないこともないと思うが、その辺のところはどうだろうねぇ」

グラス越しに財前が云うと、昨夜、東邸に呼ばれたばかりの金井は、顔色を動かしかけたが、

「このところ、お眼にかかる機会がないものですから、そういうことは一向に――」

グラスをぐいと空けながら、動揺を押し隠した。財前は、金井の呷るようにグラスを空ける様子にこだわったが、今晩の目的が、明日の控訴審の証人調べにあることを思うと、

「まあ、いい、今晩はそんな学術会議選の話は止めだ、金井君、もう一杯どうだ」

スコッチのストレートを勧めた。

「しかし、僕は明日の最初の証人として出廷しなければなりませんから、今夜は度を

越せません」

酒に強い金井に似合わず、辞退すると、財前教授から金井だけを呼ぶと不自然だから、君も来いと誘われた佃はすかさず、

「ああ、金井先生は明日の証人第一陣だったですね、しかし、たかだか、医学に素人の弁護士の尋問ですから、別にどうってこともありませんでしょう」

わざと安易な云い方をすると、財前は、

「だが、油断は禁物だね、相手側が控訴審を打って来る限り、それなりの準備を持って臨んでいるんだろうから、最初の証人である金井君は、この間、打ち合わせたポイントからはずれないように頼むよ」

さり気なく、巧みに釘を打った。

「しかし、先生、ほんとうに今度も、勝訴に間違いないのでしょうか――」

昨夜、東邸で、必ずしも財前側が勝つとは限らないと云われたばかりの金井は、慎重な表情で聞いた。

「当然だよ、こちらは奈良大学の竹谷医学部長をはじめ、鑑定人に堅固な布陣を敷いている上に、大体、裁判というのは、一審の判決が一番厳しく、控訴審、最高裁と上に行くほど、社会的な反響を慮って、常識的で穏当な線に落ち着くものなんだ、だ

から心配はいらんよ、それより、一つ陽気に踊ろうじゃないか」

財前は強いて自信に満ちた云い方をし、僕は駄目ですという金井を、無理やりに背の高いホステスに押しつけ、自分は加奈子とフロアへ出た。

バンドは、セントルイス・ブルースを演奏しはじめ、ホール一杯に、テナー・サックスが轟いた。

「私も、明日、裁判を観に行きたいわ」

加奈子は猫のようにしなやかな体を財前に押しつけながら、悪戯っぽく云った。

「映画や芝居を観に行くようなことを云うんじゃない、裁判だよ」

「でも、私、見たことないものは、何でも見ときたい主義やわ、裁判など始めてやもの」

「駄目だと云ったら、駄目だよ」

そう云いながら、顔を上げた途端、流れるようなミラー・ボールの中に不意に、佐々木庸平に酷似した男の顔が浮び上った。財前は思わず足を止め、眼を凝らすと、それは一瞬のうちに光の流れの中に消え、錯覚であったが、いいようのない不吉感を覚えた、財前はその不吉な思いを振り切るように、ぐいと小柄な加奈子の体を抱きかかえ、踊りの輪の中へ入って行った。

踊りの輪の中へ入ると、加奈子はぴったりと財前に体を寄せつけ、

「やっぱり、明日の裁判観に行くわ、かまへんでしょ」

甘ったれるように云った。

「馬鹿を云うんじゃないよ、金井君、佃君たちと話していたように裁判と学術会議選が重なって、大へんな時だから、少しでも目だつようなことがあると困るんだ、だから明日は絶対、駄目だよ」

「ほんなら、今夜、どこかへ連れて行って――」

「そりゃあ、滅茶だな、明日から裁判の証人調べが始まるというその前夜に――」

と云いかけると、踊りの輪の中で、加奈子は不意に足を止めた。

「今夜、どこかへ連れて行ってくれへんかったら、明日、裁判も観に行ってやるし、大学へもじゃんじゃん、電話をかけてやるわ」

そう云い、きゅっとしゃくれた顎を突き出した。可愛くくびれた唇であったが、一つ間違えば、無責任にとんでもないことを喋り、何かしでかしそうな口もとであった。

「じゃあ、泊れないけど、ちょっとなら行こう、何処がいい?」

「浜甲子園あたりで堪忍したげるわ、あそこなら、車で四十分程で行けるから――」

加奈子ははしゃぐように浮き浮きと云ったが、財前は今さらのように「身辺をきれ

いにしておくことだ、選挙の時は怪文書という奴で倒されることがあるからねぇ」と云った鵜飼医学部長の言葉が思い返された。この何をしでかすか解らぬ二十一歳の小娘は、ケイ子が云ったようにうまく始末をつけることであった。それには、今夜のうちになだめすかして、少なくとも学術会議選が終るまでおとなしくさせておかねばならないと思った。

浜甲子園のホテルの窓の外には、絶えず波の音がし、室内はナイト・テーブルのスタンドだけが点き、ほの暗い明りに照らされたベッドの上で、財前は情事が終ったあとの気怠い虚脱感と打ち返して来るような欲情のほてりが残っている体をごろりと仰向かせ、その腕に猫のようにしなやかな加奈子の体を抱いていた。加奈子は花びらのようにくびれた唇を、財前の胸に捺しつけ、

「ねぇ、どうしても、裁判と学術会議選がすむまで、暫く会われへんの？」

「さっきから何度も云うように、学術会議選は身辺をちゃんとしておかないと、よくある怪文書という術で、女のことを持ち出されてひどい目に遭う場合が多いから、少なくとも学術会議選がすむまではと云っているんだよ」

「けど、私と先生のこと、誰も気がついてへんわ、今夜も、金井さんや佃さんたちと、

ちゃんと最後まで一緒につき合って、別々に出て来て、ここで落ち合ったのやもの、これからもうまくやったら、心配あらへんわ」

加奈子は体をくねらせ、抗うように云った。

「しかし、クラブ・リドは、製薬会社の連中の出入りが多いし、君とだってもとはといえば、そのつき合いの席からはじまったようなものだ、それに大学の医学部関係の出入りもあるから、用心するに越したことはないのだ」

「大丈夫、そんなこと私がちゃんと気をつけてやるから、今まで通りでええやないの、私、消毒臭さと血の匂いが入り混ってるみたいな先生の体大好き、先生って、寝ている時でも外科医やわ」

そう云い、財前の大きな手を取って、くんくん鼻を匂わせ、今夜の情事は加奈子を納得させるどころか、さらに深みに陥みそうであった。財前はほとほと手をやきながら、

「頼むから聞き分けてくれよ、十一月三十日の学術会議選挙までだけでも、おとなしく僕の云うことを聞いたら、何でもしてやるよ」

愛撫するように云うと、加奈子はまるい眼を大きく見開き、暫く財前の顔を見上げていたが、ふと思いついたように、

「ほんなら、私と契約することやわ」

「契約って、何の？」

財前は、見当がつきかねた。加奈子のつまみ上げたようにそり返った唇が、きゅっと前に突き出た。得意満面の時にする表情であった。

「あのね、先生が裁判と選挙の両方に勝ったら、私と月ぎめ二十万で契約すること、片一方だけ勝ったらその半額で契約することやわ」

「契約って、君ぃ――」

戸惑うように云うと、

「月ぎめで、私を先生のオンリイにすることやわ」

加奈子は、けろりとした表情で応えた。

「しかし、君ぃ、そんなことを簡単に話したり、きめたりするものじゃないよ、特に加奈子のように若い娘が――」

とんでもないことになりそうであった。

「かまへんわ、先生が好きやもの、それとも、インテリ・ホステスと違うかったら、あかんのん？」

財前は内心、ぎくりとしたが素知らぬ体で、

「だが、加奈子はまだ二十一じゃないか」

「二十一も、三十一も同じやわ、契約あかんかったら、先生を困らすことしてやるわ」

「それじゃあ、脅迫じゃないか」

「脅迫でも、何でもええわ、契約してくれはるのやったら、おとなしいに裁判と選挙の終るまで待っててあげるけど、契約してくれはれへんのやったら、こっちも約束せえへんわ」

そう云いながら、長い柔らかい髪を財前の首に巻きつけた。甘酸っぱい若い女の匂いがした。財前はその髪の毛を手にし、月ぎめ二十万は高過ぎると思ったが、加奈子がそれでおとなしく納得し、身辺の心配がなくなるのなら、ここのところは一応、承知しておくことだと割り切った。

「よし、加奈子の云う通り契約するよ、その代り、裁判と学術会議選がすむまで、おとなしくしているんだよ」

「もちろんやわ、先生があかんようになったら、私、虻蜂取らずになるもの、その間、若い男の子と遊んでるわ、あと四カ月程やもの――」

指を折り、楽しみを待つように云ったが、財前にはその四カ月が裁判と学術会議選の両方を背負った苦しい血みどろな闘いだ。それを忘れようと、財前は再び荒々しく加奈子の体を毛深い胸の下に組み敷いた。

夜の灯りがついた関口法律事務所の応接室で、佐々木よし江と義弟の佐々木信平は、緊張した昂りを抑えきれない表情で、関口弁護士の話を聞いていた。長かった書面審理が終り、いよいよ明日から控訴審の証人尋問が開始されるのであった。関口弁護士は、これまで十数回にわたった書面審理の経緯を要約して話しながら、佐々木よし江の顔色を心配そうに見た。

丸高繊維から、日曜日の人手不足の時を狙っていきなり商品を引き上げる〝真珠湾攻撃〟というきつい債権の取立てを行なわれてから、よし江の窶れは前にも増してひどく、肉の削げた首筋に、俄かに多くなった白髪がまといつき、見るからに痛々しい。

「奥さん、大丈夫ですか、お疲れならこの長椅子の方へ横になった方がいいですよ」

関口が自分の坐っている前の長椅子を指さすと、

「嫂さん、先生には失礼やけど、ここ二、三日、目だって顔色も悪いし、息ぎれもしてはるようやから、そうさせて貰いはったらどないだす？」

佐々木庸平の実弟で、メリヤスを商いながら、一審以来、よし江たち遺族と一体となって、裁判を闘って来た信平も、心配そうに云ったが、よし江は首を振った。

「大丈夫だす、関口先生、どうぞ、お話を続けておくれやす」

「それでは、気分が悪くなったら、遠慮せずに、横になって下さいよ」

関口は優しくいたわり、

「じゃあ、次に控訴審の争点を説明しておきましょう、基本的には一審の主張とそう大きく違いませんが、一審の時には、こちらの医学知識の不足から気付かずにいたことや、衝けなかったことが、その後の調査によって、医師として当然なすべき注意義務を怠ったと判断し得る医学的裏付けが取れましたよ」

と云い、関口はどういう風に説明すれば、佐々木よし江たちに解りやすいかを考えるように煙草に火を点けて思案し、

「まず第一の争点は、手術前の胸部検索の問題です、財前被控訴人は、胸部エックス線写真で鑑別不可能な陰影があったのにもかかわらず、断層撮影による検索を怠ったために、肺への転移巣を見逃した、第二は化学療法の問題で、術前に断層撮影をして転移巣を発見しておれば、術中に化学療法を行ない、転移巣の増悪を抑えることが出

来たかもしれないのに、それを怠ったため手術によって転移巣が増悪し、死を早めた――、第三は転移巣のある手術にもかかわらず、切除胃の病理検索を怠ったために、転移巣の確認が出来ず、その処置を怠った――第四、術後一週間目に呼吸困難が起った時に、直ちにエックス線検査を行なうべきであったのに、これをも怠ったため、癌(がん)性肋膜炎(せいろくまくえん)を術後肺炎と誤診し、呼吸困難の症状に対して適切な処置を欠いて、佐々木庸平の死をますます早めたというのが、今度の控訴審の争点になっているんです」

関口の口調は、静かであったが、血の滲(にじ)むような思いをして、厚い医学界の壁を攀(よじ)上(のぼ)り、貝のように固く閉ざした医学者たちの口をこじ開け、ようやくここにまで漕(こ)ぎつけた忍耐と情熱が脈搏(う)っていた。

関口の説明が終ると、よし江は、関口の言葉を反芻(はんすう)するように暫く黙っていたが、つと顔を上げ、

「先生、財前という医者は、そんな沢山、医者としてせんならんことをせんと、夫を死なせたんだすか！」

叫ぶように云い、肩を震わせた。

「そうです、私が控訴審で財前側と闘う一つのやまは、肺への転移を発見する機会が、術前の断層撮影、術後の病理検索、呼吸困難が起った時のエックス線検査と三回もあ

ったのにもかかわらず、そのいずれの段階においても、財前教授は、当然、なすべき検査を怠り、そのために転移巣に対する処置が行なわれず、庸平さんを死に至らしめたという点を徹底的に衝くのです」

強い語調で云い、

「次に控訴審で請求する損害賠償の額ですが、一審では佐々木庸平さんの死亡時の収入は、佐々木商店の社長としての月給が二十一万円、賞与年二回二百十万で、年額総収入は四百六十二万円ぐらいになり、それをホフマン式計算で、生存していたら得べかりし総額を算出したところ、三千七百五十五万円、それに遺族が受けた精神的苦痛に対する慰謝料を合わせると三千九百五十五万円になりましたね、しかし、実際問題として、三千九百五十五万円の要求は、国立大学教授の収入を考えると、無理でしょうし、多額を要求して、その何分の一しか取れないより、取れそうな額を要求して全部認めさせる方が、相手の過失が全面的に認められることになるという考えで、慰謝料ともども八百万円にしたわけですが、今度はどうしますか、その後、お考えがまとまりましたか」

一審の判決を覆（くつがえ）す医学的資料や証拠の収集に奔走していた関口には、損害賠償額について、よし江たちと最終的な話し合いをすることが残っていた。信平は、よし江を

かえりみながら、
「そのことだすけど、嫂ともいろいろ相談した結果、兄が死んで以後の惨憺たる店の状態やら、ついこの間の新聞にも出てたように交通事故で一億円の賠償額が請求される時代のことを考え合わせると、増やしたいのはやまやまでおますけど、先生に、東京や北海道へ飛んで行って戴いた日当や宿泊代などの旅費、それに医学資料収集のための費用なども、ろくにまだお払いしておらず、この先、鑑定人を依頼する先生方にも、一人五万円は必要やとすると、八百万円以上の高い額を請求しても、その印紙代が払えまへんよって……」

出張旅費、資料収集など関口には既に二十万円近くたて替えて貰っており、そんな状態では、いくら賠償額を多額に請求してみても、それにつれて高くなる印紙代のことを考えると、どうしようもないというのが、佐々木商店の現状であった。

「そうですね――、私も増額には基本的には賛成ですが、八百万円の請求額で印紙代が六万ですから、かりに三千万円を請求すると印紙代は二十万円を越えますからね、ですから、額は今きめず、裁判の進行状況と、お金のめどがつくか、どうかによってまた、考えることにしましょう、請求額の上積は、裁判終了までにすればいいことですから」

「先生には、口では云えん親身なご配慮を戴き、その上、お金のご心配までおかけし、申しわけおまへん」

よし江が涙ぐんで詫びると、信平も頭をうな垂れた。

「いや、今はそんなことより、明日の第一回の証人調べの控訴人側の証人として信平さんが出廷するわけですが、佐々木庸平の死亡による佐々木商店の損害がいかに大きなものかということを立証するために、主尋問で私が相当、突っ込んで聞きますから、しっかり答えて下さい」

「へえ、それはよう心得ており、中小企業の社長が突如として死んだら、どんな惨憺たることになるか、あますところなく喋ってやるつもりだす、けど、今度は向うも、医師会の顧問弁護士まで随いて、二人の弁護士が、反対尋問でこっちを不利に追いこむように攻めたてて来るのかと思うと、心細いいやな気持だすわ」

信平は心もとなさそうに云った。

「たしかに、やり手の弁護士二人から、こちら側が不利になるような反対尋問をされることは、充分に考えられることですよ、そう思うと、落ち着かないでしょうが、われわれの主張することは、財前側のように嘘偽りのない正しい主張なんだという自信を持って、相手のペースに巻き込まれないように注意さえすれば、何も心細がることなどありませんよ」

関口が力付けるように云うと、信平は、

「解りました、自信を持ってやりますが、私以外の他の証人や、鑑定人の先生は、大丈夫でおまっしゃろか」

「里見先生はもちろんのこと、浪速大学の大河内教授も、病理解剖の所見を再び快く引き受けて下さったし、例の財前教授が総回診の時、柳原医師に断層撮影の必要なしと云った現場に居合わせたこの裁判の大きな鍵を握る亀山君子さんの返事はまだですが、東先生のお嬢さんが最後の最後まで頼み込んで、何とか引き受けて貰えるようにすると、云っておられるのです、一方、東京K大学の正木助教授は、昨夜のお電話でも、K大学の上層部から圧力をかけられているが、一旦、鑑定人を引き受けた以上は、純医学的な立場にたって鑑定するとおっしゃっていますし、北海道大学の化学療法の長谷部教授も、何とかお願い出来そうです」

と云うと、よし江の体が、不意に前へ出た。

「先生、ほんなら、今度こそ、今度こそは、国立大学教授の権力を笠にきたあの冷酷な財前という医者の誤診を証明して、勝訴出来ますのやろな、今度も負けるようなことは絶対、おまへんやろな、万一、そんなことになったら、わてはもう死んで……」

それ以上は言葉にならず、よし江の窶れ、落ち窪んだ眼に、青い炎のような光が燃えた。

もし、今度も負けたら——、それは関口とて同じ思いであった。自分として可能な限りの万全を備えながらも、なお関口の心の奥底で、絶えず繰り返される不安であった。関口は答えに窮し、縋りつくように自分を見詰める二人から、視線を反らしそうになったが、

「いや、控訴審は、私たちの正しい主張を通し、勝つために残された最後の手段です、そしてこの判決が今後の医事紛争裁判の判例になるかもしれない、それを考えると、どんなことがあっても負けられない、負けてはならないのです」

関口は、自分自身と佐々木よし江、信平に云い聞かせるように強い語調で云った。

二十八章

大阪高等裁判所の民事三十四号法廷は、定員一杯の傍聴人で埋まっていた。大学の医学部関係者や開業医たちだけでなく、一般傍聴人も相当な数を占め、この控訴審の社会的反響の大きさを物語っている。新聞社からも、司法記者の他に、医学記者も顔を揃えている。

正面の裁判官席に向って、左側は控訴人の代理人席、右側が被控訴人の代理人席で、傍聴席の前列には、控訴人の佐々木よし江と被控訴人財前五郎が坐り、その両側に両者の証人である佐々木信平と浪速大学第一外科助教授の金井達夫が坐っていた。

佐々木よし江は、長男をはじめ三人の子供を伴い、一審の時よりはやや落ち着いた様子であったが、それでも法廷の雰囲気に気圧されるように固くなり、財前と顔を合わせると、眼を引き吊らせるようにした。財前五郎は傍聴者や新聞記者たちの視線が自分に向けられていることを意識し、余裕を持った姿勢で坐っていたが、自分のすぐ背後に坐っている舅の又一から、二、三列斜めうしろにケイ子が坐り、そのうしろの列に里見と佐枝子と、そして一審の時には一度も姿を見せなかった東が来ていることに、こだわりを覚えていた。

定刻の十時になると、正面の扉が開かれた。

「起立！」

全員が起立して、裁判官を迎えた。法服をまとった裁判長がまず正面中央の席に着き、続いて二人の陪席判事が着席すると、起立していた全員も着席し、法廷は咳一つなく静まりかえった。

温雅な顔の中で口もとを厳しく引き結んだ裁判長は、徐ろに口を開き、

「只今から控訴人佐々木よし江外三名、被控訴人財前五郎間の損害賠償請求控訴事件についての審理を開始します、証人尋問を行ないますが、控訴人、被控訴人双方の証人は出頭していますか」

佐々木信平、金井達夫助教授の二人は、前へ進み出た。裁判長は二人に向って各人の氏名、年齢、住所、職業の人定尋問を行ない、宣誓書を読ませた。

「良心に従って真実を述べ、何事も隠さず、何事も付け加えないことを誓います」

二人が宣誓し、署名捺印すると、

「偽証すると、偽証罪に問われ、処罰されることになるから、知っていることをありのままに述べるように」

と云い、控訴人と被控訴人の代理人席に向い、

「最初に、誰を尋問しますか」

控訴人側の関口弁護士は、すぐ起ち上った。

「まず、私の方の証人として、佐々木信平の尋問をさせて戴きたいと存じます」

「では控訴人側証人の佐々木信平さんを最初に調べることにしますが、尋問も、証言も、なるべく一審との重複を避けて下さい、金井証人は法廷の外へ出て待っているように」

金井は廊下へ出、佐々木信平が証人台にたった。控訴人側の弁護士が、控訴人側の証人に行なう主尋問であった。昨夜、関口弁護士から、佐々木庸平の急激な死によって佐々木商店がいかに悲惨な状態に陥ったかを立証すればいいのだと云われていたが、いざ証人台にたつと、控訴審という重々しさが佐々木信平の顔を硬ばらせた。関口弁護士は、信平の緊張を解きほぐし、気持を落ち着かせるために微笑をうかべ、

「故佐々木庸平さんは、株式会社佐々木商店の社長でしたか」

「はい、そうだす」

「資本金いくらで、大口株主は誰ですか」

「資本金は九百万円で、大口株主は故佐々木庸平が七百五十万円、次は嫂で八十万、私が三十万、あとは得意先の人、三人に約十万ずつ持って貰うてます」

「それでは株式会社といっても、佐々木庸平の個人商店のようなものですね」

関口は、ような、と云う言葉を強めた。

「その通りだす、すべて兄の庸平の信用と才腕でやって来たのだす」

「それなら庸平さんが昭和三十九年六月二十一日に突然、死なれたことは大へんな打撃ですね、佐々木商店の現状を話して下さい」

関口は巧みに引き出すように云った。

「それはもうひどいもんだす、相当、古くからの取引銀行に手形割引の枠を広げてくれるように頼みましたが、体よう断わられ、兄の生前には品物を入れさせてくれと下手に出ていた元売まで掌を返したように商品を入れてくれんようになり、その支払いも手形取引をしてくれまへんから資金繰りがつかず、一方、地方の販売先の売掛金は、兄が死んだとなると、支払手形の期日を延ばし、月末の支払いも半分か、三分の一位しか払うてくれん有様でおます」

「元売の丸高繊維から真珠湾攻撃をかけられ、商品を引き上げられたということですが、あなたはその時の情況をご存知ですか」
「その場にはおりませんでしたが、その日の朝、たしか十時半頃、嫂のよし江から電話がかかって来、えらいことや、すぐ来てほしいということで、すぐ駈けつけますと、店の中はがらんどうで、陳列棚が散乱し、荷積みしてある奥の上り框には土足の跡があり、これが噂に聞く真珠湾攻撃かと、男の私もそのえげつなさにぞっとしました、奥の間へ入って行くと、嫂がもう精も根も尽き果てた、これからどないしようと泣いており、子供たちも母親と一緒になって泣いていました」
「子供さんたちは今、どうしているのです」
「長男の庸一は、一時は大学を中退すると云うたのだすが、再来年卒業やからと続けさせ、その代り夏休みや冬休みには地方の集金まで手伝い、長女の芳子は、大学へ進学するつもりで受験勉強をしておったんだすけど、父親の死で店が逼迫して来たんで進学を諦め、家で掃除や店員の飯たきを文句一つ云わず、健気にやってます」
「庸平さんの月命日は、今もされていますか」
「はあ、遺族と私らだけのほんの内輪だすけど、お住職さんに来て貰うて毎月、やってます、遊びざかりの次男が、その日ばかりは学校が終ったら飛んで帰って来、お住職さんのうしろで坐っている姿は、ほんまに不憫でおます、兄の死は死ぬべくして死んだのでは無うて、外遊前で患者のことなど心ここにあらずの財前という医者の不誠意が、兄の生命を奪い、佐々木商店を不振にし、遺族が路頭に迷う一歩手前まで追い詰めたのだす、そんな医者の責任を追及し、法によって裁いて戴くことは、私らのためだけでなく、医者の誤診に泣き寝入りしている世の多くの患者と遺族のためだす、それなればこそ、倒産寸前の苦しい中で、歯を食いしばって裁判費用を工面し、控訴したんだす！」

怒りを籠めて、信平は一気に述べた。

「私の尋問はこれで終ります」

関口は尋問を終えた。裁判長は被控訴人の代理人席を見、

「被控訴人代理人は、この証人に尋問することがありますか」

と云うと、国平と並んだ河野が、脂ぎった顔を光らせて起ち上った。

「故佐々木庸平さんの生存中、経理記帳は、誰か経理専門の人が当っておられましたか」

「いいえ、番頭上りの専務の杉田が、伝票つけをしとりました」

「そうすると、いわゆる大福帳というやつですな、そんな杜撰なことで、よく四十数人の従業員を抱えた株式会社佐々木商店の経営が出来ましたねぇ」

頭から皮肉を浴びせかけるように云った。

「何が杜撰だすか、毎日の伝票を束にしておき、税務署へ出す時の帳面は経理士に頼んでちゃんとしてます、それが従業員三、四十人の中小企業の常識だすわ、嘘やと思うたら丼池筋を聞いて廻りなはれ」

気色ばむように云ったが、河野は信平の言葉を無視するように、

「それでは佐々木商店の子飼いの杉田専務が、地方の大口集金の持逃げをした事実をどうお思いになるのです？　日頃の経理が杜撰でなかったら〝子飼いの番頭上り〟の専務に持逃げされるまで解らぬなど、一般常識では考えられませんがねぇ」

「子飼いの番頭やからどうの、こうのという考え方はおかしおます、当節、皆ものごとを割りきってまっさかい、経理帳簿をきちんとしてても、持逃げする者はするし、される時はどないしてでもされますわ、何よりも兄が急に死んで店が不振になったから、持逃げされたんだす」

「では、あなたがどうしてもっと、庸平氏なきあとの佐々木商店の面倒を見て上げなかったのですか」

「そうしたいのはやまやまだすけど、私の店もあまり経営状態がよくなく、持ちこたえるのに精一杯で、それに私に子供が四人おりますので、兄の店をやるわけにはいき

まへん、しかし、私の出来る限り、相談に乗って来たし、助けもして来たつもりだす、あんたらには、中小企業の商いのやり繰りなど所詮、解らんのや」

「じゃあ、中小企業のワンマン社長が死んだら、そんなにやりにくくなると解っていたなら、経営を誰かに肩代りしてもらうとか、全面的に店を処分するとか、そういう相談をなぜもっと早くにしなかったのです、庸平さんの死の直後に、店を処分していたとしたら、いくら位になりましたか」

「店の敷地は間口六間、奥行七間で四十二坪おますが、借地ですさかい地上権坪五十万とみて、約二千万、建物は古いですさかい、三百万ぐらいの評価ですやろ」

「それを売っておれば、郊外にアパートでも建てて、その家賃で親子四人、充分に、楽な暮しが出来たはずですのに、どうしてそうしなかったんです？」

「嫂や子供たちは、どうしても死んだ兄が掲げた㊧の暖簾下で、裁判を勝ち取りたい、それがせめてあんな死に方をした父の霊を慰める道やと云い、私もそれに同意したんだす」

「しかし、よし江さんは、帳面付けや仕入などの商売上の知識がおありなんですか」

「おまへんけど、当時、杉田もいたし、見よう見真似、門前の小僧、習わぬ経を読む式で、嫂も一生懸命、社長としてやりはりました」

「しかし、生馬の眼をぬく戦後の船場のどまん中で、帳面付けも仕入もろくに知らん奥さんが、女社長気取りでやったことが今日の佐々木商店の逼迫を招いたので、社長の庸平さんが死んだからというのではなく、要は、佐々木庸平さんの死と佐々木商店の経営不振とは何の関係もないのではないですか」

河野は、きめつけるように云った。

「違う！　中小企業のワンマン社長が、ころっと急死したことが原因や」

信平は叫ぶように云い、関口がすっくと起ち上った。

「裁判長、もう一言、私の方から補充して証人に聞きたいことがあります」

再尋問を要請した。許可されると、河野に代って、関口が信平の方を向き、

「先程来、あなたは、庸平さんが急死したから、佐々木商店が不振になったと云われていますが、もし庸平さんの死が急激ではなく、たとえ一年でも、半年でも生きておられたらどうだったと思いますか」

「あんな急な死に方をせんかったら、現在のように大口の元売に商品を七割も引き上げられ、あと三割はろくな商品しかなく、お客が寄りつかんというようなことはないですやろ、あと六カ月でも生きてくれたら、その間に今までの取引先に何とかわたりをつけて、死後の処置が出来、こんな悲惨な状態にはならなんだと思います」

河野が、反対尋問で崩しかけた佐々木庸平の死と佐々木商店の経営不振との因果関係を、関口は明確に結びつけて着席した。

「裁判所から佐々木証人に尋問することはありませんから、次の証人調べを行ないます」

裁判長が云うと、金井助教授が入廷して、証人台に起った。

「被控訴人の代理人から、尋問を始めるよう」

河野と国平は何か小声で打ち合わせ、医学関係のことは国平が尋問することに分担しているらしく、国平が起ち上った。

「一審の裁判記録によりますと、あなたは財前教授が国際外科学会へ出席のために教室を不在にされた昭和三十九年六月七日から、同年七月二十四日までの約一カ月半、医長代理を勤め、その間、佐々木庸平さんを診察したことがあると陳述していますが、その通りですね」

「たしかに医長代理として、佐々木さんを診察しました」

「最初に診られたのは、何時ですか」

「財前教授が出発されたのが六月七日で、その翌週の月曜日の総回診でしたから、六月十日です」

「その時の患者の容態はいかがでしたか」

背の高い瘦せぎすの体に紺の背広を着た金井は、二年前のことを慎重に思い起すように、

「そうですね――、体温、脈搏ともに正常で、抜糸を完了した手術創は浸出液もなく、順調な経過を辿っていたと記憶しています」

「呼吸困難の症状は、いかがですか」

「受持医の柳原医師から、術後一週間目に呼吸困難が起ったという報告は聞きましたが、私の回診時には、全く異常を感じませんでした」

「次に、患者を診たのは何時ですか」

「次の医長代理の回診時でしたから、六月十七日です」

「その時の容態は、先の回診時と比べて何か異った所見がありましたか」

「多少の衰弱が加わっていたようですが、佐々木さんの場合は胃全剔術で、胃を全部除っていますから、消化器の機能不全があっても当然で、柳原医師の報告でも経口的栄養の摂取が不充分だと判断されましたので、カロリー補充について指示を与えました」

「なるほど、それで三度目、即ち最後に診られたのは六月二十日午後六時頃で、柳原

医師から急変の報せを受けて、病室へ行かれたわけですね、その時の患者の状態、及び死に至るまでの約二時間については、一審で詳しく述べておられますから省略しますが、直接の死因は何でしたか」

一審の裁判記録を繰りながら、国平は落ち着き払った口調で聞いたが、重要な尋問であった。三人の裁判官と傍聴者の視線が、金井助教授に集まった。

「柳原医師が行なった肋膜穿刺の結果から、胸腔に胸水が瀦溜し、急性肺虚脱及び心不全が起ったと考えました」

硬い表情で金井が応えた。

「胸水が瀦溜する場合、臨床的にどんな病気が考えられますか」

「普通一般には、まず結核性肋膜炎が疑われ、次に全身水症の部分症状、化膿性肋膜炎、癌性肋膜炎、アレルギー性、或いはリュウマチ性肋膜炎などです」

「本件の場合は、剖検結果より癌性肋膜炎と判明したわけですが、臨床の立場から、当時患者の死因について、何か疑問をお感じになったようなことはありませんか」

国平は、次第に緊張して来る法廷の雰囲気を意識し、ことさらに落ち着き払った語調で尋問した。

「率直に申しまして、あまりに急激な患者の死の転帰に驚きました」

「ほう、あまりに急激な死——、すると、癌性肋膜炎は、どういう経緯をとるのが普通ですか」

「初期の段階ではほぼ無症状に経過し、そのうち咳や血痰などの症状が先行し、それに伴って胸水が溜り、癌性肋膜炎が合併して起る場合が多く、佐々木さんのように胸水が溜った途端と云いますか、僅か四九〇ccc位の胸水で、肺虚脱を引き起し、急激に死の転帰に至ることは、極めて稀なケースです」

金井の証言は、一審より遥かに財前を弁護する色彩が強く、傍聴席の東と里見は、顔を見合わせた。

「すると、心不全で死亡するに至るまでには、癌性肋膜炎以外に、何か他の原因も当然、考えられるということですね」

国平が体を乗り出すようにして聞くと、裁判長も、金井の答弁に耳を凝らした。

「術後肺炎が考えられます、現に患者は術後一週間目から十日目頃まで発熱と呼吸困難の発作があって、術後肺炎を起しており、これが患者の急激な死と全く無関係でないと考えます」

術後一週間目に起った発熱と呼吸困難の症状を、財前の診断通り、術後肺炎と定めてかかり、それと患者の急激な死とを巧みに結びつけた論旨であった。

「私の尋問はこれで終ります」

国平は傍らの河野弁護士に、ちらっと目配せし、満足そうに着席した。

「では、控訴人側から反対尋問を行ないます」

関口弁護士が、起(た)ち上った。

「金井助教授は、故佐々木庸平さんが手術を受ける二日前の財前教授の総回診の時、おいでになりましたか」

「ええ、随行していました」

「随行——、なるほど、大名行列といわれる教授総回診に随行されたのですね、で、佐々木庸平さんの病室では随行の先生方はどういう風にお並びになったのですか」

「そうですね、急にそう聞かれても……」

金井は、開口一番何気なく口にした〝随行〟という言葉尻(じり)を摑(つか)まえられ、やや慌(あわ)て気味に、

「ベッドを中心に、右側から云いますと、枕頭台(ちんとうだい)の傍(そば)に受持医の柳原医師、中央に財前教授、すぐその横に私、左側には佃(つくだ)講師、安西(あんざい)医局長がいたことまでは覚えていますが、その他の医局員たちがどう並んでいたかは……」

「いや、あなたが財前教授のすぐ横にいらしたことさえ解れば結構なのです、その時、

財前教授は、受持医の柳原医師がさし出した患者の胸部エックス線写真を窓の光線にかざしてご覧になりましたね、それを横からご覧になったあなたご自身の所見はいかがでしたか」

「……財前教授がおっしゃった所見と全く同じです」

「あなたご自身の所見を述べて戴きたいのです」

関口は押し返すように云った。金井は、瞬時、口を噤んでから、

「左肺下葉のあたりに、小指頭大の陰影があり、過去に結核の既往症があるというので、当然、肺結核の瘢痕と思いました」

「当然と力説される限り、肺結核の瘢痕以外、考えられないということですね、さっき、あなたは、財前教授の所見と全く同じだとおっしゃいましたが、そうすると、財前教授も肺結核の瘢痕以外、お考えにならなかったということですね」

法廷が騒めき、金井は罠にかかった獲物のように動揺した。

「そ、そうではありません、教授ご自身は結核の瘢痕だと思われるが、癌の転移巣である可能性もなくはないと云われました」

「誰にです？」

「誰って……柳原君を含めて、一同にです」

金井は、主尋問の時とは、打って変った度の失い方で、裁判長の視線がじっと金井に注がれている。

「それなら、金井助教授は、財前教授の出発後二回、回診なさり、衰弱一方の患者を診て、もしかしたらあの陰影は癌の転移巣かもしれないと思われませんでしたか」

「全く考慮しなかったことはありませんが、私の回診時においては先程も申し述べた通り何の異常もなく、一方、柳原医師から術後一週間目、もしくは、それ以後にも時として三十八、九度の発熱があるという報告を受けており、癌性肋膜炎の症状は、呼吸困難はともかく、あのような高熱を初発症状とすることはまずないので、術後肺炎と判断したのです」

関口の追及を振り切るように云った。

「しかし、癌性肋膜炎が、発熱を伴わないと断定されてもいいものでしょうか、胃癌でもかなりの高熱が続くことがこの内科学の権威書である『内科学大系』に記載されてありますがねぇ」

関口は、分厚な本をかざし、さらに追打ちをかけるように云った。一審と見違えるような関口の医学知識の豊富さと自信に満ちた態度に、被控訴人席にいる財前は、驚くように関口を見詰め、金井は返答に窮するように口ごもった。

「――知っております、しかし、私は癌専門医ではないので、一般論を越える所見についてはさし控えたいと思います」

辛うじて云い逃れたが、先程来、術後肺炎を強く主張していた金井の証言は、これで少しく後退した。

「では以上で、私の反対尋問を終ります」

関口は、国平以上に落ち着き払って着席した。

＊

「只今から、教授総回診が始まります！」

スピーカーを通して病棟婦長の声が廊下に響くと、それまで慌しかった病棟は、俄かに静まりかえり、扉を開けた病室の前に、看護婦たちが一斉に並んだ。昨日の午前中に行なわれるはずの総回診が、大阪高裁で開かれた控訴審のため、今日の午後に繰り越されたのだった。

塵一つなく拭き磨かれた長い廊下の向うに総回診の列が現われた。病棟婦長に先導された財前教授は、白衣のポケットに片手を突っ込み、広い肩幅をそらせ気味にした姿勢で先頭にたち、そのうしろに金井助教授、佃講師、安西医局長が一歩ずつ間隔をあけて続き、安西医局長のうしろには、外来診察をしている医局員を除き、三十数名の医局員が入局順に二列になって、ずらりと連なっている。昨日の法廷で、佐々木側の関口弁護士が、財前側証人の金井助教授に、教授総回診の大名行列を問題にしたばかりであるのに、行列の先頭にたつ財前教授の顔には、そんなことを意に介する気配はなく、金井助教授も〝随行〟という言葉を無意識に使い、関口弁護士に言葉尻を捉えられ、狼狽したことなど忘れたように随行し、行列の中程にいる柳原だけが、心にわだかまりを感じているのか、ずり落ちそうになる眼鏡の下で、眼を伏せている。

南病棟の個室から回診して行き、五つ目の病室へ財前が足を向けかけた時、

「先生、次は先生がご執刀になった安田太一さんの病室です」

佃講師が、金井助教授の横合いから、財前に云った。佃にしてみれば、自分が初診し、商工会議所の専務理事の紹介名刺を持って来た財前教授の特診患者であるから、気をきかしたつもりであったが、財前はぴくっと頰の肉を動かした。第一回の証人調べが終り、ほっと一息ついている翌日、よりにもよって、佐々木庸平に生写しのような安田太一を診なければならないことが不快だった。

病室に足を踏み入れると、受持医が姿勢を正して財前教授を迎え、ベッドの右側中

央にたった財前教授を、医局員たちが前後左右から取り囲んだ。付添いの家族は、そのものものしさに驚くようにうしろへ体を退らせた。

「どうかね」

財前は、患者にとも、受持医にともなく云った。

「はあ、カルテはこの通りでございます」

受持医は恭しくカルテを提示した。医局抄読会の記録係で、手術の時、第一助手を勤めた江川であった。噴門癌で胃全剔術をした患者は、幸い何の合併症も起さず、順調な経過を辿っていた。財前はカルテから眼を離すと、ガーゼを取って露出した手術創を診た。抜糸して間もない手術創は、僅かに結痂（かさぶた）を残しているだけで、治癒状態もよかった。

「食事の方は順調に進んでるだろうね」

受持医の江川は、財前の特診患者であることを意識して神経を張り詰め、

「はい、通過障害もなく、二日前から七分粥を食べております」

「そうか、それならいい――」

と云うなり、一時も早く安田太一の病室を出るために踵を返しかけると、

「せんせ、財前先生――」

ベッドの中から呼びかけ、安田太一の手が財前の白衣の袖を取った。財前は思わず、患者の手を振り払った。佐々木庸平に腕を取られたような不気味さを覚えたのだった。その手荒さに、安田太一はもちろん、医局員たちも愕くように財前を見た。財前は慌てて、笑顔をつくり、

「急に腕を摑んだりして、驚くじゃありませんか、どうしたんです」

強いて優しい声で云った。

「先生、実は昼御飯のあと、えろうお腹が痛なりましたんだす」

安田太一は、大げさに顔を歪めて訴えた。

「じゃあ、なぜすぐに、受持医に云わないのです」

「云おうと思うてたんだすけど、受持の先生は、午前中に一回、病室へ診に来てくれはったきりで、看護婦さんは、総回診の準備や云うて、ばたばたしてはるもんでっさかい、云うにも云えまへん」

「君、その通りかね」

財前は、枕頭台の傍に立っている江川の方をじろりと見た。

「申しわけありません、実は学術会議選の仕事を手伝っておりましたので――」

と云いかけると、

「弁解は止し給え！　医者である限り、患者の診療が何より第一だ、主治医たる者は、患者の病状の移り変りに寸分の予断も許されないと、常々、云い聞かせてあるはずじゃないか！」

頭ごなしに怒鳴りつけ、婦長から聴診器を受け取り、

「どの辺が痛んだのかね」

「このお臍の上のあたりでしたわ」

安田太一は、臍の上をさすりながら云ったが、財前の脳裡に、もしや癌が転移し、急激な癌性腹膜炎を起したのではないかという懸念が起り、聴診器を握った手がじっとりと汗ばんだ。

「先生、大丈夫ですやろか――」

財前は応えず、腹部に聴診器をあて、聴覚を集中した。

「先生、手術は成功やと云うてはったけど、ほんまに大丈夫だすか――」

「患者は黙って、静かに！」

財前は叱りつけるように云い、さらに耳をすますと、グルグル……グルグル……、かすかにグル音が聞え、蠕動亢進の兆候があった。単なる蠕動亢進か、或いは術後の腸閉塞の兆候か、それとも癌性腹膜炎か――、しかし、噴門癌の手術をした時、他臓

器への転移は無く、こうした症状で、術後八日目に癌性腹膜炎が起ることはまず考えられず、一番警戒しなければならないのは、腸閉塞であった。

「グル音があり、術後の腸閉塞(イレウス)が充分に考えられるから、以後、患者(クランケ)の状態に充分注意することだ、いいね」

ドイツ語の専門用語を混えて江川に念を押すように云(い)い、安田太一には、

「手術の結果は良好です、術後、その人の体質によってお腹にガスがたまって、調子が悪くなる人もあるから、その時はすぐ受持医に云って下さい」

そう云い、聴診器をはずした途端、ベッドを挟(はさ)んで斜め向いの安西医局長の背後から、じっと自分を凝視している柳原の視線と合った。それは誰にも気付かれずにすませ終(おお)せたと思った自分の心の動きを、一部始終、ベッドの向う側から見すかしていたような視線であった。財前はいまいましげに視線を逸(そら)せ、足早に次の病室へ向った。

二病棟百二十ベッドが、第一外科の占有ベッド数であったが、一人平均、二、三分ずつしか診ないとしても午後からの総回診では一病棟診るのがせいぜいで、最後の病室の回診を終った時は既に六時近かった。

「今日の総回診はここまでにし、残った東病棟は明日の午前十時から始める」

財前は、居並ぶ医局員たちにそう云い、

「佃君と安西君は、教授室へ来るように」

二人に命じると、医局員たちが一礼する中を教授室に向った。

教授室に入ると、財前は窓際においたラウンジ・チェアに体を投げ出すように坐った。

「先生、今日は随分、お疲れのご様子でございますね」

すぐ後ろから入って来た佃と安西は、心配そうに財前の顔色を窺った。

「うん、先日来、裁判の鑑定人の依頼や、学術会議選の打合わせで多忙を極めたからねぇ」

財前は太い吐息をついて応え、ぐいと体を起すと、

「君たち困るじゃないか、選挙専従者ときめた医局員以外に、学術会議選の仕事を手伝わせるなど、一体どういうことなんだ」

先程の安田太一の受持医のことを叱った。

「申しわけございません、今ちょうど学術会議選用に先生が急遽、ご出版になった『消化器病診断治療集』の本を、各有権者に送っている真っ最中で、包装や表書きなど、とてもわれわれ十人だけでは捗りませんので、つい……」

安西が恐縮するように説明すると、

「それなら患者の前で、学術会議選云々などと、僕の足を引っ張るような言辞を口にせぬように教育しておいてくれ給え、迷惑するのは、結局、教室の主宰者であり、立候補する当の僕なんだからね」

「どうも、私も至りませず、今から早速にも全医局員に注意致します」

佃も詫びるように云った。

「そうしてくれ給え、僕は今から学術会議選の打合わせに出かけるから、あとを頼む」

椅子から体を起し、出かける用意をした。

佃と安西は、医局に戻って来ると、医局は学術会議選の専従者の他は、七、八人の医局員が、研究データの整理をしたり、専門誌を読んでいる以外、がらんとしていた。

「なんだ、若いのは皆、帰ってしまったのか」

安西が呆れたように云うと、各有権者に郵送する本の表書きを書いている専従者の一人が顔を上げ、

「皆、アルバイトの時間を気にし、回診は四時までに終って貰わぬと困るの、二日にわたって回診をやられてはかなわないのと、ぶうぶう云って、一目散に帰って行きましたよ」

「この頃の新入医局員は全くなってない、義務の方はろくすっぽ果さず、権利ばかり主張するんだから、明日の総回診が始まる前に、医局に全員集合をかけて、久しぶりに俺が搾ってやる！」

佃は憤慨するように云い、当直担当の医局員にも、本の包装を手伝うように云いつけ、自分も発送する名簿を細かくチェックして行った。

廊下に、慌しい足音がし、医局の扉が開いた。

「財前先生は、どちらへ行かれましたか」

安田太一の受持医の江川が、息せききるように云った。

「どうしたんだ、あの患者、悪くなったのか」

佃は、ただごとではない気配を感じ取った。

「はい、十五分程前から腹部の疝痛発作を起し、胆汁の嘔吐が続いて二回起りました、すぐ教授室へご連絡に行き、いらっしゃらないのでご自宅の方へもお電話したのですが、まだご帰宅になっていないということで……」

受持医は、おろおろしていた。

「さっき、学術会議選の打合わせといっておられたから扇屋か、舅さんの財前産婦人科医院へかけて見よう」

佃は、選挙用にひいた外線直通の電話で扇屋へかけたが、そこにはいなかった。すぐ財前産婦人科医院へかけたが、そこにも財前教授はいない。

「そうだ、選挙参謀の葉山教授と一緒かもしれないから、産婦人科の医局へかけてみよう」

安西は、産婦人科の医局へ電話をかけた。

「え？　葉山教授は東京出張？　間違いありませんか、そうですか、どうも失礼――」

佃と安西は顔を見合わせ、残っている医局員たちもただならぬ表情をしている。昨日、第一回の証人調べがあったばかりというのに、万一、財前教授の行先が解らない場合は、困った事態になると、佃と安西は狼狽した。

帝塚山のケイ子のマンションで、財前はベッドの上に仰向けに寝転がり、充血した眼を天井に向けていた。

「この頃のあんた、妙に弱虫になっているようね、裁判のことがそんなに気になるのなら、示談で和解に持ち込んだらええやないの」

ケイ子は、長椅子に寝そべり、女豹(めひょう)のように光る大きな眼を見開きながら云った。

「馬鹿(ばか)云え、裁判は勝てるんだ、ただひどく疲れているだけだ、これで学術会議選さえなかったらなぁ」

疲れきった声で云うと、

「学術会議選というあんたの新しい野望が、逆にあんたの足枷(あしかせ)になるのと違うかしら？　けど、昨日の裁判をみてたら、相手の関口弁護士もなかなかのものだけど、国平弁護士もさすがに医師会の顧問弁護士だけあって、金井助教授に対する主尋問など水際(みずぎわ)だってたやないの、それでも裁判のことが気になるのやったら、いっそ、学術会議選の立候補は、まだ告示前やから、下りたらええやないの」

ケイ子は、こともなげに云った。

「今さら下りられるものか、それより、学術会議選と裁判をシーソー・ゲームのように巧(うま)く操って、両方とも勝ってみせるというのが、最初からの僕の考えだ、つまらん口出しはよせ」

苛(いら)だたしげにそう云った時、電話のベルが鳴った。

「いやね、お店からかしら――」

受話器を取ると、男の声がした。

「もし、もし、浪速大学の佃でございますが、会議中恐縮ですが、財前先生にお電話口までお願い致します」

わざとらしく装った佃の声であった。ケイ子の勤めているバー・アラジンで電話番号を聞き知った様子であった。

「あんた、佃さんからよ」

「なに、佃から――」

財前はばね仕掛のようにベッドから飛び起き、受話器を引っ摑(つか)んだ。

「僕だ、何の用だ」

「先生、どうも……、実は例の患者(クランケ)が腹部の疝痛発作を起し、先生が危惧(きぐ)されたように腸閉塞(イレウス)を引き起したらしいです」

「やっぱりか、じゃあ腹部を温めて、ブスコパンを注射しておけ、そして僕が駈(か)けつけるまでに再手術の準備をしておくんだ！」

財前は電話をきると、急いで身繕いした。

「腸閉塞の手術ぐらいに、教授じきじきお出ましとは、財前教授も随分、お変りになったこと――」

ケイ子は皮肉るように云ったが、安田太一に、万一のことがあり、死なせるようなことになれば、それは佐々木の裁判に負けるきっかけをつくることになるように思われ、財前はたかだか腸閉塞ぐらいの手術と思いながらも、ケイ子にすぐ車を呼ばせた。

病院に向って車を飛ばしながら、財前は激しい不安に襲われていた。佃が報せて来た安田太一の腸閉塞は、もしや癌転移ではなかろうか――。しかし、八日前に噴門癌の手術をした時、あれほど慎重に他臓器への転移を確かめ、今朝の回診でも単なる蠕動亢進のグル音が聴診器に聴えただけであるから、そんなはずはなかった。が、万一ということがある。万一、癌転移によるものなら、癌性腹膜炎を引き起し、危険な状態になる。佐々木庸平と同じ噴門癌の手術を行ない、佐々木庸平は術後に癌性肋膜炎、安田太一は癌性腹膜炎だとしたら、何という因果なことだろう。そんな馬鹿なことがあるはずはない。財前は襲って来る不安を打ち消し、病院の玄関で車を降りると、すぐ階段を駈け上った。

廊下の時計をみると、八時四十六分を指している。佃がケイ子のマンションへ電話をかけて来てから四十分経過している、その間、思わぬ事態が起っていなければよいが――、財前は祈るような気持で、中央手術室へ足を早めた。

「財前先生！」

佃が、蒼惶と駈け寄って来た。財前は思わず、ぎくっと足を停めた。

「先生、随分、お探し致しました、帝塚山へご連絡がとれるまでは、一体、どうなることかと気が気でありませんでした」

八方手を尽し、最後に首尾よくケイ子のマンションにいた財前に連絡をつけたことを阿るように云った。

「そんなことより、患者の容態はどうなんだ！」

「はあ、先生のご指示通り、直ちに鼻腔から吸引ゾンデを挿入して、胃内容を排除し、腹部を温めるとともに、鎮痛剤を注射しましたら、程なく嘔吐や腹部痛はおさまり、緊急手術の準備も整っております」

財前の何時にない厳しさに、佃は弾かれるように先にたち、中央手術室の扉を素早く開けた。

灯りを暗くし、静まりかえった夜の病院の中で、中央手術室だけは、煌々と灯りが点き、看護婦や手術の介助をする助手、及び麻酔医たちが慌しく動き廻り、緊急手術の張り詰めた気配が漂っている。財前が入って行くと受持医をはじめ一同は、ほっと安堵するように迎え、二人の看護婦が手早く財前教授の手術準備を手伝った。

手術衣、帽子、マスクがつけられると、財前はゴム手袋をはめた両手の指を何時もより神経質に屈伸させてから、手術室に入った。

夜の手術室を照らす無影燈の光は、昼間より白々として冷たく、手術台に横たわった安田太一は麻酔チューブを口にくわえて青白んだ顔を仰向け、器械台に並んだメス、鋏、止血鉗子、ピンセットなどが不気味な光を放っている。

「麻酔はうまく行っているだろうね」

財前は、手術台の傍へ寄り、麻酔医に声をかけた。

「はあ、つい先程より深麻酔期に入り、脈搏七〇、血圧一〇〇から六〇で、胃内容は吸引ゾンデで充分排除してありますので、一時間内外の手術には耐え得る状態にあります」

「よし、では今から再手術を始めるが、腹部の疝痛、胆汁の嘔吐、臍の上の痛みなど、この患者の症状からして腸閉塞で、前の噴門癌の手術とは関係がないと思われる、しかし万一の場合を考慮し、慎重にして且つ冷静な介助を行なうように、いいな！」

財前は、第一助手を勧める佃講師、第二助手の受持医の江川、第三助手の宿直医、そして麻酔担当医の四人に鋭い眼配せをし、

「メス！」

すべての動きと音が無影燈の灯りの中に吸い込まれるような夜の手術室の中に、財前の声が響き渡り、財前の手にメスが握られた。術後、余病が起るところまで佐々木庸平と似ている安田太一に、財前はいいようのないおぞましさを覚え、一気に組み伏せてしまうような勢いでメスを入れかけ、ふっと宙にメスを泳がせた。

八日前の噴門癌の手術創が、自他ともに手術の名手と任じている自分の手術創にしては決してきれいな出来とはいえず、チャックを無理に引き上げたような正中切開線であったからだった。財前は再び、噴門癌の手術をした時の動揺と不安がなまなましく思い返され、ケイ子のところでウイスキーをしたたか飲んだことが、俄かに取り返しのつかないことのように思えた。

「先生、何か……」

第一助手を勤めている佃が、向い側から財前の顔色を窺うように云った。手術準備に何か手落ちがあったのかと気遣うような視線であった。財前は、はっとわれにかえり、

「無影燈の照射角度が、左に寄り過ぎている、もう少し右下方から患者の上腹部を狙う角度に直させ給え！」

とっさに叱りつけるように云った。佃は、ガラス張りになった操作室へ合図を送り、

無影燈が斜め右に傾斜し始めた。

「よし、その角度でストップ――」

幾らも傾かないうちに、財前はすぐストップを命じ、マスクの下で大きく息を吸い込むと、手術創が汚なくならぬように前の噴門癌の正中切開線に合わせてメスを入れた。チャックが引き下げられるように手術創が開いて行き、第一助手の佃と、第二助手の江川が手早く腹膜鉗子をかけ、切開部を広げたが、開腹鉤を使わない手術野は細長く、胃を全剔して食道と空腸を吻合（縫合）した部分が胃袋のような形で、血に滲みながら現われた。財前は、腹腔に手を入れ、腸閉塞を起している原因とその部位を検索するために、腹腔内の一番表面にある横行結腸を両手で摑み取ると、慎重にたぐり上げて行った。直径六、七センチ程の腸管は、ぬるぬると光りながら長くうねり、巨大なみみずのようであった。その先端を摑んでずるずると手繰り上げると、口もとの高さにまで延び、生臭い内臓の臭いが、ぷんと鼻を衝き、財前はマスクの下で吐気を催しかけた。

財前が手繰り出した腸管は、すぐ横の第二助手が後を受けて、消毒した掛布の上に置き、次に小腸を手繰り出して行くと、十二指腸に繋がるトライツ氏靱帯から二メートルほど行った空腸のあたりで、腸管の色が鮮紅色から暗褐色に変色しているのを目敏く見付けた。明らかに鬱血した状態で、さらに十センチ程行くと、ℓ字型に腸管が捻転している。

「見給え！　やはり、腸軸捻転による腸閉塞だ！」

財前は予想していた通りであったことに、ほっと息をつくと、もう平常の落着きを取り戻していた。ともすればぬるりと、掌から滑り落ちそうになる腸管を右手と左手とで器用に、交互に扱いながら、糸のもつれをほぐすように見事にもとの状態に戻した。

やがて腸管は鬱血状態が去り、次第に赤味を帯びて来、血管にも搏動が起って来た。財前はそれを見届けると、はやりがちになる気持を抑え、腹腔内に腸管を丁寧に戻して行った。腸管の捻転は、すぐ手術をしてもとの形に戻してしまえば問題はなかったが、捻転を起して長時間、放置すれば貧血のため真っ黒になり、その部分は壊死して、患者に急激な死を齎すこともしばしばある。

腸管を腹腔内に全部おさめると、財前は、八日前に吻合した食道、空腸の縫合状態が完全であるのを見確かめてから皮膚縫合にかかった。布を縫い合わせるような手早さで縫合し、最後の糸をぷつんと切ると、

「手術完了！」

太い声で再手術の終了を告げた。手術開始から僅(わず)か二十一分であったが、神経を極度に張り詰めたせいか、財前の額に大粒の汗が噴き出ている。

「この患者(クランケ)の腸閉塞(イレウス)は今の手術で明らかなように、噴門癌(カルジア・クレブス)の手術(オペ)そのものとは何の関連もなく、腸軸捻転によって起ったものである、こういう種類の腸閉塞(イレウス)は、術後に起りやすいが、これは胃癌(マーゲン・クレブス)や噴門癌(カルジア・クレブス)などの手術(オペ)の時に、淋巴腺(りんぱせん)の廓清(かくせい)のために腸管を全部、一旦、腹腔外に出すようなこともあるので、手術(オペ)が終って、もとへ戻す時に、術者が充分に注意していても、何かのはずみで腸管軸が捻転して腹腔におさまり、それがあとになって腸閉塞(イレウス)の原因になる場合がある、したがって、こうした場合は、術者のミスではなく、いわば術者にとっては不可抗力的なもの、患者(クランケ)にとっては不運というよりほかはないから、今後、このようなケースが起ったら、私が今やったように迅速な処置さえ行なえば、手術(オペ)そのものは簡単だから慌(あわ)てることはない」

財前は佃たちに向って云(い)い、手術台に仰臥(ぎようが)している安田太一には、一瞥(いちべつ)もくれず、手術室を出、看護婦にゴム手袋と手術衣を脱がせ、消毒薬で手を洗った。ゴム手袋を通して感じた安田太一の感触を拭(ぬぐ)い落すように、財前は何度も念入りに、両手の上膊(じようはく)まで消毒していると、電話のベルが鳴った。

看護婦が受話器を取り、一言、二言応答し、

「先生、お宅から奥さまがお電話でございます」

財前に取りついだ。

「僕の家から――」

怪訝（けげん）そうに手を拭い、受話器を取った。

「どう、手術（オペ）の結果は？」

家からではなく、ケイ子からであった。

「うん、単なる腸軸捻転の腸閉塞（イレウス）だったよ」

「じゃあ、もう一度、こっちへ帰って来る？」

たかだか腸閉塞ぐらいの手術で、慌てて病院へかけつけた財前を鼻先で笑っているようなケイ子の顔がうかんだ。財前は応（こた）えず、黙って電話をきった。

「先生、コーヒーでも持たせましょうか――」

佃が気をきかせるように云うと、

「いや、いいよ、教授室で憩（やす）むから、灯りを点けておいてくれ給え」

外国の病院のように手術室の隣室に贅沢（ぜいたく）なラウンジ・チェアがおいてあり、柔らかいシートに体を埋めてコーヒーを飲むのならともかく、ここの固い椅子（いす）に坐（すわ）ってでは殺風景すぎた。財前は煙草を一服喫（す）ってから、教授室の方へ足を向けた。

先に行った佃は教授室の灯りをつけ、患者からの贈り物を積み上げてある棚からオールド・パーの瓶を出して、窓際のラウンジ・チェアの横のテーブルの上に置いた。

「先生、単なる腸捻転による腸閉塞(イレウス)だと解(わか)っておりましたら、わざわざ、教授をお煩(わずら)わせ致さなくても、私がやりましたのに、恐縮でございます」

佃は、自分の見通しのまずさを詫(わ)びるように云った。

「最初からそうだと解っておれば、私だってこの程度の手術には駈けつけないさ」

財前は不機嫌に云い、

「まあ、いい、あとは受持医に任せて、君は今夜はもう帰り給え、僕は少し憩んでから帰る」

低い声で云った。佃が部屋を出て行くと、財前はラウンジ・チェアに体を埋めた。

窓から見える病棟は、消燈(しょうとう)時間を過ぎて灯りを消し、夜の闇(やみ)の中に黒い影のように沈んでいる。森閑とした静けさの中で、財前はひどく疲れている自分を感じた。一体、何が自分をこう疲れさせるのだろうか。安田太一のことならあれ以上、心配があるはずがない。学術会議選の選挙対策は、鵜飼(うがい)医学部長が陰の参謀になって、着々と進んでいる。裁判の方は、昨日の第一回証人調べで金井助教授が巧みな証言をし、財前側不利の材料は出ていない。それなのにこの眼に見えないものに対して神経をすり減らすような不安は何だろうか——。財前は体を起し、テーブルの上のウイスキーをグラスに注ぎ、ストレートで口に運びながら、中庭を挟んだ向い側の建物を見ると、ところどころに明るい灯りが点いている。基礎医学教室であった。相変らず基礎の連中は遅くまでよく勉強するなと思い、ふと病理学教室の方を見ると、同じく灯りが点いている。その瞬間、佐々木側の鑑定人として出廷する大河内教授の存在が、財前の心を圧迫し、脅かしはじめた。しかし、いくら大河内教授といえども、剖検所見というものは死後の解剖記録であり、どう動かしようもないものだと思ってはみたものの、財前の心の隅では、やはり、大河内教授の出廷が気懸りであった。

柳原は、大学病院の勤務が終った後、アルバイト先の個人病院の詰所で、カルテの整理にかかっていた。外見はまがりなりにも鉄筋コンクリート三階建ての百ベッドを持つ病院であったが、中の設備は旧態依然としたものばかりで、エックス線写真一つにしても、旧式の断層撮影機を使い、二人の当直医は、盲腸の急患から小児科、産婦人科まで受け持たされる。しかし、今日の柳原は午後六時から九時までのパート・タイムの夜間診療の勤務であったから、一週間前、柳原が当直の夜、手術した患者の予後と、二人の交通外傷の患者の診察だけしておけばよかった。打撲傷と骨折で、本来なら整形外科に入る患者であったが、骨折部分のエックス線写真を写真観察器にかけて、自分の所見と処置をカルテに書き込んで行った。書き込みながら、時計を見た。このアルバイトを終えたあと、野田華子と会うことになっているのだった。

病院から約束の心斎橋の喫茶店まで、二十分あれば行け、九時半頃になることも予め、諒承して貰ってはいたが、そんな遅い時間から二人きりで喫茶店で出合うことを考えると、柳原は急に落ち着かなくなって来た。カルテの記入をすませ、看護婦にじゃあ失敬と、声をかけて詰所を出、手洗へ行った。薄暗い灯りに照らされた手洗場の鏡の前にたつと、見ばえのしない平凡な顔が映り、頭髪が延びているのが目だった。華子からの電話が突然であったから、散髪をする時間がなかったのだ。柳原は、ぼさぼさの髪を水で濡らし、掌で撫でつけるようにしてから、病院を出た。

約束の喫茶店の扉を開けると、フォーク・ソングが流れ、野田華子の姿がすぐ眼についた。華子の方もすぐ柳原に気付き、笑顔で柳原を迎え、

「ご免ね、急にお電話なんかして、けど、ちょうどお友達の音楽会があったから、お義理に顔を出しといて、柳原さんとお会いしたいと思うたんですの」

華子はクリーム色のレースのワンピースに、半袖の上衣を重ねた華やかな装いで、

冷房のきいたしゃれた雰囲気の音楽喫茶にふさわしい装いであったが、半袖の開襟シャツにくたびれたズボンをはいた柳原の姿は、貧相で寒々しく、華子に引け目を感じた。

「どうしはったの、どこかお工合でもお悪いのやありません？」

華子は、返事をしない柳原を心配そうに見た。

「いや、どうもないのです、ただこの頃、外来診察が多い上に、アルバイトの方もあるので、それでちょっと疲れているだけですよ」

「あら、アルバイトなんかしはらんと、学位論文にだけ専念しはったらええのにと、父が云うてましたわ」

華子は無邪気に、父の言葉を口にした。柳原はいささか屈辱に似たものを感じたが、華子はそんな柳原の気持には気付かず、

「うちの父いうたら、もう柳原さんのことになったら、熱に浮かされたみたいですのんよ、兄は二流の私立の薬大出ですし、恋愛結婚して東京へ嫁いでいる姉の主人も、私大出の平凡なサラリーマンですさかい、華子のお婿さんは国立浪速大学出身の将来ある先生やいうて、ご近所や出入りの製薬会社の人にまで云いふらしてはりますわ」

華子は、ぼってりとした厚い唇を綻ばした。

「しかし、僕はこの間もお話ししましたように、親父は九州の田舎の一介の郵便局長に過ぎず、僕自身も一介の病院勤務医に過ぎませんから、郷里の父といろいろ相談してみたんです」

「そうしたら、どない云うてくれはりましたの」

柳原は返答に迷った。

郷里の父からは、ほかならぬ財前教授の岳父が勧められる縁談なら間違いなかろう、それに家庭の事情としても、四人の弟妹の進学や結婚の費用などを考えねばならぬから、それほどお前の将来を見込み、経済的援助をしてくれようという相手で、しかも養子でなくてもよいのなら、結構な話で、あとはお前の気持一つで決めればよいと、返事して来たのだった。宮崎県の片田舎にいる柳原の父は、財前教授が死亡した患者の遺族から控訴されていることは知っていても、一審で勝訴した財前教授の潔白を信じ、その患者の受持医であった息子の柳原の潔白をも信じ込んでいるのだった。

「ねぇ、ほんとにどう云いはったの？　お郷里のお父さんがおっしゃったこと教えてほしいわ、それにうちの両親が近々、柳原さんとご一緒にお食事をしたいから、ご都合を伺うて来るようにと云われてますのやけど——」

見合い後二カ月近く経っているのに、まだはっきりとした返事をしていない柳原を促すような気配であった。

「ええ、そりゃあ結構ですが、今、学位論文の最後の仕上に追われ、それに来週は控訴審の第二回の証人調べがありますから……」

「裁判って、私、難しいことは解らへんけど、あれは財前先生が訴えられてはる裁判やから、柳原さんは大した関係はないのと違いますのん？」

「そりゃあ、直接にはそうですが、何しろ僕の受持患者のことですから――」

「けど、この間の財前先生のお舅さんのお話では、阿呆な患者が勝目のない訴訟を起してるだけやから心配ない、こっちが勝つにきまってると、頭から云うてはりましたやないの」

華子は、首をかしげるように云った。財前又一が、そう放言しただけあって、昨日の第一回の証人調べの金井助教授の証言は、一審より遥かに財前教授を擁護する気配が強かった。しかし、それらはすべて、財前又一の財力と、財前教授の持つ権力によって巧みに構築されたものであった。受持医として、自分が証人台にたった時も、あのように財前教授の意志のまま操られるように証言しなければならぬのかと思うと、柳原は冷房のきいた室内でうっすら汗ばんだ。華子の顔から視線を落した時、テーブルの下にむっちり盛り上っている華子の両股が見えた。短くまくれ上ったスカートの下に、若さに喘いでいるような股から下腹のあたりにかけての肉付きが感じ取られ、柳原はひそかに淫な華子の肢体を想像した。

「華子さん、僕は……」

顔を紅らめ、柳原は結婚の意志を華子に伝えかけたが、ふと、今日の教授回診のことが思い出された。自分が担当していた保険患者の佐々木庸平の時には、病状報告を聞いただけでろくに診察もせず、術後の急変に対しても、来診してくれなかった財前教授であるのに、特診患者である安田太一には、ちょっと腹が痛いと訴えただけで、自ら慎重に診察し、受持医に細かい注意を与えた。それを考えると、今ここで財前教授の舅が勧める野田華子と結婚の約束をしてしまうことは、自分自身を現在以上に、身動きのつかぬ状態に追い込んでしまうことになると思われた。

「華子さん、僕は、今夜、少し学位論文のまとめをしなくてはいけませんから、これで失礼します、ご両親にお目にかかる日は、改めてこちらからご連絡させて戴きます」

柳原は、やっと自分を取り戻すように云った。

里見は、上本町一丁目の停留所で降りると、九時を廻っていたが、法円坂の公団アパートの自宅に向わず、反対の方向にある内安堂寺町で開業している兄の里見清一を訪ねた。

幼い時に父を亡くした里見にとって十三歳齢上の兄は、父親のように思え、何かあるとつい兄の家へ足が向いてしまうのだった。

停留所から一丁程行くと、戦災を免れた家が建て込んでいる狭い通りになり、その一角に『内科、小児科、里見医院』と記した小さな看板が掲っている。とっくに夜の診察が終っているはずであるのに、診察室に灯りが点いている。古びた扉を押すと、狭い土間に二足の男ものの靴が脱がれ、診察室から話し声が聞える。

「一体、君たちこんなことしていて、何の疑問も感じないのかね」

兄の清一の何時になく、きめつけるような声がした。

「疑問も何も、洛北大学の第二内科の私たちがこうやって京都から、大先輩のところへ伺ったのですから、一つ、お聞き入れ下さいよ、神納教授からも、里見先生が講師として大学に在籍されていた当時は、何かとご教示戴き、今でも時々、懐かしく思い返していますという伝言をことづかって来ているのですよ」

若い医局員の馴れ馴れしい声が聞えた。

「じゃあ君たちは、学術会議選なるものが、どのような性格のものかという認識も持たずに、票集めをしているというわけかね」

「そんなこと考えたって、仕方がないですよ、僕らはただ上から渡された名簿をもとに、選挙権を持っておられる先生方の医院を地図で調べて、一日平均十五軒のノルマで廻っているんです、しかし、ほとんどの先生方は、僕らが訪ねて行くと、母校の現役教授の名刺を持った者がわざわざ挨拶に来てくれたと、診察そっちのけで歓待して下さり、投票用紙は必ず白紙で渡すから、自由に大学の方で記名していいと約束して下さるんですがねぇ」

もう一人の医局員が、ややぞんざいな口をきいた。

「それじゃあ、君たちのやっていることは、一番悪質な選挙違反じゃないか、投票用紙の『注意』という欄に他人に任せて投票したものは無効と明記してあるのを、平然と踏みにじるつもりなのか」

怒りを含んだ声がした。

「まあ、先生、そうお怒りにならずに——、私たちだって、何も好き好んで、ルールに反するようなことはしたくないのですけど、浪速大学の財前教授側が、相当にえげつない手段で票集めに狂奔し、うちの系列校である滋賀大学や三重大学あたりまで出かけて、縄張り荒しをしているという情報が入って来ては、われわれだって洛北大学の名誉にかけて負けられないではありませんか、ですから今度は、候補者が第一内科の神納教授でも、われわれ臨床だけでなく、基礎の各教室も大いに協力的で、巻返しを図るべく、近畿癌センターや浪速大学の各系列校、さらに本丸の浪速大学へも、かなり接近していますよ、あそこの基礎は病理の大河内教授以下、大の財前嫌いで通ってますからねぇ」

「そうか、洛北大学は、基礎の連中までそんなことをやるようになったのか、嘆かわしいことだ、だが、私は何と云っても白票は渡さない、私の票は、私の意志通りに投票する、白票のまま渡すぐらいなら、破って捨ててしまう、これが私の答えだ、あとはいくら粘っても時間の無駄だ、早く帰って、君たちの勉強をし給え」

厳しい口調で云い、席を起つ気配がしたかと思うと、診察室の扉が開いた。入局六、七年くらいの医局員二人がそそくさと出て来、靴を履いた。その背後から、兄の清一が気難しい表情で出て来た。

「ああ、脩二、来ていたのか、知らなかったよ、何時来たんだい」

「さっき——、彼らの話、聞きましたよ、近畿癌センターにもああいう連中が来ているようだけど、彼らと同じ世代で、日曜も祭日もなく、朝から夜遅くまで研究室と病棟を往復しているうちの若い研究員などと比較すると、まるで人種が違うみたいですよ」

「全くだ、もう診察は終ったし、奥でお茶でも飲んで行かないかい」

診察室の奥になっている居間に、里見を招じ入れた。十年前に妻を亡くしたきり、独身でいる兄は、看護婦に熱いお湯の入ったポットを持って来させ、急須に煎茶を入れて、里見に勧め、

「さっきの連中には云わなかったが、全く偶然にも、今朝、洛北大学時代の旧友から学術会議選に関する手紙を貰ったんだ、いい手紙だから、読んでごらん」

状差から、一通の封書を取り出して渡した。人から来た手紙など見せたことのない兄であったから、里見は黙って受け取り、中の便箋を開いた。

前略、小生相変らず、三重県下の田舎の大学で研究と診療をしています。洛北大学の講師からこちらへ転任してまる十七年になり、どうやら小生もここで骨を埋めることになりそうですが、本日、すっかりご無沙汰している貴兄にふと便りをしてみたくなりました。

というのは、他でもなく、一昨日、洛北大学の助教授と古参医局員の二名が、本学

の神納教授が次期学術会議選に立候補したので、是非、投票してほしい、ついては票読みを確実にするために、投票用紙が学術会議の選挙管理会から送られて来たら、白票のままお渡し願いたいと、申し入れて来たのです。もちろん、はじめは選挙違反になるからと断わったのですが、誰でもやっていることで罰則はないからと強要され、一方、われわれの研究費の配分について学術会議が政府の諮問機関になっていることを考えると、咽喉から手の出るほど研究費の欲しい私は、心ならずも約束せざるを得ませんでした。

月十三万円の給料の中から、本屋のつけ、学会への旅費、宿泊費などを払い、八万円そこそこで大学三年生を頭に親子六人の生活を強いられている私にとって、もし、僅かの研究費でも打ち切られてしまえばどうなるか、火を見るより明らかで、今でさえ五十万近い借金をためて苦しんでいるのです。

それにしても、その後のあと味の悪いやり切れなさ、私も情けない人間になり下ったものです。そんな時、毅然とした態度で自ら大学を去り、今も毅然として開業医生活を続けておられると聞く貴兄のことを思い出し、一筆したためたのです。勝手な乱筆をお笑い下さい。

読み終えると、里見の眼に、田舎の小さな大学でこつこつと研究生活を続けている孤高で貧しい医学者の姿がまざまざと映り、いかにも兄の旧友らしい清冽(せいれつ)で心温かな手紙であった。それにしても、今度の学術会議選の激しさは異常過ぎるように思えた。その異常な学術会議選を一方で闘(たたか)いながら、一方で佐々木庸平の控訴審を闘う財前五郎という人間の心は、一体、どのようなものなのだろうか——。

「ところで、どうだったんだい、昨日の控訴審の第一回目の証人調べは?」

兄の清一の顔が、里見を見た。殆(ほとん)ど白髪になった頭の下に、風雪に耐えぬいて来た強靱(きょうじん)な光を持った眼が見開かれ、里見が何を話しに来たかを、ちゃんと見抜いていた。

里見は兄の顔を見上げ、

「金井助教授の証言は全く意外でしたよ、一審通り財前君をかばう気配が濃厚で、財前側は医師会の顧問弁護士まで動員して、二審では、一審を上廻る徹底した勝ち方をしようという気構えのようです」

「そうすると、またしても財前の勝訴ということもあり得るということか——」

「いや、佐々木側の関口弁護士は、もはや職業意識を離れた執念ともいうべき正義感で丹念に調査し、医学的な鑑定人の依頼に奔走しています、そして、今度は東先生も、自分自身は教授選のいきさつから財前君と利害関係があるものと見なされて、鑑定人にはたてず、表だった形では協力できないが、医学的な問題点や裏付けの面での協力は惜しまないと断言され、事実、関口弁護士に直接、いろんな指導や助言をなさっている上に、大河内先生の態度も変らないから、佐々木側はそう簡単に敗れたりしませんよ」

日頃もの静かな里見に似ず、やや昂るような語調で云うと、兄の清一は煙草に火を点けながら、

「そうかい、実は昨日、三知代さんが来て、お前のことを非常に心配していたよ、名古屋大学の医学部長を退官して名誉教授になられた三知代さんの父上も心配しておられるそうで、私に何とかお前が証人にたたぬように説得して下さいと、手をついて頼まれた――」

里見は、黙って顔を俯けた。

「私には、お前の気持はよく解っている、一旦、決めたからには自分の所信は貫けばいいだろう、ただ、近畿癌センターの風当りはどうなんだい？」

「心配ありません、みんな純粋に学問的な立場から、あの医事紛争のなりゆきを見ており、そこに学ぶべき医学的な問題があれば、学び取りたいという気持を持ってくれています」

里見の澄んだ眼が、明るむように兄を見返した。

「それならいいが、何といっても国立浪速大学と同じく、国立の癌センターのことだから、今度、妙なことになって冷めしを食わされることになったら、私と同じ開業医の道しかない、開業医だからどうというのじゃなく、私やお前のように研究好きの者には、やっぱり大学か、それに近い研究機関のようなところにいる方が向いているよ」

兄の清一は、京都の国立洛北大学の第二内科の講師になりながら、主任教授と意見が合わず、ある事件から大学を去ったのだった。その兄の顔に、毎日、患者の診療にだけ追われ、研究の場と時間が得られない空しさのようなものが漂った。

*

北の料亭『萬力』で、鵜飼医学部長と財前五郎は、奈良大学の竹谷医学部長を交えて懇談していた。財前が竹谷の盃に酒を注ぐと、小柄だが耳だけ異様に大きい顔を綻ばせ、

「この間は、わざわざ財前教授に奈良まで足を運んで貰い、久しぶりに歓談したが、

さすが浪速大学の看板教授だけあって、齢に似合わぬ貫禄が備わり、鵜飼医学部長が格別に眼をかけられるのも道理だと思いましたよ」

竹谷は、浪速大学で三年先輩の鵜飼をたてるように云うと、鵜飼は肥満した体を脇息にもたせかけ、

「いや、僕は、財前君だけとりたてて眼をかけているわけではないんだが、若手で財前君ほど出来るのがそうないものでね、だが、財前君は腕はたつが、少々、人間的なあくが強過ぎて、つい面倒なことを起してしまうのでねぇ」

苦笑するように云った。

「というのは、例の裁判のことですか、あれなら――」

竹谷が云いかけた時、冷房のきいた座敷の襖が開き、仲居が二人入って来、椀物の料理を膳に置いた。金蒔絵の見事な椀であった。食い道楽の竹谷と鵜飼は、一しきり食べものの話を始めた。財前はそんな話より、今日の会合の本題である竹谷に依頼した控訴審の鑑定に関する意見を聞きたかった。

「お絹さん、お銚子をもう一本――」

齢嵩の方の仲居が云った。お絹――、財前ははっとしてお絹と呼ばれた仲居の方を見た。国際外科学会へ出発する壮行会が開かれた席上、佐々木庸平の急変を伝えて来

た柳原の電話に対して、「俺はいささか酩酊気味だ」と怒鳴りつけ、ろくに指示を与えなかったのをお絹という仲居がたまたま、聞いていたことが舅の又一の調べで解り、鼻薬をきかせておいたという仲居に違いなかった。財前はさり気ない様子で、お絹を見た。三十七、八の面長な顔だちで、頰から首筋にかけて仲居にしておくにはもったいないような年増の色っぽさがあり、財前と視線が会うと、万事含んでいるような眼もとを見せた。鵜飼たちの手前、財前はすぐ視線を逸した。竹谷は椀物に箸をつけ、

「ところで、財前君の控訴審の話ですがねぇ、この間、財前君から詳しい経緯を聞いたんですが、間接的にあれこれ聞いていた時より、財前有利の感を強くしましたよ」

「ほう、鑑定人にたって下さる竹谷さんに、そう云われては心強い限りだが、まさか財前君が、自分に都合のいいことばかり並べたてたんじゃないだろうな」

鵜飼は、油断のない視線を財前に向けた。

「とんでもありません、竹谷医学部長に鑑定をお願いする限りは、忌憚のない事実をお話申し上げ、佐々木側の主張もこと細かに説明し、出来る限り客観的な立場にたって、竹谷先生のご意見を仰いだつもりです」

財前が心外そうに応えると、竹谷は世馴れた笑いをうかべた。

「こんな内々の席で、そうまともに開き直っておっしゃらなくてもいいですよ、僕が、

財前有利の確信を強めたのは、何といってもあの患者の胸部エックス線写真ですよ、つまり、あの程度の小さな胸部の陰影を癌の転移と鑑別することは、ここ一、二年、いくら急速に進歩した癌の診断学によっても、ごく一部の専門家を除いては無理な話で、特に肺の場合は、同じ小指頭大(しょうしとうだい)といっても胃に比べると非常に鑑別が困難だから、この点に、財前側有利の材料があるわけですよ」

胸部エックス線診断にかけて業績のある学者らしく、頭から断定的に云った。

「そうすると、竹谷さんは、控訴審の四つの争点を全部争うまでもなく、第一の争点で財前勝訴を決定付けて下さるというわけですね、これは頼もしい」

鵜飼は膝(ひざ)を乗り出し、自分より後輩の竹谷に阿(おもね)るような語調で云った。財前は盃をおき、

「ほかならぬ竹谷先生にそう云って戴(いただ)きますと、心強い限りです、ただ佐々木側も最初からこの第一の争点にウェイトをおき、その鑑定人に東京K大学の正木助教授を引っ張り出して来ている点が、少し気になるのです、しかも鵜飼先生を通してK大学の上層部から、正木助教授に鑑定人にたたぬように説得を試みたのにもかかわらず、純粋に医学的な立場から鑑定するのだから引き下る理由はないと云い、敢(あ)えて鑑定にたつからには、何かよほどの確信がありに思われますが、胸部内科ご専攻の先生のお

考えはいかがでしょうか」

気懸りそうに云うと、竹谷はちょっと首をかしげ、

「そりゃあ、同一の事柄に対して、その学者の専門領域、医学概論が違えば、自と異った見方が出て来る、しかし、正木君が何を云おうと、あの程度の小さな胸部陰影を癌と鑑別すること、そしてさらにそれを断層撮影してみても、鑑別はなお困難であろうということは、現在の医学水準からして客観的な事実で、気にかけることはないですよ、正木君だって、学会に臨むようなつもりで、法廷に臨むんじゃないだろうからね」

若い正木を皮肉るように云い、

「僕はそれより、大河内教授が佐々木側の鑑定人にたって、再び剖検所見を述べる方を重視しているが、それは何時なんです」

「今週の金曜日なんですが――」

と応えながら、安田太一の腸閉塞の手術後、独り教授室で懸念していたことを口にされ、財前は、胸にこたえた。

「金曜日、いやな日ですな、思わぬ鑑定所見が出るような懸念は、ないでしょうね」

「剖検所見というのは動かせぬものですから大丈夫だと思いますが、一度、ご挨拶か

たがた、大河内教授のご意向を伺いに行こうと思いながら、つい機会（チャンス）がなくて……」

財前は、弱気に云った。

「なんだ、まだ行ってないのかい、一審の時は僕が行ってやったから、今度は君自身でやり給（たま）えよ」

鵜飼が突（つ）っ撥（ぱ）ねるように云うと、竹谷は、

「さすがの財前君も、大河内教授はよほど苦手と見えるね、その様子では、大河内教授が握っている基礎の方の学術会議選の票も、あまり期待出来ないのじゃないですかねぇ」

学術会議選の全国区に出馬する竹谷医学部長に、地方区から出る財前が、自分の手で集められる票数を手土産にして、今度の裁判の鑑定を依頼に行った矢先であったから、竹谷は話題を裁判から、学術会議選へ移した。全国区からたつ竹谷にしてみれば、裁判の鑑定を引き受ける代りに、まとまった票数の取りまとめを確約して貰わねばならなかった。財前は素早く竹谷の顔色を見て取り、

「竹谷先生の方の票読みは、その後いかがです？」

「それなんだが、僕は全国区の専門別の部門だから競争が激しく、票読みが一番やりにくくて、四苦八苦していた時に、財前君から、同じ浪速大学系として、全国区と地

方区とのアベック闘争をやろうという話を持ちかけられ、大いに意を強くした次第なんだが、そちらで確かに取りまとめられる票というのは、どれぐらい？」

逆に、まず財前がまとめ得る票数を聞いた。財前は、鵜飼とちらっと眼を合わせ、

「そうですね、今のところ大ざっぱに本学及び同窓会関係で二千票、系列大学及び系列病院で四千票、学会関係二千票、医師会千五百票と読んでいるのですが、なかなか予想通りには行かないもので、学内だけの動静を例にとっても、基礎には無関心派が多く、臨床でも皮膚科や眼科など陽の当らない科の連中は、どうもひがみっぽくて、統一戦線から脱落して行く公算があるんですよ」

「それは浪速大学に限らず、一般的な傾向で、われわれ臨床畑の選挙母体は何といっても内科、外科、産婦人科が三本の柱ですよ、その意味で僕は、財前教授の把握している外科票が全国区の私の方にも入ることを頼りにしているのだが、もう一つ、票集めに有効な大穴があるんですよ」

「ほう、大穴——、そりゃあ、竹谷さん、どこのことです？」

鵜飼は脇息から体を起した。

「これは是非とも鵜飼医学部長にお出まし戴かねばならない話なんですが、最近、洛北大学の系列下から離れて独立の旗印を掲げた私大の関西医科歯科大学のことですよ、

独立はしたものの、洛北大学からずっと続けて学術会議会員が出ているため、研究予算の配分などで何時も冷や飯を食わされている上に、舞鶴にある医科歯科大学系の系列病院に医師を送って貰えなくなり、医師不足で閉鎖寸前に追い込まれているという話は、鵜飼医学部長もご承知でしょう」

「うん、そのことなら、もう話をつけてしまいましたよ、というのはこの間、関西医科歯科大学の学長から面会を申し込まれ、浪速大学系から若い優秀な内科、外科、産婦人科医を各四、五名ずつ頼むと云って来たんだよ、その交換条件として、関西医科歯科大学と大阪市内の系列病院の千五百票をとりまとめるということなんだ」

鵜飼が酒気に染まった赭ら顔で、意味あり気に云った。

「こりゃあ、参りましたな、やっぱり鵜飼さんだ、じゃあ、うちの大学からも早速、出しますよ」

竹谷がすぐ話に乗ると、財前も、

「では、外科の方は、私の第一外科から思いきって、三名出しましょう、あと一、二名は、私から系列校の徳島大学か、和歌山大学あたりに頼んで出して貰います」

まるで将棋の駒を動かすように簡単に受け合った。鵜飼はにんまりと笑い、

「まあ、平常なら何でもないことだが、最近、各医局が革新的になりつつある時だけ

に、学術会議選の票と引替えに医局員を供出したと、騒ぎたてられぬようにお互いに巧（うま）くやることだ、特に財前君は、いろんな意味で衆目注視の時だから、慎重にやるように」

教室員の生殺与奪の権を握る教授たちの会談は、まるで日傭（ひやとい）労務者を手配する手配師のように、教室員の供出数を決めた。

その翌日、午前の診療を終えた第一外科の医局は、昼食をすませた若い医局員たちが煙草をふかしながら、受持患者の話や学会の噂話（うわさばなし）をし合っている。

「おい、ニュースだ！　ニュース！」

聴診器を首にかけたままの中河が、慌（あわただ）しく医局へ駈（か）け込んで来た。若い医局員たちは一斉に振り向き、

「なんだ、どんな極秘情報が入ったんだ」

「まさか、ばれたんじゃないだろうな、われわれの例の件が――」

中河を中心に無給医局員問題の憤懣（ふんまん）や矛盾を語り合っているうちに、医局の民主化

の手はじめとして医局長の公選運動を始めようと、秘かに動きはじめていた一同は、中河のニュースという言葉に不安と好奇の入り混った表情を向けた。

「いや、それじゃないんだ、うちの神経科のインターンたちが、東都大学のインターンたちの〝インターン制度廃止〟に呼応して、関西での統一行動を計画するそうだ」

昂奮を抑えかねるように云った。

「何時だ、統一行動の日は？」

「八日先の予定だ」

「そうか、僕らがやろうとしてやれなかったことが、ようやく実際行動に移せるようになったのか——」

医局員の一人が感慨深げに云った。

「しかし、うちの神経科の連中、計画通りうまく運ぶだろうか、鵜飼医学部長に握りつぶされでもしなければいいが——」

また一人が気懸りそうに云った時、

「しっ、クロスケ医局長が来たぞ！」

入口に近い椅子に坐っていた中河と同期の瀬戸口が、素早く注意の合図をし、一同は口を噤み、素知らぬ体をした。

安西医局長は、中河たち無給医局員たちのグループの様子をじろりと見遣ってから、

「江川君はいるか」

大きな声で呼んだ。周囲の騒めきをよそに柳原と机に向って、専門誌のノートをとっていた安田太一の受持医である江川は、

「はい、こちらにおります」

ひょろ高い体を起ち上らせると、

「教授がお呼びだ、すぐ教授室へ行き給え」

重々しい響きを籠めて云った。

「それから中河君、瀬戸口君ら二人もだ」

と命じた。中河と瀬戸口の周りの無給医局員たちは不安そうに顔を見交わし、中河が、

「教授がお呼びとは、どんなご用件ですか」

身構えるように聞き返すと、

「教授室へ行けば解るさ」

横柄な云い方をし、医局員たちが固唾を呑んで見守る中を中河、瀬戸口、江川の三人は、安西医局長の後に従った。

教授室に入ると、財前教授は回転椅子に坐って葉巻をくゆらせ、傍らに佃講師が起っていた。

「只今(ただいま)、江川、中河、瀬戸口の三君を呼んで参りました」

安西が云うと、始めて教授室へ入った三人は、そのものものしい雰囲気に呑まれるようにぎこちない一礼をした。財前は鷹揚(おうよう)に頷(うなず)き、まず安田太一の受持医である江川の方を見、

「噴門癌(カルジア・クレブス)の手術(オペ)の後、腸閉塞(イレウス)の再手術をした患者(クランケ)の予後は順調かね」

と聞いた。中河や瀬戸口などの革新的な医局員と一緒に呼びつけられ、何を云われるのか、見当もつきかねていた江川は、ほっと安堵(あんど)し、

「今日が術後四日目で、先程、診(み)て来ましたが、再手術の手術創の治癒(ちゆ)状態は予想以上によく、聴打診及び患者の主訴にも、異常はございません」

「それはご苦労だった、ところで明日からあの患者の受持は、先輩の黒田君にやらせるから、引きついでおいてくれ給え」

江川は、はっと顔色を変えた。

「先生、何か、私に落度でも……」

「いや、別に落度はないが、あの患者はもともと、噴門癌を専攻している黒田君に受

け持たせるつもりでいたんだ、それが私の学術会議選の専従者になり、多忙を極めていたが、僕の『消化器病診断治療集』の発刊、発送も一段落したから、あの患者を持たせることにしたのだ」

突き放すように財前が云うと、財前の横に控えている佃が、

「江川君、君は前々から、財前教授に何か不満を抱いているようだね」

妙にねっちりとした云い方をした。江川はあっ気に取られ、

「そんな——、誰がそんないい加減なことを……」

「いい加減かねぇ、君は財前教授の総回診の時、安田太一の前で、学術会議選の手伝い云々と、教授の不為になるようなことを口にした上に、あの患者に大阪高裁で開かれた裁判のことを話したそうじゃないか、君が曾て東派であったことは承知していたが、それはどこまでも前任教授時代のことだと思えばこそ、財前教授が執刀された特診患者を君に受け持たせたのに、君は一体、どういう魂胆で一度ならず、二度までも、教授の不為になるような言辞を弄するんだ」

「いえ、あれは安田さんの方から、あの裁判の記事が出ている週刊誌を僕に見せて、自分もこの二の舞になるのではないのか、前任教授の東教授の談話が出ているが、これはどういう人なのかなど、しつこく聞かれただけのことで、こともあろうに僕が教

授の不為になることを話したなど、全くの誤解です」

江川は必死に弁明したが、東派ときめつけられたことは相当な衝撃であるらしかった。財前はそんな江川を一瞥し、

「誤解なら、あとで佃講師にゆっくり話し給え、僕はそんなつまらんことを詮議するために君たちを教授室に呼んだのではない」

妙に白々しく云い、葉巻をぽんと灰皿に捨てると、俄かに改まった語調で、

「君たちに用というのは、この度、関西医科歯科大学の系列病院である舞鶴総合病院から、本学並びに本学系列校に医師の派遣を要請して来、特に私の主宰する第一外科には優秀な人材が結集しているとの評価から、三人の医師を要請されたので、慎重に人選を行なった結果、診療成績の優れた君たち三人に行って貰うことに決定した」

有無を云わさず、人事異動を申し渡した。江川、中河、瀬戸口は一瞬、呆然としてたち尽した。顔面蒼白になった江川は、

「先生、あそこは洛北大学系の病院です、そこへ僕たちを……」

唇をわななかせるように云うと、

「ああ、それなら心配いらないよ、関西医科歯科大学は今度、ある事情から洛北大学と袂を分ち、浪速大学の系列下に入る意向を示したんだ、もちろん、本学としては新

しいジッツを拡大する意味から、大いに歓迎すべきことで、君たち優秀な人材を選んだのも、そうした本学のジッツ拡大の第一橋頭堡という観点にたってで、以後、続々と送り込むつもりでいるから、決して心細い思いはさせないし、学位請求論文の指導は保証する」

学術会議選の千五百票と引替えに、三人を派遣することなど噯にも出さず、もっともらしい大義名分を並べた。

「しかし、先生、僕はまだもう少し第一外科で勉強させて戴きたいのです」

中河が精一杯の抵抗をするように云い、瀬戸口もそれに和すと、佃が、

「勉強？　君ら紅衛兵まがいの医局員に教えることなど、この財前外科には何もないよ」

財前に替って、切り捨てるように云った。

「紅衛兵？　それは一体、何のことです？　妙な云い方をせずに、はっきり云って下さい」

硬骨漢の中河が、反駁するように云うと、安西医局長が横から口を挟んだ。

「君たちが無給医局員を煽動して、医局長公選の運動を起していることは、既に判明しているんだ、財前外科の〝憲法〟に照らせば、そうした医局の秩序を著しく乱すよ

うな行為を行なった者には、医局長として直ちに〝退局を命じる〟ところだが、財前教授のお計らいで命拾いしたんだ、有難く思い給え！」

退局を命じられることは、一般社会の通念でいえば、新聞の広告欄に、『左記の者、○月×日より当社とは何ら関係ありません、当社の名刺を持って参りましても当社とは何ら関係ありませんので、一切の責任を負いかねます』と告示されることと等しく、医師としては今後、一流大学の医局に勤める道を断たれ、研究の場と将来を失うことを意味していた。それを考えると、さすがの中河と瀬戸口も返す言葉がなかった。

「じゃあ、三人とも納得してくれたわけだな、舞鶴への勤務は十月一日付で発令するから、そのこころづもりでいるように」

財前は冷やかに命じた。その顔には人事の絶対権を握る者の非情さが露骨に滲み、中河、瀬戸口、江川の三人は、黙って一礼して教授室を出た。

医局に帰って来ると、若い医局員たちは駈け寄るように中河と瀬戸口を囲み、江川は呆然自失するように柳原の傍に坐った。

「どうした？　教授に何を云われたんだ」

柳原はノートを閉じ、一年後輩の江川の顔を覗き込んだ。

「僕が曾て東派だったということだけで、舞鶴総合病院へ飛ばされるんだ」

「なに、舞鶴へ？」

「うん、僕の将来はもう駄目だ、東派だったというだけで、僕が何をしたというのだ！」

江川は唇を噛みしめ、拳をテーブルに叩きつけた。その時、中河と瀬戸口を囲んだ若い無給医局員の間から、

「黒い霧だ！　確たる理由もなく、医者不足の地方へ売りに出されるなど、まるで人身売買だ！」

「そうだ、まさしく医学界の黒い手配師の横暴をこれ以上許せん！」

憤りに満ちた怒声が起り、そうした憤りの声を柳原はうしろめたい思いで聞いた。

三人の医局員が教授室を退って行き、佃、安西もいなくなると、財前は暫く、考え込むように煙草をくゆらせていたが、つと回転椅子から起ち上り、中庭を隔てて新館の病院と向い合っている旧館の医学部へ足を向けた。病理の大河内教授の部屋へ行くためであった。

薄暗く狭い階段を上り、部屋の扉に『在室』というプレートが掲っているのを確か

めてから、ノックした。応答があり、中へ入ると、ぷーんとフォルマリンの臭いがし、大河内教授が部屋の隅に設けられた白磁の流し台に向って、臓器の標本を検索している。俎板二倍ほどの大きさの標本切出し台の上に、フォルマリンで固定された握り拳大の暗褐色の左肺標本を置き、病理メスで割を入れている。

「先生、財前でございますが、ちょっとご教示を仰ぎたいことがございまして――」

憚るように云うと、

「なに、財前君？」

大河内は、意外そうに云い、

「今、肺腫瘤の検索をしているところだが、あと十五分ぐらいですむから待っていてくれ給え」

背中を向けたまま応えた。肺下葉に小さな肺腫瘤が認められるが、それが血管を通して他臓器から転移してきたものか、それとも肺に原発したものかどうかを調べるために病理メスで割を入れ、気管支に添って細いゾンデを入れて検索している。大河内が癌と判定すれば癌になり、癌でないと判定すれば癌でなくなると云われているほどの学者らしく、大河内の身辺には人をよせつけない厳しい気魄が漲っている。

財前はその鋭い気魄に呑まれるように部屋の隅にたって、大河内の病理検索がすむのを待っていた。広い部屋であったが、窓と扉だけを除き、壁面一杯に書棚が並び、病理学関係の原書や学会誌、病理組織標本のスライドがぎっしり埋まり、それでも入りきらない書籍が、床に積み上げられている。待っていてくれ給えといわれても、財前の部屋のように応接セットがあるわけでなく、大河内教授自身の坐る椅子しか置いていない。まるで部屋へ入って来た外来者に長く話し込まれるのを拒絶し、自分の城を堅持するような気配が感じ取られる。財前は所在なく、書棚の前に突ったって待っているうちに、曾てこの病理学教室に同期の里見脩二（しゅうじ）とともに籍をおき、臓器の検索をしたり、顕微鏡を覗いたりしていた頃を思い出した。自分が病理に籍をおいたのは、学位を獲得するのに病理にいる方が有利であったからで、学位を取るなりすぐ臨床へ移った。里見はその後もずっと病理にいて臨床へ移ったのだったが、病理学教室にいた時の大河内教授の指導は峻烈（しゅんれつ）をもって鳴っていた。

　医学というものは病理から出て病理に帰するのだ、したがって基礎的な病理検索を何時（いつ）も充分に行なっておれば誤診は避け得られる、ところが臨床のベテランともなればつい自分の力を過信して、基礎的な病理検索を怠りがちになるところから不測の事故を起すのだと教え、教室員たちに徹底した病理検索の在（あ）り方を指導したのだった。

　やっと肺腫瘍の病理検索が終った大河内は、教室の隅の洗面器で手を洗うと、

「なんだね、財前君が、私に用事というのは？」

「是非とも先生に、ご教示願いたいことがありまして」

「どんなことかね、多忙だから簡潔に話して貰いたい」

素っ気なく云った。

「先生にご教示願いたいことと申しますのは、実は学会ではまだ定説はありませんが、私が今まで手がけました噴門癌のうち転移した三十四例の症例をまとめてみましたところ、発生した癌の部位によって、その発育の方向と進展の経路が異なることに気付いたのです」

「ほう、それは面白いことだ、どういうことか詳しく説明してくれ給え」

大河内は促すように云った。財前はここぞとばかり、

「例えば噴門部大彎(だいわん)側に発生したものは胃体の方向へ進み、小彎側に発生したものは下部食道へ向って行くようで、しかも進展経路も、その部位によって血行転移するものと、淋巴腺(りんぱせん)転移するものとに分けられるようです、しかし、われわれは臨床医ですので、その法則がよく解らないのです、こうした問題は病理学者で、特に人体腫瘍学(しゅようがく)の権威者であられる先生にご協力をお願いしなければ究明できない問題ですので、先生にお力添え戴(いただ)いて、病理学的に分類して行きたいと考えてお願いに上ったわけです

が――」

財前は、大河内の机の前にたったまま、何時もの財前には見られぬ真摯な態度で聞いた。

「ふむ、噴門癌の発生部位によって、癌の発育方向と経路に一定の法則がありそうだとは、興味ある問題だね」

大河内は俄かに、積極的な関心を示し、

「財前君、早速、やってみようじゃないか、君の方に三十四例も症例があるのなら君の教室から優秀なのを三名、うちの教室からも二名ほど出して研究グループを作り、すぐにも取りかかろう」

大河内の眼が輝いた。そうなると、財前が大河内を訪れた目的に一歩、近付いたのだった。

「先生、私たち臨床医は、エックス線写真に現われた一つの形態から、病態を読み取るだけです、もっと病理学的な体系に裏付けられた形態的な診断が出来れば、適確な判断が出来るわけです、その意味でも今後さらに病理と外科との緊密な関係を保って行かなければならないと、つくづく思いました」

さらに大河内との接触を深めるために云うと、

「それで今のところ、君の方で出ているデータはどんなものかね」

「噴門部大彎側から胃の方向に向うもの約五五パーセント、噴門部小彎側から下部食道に向うもの約六三パーセントで、噴門部から淋巴腺を通って転移するものと、血管を通って転移するものとは、各七対三ぐらいの比率です、しかし一つだけ予想外で面白い例があるのです、それは噴門部後壁に原発した癌が血管を伝わって肺下葉部に転移した興味ある一例です、このように極めて稀な転移の経路はどのように考えればよろしいのでしょうか、何しろ他に例がないだけに——」

そう云った途端、大河内の眼がきらりと鋭く光った。

「財前君、今、君が云った例は、現在、控訴審が行なわれている佐々木庸平という患者の症例と同一じゃないか、君はまさか、あのケースが九牛の一毛、極めて限局されたケースであって、臨床的には不可抗力のものであったということを、暗に僕に伝えるために来たんじゃなかろうね」

疑いの眼を向けた。財前はかすかに動揺しかける表情を抑え、

「とんでもありません、先生、私は純粋に学問的な意味の教示を受けるために参っているのです」

「そうかね、それならいいが私は、君が持って来た問題と裁判のこととは、どこまで

も切り離して聞いておくよ」

そう云うなり、大河内は突き放すように机に向った。財前は大河内が佐々木側の鑑定人として述べる鑑定内容をそれとなく探ることを目論んで来たのだったが、そんな隙は寸分も見出せなかった。

＊

大河内教授の出廷とあって、大阪高裁の民事三十四号法廷は、医学関係の傍聴者で埋まっていた。柳原助手、金井助教授、佃講師、財前又一など財前側の関係者はもちろんのこと、里見、東、それに娘の佐枝子も目だたぬように傍聴席の片隅に姿を見せていた。

白髪瘦軀の大河内教授が証人台に起つと、さっと緊張の気配が流れ、被控訴人席にいる財前も表情を硬くした。控訴人席にいる佐々木よし江、義弟の信平は、毅然として証人台に起っている大河内の姿を祈るような視線で見上げた。

裁判長は型通りに氏名、年齢、住所、職業の人定尋問を行ない、宣誓が終ると、

「控訴人代理人の主尋問から始めて下さい」

関口弁護士は起ち上って、大河内に一礼した。

「故佐々木庸平氏の死因については、既に一審法廷において、本屍の病理解剖執刀者である大河内教授から詳しい所見を伺ったのですが、私は当審における論点をまずこの死因から出発し、これに対して如何なる処置が取り得たか、その処置によって本件死因は避け得たか、否かに論点を進めたく、一審と重複する尋問があっても、本代理人の意図をお汲み取り戴き、お許し戴きたい」

裁判官席の方へも諒承を求めるように云い、

「まず直接の死因は、何によるものですか」

「肺虚脱及び、右室心不全で、その原因は癌性肋膜炎により、左胸腔に血性胸水が瀦溜し、肺の伸縮を阻害して心臓に負担をかけたためである」

「それでは、直接の死因は、癌性肋膜炎と考えてよろしいのですね」

「そうです」

「ではその癌性肋膜炎は、手術した噴門癌と関係がありますか」

「大いにある、つまり噴門部後壁に原発した癌が左肺下葉に転移し、それが何らかの契機によって急激に増殖し、肋膜面に及んだため、癌性肋膜炎が起ったものと考えられる」

「そうすると、癌性肋膜炎の起った経路を考える上で一番、問題となるのは、胸部の癌転移巣ということですか」

「その通り」

「では左肺下葉と肋膜面の各転移巣の大きさ、形態、両者の位置関係について、剖検時の所見をもう一度、お聞かせ下さい」

と云うと、大河内は老眼鏡を上衣の胸ポケットから出し、剖検記録を手に取った。

「まず左肺下葉、というより横隔膜に近いかなり末梢に小指頭大の転移巣並びに、その周辺に粟粒大の三個の転移巣群があり、肋膜面に凹凸大小不整の腫瘤が密集した形で広がっているのが認められた」

「ところで癌細胞の一個の大きさは、大体、どのくらいですか」

突然、変った尋問の内容に大河内は鶴のように細長い首をかしげたが、

「それは癌の種類によって一概には云えないが、大きいもので五〇ミクロン、小さいもので一〇ミクロン位である、一ミクロンは、千分の一ミリだから、癌細胞一個の大きさが、いかに小さなものであるかがお解りになるだろう、しかし、この小さな癌細胞が一度、分裂増殖を始めるや、一日単位で十が二十に、百が二百にと、鼠算式に無制限に止めどもなく増え続け、遂には人間の生命を滅ぼすことになる」

「ほう——、癌の怖ろしさをまざまざと知るようなお話ですが、本件の場合、そうした癌細胞が肋膜にどのような転移の仕方をし、増殖したものと思われますか」

「肺野の転移巣がまず肋膜に向って浸潤し、肋膜に取っ付いた癌細胞は、そこで増殖して、だんだん大きなかたまりになって行く、かたまりといっても大きくはなく、胡麻粒程の小ささだが、これがやがて日を追って大きくなり、肉眼的に見えるような腫瘤の大きさになる」

「そうすると、その腫瘤の大きさから、癌性肋膜炎が起った時期が解るわけですね」

畳み込むように聞くと、大河内はふうむと頷いた。

「なるほど、素人の着想は怖ろしいね、確かに早い時期に転移したものほど腫瘤も日を追って大きくなって行くから、腫瘤の大きさから癌性肋膜炎が発生した時期を推論することは或る程度、出来ると思う」

大河内がそう応えると、関口の眼は獲物の臭いをかぎ取ったように輝いた。

「そうですか！　推論出来ますか！　本件は癌性肋膜炎が何時起ったかが重要なポイントで一審以来、いろんな観点から問題にして来たわけですが、肋膜面の腫瘤の大きさからその時期を推測できるとすると、大体、何時頃と考えられますか」

意外な進展に傍聴席は息を呑み、裁判長も視線を凝らした。大河内の所見如何によって控訴審の新しい論点が、この尋問から打ち出されるかもしれなかった。大河内の口が徐ろに開いた。

「本件の場合は、先程も述べたように左肺下葉の小指頭大の転移巣および粟粒大三個の転移巣群の一部から、癌細胞がさらに転移を起した症例であるから、形態的には腫瘤がまだぱらぱらと胡麻粒ぐらいに点在している程度では、日が浅いわけである、それが肋膜面に、碁盤に碁石をびっしり並べたような状態で、腫瘤が板状に並んでいる時は、かなり以前に癌性肋膜炎が起ったと考えられ、そのような状態を見た時は、病理学者の私が見ても、何ともいえぬ異様な不気味さを感じるものである、したがって本件のように凹凸大小不整の腫瘤が肋膜面に認められる場合は、患者の死亡する二、三日や四、五日前ということは考えられず、いかに増殖の激しい悪性腫瘍であっても、月単位の経過を考えるのが妥当であると思われる」

癌の病理学の権威者である大河内の厳正な言葉が法廷に響き渡り、被控訴人席にいる財前の顔色が次第に変って行った。

「月単位！　すると、患者が死亡した六月二十日より一カ月前に、患者は術前のエックス線写真を撮っていますが、その時に、既に左肺下葉にはもちろん、肋膜面にも腫瘤はあったのではありませんか！」

関口の声が、大きく上ずった。

「その時点において、どの程度の大きさであったか、もしかして肉眼的にはまだ見えない腫瘤以前であったのか、それとも肉眼的にも見えるような或る程度の大きさを伴った腫瘤が既に発生していたのにもかかわらず、術前のエックス線写真による胸部検索が充分でなく、発見出来なかったのか、それはあくまで臨床上の問題であって、解剖の時点からそれを類推するような手がかりは、何ら得られない、それが病理学の立場である」

患者側に温かい思い遣(や)りを見せながらも、大河内は厳正な科学者の立場を貫いた。

気負い込んでいた関口は一瞬、肩すかしを食ったようであったが、

「そうですか、しかし、癌性肋膜炎が起った時期が、手術の時期に遡(さかのぼ)って考えられるということは、当審の甚(はなは)だ重要な知見でありまして、こうした点を予測せずして行なった主病巣(しゅびょうそう)の手術の転移巣に対する影響は、非常に大きいと思うのですが、この点についていかがお考えですか」

「結果論からみれば、たしかに術前に、既に左肺下葉の転移巣のみならず、肋膜面にも転移のある主病巣の癌の手術をしたことは、癌(がん)の増悪ということを考える時、外科学者の間でも多くの問題があろう、しかし、それはあくまで結果論であって、本件の

場合は術前の胸部検索によって、どの程度、肺及び肋膜面の転移が臨床的に追及し得たか、それが先決問題であると思う」

大河内は、ぴしりと言葉を結んだ。

「なるほど、〝術前の胸部検索が問題である〟と、おっしゃるのですね、私の尋問はこれで終ります」

主尋問に成功した関口は顔を紅潮させながら着席した。財前側の弁護団である河野と国平は、何か打ち合わせる様子が見えた。

「では被控訴人代理人から、鑑定人に尋問することがありますか」

裁判長が云うと、国平弁護士は起ち上り、慇懃な言葉で反対尋問を始めた。

「第一審の裁判記録及び、只今の控訴人代理人の尋問に対しましても、大河内教授のご意見は、患者の死因は、血性胸水の瀦溜により肺が圧迫され、肺虚脱及び心不全を来たしたと云われておりますが、それにお間違いございませんか」

「その通り、間違いはない」

「では左胸腔に瀦溜していた胸水量は四九〇ccに間違いございませんか」

妙にねっちりとした云い方をすると、大河内はぴくっと眉を寄せ、

「くどい！　同じ質問は迷惑ですぞ！」

その一喝に傍聴人たちも驚き、佐々木よし江までも怖けるように大河内を見たが、国平弁護士は平然とし、

「俗に片肺飛行という言葉がございますね、つまり例え半分肺の機能が動かなくても、成人男子の肺活量がもし三〇〇〇ｃｃなら、その半分の一五〇〇ｃｃでも充分、呼吸して生きられるということですが、佐々木庸平さんの場合、胸腔に溜った胸水の量は、四九〇ｃｃ、まあ五〇〇ｃｃとしまして、この胸水のために減少した肺活量がかりに五〇〇ｃｃとしましても、残る肺活量は二五〇〇ｃｃ、こういう状態で呼吸機能の低下や肺虚脱を来たしたというのは、ちょっと解しかねますが、他に何か別の原因が考えられるのではないでしょうか」

と云うと、大河内はむうっとした表情で、

「ちゃんと剖検記録を読んで来たのかね」

叱りつけるように云ったが、国平はいささかも動ぜず、

「おっしゃられるまでもなく、とくと精読して参りましたが、問題の癌性肋膜炎だけでは、あのように早い患者の死はあり得なかったのではないでしょうか、佐々木さんの最期に立ち会った胸部外科専門の金井助教授の前回法廷における供述でも、あまりに急激な死に方に不審を抱き、死因はむしろ術後一週間目から起った肺炎が強く考え

られるということでしたが、剖検された大河内教授の解剖記録にも肺炎の記載はございましたね」

「確かに肉眼的にも、組織学的にも肺葉に赤味がかった炎症像が見られ、肺炎の症状は起っていたと思われる、しかし、それが単なる術後肺炎か、癌転移に起因して発生したいわゆる随伴性の肺炎であるか、そこまでは云っておらぬ」

「では、そのどちらであるとお考えですか」

「それは解らぬ、しかし、肺葉の炎症像からみて、肺炎だけが独立して死因になったとは思われない、むしろ癌性肋膜炎が加わったところに、致死的な因子を求めるのが妥当であると思う」

国平の言葉を斬り捨てるように云った。これ以上、反対尋問を続けることは財前側にとって不利であると判断すると、国平は、

「私の尋問はこれで終ります」

医師会の顧問弁護士らしい手馴れた逃げの戦法で、素早く反対尋問を打ち切った。

裁判長は、大河内教授の方を見、

「当裁判所から大河内証人に尋問します、本件では直接の死因に関連して、術後一週間目に起った呼吸困難、発熱などの症状について、控訴人側は癌性肋膜炎であると主

張し、被控訴人側は術後肺炎と主張し、真っ向から対立していますが、胸腔に溜った血性胸水の四九〇ccの量から、癌性肋膜炎の症状が現われ始めた時期を割り出すことは出来ないものですか」

「胸水の溜る量は、癌の症状、患者の全身状態などによって一定せず、瀦溜量が胸水の溜り始めた時期を推し測るバロメーターにはならない、しかし、先程、医学に素人である関口弁護士から虚を衝かれた形の、肋膜面の腫瘤の大きさ、状態からみて、かなり早い時期から胸水が溜り始めたと考えることは、不自然ではないと云える」

「では術前の徹底した胸部検索が仮に行なわれ、左肺下葉の陰影が癌であると鑑別されれば、肋膜面の転移も或いは、発見する可能性があったといえるわけですね」

「その可能性は考えられると思う」

裁判長自らが控訴審の問題点を衝くように尋問し、大河内がそれに応えた途端、傍聴席は騒然とした。被控訴人席にいる財前の傍に河野、国平が駈け寄り、蒼惶と打ち合わせたかと思うと、国平が起ち上った。

「裁判長、只今、大河内鑑定人が発言した術前の胸部検索に関する問題を明らかにするために、被控訴人側から証人を申請します」

と云うと、関口弁護士も起ち上り、

「当方も、証人を申請します！」

強い語調で応酬した。

「では、次の証人調べは、九月九日午後一時から開廷しますが、両代理人に異存はありませんね」

集中審理であったから、裁判長は一週間後の日時を告げると、関口は慌てて、

「裁判長、当方は証人の都合上、半月後の九月十七日に願いたいと存じます」

と云うと、国平がすぐ、

「半月間もいたずらに日を延ばしては、本件が集中審理である意義がなくなる、裁判長の指示された日時通りに行なって貰いたい」

関口の引き延ばし策を、そうはさせまいと阻んだ。裁判長は関口の方を見、

「そちらの予定している証人の都合が悪ければ、他の証人を呼ぶわけにはいかないのですか」

「大へん勝手ではありますが、財前被控訴人の過失の事実を順序だてて立証するためには、是非ともその証人を次回に出廷させたいのです、しかし、その証人は目下、病気で臥っておりますので、何とか半月間のご猶予を戴きたい」

後には引けぬ強い口調で応えると、

「解りました、では次の証人調べは、半月後の九月十七日午後一時とします」

国平は、再度、反対を主張したが、裁判長はそう申し渡した。

扇屋の奥座敷は気まずい気配に包まれ、河野、国平弁護士と財前五郎、又一の四人は、さっきから押し黙ったまま、向い合っていた。又一は有名な弁護士を二人もつけながら、大河内教授の証言によって財前側が不利になった不満を露骨に顔に出し、

「何時まで、こうやって黙ってたかてしょうがおまへんわ、今日の裁判で、裁判長が大河内鑑定人に向って左肺の陰影を術前にもっと詳しく検索して癌の転移巣であることに気付いたら、肋膜面の腫瘤も或る程度解ったのではないかという尋問に、大河内が、その可能性もあると応えた時は、びっくりして血圧が上りましたでぇ、河野、国平両先生も、大慌てで何か打ち合わせて証人申請をしはったけど、今日の大河内証言の不利を一挙に挽回するような術を早速と、打ってくれはりますねんやろな」

いや味を籠めて、責付くように云うと、国平弁護士はむうっとした表情で、

「ですから、次の証人調べで挽回すべく、急遽、佃講師を証人に申請したのですよ」

と云い、ついさっき、仲居に案内されて来、末座にかしこまっている佃を顧みた。

財前又一はぬるりと光った頭を頷かせ、

「そら、佃さんは、教授選以来の五郎の片腕で、何もかも含んでいてくれはるやろし、大いに心強うおますけど、どういうことを証言して貰いますねん」

国平に向って聞いた。

「つまりですね、裁判長自らが、左肺下葉の陰影をもっと詳しく検索しておればというような尋問をする限りは、単なる仮定論でものを聞いているのではなく、裁判長の心証としては、財前教授は術前の検索を怠ったのではないか、つまり、噴門部から肺への転移を術前に気付かず、見逃したのではないかという気持があるからだと思われます、それだけに、こちらとしては財前教授は、胸部の陰影を癌の転移巣かもしれないという疑いを持っていたことを立証しなければならず、総回診の時、佐々木庸平を診た財前教授の発言内容がそうであったことを佃講師によって強力に証言して貰うのですよ、聞くところによれば、佃講師はなかなか弁がたたれる上に、財前教授とは何事も一心同体にやって来られ、財前教授が一おっしゃれば十まで解る人だけに、打ってつけの証人だと思いますね」

持ち上げるように云うと、佃は、とんでもありませんと云いながらも、大いに意気に感じる様子だった。

「しかし、佐々木側が出す証人というのは、誰だろう、やはり、元病棟婦長の亀山君子ですかね」

財前五郎は、さすがに不安げに云った。

「目下、病気で臥っているなどと関口弁護士が云っていたところからして、妊娠中の亀山君子に違いないでしょう、しかし、実際に亀山君子の出廷承諾を取りつけているのか、全くの当てなしで一か八かで、証人申請したのか、どちらかな――」

国平が迷うように云うと、河野は、

「僕の見るところ、関口君は、亀山君子の承諾は取りつけていないと睨んでいる」

「ほう、どうしてそれが解るのです？　関口弁護士の証人申請の語調は、随分、強かったですがねぇ」

横から財前が、懸念するように云った。

「そこは、何と云いますか、われわれ弁護士の長年の勘みたいなものですよ、あの時の関口弁護士は、強い語調の割には、必死に次回の法廷を延ばしにかかっていたから、病気はあくまで口実で、説得期間を稼ぐためだと見ますね」

弁護士生活四十年の鋭敏な勘を働かせるように云った。財前は、熟練した医者に通じるものを感じた。国平も、

「河野先生の勘は、われわれの仲間でも定評がありますから、まず、まだと見ていいでしょう、しかし、それだけに関口弁護士はすぐ亀山君子のところへ飛ぶに違いないから、こっちもぼやぼやしておれませんよ」

「けど、この前、国平先生が亀山のところへ菓子包みと一緒に、金五万円也を置いて来たあの金を、いまだに返して来んところを見ると、亀山は証人に出んつもりとみてよろしいのですやろ」

又一は、高を括るように云った。

「しかし、明日、早々に関口側の敵状視察もかねて、亀山の方へ楔を打ち直しに行って来ますよ、前にもお話したように亀山の亭主が勤めている三光機械とは、特許権の問題で、事件を依頼された関係がありますから、今度は会社の上層部を通して圧力をかける術を使えば、いくらあの職人気質の偏屈者の亭主だって、女房を佐々木側の証人として出すような馬鹿なことはしないでしょう」

国平が云うと、河野は、

「国平君のことだから、その辺のところは巧くやるだろうけど、もう一つは、佃講師の証言内容だな、財前外科の講師という立場上、裁判官の心証としてはかなり割り引いて聞かれる懸念があるから、何か客観的な材料があるといいんだがねぇ」

と云い、裁判記録の写しの頁を繰った。国平もそれを覗き込み、

「たしかに河野先生のおっしゃる通り、もう一人、佃講師の証言を裏付ける証人、もしくは証拠があれば強いんですがねぇ、財前教授、何か思いつかれることがありませんか」

財前に向って尋ねた。

「そうですね、急にそう云われても――」

財前が、困惑するように口ごもると、

「全く新たな材料でなくてもいいのです、例えば、佃講師の証言内容を客観的に裏付けるようなものでもいいのですよ」

「佃君の証言を裏付けると云うと、僕が術前に肺への転移巣に疑いを持っていたということの裏付けですね、佃君、君は何か思い出せないかい」

財前は、思い出すという言葉を、妙に強調するように云った。

「はあ、どうも、その辺のところは、何も――」

佃は、申しわけなさそうに返答した。

「そうかね、当時、君は念願の講師になりたての時期で、記憶も普通の時と違って、鮮明なはずじゃないのかね、落ち着いて、よく思い出して見給えよ」

医局長から講師に昇格させてやったことを、今さらのように恩きせがましい語調で云うと、佃は財前の言葉の裏にある意図に、はっと気付いたらしく、

「そういえば……、いや、しかし、あれは違うし——」

暫く戸惑うように考えていたが、

「あっ、そうそう、思い出しました」

佃は、わざとらしい大声を上げた。

「ほう、どういうことです」

国平が畳み込むように聞いた。

「こんな重大なことを今の今まで忘れていたなど、全くもってお詫びの申し上げようもありません——、財前先生、先生は国際外科学会へ出発直前の多忙さで、お忘れになってしまっているかもしれませんが、私に『出発までにもし時間があれば、佐々木庸平の断層撮影をやるから申込みをやっておくように』と、お云いつけになったではありませんか」

「うん、そうか——、そう云えば、あれは君に云いつけたんだったね、僕もすっかり忘れていた、そしてそれから、どうしたのだったっけな——」

「それから私は、先生のご指示通り放射線科へ電話をかけて申し込み、断層を撮った

らすぐ、〝急現〟出来る手配にしておいてくれと云いましたら、新米の看護婦だったらしく、各科の教授、助教授クラスからの急現が殺到していて、すぐ受け付けられぬとか、何とか云うのです、それで財前外科を知らんのか、そんな看護婦止めてしまえ！ と怒鳴りつけてやったら、いきなり、わあわあ、電話口で泣き出され、僕は看護婦にあんな派手に泣かれたのは始めてで、それでよく覚えているんです」

財前と佃のどこまでが芝居で、どこまでがほんとうの話なのか、判断のしようのないやり取りに、又一はあっ気に取られるように聞いていたが、国平は微妙な笑いを溜めて聞き入っていた。佃はさらに言葉を継いだ。

「そのせっかく申し込んだ断層撮影を取り消したのは、財前先生の国際外科学会で発表される論文の訳の直しと、出発直前まで行なわれた他の患者の手術などで、断層を撮る時間がなくなったことと、それにたしか、教授ご自身もやる必要がないと判断されたのではないかと、記憶しております」

「うん、僕もだんだん思い出して来た、あの時、時間的な問題と、断層撮影を行なう格別の必要はないと思った……」

「それで、私はまた電話で、放射線科の受付の泣虫看護婦に、断層の予約を取り消しました」

そこまで二人のやり取りを黙って聞いていた国平は、

「その電話で話した看護婦以外に、一旦(いったん)、断層撮影を申し込み、後で取り消したという物的証拠はありますか」

急(せ)き込むように聞いた。

「ありますとも、うちの病院では、エックス線撮影の申込みは、台帳に記載することになっていますから、何月何日、第一外科から断層撮影の申込みがあったこと、それがあとで取り消された場合は、そのようにまたちゃんと台帳に記載され、二年前のことですから、まだ残っているはずです」

佃は、上眼遣(づか)いに、財前の方を見て云った。財前は、佃が誰か自分の患者のことで、たまたま断層撮影の申込みをしたのは事実で、その事実を巧みに佐々木庸平のための申込みであったことにすりかえようとしている意図が読めた。しかし、河野と国平は、そうした二人のやり取りに気付いているのか、いないのか、熱心に耳を傾け、聞き終ると、河野は、

「一旦、断層撮影を申し込みながら、撮らなかったというのは、まずかったですね、しかし、それでも、財前教授は肺への転移巣に疑いを持っていた、全く気付いていなかったのではないという重要な証拠付けになりますよ」

と云うと、国平も、

「そうなれば、私は早速、明日の朝、亀山君子の亭主が勤めている会社へ行って、絶対、佐々木側の証人として出廷しないようにし、うまく行けば逆にこちらの証人に引っ張り込んで来ますよ」

意気込むように云い、河野、財前又一、財前五郎、佃講師の各々（おのおの）の顔に微妙な表情が織りなされた。

関口弁護士と東佐枝子は、阪神電車で尼崎（あまがさき）の亀山君子の家へ向っていた。佐枝子は心もち蒼（あお）ざめた顔で、

「関口さんは、どうしてあのような確信のない証人申請をなさったのです？　亀山君子さんは、この間からどう頼み込んでも駄目で、あの人が証人にたつ見込みなど全然、ないのです、それをあんな風に云ってしまわれて……」

関口の早計を詰（なじ）るように云った。

「しかし、財前側も亀山君子を証人にたたそうと考えているとみるべきですよ、だから先手を打って、亀山君子をこっちの証人に申請してしまうことだと考えたのです、

今日の大河内教授の鑑定所見から、術前の胸部検索が問題になったのだから、ここで亀山さんを引っ張り出して、財前が術前の胸部検索を怠った事実を証言して貰えるように、今日こそは、何が何でも、あなたから頼み込んで下さい」

関口は、頭を下げるように云ったが、果して亀山君子がこの頼みに応じてくれるか、どうか、佐枝子には自信がなかった。夏の暑い日盛りの中を二度訪ね、二度目は、君子の夫に、手土産に持って行った果物籠を投げつけられ、その後も手紙で何度も懇請しているが、君子の返事は何時も同じで変らなかった。まだ五時を廻ったばかりであったが、もし君子の夫が帰宅していたらと思うと、佐枝子は体が竦む思いがしたが、大阪高裁での裁判が終った後、ばったり廊下で大河内教授と里見が顔を合わせ、それに父の東貞蔵も加わってすがすがしい微笑を交わしていた様子を思い出すと、勇気を取り戻した。

尼崎駅で降り、三光機械の社宅へ向った。端から五番目の亀山君子の玄関の前に起ち、声をかけると、中からがらりとガラス戸が開き、君子が顔を出した。

「まあ、お嬢さま――」

と云ったが、当惑げな表情が見て取られた。妊娠六カ月の顔は窶れが見え、腹部の盛り上りも、もう大きく目だっている。

「ご免なさい、この間からのあなたのお手紙で、私が伺うことはご迷惑だということは重々、承知しております、でも今日は、もう一度、ほんとうにもう一度だけ、最後のお願いを申し上げたくて、佐々木さん側の関口弁護士さんとご一緒に参りましたの」

そう云われると、君子はそれ以上、拒むわけに行かず、玄関のたち話では隣家へ声がつつぬけであった。

「ともかく、お話だけ伺わせて戴きます、ちょうど今日は、主人が残業で帰りが遅いですから――」

ぎこちない様子で応え、奥の六畳へ佐枝子と関口を案内した。佐枝子は部屋に坐るなり、

「君子さん、あなたのご決心のほどはもうよく解っていますわ、それに孕っていらっしゃるお体ですもの、でも、今日の大河内教授の鑑定から佐々木庸平さんの術前の胸部検索が問題になり、充分に検索していたら肺への転移巣だけでなく、肋膜に転移した腫瘤も発見できたかもしれないという重大な事柄が出て来たの、だから、財前教授が総回診の時、柳原医師の進言にもかかわらず、〃胸に転移はなく、術前の断層撮影の必要なし〃と云ったそのことを証言して下さい、あなたのその一言が、この裁判を

大きく左右するのです」

「でも、この間、お手紙でお伝えしましたように向うの弁護士さんからも——」

「国平弁護士さんが、ここへ訪ねて来て、佐々木側の証人にたたないでほしいと、頼み込まれたのでしょう」

「ええ、それに今まで申し上げませんでしたが、手土産にと置いて行かれた菓子箱の包装紙の間に、五万円もの大金が入っていたのです」

「えっ、金を置いて帰ったと云うのですか」

関口が、愕くように云った。

「それで、そのお金はどうなさったのです」

「主人は、こんな金は明日にでも叩き返して来てやると云って、年中巻いている腹巻の中へ鷲摑みにして入れましたわ」

「何時、返しに行かれたんです」

「さあ、そこまでは聞き糺しておりません、何しろ職人気質と云いますのか、齢の割に偏屈で頑固なところがありますので、一々、問い糺したりすると気短かに怒り出すのです、でも、うちの人のことですから、ちゃんとお返ししているはずです」

「財前側は何という卑劣極まるやり方——、すべて権力と金力で押し切ろうとしている、それにもかかわらず、よく今まで財前側の強要に屈せずにいて下さいました」

関口は、亀山君子に向って頭を下げた。

「その上、さらにというのはお頼みしにくい限りですが、次の証人調べには、向う側はあらゆる手段を弄して、財前教授が術前の検索に留意していたという証言をするに違いありません、ひょっとしたら、証人をさらに増やすかもしれません、そうなると、それにたち対えるこちらの証人は正直なところ、亀山さん、あなたたった一人しかないのです、もしご主人のご同意がなければ駄目だとおっしゃるなら、今からでもご主人の会社の方へ伺うか、帰宅されるまでお待ちさせて戴きます、今となっては、あなたにたった一言、真実を証言して戴く以外には、弁護士の私もどうしようもないのです——」

再び関口は、深々と頭を垂れた。君子は苦しげに顔を俯け、

「曾て看護婦をしていた私ですから、おっしゃることはすべて、解り過ぎるほど解ります、でも私は今、妊娠六カ月の身重な体で、高裁の法廷へたって証言することは、とても心身ともに緊張感が強過ぎて、辛いことです……」

身重な体のことを云われると、さすがに関口と佐枝子も、言葉の継ぎ穂を失い、重苦しく押し黙った。

「ご免やす——」

玄関で訪う女の声がした。

「どなたです？」

君子は大儀そうに、玄関へ起って行った。

「まあ、婦長さん、やっぱり亀山婦長さんとこだしたな」

玄関に起った女は叫ぶように云ったが、君子は、見当がつきかねるように暫く相手を見詰め、

「まあ、佐々木さん、佐々木庸平さんの奥さんじゃありませんか——」

僅かの間に白髪が増え、瘦せ衰えてすっかり面変りしてしまった佐々木よし江を痛ましげに見詰め、

「今、東先生のお嬢さまと関口弁護士さんがお見えになってますわ」

と云うと、佐々木よし江は狼狽した。関口弁護士から、あなたはまだ病気上りの体だから、僕に任せて家で寝んでいなさいと、云われていたのだった。

「まあ、ともかくお上り下さい、狭苦しいところですが——」

よし江は困惑しきった様子で、関口と佐枝子のいる部屋へ入り、

「関口先生、堪忍しておくれやす、先生にあない優しゅうにいたわって戴きながら、

次の証人調べのことを思うたら、じっと家で寝ておれず、亀山婦長さんやったら、主人の入院中親切にして戴きましたさかい、どうしても自分でお願いしたかったのだす――」

と云うなり、君子の前に、痩せた体を折るように手をついた。

「婦長さん！　お願いします！　次の証人調べに、婦長さんが出て、財前教授が断層撮影を撮らんでええと云ったことを、証言しておくれやす、その一言で、佐々木庸平の遺族は救われるのだす、商売は傾く一方でその上裁判の費用にもこと欠き、関口先生の無償のご厚意に甘えてる私らだけに婦長さんの一言で裁判が有利になり、勝てたらどない嬉しおますか……」

堰切るように嗚咽し、佐々木よし江は畳の上にうつ伏した。君子の眼に動揺の色が見えたが、

「佐々木さん、私ももう四カ月したら、子を持つ親の立場になりますから、そうおっしゃられると、とても辛くて……、けど、生まれて来る私の子供のためを思うと、裁判に巻き込まれず、心身ともに静かに安らいでいたいという気持です――」

そう云われると、よし江は言葉を跡絶えさせた。しかし、つと君子の方へ体を寄せ、

「婦長さん、婦長さんのご出産の時には、私は付添婦になって、赤ちゃんのどんなお

世話でもさせて戴きます、実は今日、こうして伺いましたのは、三人の子供たちが、お母ちゃんから婦長さんに頼んで来てと、せがまれて参ったんでおます、どうか三人の子供を見殺しにせんと、助けてやっておくれやす！」

眼を据え、君子の腕に縋りついた。君子の眼に涙が滲み、佐枝子の眼からも涙が溢れ出た。関口だけが静かな声で、

「いかがでしょう、証人をお願い出来ましょうか――」

君子は頷きかけ、はっとしたように、

「頑なことを申し上げますが、今夜、主人が帰って来て、私からよく話した上で、お返事させて戴きます」

深い同情を示しながらも、最後の答えは、何時もと同じであった。

三光機械の旋盤工場は、モーターの呻りと、鋼の工具をフル・スピードで切り削る旋盤の金属音が渦巻き、朝から点けっ放しにした蛍光燈の下で五十人ほどの旋盤工が忙しげに働いている。

君子の夫である塚口雄吉は、昨夜、遅くまで君子と佐々木側の証人にたつ、たたぬで押し問答を繰り返した寝不足の顔で旋盤を廻していた。多勢の旋盤工の中でも、腕のたつ熟練した工員で、納期の迫った自動車の部品の試作に取り組んでいる。

「雄さんの腕はやっぱし、わいらと大分、違うな」

雄吉の隣で捻子を作っている若い工員が、便所から帰って来て、雄吉の仕事ぶりを見惚れるように云った。雄吉はむっつりと押し黙ったまま、旋盤のバイトを器用に前後に動かして、工具に必要な角度を精密に切削して行き、削り取られた鋼が鉛色の粉になって周囲に飛び散る。

「なるほどなあ、そこの角度は、そうやって削るんか、難しそうやなあ」

また若い工員が感心するように云うと、

「横でごちゃごちゃ喧しいわい、小便すんだら、黙って早よ仕事せんかい！」

雄吉は、怒鳴りつけた。

「褒めたのに怒らんかてええやないか、この間、職長が雄さんほど腕のたつ旋盤工は珍しいよって、どこぞへ引きぬかれへんやろかと心配してはったでぇ」

「阿呆云え！　十七の齢には旋盤のせの字も解らんかったわいが、ここまでになれたんは、今の職長が手取り、足取りして教えてくれたからや、そんな不義理なことするかいな、ちょっと旋盤のコツを覚えたらすぐ、眼先の日給に吊られて、あっちこっちと眼の色変えて、動き廻る今時の若い奴らとわいとは、わけが違うのや!」

横に開いた大きな鼻の穴をうごめかせ、啖呵を切るように云った。

「塚口雄吉さん、工場長さんが呼んではりまっせぇ」

守衛が小走りに呼びに来た。

「工場長? そら職長の間違いやろ」

耄碌するなと云わんばかりに聞き返すと、

「いや、工場長ですわ、工場長室へすぐ来てくれということです」

「ふうん、何やろ? 工場長がわいを呼ぶなど——」

さっぱり見当がつきかねるように首をかしげ、油まみれの軍手を脱いで、工場長室へ足を向けた。

工場と別棟の事務所の中にある工場長室の前まで来ると、雄吉もさすがに緊張し、はずしていた作業衣の前ボタンをはめて、扉を叩いた。

「よろしい、入り給え」

工場長の声を聞いてから、馴れぬもの腰で扉を開けた途端、雄吉は足を釘付けにした。応接用の椅子に、家へ押しかけて来た国平弁護士が坐っていたからであった。工

場長は入口に突ったっている雄吉の方を振り向き、

「遠慮はいらんよ、さあ、こっちへ来て、君も坐れよ」

工場長と言葉を交わすことなど、一年に一度あるか、なしかであるのに、工場長は妙に馴れ馴れしげに云った。

「はあ、ですが、工場長のご用事というのは、何ですやろか――、もし今やってる試作品のことなら、職長に云うて貰(もら)い、それから――」

起ったまま雄吉は、早口に応えた。

「いや、今日はその話と違うのだよ、こちらは、常々、わが社がお世話になっている弁護士の国平先生だが、君はもうとっくに存じ上げてるそうやないか」

工場長が云うと、国平は待ち受けていたように、

「先日はどうも、突然、お邪魔して失礼、奥さんの方のお体は、その後、順調ですか、出産まであと四カ月だとかで、初産(ういざん)だけにお楽しみの一方で、ご心配でしょうな」

はじめて子供をもうける父親の心につけ込むように云った。雄吉はにこりともせず、

「工場長、ご用というのはこの人のことでっか」

工場長が頷くと、

「あんた、工場まで出向いて来て、またあの裁判の話ですかいな、あんたらは、一体、

どこまで他人の生活に迷惑をかけるつもりや」

雄吉が嚙みつくように云った。工場長は慌てて、

「君、国平先生に向って、何という口のきき方をするのだ！　先生は、うちの会社の訴訟事件を有利に解決して下さった方だ、その方に今みたいな失礼極まるものの云い方をして、すぐ謝り給え」

工場長の方が先にたって詫びるように云ったが、国平は鷹揚に笑い、

「いいですよ、僕は塚口さんのそういう職人気質というのか、素朴なところが、むしろ好ましいのですよ」

煙草をふかしながら云い、

「ところで、塚口さん、今、あんたらはという云い方をしましたね、ということは、また最近、東佐枝子が、佐々木側の証人に出てほしいとでも云って来たのですか」

縁なし眼鏡をきらりと光らせて云うと、雄吉も白目の多い三白眼でじろりと国平を見返し、

「最近も、最近、昨日、わいが残業で帰りが遅いのをええことに、東佐枝子と関口弁護士、それに死んだ患者の嫁はんまで泣き落しに来よったわ」

「えっ、佐々木よし江まで、それでおたくの奥さんは、その泣き落しにかかって、ま

さか向う側の証人にたつことを承諾したんじゃないでしょうな」

「うちの女房は、死んだ患者の嫁はんから、婦長さん、三人の遺児を助けると思うてお願いしますと、畳に両手をついて頼まれた時は、よっぽど承知しようかと思うたそうやけど、やっぱり主人のわいの意見を聞かんといかんと思うて、その場は返事をせず、昨夜、遅うに帰ったわいに相談しよったんや」

「それで最終的にはどういうことになったんです？」

国平は、急き込むように聞いた。

「きまってるやないか、わいは、他人事や、断じて証人になど出たらあかんと云うたったのや」

亭主関白を剝出しにして云った。国平は、ほっと息をつき、

「そうですか、そりゃあ、お二人ともまことに適切な処置で、助かりましたよ、いやあ、世の中の患者や一般大衆が、皆、あんたや、あんたの奥さんみたいにもの解りがいいと助かるんですがねぇ、今度の控訴などは癌治療の難しさの何たるかを知らずして、まるでその辺の藪医者が、腹の中に鋏か、ガーゼを置き忘れでもしたような幼稚なケースと同じように考えて、訴訟に持ち込んで、とんでもない損害賠償をぶっかけて来るんだから、無智な大衆ほど恐ろしいものはありませんよ、そういう意味でも、

国立大学病院の元病棟婦長だった奥さんに、法廷へ出て証言して戴きたいのは、むしろ、こちらの財前教授側ですよ」

と云い、ちらりと雄吉の顔色を窺った。工場長も、

「どうだね、塚口君、国平先生もああおっしゃっておられることだし、君の奥さんが、国平先生のご依頼に応えて証言してくれると、わが社にとっても、特許権問題の時のご恩返しが出来ることにもなる、実のところ本社の労務担当重役もこの席に出て、君にその辺のところを話そうと云われたのを、国平先生が、いや、塚口君とさしで話したいというご意向だったんで、君にここへ来て貰うたわけなんやが、君も今度のことは一つ、先生にお世話になっている会社の一員として考えて貰えんかねぇ」

会社側から圧力をかけるように云うと、雄吉はいきなり、国平の前に仁王立ちになった。

「なるほど、貴様がうちへではなく、会社へ乗り込んで来た理由がやっと解ったわ、この卑怯者！」

雄吉の逞しい腕が伸び、むずと国平の胸座を摑んだ。

「な、なにをするんだ！　勘違い、誤解だよ！」

国平はうしろへ体をのけ反らせながら、

「君！　取るものだけは取っておいて、そんな偉そうな口が叩(たた)けた義理か！」

「なんやて？　ああ、あの金五万円也(なり)の金包みのことかいな、あれなら、何時(いつ)でも叩き返せるようにちゃんと、この腹巻に入れてるわい！」

と云うなり、作業衣のボタンをはずし、汗くさい腹巻の中へ手を突っ込み、皺(しわ)になった白い角封筒を取り出した。

「今まで叩き返しに行かんかったんは、毎日のように残業、残業で忙しいて暇がなかったからや、今日はちょうどええ、さあ、金五万円也は、こうやって、耳を揃(そろ)えて叩き返したる！」

国平のテーブルの前へ皺だらけの一万円札五枚を叩き返したが、国平は歪(ゆが)んだネクタイを直しながら、

「塚口さん、まあ、落ち着いて――、あんたは、まるで私が会社の上層部から圧力をかけ、あんたの奥さんを財前教授側の証人にたたせようとしている風に勘違いしているようだが、それは大間違いですよ、私は妊娠六カ月の妊婦を法廷にたたそうなどとは思ってもいませんよ、ただあんたの奥さんが、執拗(しつよう)な佐々木側の泣き落し戦術に陥(お)ちて、そっちの方の証人に出られるようなことがあれば、私自身の意志に関係なく、労務担当重役は黙っておられないかもしれないし、そうすると、奥さんの出産前だけ

にあんたも困ったことになってはと懸念（けねん）するだけですよ」

冷やかな眼つきで云った。雄吉は、妻の出産前のことを云われると、さすがに不安そうに顔色を動かしたが、

「こんなことから、会社がもし、わいの馘（くび）でもきるようなえげつないことしたら、組合に持ち込んだるわ、それに妙なことしてみぃ、今度はただですまさへんぞ！」

と云うなり、荒々しく、工場長室を出て行った。

里見は、近畿癌センターの広い緑の敷地を横ぎりながら、突然、訪れて来た佐枝子の方を振り向き、

「何か急なことでも――」

冴（さ）えない佐枝子の顔色を見た。

「ええ、裁判のことなんですの――」

重い口調で応えた。

「じゃあ、まっすぐ駅へ出ないで、この台地の川沿いの道を歩きながら、話しましょう」

里見はまっすぐ高台を降りる坂道とは反対の方向へ足を向けた。そこからは灌木の茂った緩い坂道が続き、やがて川沿いの道へ出た。木の間越しに高台に聳えている白堊の近畿癌センターが見え、千里丘のマンモス団地の建物も見えたが、団地の近くにこんな道があるのかと思われるほど、人影のない道であった。里見と佐枝子は、どちらからも話し出さず、黙って歩いていた。

佐枝子は、昨日、亀山君子の家を訪れた結果を里見に話さなければと思いながらも、それを口にすれば、里見を思い、今日まで出来る限りの努力を続けたことが、徒労に帰し、どっと悲しみが噴き出して来そうであった。里見は、佐枝子と関口とが昨日、亀山君子の家へ行ったことに期待をかけているに違いなかった。川沿いの道の中程まで来た時、里見は足を止めた。

「亀山君の件は、どうだったんですか――」

「そのことなんですけれど――、私と関口弁護士さんだけではなく、佐々木よし江さんまでいらして、三人の子供のためにとまで頼まれたのですが、駄目だったのです――」

「そうですか、既に病院を止めていて、これほどまで頼んだ亀山君でも駄目なら、他にもう財前君の術前の検索について証言できる人はありませんね、第一回の証人調べの金井助教授にして、一審よりさらに財前教授をかばう証言をしたのだから、第一外科の医局員と看護婦の中から他の証人を求めることとは、まず不可能でしょう、せっかく大河内教授の鑑定所見から、財前君の術前の検索が充分であったか、どうかという証人調べの段階にまで来ているというのに……」

里見の声が、跡絶えた。その沈黙の中に、大学を追われてもなお、患者の死の真実について医者として正しい証言をし、死の原因を明らかにしようとしている里見の動かぬ厳しい心が感じ取られた。佐枝子の胸に、嗚咽に似た熱いものがこみあげて来、白い首を俯けたかと思うと、不意に里見の胸に顔を埋めた。夕闇がたちはじめたほの暗さの中で、佐枝子の白い顔が喘ぐように息づき、里見の手が佐枝子の頬にかかった。そしてそのまま、そこに崩れそうになる姿勢を、里見は辛うじて支え、佐枝子の体から手を離した。佐枝子も崩れそうになった自分の姿態に気付き、はにかむように着物の衿もとを直した。

里見は再び歩き出し、

「佐枝子さん、今から僕が、亀山君の家へ行って来ましょう」

「まあ、里見さんが――」

愕くように里見を見た。

「いけませんわ、里見さんは、そんなことまでなさらず、控訴審では医学的にどう衝けばいいかだけをお考えになって下さいまし、それに、君子さんのご主人は、今、医者と弁護士の姿を見るのが、一番、神経のたつことだと思いますから、どうか、それは私にお任せになって――、里見さんがいらっしゃるぐらいなら、私がもう一度、今夜遅く行ってみますわ、今夜は君子さんにではなく、君子さんを頑強に拒まし続けているご主人にお願いして参りますわ」

「しかし、亀山君の主人というのは、あなたが持って行った果物籠を投げ返したりする乱暴な性格の男だということじゃありませんか」

「でも、勇気を出してもう一度、最後の努力を試みますわ、あのご主人には大声で怒鳴られただけで、まだ話し合ってはいないのですもの」

「しかし、そんな男のところへ、あなたが一人でいらっしゃるのは――」

と云いかけると、佐枝子は、つと手を伸ばして、里見の口を封じた。それはさっき、里見の胸に崩折れるように顔を埋めた佐枝子ではなく、きりっとした強い意志を持った佐枝子であった。

阪急の梅田駅で里見と別れると、佐枝子はすぐ亀山君子の家へ行かず、一旦、家へ帰り、食事をすませてから行くことにした。君子の夫が残業である場合のことも考えると、七時過ぎの今から行くには早過ぎたし、身装も和服より、地味なスーツに着替えて行く方がよさそうであった。

芦屋川の家へ帰ると、幸い母の政子はお茶会から寄り道をしていて、まだ帰っていず、父の帰宅もまだだった。

佐枝子は外出用のスーツに着替えて、食堂の椅子に坐った。女中は驚いたように、

「先生と奥さまのお帰りをお待ちにならず、先に召し上られるのでございますか」

「そう、ちょっと急に、出かけなくてはならないところがあるから一人、先に戴くわ」

女中は急いで台所へ行き、食事の用意にかかったかと思うと、電話のベルが鳴った。何か一言、二言応答する声が聞えたかと思うと、

「お嬢さまにお電話でございます、亀山さんとおっしゃる方で……」

佐枝子はすぐ廊下の電話器を取った。

「もし、もし、佐枝子です、昨夜は突然お邪魔してお体にお障りにならなかったかしら、え、何ですって？　よく聞えないわ――」

駅前の公衆電話からかけているらしく、駅を通過する電車の騒音が入って、よく聞き取れない。やっと電車が通過したのか、君子の声がよく通るようになった。

「お嬢さま、今度のことではいろいろとお手数をおかけして申しわけございません、今朝、お電話でお返事しましたように、何と云っても頑として証人にたつことを許さなかった主人が、何を思ったのか、さっき工場から帰って来て、証人に出てもええと許してくれたのです、それで一刻も早くと思って——」

「え、証人に出て下さる、ほんと、それ、ほんとうなんですか！」

「ええ、ほんとうですとも、私は最初からお嬢さまの佐々木さんのご遺族に対する暖かいいたわりのお気持、そして里見先生のためにもというお気持が痛いほど解り、ここまで強く拒む気持はなかったのですが、主人があの通り頑固に反対したものですから——、でも、もう決まりましたわ、浪速大学病院の元病棟婦長として、及ばずながら証人として出廷させて戴きます」

はっきりした口調に、覚悟のほどが感じ取られた。

「亀山さん、有難う——、何といってお礼を云っていいか解らないわ、佐々木さんの奥さんはもちろんのこと、関口弁護士もどれほど喜ばれるか——、ともかく今からすぐ、関口弁護士さんに電話し、あなたのところへ飛んで行って戴くわ」

佐枝子は震えるような声で電話をきると、関口法律事務所のダイヤルを廻した。

「もし、もし、こちら東でございますが、関口先生いらっしゃいますか」

関口が、電話口へ出て来た。

「今、亀山君子さんから電話がかかり、証人として出廷すると云ってくれました」

「それは間違いのない、確かなことなんですか——」

「はい、ご主人が承諾され、はっきりと出廷の決心を伝えて来ましたから、私も今から参りますわ」

と云うと、関口の張り詰めた気配が受話器を伝わった。

「有難う！　ここまで持ってこられたのは、あなたの努力によるものです、おかげで、私も証人の申請を取り下げずにすみました、亀山さんの決心が変らぬうちに、今からすぐ当時の様子を詳しく聞きに行くと同時に、はじめて出る法廷でまごついたり、臆したりしないように、証言の仕方などについて話しに亀山さんの家へ走ります」

関口の声にも、昂りがあった。

電話を切ると、関口は急いで関係書類を鞄に詰め、タクシーを拾って、尼崎の亀山君子の家へ向った。

昨日、東佐枝子と佐々木よし江まで揃って、あれほどまで懇願しても、頑強に証人に立つことを拒んでいた亀山君子が、夫と相談の結果、やっと証人出廷を引き受けるに至った過程には、どのようなことがあったのだろうか——。夜の阪神国道を亀山の家へ向いながら、身重な体をしながらも、佐々木側の証人にたつ決心をした庶民の正義感が、関口の胸に熱いぬくもりとなって伝わった。しかし、せっかく証人とよく打ち合わせておいても、土壇場になって、急病と称して出て来なかったり、法廷の雰囲気に呑まれて、相手の弁護士の反対尋問にひっかかって、失敗に終る例もあることを考えると、関口の脳裡にちらっと不安が横切ったが、東佐枝子も、亀山君子の家へ駈けつけて来てくれるから、二人で情理を尽して話し、綿密な証言内容を検討して万全を期すことであった。

車は何時のまにか、尼崎の工場街まで来ていた。

（第五巻に続く）

『白い巨塔』㈣㈤は、『続白い巨塔』として
昭和四十四年十一月新潮社より刊行された。

白(しろ)い巨(きよ)塔(とう)（四）

新潮文庫　や－5－36

平成十四年十一月二十日発行
平成十五年十月二十日六刷

著者　山(やま)崎(さき)豊(とよ)子(こ)

発行者　佐藤隆信

発行所　株式会社新潮社

郵便番号　一六二―八七一一
東京都新宿区矢来町七一
電話　編集部(〇三)三二六六―五四四〇
　　　読者係(〇三)三二六六―五一一一
http://www.shinchosha.co.jp

価格はカバーに表示してあります。

乱丁・落丁本は、ご面倒ですが小社読者係宛ご送付ください。送料小社負担にてお取替えいたします。

印刷・大日本印刷株式会社　製本・加藤製本株式会社

ISBN4-10-110436-0 C0193

定価：本体705円（税別）

浪速大学教授・財前五郎の医療ミスを訴えた民事裁判は、原告側の敗訴に終わる。同じ大学の助教授の身で原告側証人に立った里見は、大学を去る。他方、裁判に勝訴した財前のもとに、学術会議選挙出馬の誘いがもたらされる。学会人事がらみの危険な罠を感じながらも財前は、開始された医事裁判控訴審と学術会議選挙をシーソーのように操り、両者ともに勝利することに野望をたぎらす。

ISBN4-10-110436-0

C0193 ¥705E